ママ探偵の事件簿①

ママ、探偵はじめます

カレン・マキナニー　上條ひろみ 訳

Mother's Day Out

by Karen MacInerney

コージーブックス

MOTHER'S DAY OUT
by
Karen MacInerney

挿画／石川のぞみ

ベサンとボー・エクルズに捧ぐ

ママ、探偵はじめます

主な登場人物

マリゴールド（マージー）・ピーターソン……主婦。〈ピーチツリー探偵社〉の調査員
ブレイク・ピーターソン……マージーの夫
エルシー・ピーターソン……マージーの娘
ニック・ピーターソン……マージーの息子
ピーチズ・バーロウ……〈ピーチツリー探偵社〉の経営者
ベッキー・ヘイル……マージーの親友
バン……グリーン・メドウズ幼稚園の園長
リディア・ベルモント……グリーン・メドウズ幼稚園のＰＴＡ
プルーデンス……ブレイクの母
グラシエラ……プルーデンスの家政婦
ハーブ・マキューアン……ブレイクの上司
ビッツィ・マキューアン……ハーブの妻
マリア・エスピノーサ……ビッツィのアシスタント
カサンドラ・スター……〈レインボー・ルーム〉の店員
ミス・ヴェロニカ……〈ミス・ヴェロニカの閨房〉の経営者
ミス・トパーズ……〈ミス・ヴェロニカの閨房〉のスタッフ
トレヴァー……〈ミス・ヴェロニカの閨房〉のスタッフ

1

八年のあいだ〈タッパーウェア〉の容器にこびりついたものをこそげ落とし、ふたりの幼児からさまざまな有機物をぬぐい取り、シャム猫の粗相《そそう》のあとをきれいにしてきたのだから、どんなことにも耐えられると思っていた。

まちがいだった。

雨が降る火曜日の朝十一時半、わたしはテキサス州オースティンで、中流家庭にトイレやバスタブを売る男、アーウィン・ペンスを尾行していた。この一週間というもの毎朝だ。その大半は駐車場に停めた車のなかで待つ時間で、ときどきバックミラーをにらんでは、「私立探偵マージー・ピーターソン」と口に出してみた。毅然として聡明そうでありながら、いくぶん威圧的に見えるよう努めながら。といっても、せいぜいライムをしゃぶったような渋い表情にしかならなかったが。

〈ABC配管サービス〉の外に車を停めて、ライムしゃぶり顔がもう少しましにならないかと奮闘しながら、グリーン・メドウズ幼稚園のPTAで、朝に張りこみをするママはわたしだけだと思うと、まだなんとなくしっくりこないものの満足感を覚えた。最近まで、生活のなかで興奮することといえば、よそのミニバンのドアをかすらないように、三歳児と五歳児を水泳教室からサッカー教室に送ることぐらいだった。だが今は、ほかのママたちが湖の周囲をジョギングしたり、眉毛をワックス脱毛したり、食料品の買い出しをしているあいだ、わたしは秘密調査員として、シマウマをねらう雌ライオンのように、太りすぎの配管会社の営業マンを尾行している。

これが先週しぶしぶわたしを雇った探偵事務所、〈ピーチツリー探偵社〉での初めての案件だ。最初の数日は、悪人と思われる人物を——このわたしが！——尾行するという興奮で、時間が飛ぶようにすぎた。だが、五日連続で〈ABC配管サービス〉のまえに停めた愛車ダッジ・キャラバンに乗ったまま、鏡に向かって顔をしかめ、姪のために虹色のマフラーを編み、膀胱《ぼうこう》のことを考えまいとしながら（トイレを売る店のまえではなかなかむずかしい）午前中をすごしたあとは、さすがに疑問を感じるようになった。探偵と言うと魅力的に聞こえるけれど、実のところ、さえない駐車場に停めた車のなかに座って、太った男がこっそり出てきてだれかといちゃつくのを待つのは、おもしろいとは言えない。それどころか、私立探偵としてパートで働くのは、夫から文句を言われてまでやる価値があるのだろうかと思いはじめていた。

そのとき、動きがあった。

いつものように東に向かって〈タコベル〉でランチ（ブリトー三個とダブルチーズとサワークリームつきのスーパーサイズのコンボ）をする代わりに、今日のペンスは南に向かった。

わたしは急いでUターンをすると、ハンドルを強くにぎりしめた。十分後、青のフォードのピックアップトラックは、傘の下で身を寄せ合う騒々しい薄着の女性たちのそばでスピードを落とした。きしんで音をあげるワイパー越しに見ると、そのなかの三人が車に近づいてきた。そしてひとりが助手席に乗りこんだ。

ハンドルをにぎりしめ、ライムしゃぶり顔で自分を励ましながらオルターフ・ストリートを進んだ。予想していたことでしょ？　幼い子供たちと五年間暮らしてきたんだから、興奮や冒険や、予想外のことが頻繁に起こるのに慣れていないとは言わせないわよ（トイレの便器と〈マッチボックス〉のミニカーとナイアガラの滝を思い出して）。

ピックアップトラックとわたしは今、〈コモ・モーテル〉の駐車場にいた。ひび割れた歩道をたたくように降る雨のなか、ペンスは早歩きでよたよたと事務所に向かった。すぐにトラックに戻ってきて食料品の袋を持つと、雨のなかに駆けだして、一二六号室のドアの奥に体をねじこんだ。ミニのレザーワンピースを着た、うそくさいブロンドの女性があとにつづいた。

ドアハンドルに手を伸ばして、ふとためらった。ふたりを追うべきなのはわかっていた。このときのために一週間待ったのだ。だが、いざそのときになってみると、ちょっと腰が引けた。他人のプライバシーを尊重し、うそをつくなと子供たちに始終言って聞かせてきたのに、わたしはここで他人をひそかに尾行し、親密な行為の最中を写真に撮ろうとしているのだ。

もう一度ハンドルをにぎった。尾行に気づかれていたとしても、なんの問題がある？　ペンスは既婚者なのだ。そして、彼が不倫しているのかどうかを調べるために、わたしを――というか、〈ピーチツリー探偵社〉を雇ったのは彼の妻だ。彼はたった今、娼婦とともにモーテルの部屋にはいっていったのではなかったか？　つまり、ここでモラルをないがしろにしている人物がいるとしたら、それはペンスだ。おわかり？

それに、あと二十五分で幼稚園に行かなければならない。

ドアを半分開けたとき、駐車場にいるのはわたしひとりではないことに気づいた。一二六号室のドアの少し先で、もじゃもじゃの髪の若い男性と緑色の髪の女性が、ありったけの荷物を車のハッチバックに積みこんでいた。わたしはドアを閉めてうなった。

まずい。

若いカップルが十五回も荷物を積み直し、トランクを閉めようと奮闘しているうちに、わたしのお腹が鳴った。運転席と助手席のあいだの床にある残骸をあさって、半分残ったグラノーラバーを見つけ、それを食べながら、カップルが駐車場の真ん中あたりまで転がっていったCDを追いかけるあいだ待った。グラノーラバーは〈ネイチャー・ヴァレー〉の最上品とはいえなかった――少し湿っぽかった――が、わたしはストレスを感じると食べずにはいられないのだ。落ちているチェリオスをさがしまわるよりはましだ。

ようやくカップルの小型車が駐車場から出ていった。古くなったグラノーラバーの最後のかけらを口に放りこみ、娘の傘をつかんで、小走りで駐車場を横切った。テニスシューズで汚い水たまりにはまりながら、自分に言い聞かせる。あれがもしわたしの夫だったら、知りたいと思うはずよね？

ほどなくわたしは一二六号室の窓の外にしゃがんで、ハローキティの傘の下で身をかがめ、だれもいないことを確認するためにあたりを見まわした。つぎに、大昔のニコンのカメラを取り出し、黄ばんだビニールのカーテンの隙間からなかをのぞきこんだ。そして、グラノーラバーを吐き出しそうになった。

ベッドの真ん中にアーウィン・ペンスが、百六十キロの体で立っていた。

驚いたのは彼が裸だったからではない。

裸にサランラップを巻いた姿だったからだ。

わたしはこみあげてきたグラノーラバーのかけらをのみこんだ。アーウィン・ペンスは窓に背を向けていた。ラップに包まれたお尻は、長いこと置きっぱなしにされたせいで発酵しすぎた、ふたつのゆがんだ丸いパン生地のようだった。さざ波の立つ表面に散った黒い剛毛を別にすれば。思わずまじまじと見てしまったが、「気の毒なミセス・ペンス」ということしか考えられなかった。

もう一度ごくりとつばをのみこんだ。おそらくペンスのお尻を大写しにすれば、ミセス・ペンスには夫だとわかるだろう——サランラップを愛好する体重百六十キロの男性が、オースティンにいったい何人いる？——だが、顔の写真が撮れるまでねばるほうがいい。できれば、彼のあとからモーテルの部屋にはいっていった女性も、一部だけでもいいから入れたい。

彼女は部屋のなかのどこかにいるはずだ。〝あとは焼くだけ〟と書かれた容器にはいって〈セントラル・マーケット〉で売っているような、ラップに包まれた巨大なパン生地のせいで見えなかったが。

　胃がむかむかしたが、とにかく窓ガラスにカメラを向けた。肉の山がこちらを向くのを待ちながら、ホームパーティで〈タッパーウェア〉を売るのも、あながち悪い考えではなかったかもしれない、という思いが頭をかすめた。

　背後では大型トレーラーが轟音《ごうおん》をあげて州間高速道路三五号線を走っていた。ふくらはぎに血液が行くようにときどき体を弾ませながら、ミスター・ペンスの広がった白い体に焦点を当て、鮮明な写真が撮れるよう、彼が向きを変えてくれることを願った。どこかで読んだことのあるイメージトレーニングを試してみようと、〝振り向け〟という念をこめてペンスに見えないレーザー光線を送ったが、これまでのところ効果はなかった。

　大型ゴミ収集容器《ダンプスター》の近くから吹いてきた湿った風が、腐った野菜と卑猥なものと下水のにおいを運んできた。古くなったグラノーラバーとは合わないにおいだ。ミスター・ペンスのことを考えるのをいっとき休んで、食べたものを胃の中に収めておくことに意識を集中させながら、腕時計を見おろした。そろそろ行動を開始しなければ。幼稚園に子供たちを迎えにいくまであと二十分しかないし、今朝は四十五分遅れて〝のんびりやってきた〟ことで、すでにフン族ならぬバン族のアッティラことバン園長から叱責を受けていた。わたしはため息をついた。よりによって子供たちが早く帰る日に、ペンスがラッププレイを楽しむことにしたなんて、まったくついてない。

　しかも、日に焼けたオレンジ色とアボカドグリーンの一九七〇年代のものと思しきベッドカバーをかけた、キングサイズのベッドをたわませている肉の山は、いぜんとしてこちらに尻を向けたままだ。ベッドカバーが目撃してきたさまざまな行為——と、洗濯機のなかをくぐり抜けてきたであろう回数——を思って、鼻にしわを寄せた。

　カメラをかまえてしゃがんでいるうちに、鼻水が出てきた。少しのあいだカメラをおろし、ティッシュペーパーを求めてリュックのなかをさぐった。ほこりまみれのおしゃぶり二個、食べかけの棒つきキャンディ、〈マクドナルド〉のフライフォン、返却期限がすぎた『ボブとはたらくブーブーズ』（イギリスの子供向けアニメ）のDVDが出てきたあとで、よれよれで糸くずだらけのティッシュペーパーが見つかった。がらくたをリュックに戻し、洟《はな》をかもうとしたとき、香水のホワイトリネンの香りが、波となってわたしを包んだ。

「何してるの？」

　びくっとして、上を見た。ミニスカート姿の長身の男性が立ちはだかっていた。

　男性に目をさまよわせながら、ピンクのフリルつき傘とカメラを持ってモーテルの部屋の外にしゃがんでいるそれらしい理由を考えようと、脳をフル回転させた。ほのかにひげの跡があるのをのぞけば、男性の顔はファッション雑誌から抜け出てきたかのようだった——絹のようなまつ毛に縁取られたブルーグレーの目、高い頬骨、傘とまったく同じラズベリー色のふっくらした唇とミニスカート。脚はシルクのストッキングに包まれていた。顔は赤ちゃんのお尻ほどすべすべではないにしても、脚剃りのテクニックは名人級だった。

わたしは苦労して立ちあがり、カメラをリュックにしまうと、たどたどしく言った。「部屋の鍵をさがしていたのよ」鍵が見つからないときって、こんなふうにするわよね、わからないけど。

「ドアはあっちだけど」

「ドア？　ああ、そうね」わたしはすり足で何歩か移動し、またリュックのなかをさぐりはじめた。

「なかにいるの、おたくの旦那？」

「えっ？」

「おたくの旦那かってきいてるの」

わたしは憤慨する妻に見えるように肩をいからせ、あごをこわばらせた。「どうしてあそこにいるのがわたしの夫だと思うの？」

「じゃなきゃ、あなたはのぞき魔ってことになるから」

いくらリュックをあさっても一二六号室の鍵が出てくるわけではないので、これ幸いとミスター美脚の解釈に合わせることにした。劇的効果をねらってすすり泣こうとしたが、ずっと洟をすする音が出ただけだった。「ええ、そうよ。なかにいるのは夫なの。わたしはティッシュをさがしてただけよ」わたしはまた洟をすすり、悲惨なことを考えて涙をしぼり出そうとした。悲劇的な自動車事故？　飢えに苦しむアフリカの子供たち？　アディロンダック山地の人里離れたキャビンで夫の家族とすごす一週間？　涙のひとしずくを求めてぎゅっと目を閉じた。

「浮気？」

　わたしはうなずいてうしろにさがり、ミスター美脚はかがんでカーテンの隙間から部屋の中をのぞいた。伸縮性のあるミニスカートが危険なほどずりあがった。わたしは目をそらした。

「おやおや。旦那にダイエットさせたほうがいいね。彼、上になるのが好きじゃないといいけど」

「上って？」

「ほら。ベッドでよ」

「えっ。ええ、そうね」たどたどしく言いながら、腕時計をちらりと見た。ふたりの子供のお迎えの時間まであと五分しかないというのに、こんなところで会ったこともない男の性的指向について、大柄な女装家に説明することになるなんて。

「アトキンスダイエット（糖質制限ダイエット）をさせるといいよ。友だちのタルーラなんて例のハイプロテインで二十七キロもやせたんだから。カリカリに焼いた豚の皮や何かを食べるようにしなきゃ」彼はもう一度のぞき見した。「もちろん、おたくの旦那はもっとやせる必要があるけどね」しつこく窓越しに見つめながら言う。「家でもやるの、あれ？」

「やるって、何を？」

「あれよ。ラップで殴打《スラップ》」

「ラップでスラップ？　そういう呼び名があるの？」

「まあね。〈バターボール〉（鶏肉メーカー）の七面鳥みたいに縛られるのが好きな人たちもいるしね。パドルが好きな人たちも」

「パドルを使うの？」

窓に詰め寄ってまたしゃがんだ。ベッドの上にかがみこんだペンスを、ブロンド女が見おろすようにして立っていた。先ほどのワンピースの代わりにロール半巻きぶんのラップを身にまとい、短い木製のパドルをしきりに使っている。ミセス・ペンスも気の毒に。

ブロンド女がとりわけ力強い一発をお見舞いすると、ペンスはまだらになった顔を窓のほうに向けた。わたしはリュックのなかをかきまわしてカメラをさがしたが、それをかまえるころには、顔はそむけられていた。

ミスター美脚が背後のどこかから話しかけてきた。「離婚するつもりなの？」

「えっ？　ええ、そう。離婚するの。弁護士にわたす証拠写真がいるのよ」

「ガッツがある女性なのね。気に入ったわ」

さらに何度かたたかれたあと、ミスター・ペンスはまた窓のほうを向いた。わたしはニコンを向けてシャッターを押した。モーテルの部屋に光があふれ、ふたりはさっと顔を上げた。

フラッシュをオフにするのを忘れていた。

「やばっ！」カメラをリュックに押しこみ、すり減ったスニーカーでぬれたコンクリートの上をすべるようにしながら、歩道を駆け抜けた。建物の角を曲がったとき、背後でドアがきしりながら開く音がした。

湿ったシンダーブロックの壁にしばらくへばりついていたあと、建物の角から様子をうかがった。ミスター美脚の姿はどこにもなかったが、ミスター・ペンスはさっきまでわたしがいた場所に立っていた。体に巻かれた汚ないバスタオルは、率直に言ってその役割を果たしていなかった。彼は濃い眉のあいだに深いしわを刻みながらあたりを見まわしたあと、かがみこんで歩道から何やら赤いものを拾いあげた。それを両手でひねりまわしながら、部屋のなかに消えた。

わたしは壁にもたれて悪態をついた。エルシーのフライフォンを落としてしまったのだ。もう取り返すことはできない。

数分待ってから、駐車場をこそこそ歩いてミニバンに向かい、ハローキティの傘を閉じて車に乗りこむと、バタンとドアを閉めた。ハンドルに額を押しつけて悪態をつく。よりによってフライフォンをなくすなんて。エルシーになんて説明すればいいの？

毛布を持ち歩く子もいるし、お人形がお気に入りの子も、カンガルーのぬいぐるみの子もいる。でもうちの子はちがった。一歳のときから、娘は毎晩〈マクドナルド〉のフライフォンを抱いて寝るのだ。

フライフォンはプラスティック製のおもちゃの電話で、パッケージにはいったフライドポテトの形をしている。数年まえの二月に三時間だけそれを手に入れる機会があった。将来それが家庭生活におけるすべてのもののなかで太陽の位置を占めることになると知っていたら、街じゅうのハッピーミール（ハンバーガーとドリンクなどにおもちゃがついた、〈マクドナルド〉の子供向けセット。日本での名称はハッピーセット）を買い占め、クローゼットのなかの未使用の毛糸の山のうしろに、フライフォンをいくつもストックしておいただろう。だが、娘がそれを手放せなくなるころには、もう手遅れだった。フライフォンはとっくの昔に、収集価値のあるポケモンのフィギュアとミニサイズのバービー人形に変わっていた。

そして今、フライフォンはなくなってしまった。配管工事を生業《なりわい》とする、ラップをまとった肥満体の不倫男に奪われて。

わたしはうらめしい思いでペンスのいる部屋を振り返った。そして唇をかみ、キーをイグニッションに入れながら、ほんの一瞬ではあるが思った――〈ピーチツリー探偵社〉なんて、名前も耳にしなければよかったと。

子供たちを幼稚園に送り届けたあと、スーツに体を押しこんで、紙切れに走り書きした住所をさがしてコングレス・アベニューを南に向かってから、一週間しかたっていないなんて信じられない。六週間まえまでは、働くことなど考えてもいなかったが、エルシーだけでなくニックも幼稚園に通うようになってから郵便受けにはいっていた保育料の請求書は、動悸がするほど高額だった。

テキサス州には公立のプリスクールがないので、ブレイクとわたしはふたりの子供たちをグリーン・メドウズ幼稚園に通わせている。評判のいいところで、保育料はテキサス大学の学費が閉店セール並みの格安に思えるほどだ。ブレイクは、住宅担保ローンを組んで、昇進したら返済しようと提案したが、わたしはそれを鼻であしらった。そして、「これからは昼間時間ができるから、仕事を見つけるわ」と、こともなげに言った。エルシーの出産を機に辞めた広告代理店で、パートの仕事をもらえるだろうと踏んでいたのだ。

簡単だと思うでしょ？

まちがっていた。ひとたびキャリアの道からはずれたら、そこにまた飛び乗るのは簡単ではないと理解するのに、時間はかからなかった。六年近くも仕事から離れていたうえ、手のかかる子供がいるため長時間は働けないとなると、子供のいないかつての上司は首を横に振った。「悪いけど、パートの仕事はないのよ。それに、あなたは長いこと業界から離れていたし……」

そこでわたしは求人広告を見るようになり、ストリッパーか皿洗いなら、パート界では引く手あまただとすぐにわかった。だが、それ以外はさっぱりだった。

あきらめてタッパーウェア・パーティに身をやつそうとしたとき——三十すぎの太めの女性の市場でもないかぎりストリッパーは無理だし、皿洗いなら家で死ぬほどやっている——ほかとはちょっとちがう広告を見つけた。エキサイティングなパートの仕事、フレックスタイム制。本人が直接申しこみのこと。〈タコ・シャック〉でテーブルを片づけるよりずっとよさそうだったので、わたしは心を決めた。

住所は町のいかがわしい界隈にあり、〈エクスタシー・ランジェリー・モデリング〉と

〈オースティン・プロパン・サービス〉のあいだにはさまれていた。空っぽの駐車場にバンを停め、薄汚れた入口まで、纏足《てんそく》にされたばかりのように、きつすぎるブルーのパンプスでちょこちょこと進んだ。すすけたガラスドアにはがれかけたペンキで、〈ピーチツリー探偵社〉と書かれていた。その下のくもりガラスには、果物というより人のお尻のような、縁の茶色くなった桃のステッカーが貼ってあった。

背を向けてミニバンのなかに戻ろうかと思った。そのとき、これまで見てきた求人広告が頭のなかに去来した。ストリッパー、皿洗い、ドッグトレーナー……少なくともこの仕事はおもしろそうだ。たぶん。

ドアを押し開けて、タバコの煙とカビのにおいがする陰気な室内に足を踏み入れた。背後でドアがカチャリと閉まると、オレンジ色っぽい赤毛をヘルメットのようなスタイルにした、大柄で肉感的な女性が、吸い殻であふれそうな灰皿にタバコを突っこんで消した。そして、茶色の目を細めてデスクの向こうからわたしを見た。「ピーチズ・バーロウよ。ご用件は？ご主人のことでお困りなのかしら？」

「いいえ」悪臭にひるむまいとしながら、わたしは言った。部屋は消臭スプレーのライソルを必要としていた。「仕事がほしくて来ました」

スカートのうしろをこっそり安全ピンで留めたわたしのネイビーブルーのスーツをちらりと見て、彼女は鼻を鳴らした。「からかってるのよね？」

「いいえ」わたしはごくりとつばをのみこんで背筋を伸ばすと、オフィスじゅうに散らばった黄ばんだ書類の束を見やった。アリジゴクが数匹、汚いグレーのカーペットの上で死んでいた。ピーチズがどんな人にせよ、あまりきれい好きではないようだ。書類整理のために人を雇うとしたら、かなり人件費がかかるだろう。「それで、どんな仕事なんですか？」

「あなたがさがしてるタイプの仕事じゃないわ、かわい子ちゃん」ピーチズは傷だらけのデスクに身を乗り出して、赤いストレッチ素材のトップスのなかに押しこまれたカンタロープメロンのような胸を見せつけた。四十歳はとっくに超えているようだが、若者向けファッションの店での買い物がやめられないらしい。

「そんなこと、わからないでしょ」

「わたしは調査員をさがしてるの。事務仕事をする人じゃなくて」

調査員？　メイドよりはましだったが、調査員になった自分の姿は想像できなかった。自分の車の鍵も見つけられないのに、他人にまつわるあれこれなどつきとめられるわけがない。

「それならけっこうです」と言おうとしたとき、何かがわたしを止めた。別にいいんじゃない？　少なくともお皿は洗わなくていいんだし。「おもしろそう」と言って、クローゼットの裏から引っ張り出してきた革の書類入れから履歴書を取り出すと、できるかぎりプロっぽい顔をした。「直接の経験はないけど、覚えは早いの」

彼女はクリーム色の紙に目を通すと、ペンシルで描いた眉を片方上げた。「マリゴールド・ピーターソン？　花から名前をつけられたの？」

そう言う自分は果物の名前じゃないの。「友だちからはマージーって呼ばれてます」

ペンシルで描いた眉がけげんそうにまた上がる。「グリーン・メドウズ幼稚園のニュースレター発行人？」

「調査レポートと考えてもらっても」

「ああ、なるほど。トイレトレーニングを徹底調査した記事とかね」また履歴書に目を走らせる。「〈BDS&M〉の顧客主任？」彼女は履歴書を押し返した。「ハニー、うちがやってる調査は、優雅なプレスリリースを書くことでも、最高のチョコレートケーキのレシピをつきとめることでもないの。扱うのはすごく汚い仕事よ。気骨のある人が必要なの」

汚い仕事？　おむつなら暴走族が青くなるほど見てきた。気骨？　子供たちと同じ家に暮らしながら、五年も生きつづけてるでしょ？

見くだすようなピーチズの表情が、わたしのなかの何かに火をつけた。このところ、人になんと言われてきた？　子供がいる女は家にいるしかないから、地元の図書館のドライブウェイ・ステンシル教室に通うことぐらいしか楽しみがないと思われている。ブレイクでさえ、エルシーが生まれてから変わってしまった。昔はよく、ふたりで政治や倫理や世界情勢について話をした。今話すことといえば、彼の靴下用の引き出しの状態についてくらいだ。

深くため息をついた。この五年間おむつや汚れた皿を扱ってきたからといって、わたしの脳が〈ガーバー〉の離乳食、オートミール&バナナ・シリアルになってしまったわけではないのに。

スカートのうしろの安全ピンを引き伸ばしながら、まえに身を乗り出した。「できることはわかってるの。わたしにやらせて」

ピーチズは体を起こしてそらせ、胸の谷間を調整した。「ハニー、どうしてこんなことがしたいの？　これは汚い仕事よ。幼稚園の先生たちを相手にするのとはちがうの。ものすごく危険なやつだっているんだから」見くだしたような表情は消え、哀れみのようなものに変わっていた。「あなたはいい人みたいだし、お金に困っているようにも見えない。何か安全なことをしたほうがいいんじゃない？　ＰＴＡとか」

この人はグリーン・メドウズ幼稚園の親たちに会ったことがないにちがいない。ゆくゆくは自分の子供たちをハーバードに入れることで頭がいっぱいの、文句ばかり言っている経営学修士の母親たちのグループに太刀打ちできるのは、不良の一団ぐらいだ。

マージー・ピーターソン、私立探偵。

そのとき、あることがひらめいた。

履歴書をピーチズのほうに押し戻し、彼女の目を見て言った。「案件をひとつ与えて。もしちゃんと仕事ができたら、パート代をもらうわ。もしできなかったら、お金はいらない」

彼女は少しのあいだわたしの視線を受け止めたあと、ため息をついてうしろに手を伸ばし、よれよれのマニラフォルダーを取った。デスクに置き、わたしのほうに押しやる。「いいわ。志願者はほかにだれもいないから、一度だけチャンスをあげる。浮気調査よ。配管のセールスマン。証拠をつかめなかったら、お金は払わない。それでもあなたは厄介ごとに巻きこまれるだろうけどね」期待にうずく指でマニラフォルダーをつかんだ。ピーチズはいちばん上の引き出しからウルトラスリムのパックを取り出した。「ったく」彼女は言った。「なんでこんなことしてんだか」

わたしは背筋を伸ばした。「何をすればいいの？」

彼女はライターをはじいた。オレンジ色の炎が上がる。「男を尾行して、やってはいけないことをしている姿を写真に撮るの」

「研修とかはないの？」

「運転はできる？」

「ええ」

「カメラは持ってる？」

「ええ」

彼女はウルトラスリムを深く吸いこみ、椅子をくるりと回転させた。「研修は自分でやって」

2

それが一週間以上まえのこと。今日、お迎えの時間に二十分遅れてグリーン・メドウズ幼稚園に車を乗り入れたときは、もう私立探偵の仕事にそれほど興奮していなかった。たしかに写真は撮った。少なくとも撮れていると思う。だが、フライフォンをなくしてしまったし、どうやらわたしはバン族のアッティラのいちばんの標的になっているらしいのだ。

幼稚園のドアを開けて園長のとがめるような目に気づいた瞬間、疑惑は確信に変わった。肌こそ緑色ではないが、彼女はふくよかになった晩年の西の悪い魔女に瓜ふたつだった。

子供たちが駆け寄ってきた。わたしはひざまずいてふたりを抱きしめ、ニックの髪に鼻を埋めて、子犬とリンゴジュースと子供用シャンプーのスイカのにおいを吸いこんだ。エルシーは今朝本人が選んだ黄色のスカートと紫色のキラキラトップスを着ていたが、ニックの消防車柄の半ズボンは、異様に大きなセイヨウバラの飾りがついたピンクのスカートに変わっていた。わたしは子供たちを抱きしめたあと立ちあがり、エルシーの黒い巻き毛の頭に手を置いた。バン園長が先のとんがった靴で地面を打ちながらやってくると、目を細めてわたしを見た。

「遅刻ですね」

わたしはできるかぎり反省している親らしい顔をした。「すみません。以後気をつけます」

教皇が最新の教書を授けるような儀式ばった仰々しさで、園長から今日のお知らせ――グリーン・メドウズ幼稚園ではしょっちゅうお知らせがある――をわたされた。やがて、園長の非情な目は、ぽっちゃりした体でわたしの脚にからみついているニックに向けられた。

「ニックがまたおもらしをしました。彼のロッカーにはもう着替えがなかったので、エルシーの服を着せなければなりませんでした」それでスカートをはいているのだ。

「うちではいつも性差別はしないようにしていますから」

園長は下あごをぶるぶると震わせて咳払いをした。「あなたと面談をしたいと思っています、ミセス・ピーターソン。親御さんのわが校への貢献と、お子さんたちに必要な栄養についてお話しするために。ぜひお知らせしたいお子さんの態度の問題もありますし……」エルシーに向かって毛深い眉を動かした。

栄養についてのレクチャーは以前聞かされたことがあり、わたしが数々の罪を犯しているのは重々承知していた。ナチュラルな無糖のものではなく〈ジフ〉のピーナッツバターを使うとか、全粒粉のパンではなく白パンを食べるとか……

でも、態度の問題って？　エルシーの黒い巻き毛を見おろして、きっとたいしたことではないのだろうと思った。だいたいバン園長は、おやつの時間に膝にナプキンをかけないことを、たいへんな失態と考えるような人なのだ。

「ぜひとも面談を、ミセス・ピーターソン」

何か埋め合わせになりそうな話題をさがした。わたしがグリーン・メドウズ幼稚園に貢献していることを印象づけ、オフィスから出ていかせてもらえるような話題を。生垣の手入れを申し出るべき？　一週間、幼稚園が終わってから歯ブラシで床磨きをする？　そのとき、ニュースレターのことを思い出した。「ぜひお話をうかがいたいです――お電話しますね、来週の月曜日には時間を作れると思うので――でも、今日はこれからクラスのピクニックのときの写真をアップロードしなくちゃならないんです。明日のニュースレター発行に向けて準備しておきたいので」

園長の目の力がゆるみ、わたしはその隙をついて子供たちをドアの外に連れ去った。「ありがとうございました、園長先生。ではまた明日！」


十分後、ひび割れたドライブウェイに車を入れ、ブレイクにたのんで芝刈りをしてもらうこと、と頭のなかにメモした。ご近所さんの芝生はゴルフ場のグリーンのようなのに、うちの芝生は〈ナショナル・ジオグラフィック〉の特別番組で見るセレンゲティの荒野に似ていた。

わたしの背丈と同じくらいのタンポポを蹴倒《けたお》して、子供たちのためにバンのドアを開けてやった。庭がこんな状態になっているとは、正直驚きだった。水のしたたる蛇口を何カ月もたってから修理するという調子とはいえ、ブレイクは家――一九二〇年代後期に建てられた石造りのコテージ——の外見を見栄えよくしておくためなら働いてくれる。夫は母親からマーサ・スチュワート的な強迫観念を受け継いでいた。逆にわたしは、家事方面においてはどちらかというと放任主義だ。言うまでもなく、結婚当初は調整が必要だった。だが、ときがたつにつれ、夫の奇癖とも折り合いをつけられるようになり、不満があるとすれば、タオルを色分けしてきちんとしまわなければならないことぐらいなので、わたしは幸運な女だといえるだろう。

子供たちがミニバンから転がるように降り、小道を走って玄関に向かうあいだ、花壇——わたしが長年温めてきた家庭における唯一の計画——を満ちたりた思いで見わたした。メキシカンセージはドライブウェイの突き当たりで満開の花を咲かせており、シダのかたわらでは、ピンクと紫のインパチェンスが咲いていた。生い茂った草がもう少し短ければ、通りからでも花が見られるだろう。

家自体は〝非常な可能性を秘めた〟物件のひとつだった。実際、七年まえ、わたしたちにこの家を売った不動産屋はそう言っていた。最初の六カ月は大規模な修復と増築の計画を立ててすごした。やがてエルシーを妊娠し、家ですごすためにわたしが広告代理店の仕事を辞めると、大規模な計画は家の装飾部分のペンキを塗り直すことにまで縮小した。またペンキを塗り直さなくちゃ、と思いながら、玄関の鍵を開けた。レンガ色に塗り直したドアは、もともとの色であるライムグリーンが見えてきていた。わたしは首を振った。いずれブレイクの母親に指摘されるのはまちがいなかった。

それでもいいじゃない。家にはいってドアを閉め、未開封の郵便物の束の横に鍵を落として思った。わたしはここで幸せに暮らしている。もっと大事なのは、子供たちも幸せだということだ。わたしは荒廃したアパートで子供時代をすごした。敷地にプールがあるのは最初の数年こそ楽しかったが、目新しさはすぐに消えた。母はできるかぎりのことをしてくれた。わたしの三歳の誕生日の直後に、父がわたしたちを捨てて別の女性と出奔すると、母はアパートの管理人としてさまざまな仕事をしながら家族の暮らしを支えた。それでも、学校時代は、きちんとした界隈にあってママとパパが両方いる友人たちの家がうらやましくてしかたがなかった。母は明るく言っていた、〝あなたはとても幸運なのよ。たいていの子には自分の家の庭しかないんだから、こんなに広い地域の遊び場じゃなくて〟と。そんなことを言われても納得はいかなかったが。

時代がかった白いコンロと、わずかに錆《さび》の浮いたシンクのある、小さなキッチンを愛しい思いで見た。保護猫だったシャム猫のルーファスが、脚に体をこすりつけてきたので、手を伸ばして耳をかいてやった。この家が《タウン&カントリー》の巻頭特集に選ばれないからってなんなの？　家にひとつしかないトイレをエルシーが使い終わるのを待っているあいだに、ニックがときどきズボンをぬらすからってなんなの？　少なくともこの家はわたしたちのものだ。

留守番電話をチェックしていたら、母の番号があったのでうんざりした。すぐに、まくしたてる母の声が聞こえてきた。「こんにちは、マリゴールド。このあいだ送ったセント・ジヨーンズ・ワート（ハーブの一種で、うつ病や不安障害に効果があるとされる）を試してくれたかどうか知りたくて電話したの」わたしはあきれて目をまわした。たいていの人は七〇年代にヒッピー・ムーブメントを卒業しているが、母はいまだに卒業していなかった。先月はヨガだった。今はカーマという名のハーバリストと頻繁に会っており、奇妙な緑色の草やら何やらを送りつけてくるようになった。「機会があったら電話してね。わたしの代わりにちびちゃんたちをハグしてちょうだい！」

〝削除〟を押した。子供たちを寝かせて、グラス一杯のワインを飲んでから、母に折り返し電話をしよう。ワインは二杯でもいいかも。そのとき、背後からエルシーがやってきて、わたしの脚に抱きついた。「ママ、おなかすいた」

「おやつにする？」わたしはきいた。

「カップケーキがいい！」ニックが宣言した。

「オレオは？」エルシーが提案する。

「チーズスティックとリンゴのスライスは？」アッティラとの遭遇のあとなので、正しいことをしなければならないような気がして言った。

ふたりは不満そうな声をあげたが、二分後にはキッチンテーブルで、どっちのリンゴのスライスのほうが大きいかをめぐって言い合いをしていた。

子供たちが口論しているあいだに、冷蔵庫から鶏胸肉のパックを出しながら、今日の自分の仕事ぶりについて考えた。全体としてはうまくいったと思う。たしかにフライフォンはなくしたけれど、ピーチズに見せるものは手に入れた。フライフォンがなくなったと知ったとき娘があげるであろう悲鳴について考えるのはあとまわしにして、一瞬満足感を覚えた。洗濯以外の仕事を任され、それをやりとげるのはいいものだ。

子供たちはリンゴのスライスを食べ終え、テーブルに赤い皮のかけらを残して、ぶらりとリビングルームに向かった。二秒後、四千個のレゴブロックが硬材の床を打つ音が家じゅうに響きわたった。「使ったら片づけるのよ！」わたしはどなった。

「はーい、ママ！」

そうでしょうとも。〝片づける〟とは、ひとり一個ずつのレゴを箱に戻し、そのあとは疲れて床に座りこむことを意味する。残りの三千九百九十八個はわたしが箱に戻さなければならないのだ。

今はカオスな音を無視することにして、鶏胸肉を漬けるヨーグルトマリネ液の作成に集中した。最近ブレイクの主治医から、夫のコレステロール値が危険なほど高いと知らされたので、わたしは低脂肪の食事を作り、彼を散歩に連れ出すようになっていた。心停止で若いうちに夫を失うなど考えたくなかったが、このところの超過勤務とそれに付随するストレスで、夫が朝食のコーンフレークをひっくり返すことになっても不思議ではなかった。それに、食事に気をつけるのはわたしにもいいことだった。子供たちにはバランスのいい食事を与えるようにしているが、メーカーが作る服のサイズが小さくなっているか、チョコレートを食べる習慣のせいで、わたしはムームーを着用しなければならないレベルに近づきつつあったからだ。

　ヨーグルトにレモン汁を混ぜ入れながら、ミセス・ペンスのことを考えた。彼女は夫のために低脂肪の食事を作っていたのだろうか？　今日見たかぎりでは、それはない気がした。しわしわのラップで包まれた夫の写真を見たら、どんな気分になるのだろう？　彼女は何かあると気づいていたはずだ――そうでなければ私立探偵を雇ったりはしない――が、証拠をまのあたりにするのはやはりショックにちがいない。それがわたしのカメラにはいっている写真のような証拠ならとくに。

　鶏肉をラップで包み、スパイスがまぶされた淡い肌色の肉片を見てうっとなった。ペンスのお尻にひどく似ていたからだ。かなり小さいというだけで。そもそもなぜラップなの？　最初の性的体験に、ベイクセール（教会や学校で基金集めのために手作りの焼き菓子などを持ち寄って売るバザー）のブラウニーが関わっていたから？　きっと何か事情があるのだろう。一瞬、ミセス・ペンスに励ましのカードを送ろうかと思ったが、すぐに却下した。〈ホールマーク〉も〝ご主人が娼婦とラッププレイをお楽しみとはお気の毒です〟なんていうカードは作っていないだろう。

　下ごしらえした鶏肉を冷蔵庫に入れたとき、電話が鳴った。手を洗って、留守電に変わるまえに電話に出た。

「もしもし？」

「マージー」

　夫の声だった。「ブレイク！　調子はどう？　今日とても信じられないようなことがあったのよ……」

「ごめん、ハニー。話してる時間はないんだよ。今夜クライアントと会わなきゃならないから、夕食には帰れないと伝えるために電話したんだ」

鶏肉料理もこれまでだ。「またなの？　このところ働きすぎじゃない？」

「ああ、わかってる。今やっかいな案件を担当してててね」

わたしはため息をついた。今夜はホットドッグかマカロニチーズにして、鶏肉は明日のためにとっておこうかしら。「そう、寂しいわ。夕食はとっておく？」

「いや、いらない。何か適当に食べるから。もう行かないと……子供たちにキスをしてやってくれ」

そして電話は切れた。

受話器を置いて顔をしかめ、このところわたしが用意したのに食べてもらえなかった夕食ぶんの食費を、夫が奴隷のように働かされている〈ジョーンズ・マキューアン法律事務所〉に請求できたらいいのにと思った。「パートナーになるまでの辛抱だ」と夫はいつも言う。「そうすればもう少し時間に余裕ができて、家の手入れも少しはできるようになるよ」ええ、そうよね。こういう生活はもう四年もつづいており、ブレイクは通常週七十時間働いているのに、まだアソシエイトだった。

冷凍庫からホットドッグのパッケージを取り出したとき、キッチンの戸口にエルシーが現れた。青い目を見開いている。「フライフォンはどこ？」

わたしはごくりとつばをのんだ。ラップに身を包んだ肥満体の浮気男が娘のお気に入りの品を盗んだなどと、どうして言うことができるだろう？　わたしは平静を装って言った。

「あのね、ハニー、今はどこにあるかわからないの。でも、きっと見つかるわよ」レゴが散らかったリビングルームを通って、エルシーをテレビのまえに連れていった。「『わんわん物語』のＤＶＤ、見る？」

娘の目に涙があふれた。「フライフォンがいい！」

「ハニー、今はどこにあるかわからないのよ」

「なくなったってこと？　これからもずっと？」

「いいえ、スウィーティ、ずっとじゃないわ。きっと見つかるから」わたしは娘の巻き毛をなでながら、すすり泣きの声がときおり洟をすする音になるまでの十五分間、いっしょに座って、犬のレディとその完璧な家族の物語を見た。そのあと、コンピューターのある部屋に引っこんで、イーベイのサイトに行き、〝フライフォン〟と打ちこんだ。何もなし。〝〈マクドナルド〉のフライフォン〟でも、〝フレンチフライフォン〟でも、〝ハッピーミールフォン〟でも〝フリーダムフライフォン〟でも同じだった。くそっ。

どうしてこの仕事を引き受けてしまったのだろう？

コンピューターの電源を切り、電話を手にした。ピーチズは三回目の呼び出し音で出た。

「マージーよ」わたしは言った。「ペンスの写真が手にはいったわ」

「うそでしょ」日にひと箱タバコを吸う声から驚きが聞き取れた。「いつ持ってこられる？」

「できるだけ早く」わたしは言った。咳払いをして間をおいた。「でも、モーテルの部屋のまえにうっかりあるものを落としてきちゃったの。それで、わたしのためにそれをさがしてくれるように、ミセス・ペンスにたのんでもらえないかと思って。彼女のご主人がそれを拾ったのよ」

「部屋のまえにものを落としてきたの？」

「そう」わたしは声を落とした。「〈マクドナルド〉のフライフォンを」

「あらまあ。〈マクドナルド〉のフライフォン？　ハッピーミールについてくるおもちゃの？　うちの調査員がうっかり落としていった〈マクドナルド〉のフライフォンをさがしてもらえないかって、ミセス・ペンスにたのんでくれっていうの？」

「わかってるわよ……でも、わざと落としたんじゃないわ。それにあれは娘のお気に入りのおもちゃなの」

「フライフォンが？　なんでテディベアとかじゃないのよ。まったく。なんでそんなものを……いいえ、きかないわ。知りたくもない」息を吸いこむ音がして、タバコを吸っているのがわかった。「報告書を書いてもらうわよ。幼稚園のニュースレターのためのごたいそうなレポート書きに比べたら軽いもんでしょ」

辛辣なことを言い返してやろうと口を開いた。だが、残念ながら出てきたのは「いつまでに出せばいいの？」ということばだった。

「今日書ける？」

今日ですって？　リビングルームから聞こえてくる音に耳を澄ました。聞こえるのはレディの飼い主のおだやかな声だけで、家のなかは平和だった。「書けると思う」

「よろしい」彼女は言った。「ところで、最初の仕事をやってのけたから、つぎの仕事をお願いするわ」

「ちょっと待って。今日の午後は子供たちがいるし……」

「急ぎの仕事だから、こっちが優先よ。ハニーポットってわかる？」

「ハニーポット？」

「そう」

「特別な装備か何か？」

彼女は鼻を鳴らした。「特別な装備？　いいえ、ちがうわ、スウィートハート。あなたがハニーポットになるの」

「わたしがハニーポットになる？」いやな予感がする。「どうやって？」

彼女はまたタバコを吸いつけてから答えた。「まずは〈ディラーズ百貨店〉の補正下着売り場に行くことね。〈フレデリックス・オブ・ハリウッド〉（アメリカのセクシーなランジェリーメーカー）でもいいわ」

「それってもしかして……」

「浮気調査よ。おとりになる人が必要なの。対象者を引っかけることができたら、カメラマンを呼んで、奥さんに見せる写真を撮ってもらう。いつもはプロを使うんだけど、ロジータはしばらく休業中だし、アンジーは忙しいのよ。でも、あなたができないって言うなら……」声が小さくなって消えた。

「バーに行ってその人を引っかけろっていうの？」

「そういうこと」

「でもわたしは結婚してるのよ」

「彼と寝ろとは言ってないわ。寝たいと思わせるだけでいいのよ」

しばらく考えた。わたしと寝たいと思わせる？　近ごろわたしと同じベッドで寝たがるのは、とくに好みがうるさいわけではないふたりの幼児だけだ。

「わかったわよ。でも、子供たちはどうすればいいの？」

「あのね」ピーチズが言った。「できないと思うなら、ほかの人にやってもらうだけよ」

「だからやるってば。明日じゃだめなの？　明日なら夫が子供たちを見てくれるんだけど。でも、バーめぐりをしていたのはずいぶん昔の話よ。着るものがあるかどうかわからないわ」

「まずはサポートタイプのパンティストッキングね。寄せ上げ《プッシュアップ》ブラは持ってる？」

わたしはうめいた。「いつそれが必要になるの？」

「さっきも言ったけど、急ぎの仕事なの。奥さんが不安がってるのよ。火曜日の夜はいつも出かけるから、職場から尾行すれば、今夜うまいことはめられると思う」

「今夜？　夫は夜遅くならないと帰ってこないのよ」

彼女はため息をついた。「それならアンジーにたのんでもいいけど……」

別室にいる子供たちのことを考えた。すでにママ友のベッキーが、今週は子供たちをお泊まりさせてもいいと言ってくれているし、父親が家にいないことから子供たちの気をそらすことができるかもしれない。ベッキーの申し出はまだ有効なはずだ。失うものなんてある？

「わかった。やるわ」

「よかった。対象者の職場はダウンタウンにある〈バンク・ワン〉のビルよ」わたしは詳細を書き留めて電話を切った。太めの三十五歳をどうやって今夜六時までに女狐に変身させればいいのだろう、ベッキーは子供たちを預かってくれるだろうか、と思いながら。そして何より、新しいフライフォンはいったい全体どこで手に入るのだろう？

3

一時間後、わたしはベッキー・ヘイルのベッドに座って、クローゼットをあさる彼女を見ていた。ベッキーは昔からの親友で、テキサス大学時代はルームメイトだったが、卒業後わたしたちはおのおのの道に進み、別々の人生を生きてきた。だが、数年まえの雨の降る平日の朝、コーヒーショップでばったり会ったとき、ふたりはどちらも抱っこひもをつけ、じっとしていない幼児が陳列されているコーヒーカップをひっくり返さないかとびくびくしていた。わたしたちは疲れた目で見つめ合い、友情にふたたび火がついたのだった。

ベッキーに電話して新しい仕事のことを――そして、子供たちを預かってほしいことを――話すと、彼女は金切り声をあげた。

「すごいじゃない！　おめかししなくちゃね」

「おめかし？」

「ずっとまえからわたしの手であなたを着飾らせたかったの」彼女は言った。「大学時代はすごくきれいだったじゃない、子供を産むまえは……あの緑の目は百万ドルの目だったわ」

そこで間ができた。「もちろん、今はもうすてきじゃないってことじゃないわよ」

ええ、そうよね。「百ドルで充分よ」わたしは言った。

そして今、子供たちが家じゅうを駆けまわるなか、ベッキーは広々としたウォークインクローゼットから出てくると、値踏みするような目つきでわたしを見た。

「今夜子供たちを預かってくれてありがとう。いつもならブレイクに見ててもらうんだけど、あの人このところ〈ジョーンズ・マキューアン〉に住んでるみたいなものなの。オフィスに簡易ベッドを置いたらって言おうかと思ったけど、本気にされると困るからやめた」

「わかる。リックも最近会社にいる時間が長いの。でも、大丈夫よ。子供たち同士仲がいいもの。だから預かるのはわけないわ」

「お片づけの時間が来るまではね」

「オレオで買収するわ」ベッキーはキューピッドの弓のような唇をすぼめ、ブロンドのカーリーヘアを片手で梳《す》いた。「さて、あなたに似合うのはどれかしら？　わたしは緑色がいいと思うのよね。ミニ丈の、脚を出すデザインのものがいいわ」

目を閉じて、ベッキーにまかせることにした。子供がいるのに、いつも〈タルボット〉の広告から抜け出てきたように見えるベッキーに。エルシーとニックがゾーイとジョッシュとともに、ベッドルームのドアの向こうで家を解体しているあいだに、ベッキーはカールアイロンのコンセントを入れ、二サイズは小さすぎる服にわたしの体を押しこんだ。やがて、さまざまな用途のブラシやべたべたしたものを持ってきて、仕事に取りかかった。

「ところで、どうやってこの仕事を手に入れたの？」カールアイロンで毛束をはさみながら、彼女はきいた。熱い金属が耳をかすめ、わたしはびくりとした。

「新聞に出ていた求人広告で、おもしろそうなのはこれだけだったの」熱いアイロンがまた耳をかすめてひるんだ。ベッキーがスプレーをかけてカールをキープさせるあいだ、わたしはピーチズ・バーロウおよび〈ピーチツリー探偵社〉との出会いについて話した。ベッキーはこの十日ほど、子供たちとディズニーランドに行っていたので、報告する機会がなかったのだ。

話し終えると、ベッキーはわたしの前髪をふわりとふくらませ、疑い深そうな目でわたしを見た。「すごく評判のいい会社ってわけじゃなさそうね」

「でも、わたしを雇えるぐらいの仕事ははいってきてるのよ。それに、雇ってもらえてよかった。たしかにおもしろいわ」モーテルの部屋でミスター・ペンスがしていたことを話すと、ベッキーは鼻を鳴らした。

「ブレイクはどう思ってるの？」彼女は息を吸いこんだ。「それに、プルーデンスは？」

プルーデンスはわたしの義母で、ツインニットと手書きの名札つきディナーの女王だった。わたしは彼女の意にかなう嫁ではなかった。実のところ、義母はわたしたちが結婚したことによるショックからまだ立ち直っていないのだと思う。八年もまえのことなのに。これまでは新しいパートの話題をずっと避けてきたが、いつまでもそうしているわけにはいかないだろう。

「プルーは知らないの」わたしは言った。「ブレイクにも生々しい詳細は話してないし」

ベッキーがいたずらっぽく笑いかけてきた。「そうでしょうね。壁のハエになって、その会話を聞くのはそそられるけど……」

「話さずにすむことを願ってるけど、そんなうまいこといくわけないのはわかってる」

「それなら、家庭円満のためにわたしみたいに〈メアリー・ケイ化粧品〉の販売員になればいいじゃない」

「わたしが最後にマスカラを買ったのはニックが生まれるまえよ」

「そうか。じゃあ化粧品販売員はだめね。でも、〈タッパーウェア〉なら大丈夫よ。エレン・ベントセンはロゴ入りのアクセサリーを売って大もうけしてるわよ」

わたしはベッキーを見あげたが、彼女のハート形の顔はフィネス・エクストラ・ホールドスプレーのもやに隠れてしまっていた。「わたしが〈タッパーウェア〉を売れって言ったら、あなた、わたしを殺すでしょ」

「わかったわよ」彼女はさらに何度かスプレーを噴きかけながら言った。「〈タッパーウェア〉はなし。でも、どうして私立探偵なの？」

「わからない。お金が必要だったのよ。実を言うと、私立探偵って最初は何をするのか知らなかったの。でも、説明を受けて、やってみようかと思ったのよ」

「少なくとも、ＰＴＡ役員よりは興奮するわね」ベッキーはため息をついた。「実際、ちょっと嫉妬しちゃうわ。生活に刺激がほしいから」そう聞いても驚かなかった。ベッキーは見た目こそ『ステップフォードの妻たち』みたいだが、その上品な外見の下には、幼児を追いかけるだけでは満たされない冒険への渇望があった。

アーウィン・ペンスと彼のパドル仲間の画像が頭をよぎった。「言うのを忘れてたけど、エルシーのフライフォンをなくしちゃったの。さっき本人に話したけど、今夜そのことをきかれたら、見つかるからって言っておいて」

ベッキーが息を吸いこむと、アイロンがまたカチリと音をたて、わたしのもう片方の耳を焼いた。「うわ、たいへん。ゾーイがカーミットをなくしたらどうなるかなんて、想像したくない。あの子きっと死んじゃうわ。どうしてなくしたの？」

「モーテルの部屋のまえに落としたら、ペンスに拾われちゃったのよ」

ベッキーの眉がつりあがった。「ミスター・サランラップに？　売春婦といっしょにいた？」

うなずきかけたが、額に熱い金属が当たってやめた。「そうなの。新しいのが手にはいるといいんだけど」

「くくっ」彼女は笑いをこらえて鼻を鳴らした。「ドアをノックして、返してくださいとたのむわけにはいかないもんね」

わたしはカールアイロンの下からきびしい顔で彼女を見た。

「はいはい、わかったわよ。おもしろくないわよね。それで、どうするつもり？　あれって、五年まえのだからもう出まわってないでしょ？」

「うん。イーベイでも見つからなかった」

「まずいわよ、マージー」彼女はまたスプレーで液体プラスティックの雲を作りながら言った。「まずいって」

さらに三十分ほどこつこつ作業をつづけ、耳を焼いたり、あれこれ塗りたくったりしたあと、マスカラの最後のひと塗りを終えたベッキーは、うしろにさがって自分の作品を点検した。「こんなもんかな。鏡を見て」

全身鏡からこちらを見ている見慣れない人物に目をしばたたいた。いつもだらんとしている赤みがかった茶色の髪は、波打つ後光のように顔を取り巻き、薄い唇はふっくらとして真っ赤な口紅がつややかに光り、疲れた緑色の目は虹色のキラキラアイシャドウのおかげで輝いている。残りの部分はエメラルド色のシースドレスに詰めこまれており、立っているぶんには問題なかった。だが、座った瞬間に下半身の血流が遮断されたように感じられた。

「うわ。『ハッピーフッカー』（一九七五年公開のアメリカ映画）みたい」

ベッキーのすべすべの額にしわが出現した。「やりすぎた?」

「ううん」わたしは言った。「まさになりたかった姿よ」

五時四十五分、〈バンク・ワン〉の駐車場の配送車専用駐車スペースにミニバンを停め、ホット・チョコレート（一九七〇年代から八〇年代に活躍した英国のソウルバンド）のCDをプレーヤーに入れて、『ユー・セクシー・シング』にさしかかったところで音量を上げた。ベッキーがつけてくれたマスカラのせいで右目の上と下のまつ毛がしょっちゅうくっつくし、サポートストッキングのおかげで大蛇のボアコンストリクター二匹が太ももでくつろいでいるような感じがした。要するに、ミセス・ポテトヘッド（顔と体がジャガイモの形をしたキャラクター）と同じ程度にセクシーな気分だった。音楽がズンズン響く、古い食べかすがこびりついたミニバンのなかで、これで六度目になるが、くっついたまつ毛を引き離し、〝おれは奇跡を信じる〟という歌詞に意識を集中した。

六時になるころには、私立探偵の生活について――そして、ベッキーが選んだ服装について――大いに不安を抱きつつあった。ドレスがウエストに食いこんで、呼吸がひどく早く浅くなり、まるでラマーズ法のクラスに出ているようだ。せっかく二度の妊娠を生き延びてきた脳細胞が、酸素不足で息絶えようとしているのを確信し、シートを少しリクライニングさせて圧迫をゆるめた。

少しずつシートを倒して、ほとんど仰向けになりかけたとき、だれかが窓をたたいた。ボタンを押して窓をおろした。

「おい！」背の低いやせた赤毛の男は、胸に〈ローン・スター運送〉のワッペンがついた青い制服を着ていた。わたしは知らず知らずのうちに彼の鼻を見あげていた。ひどく大きくて、細長い顔のまんなかから富士山のように突き出ていたからだ。「ここに停めるなよ。おれのトラックが停められないじゃないか」

男の鼻から目を離すと、彼の言うとおりだとわかった。彼のトラックが横に二重駐車しているせいで、わたしは出口をふさがれていた。

そのとき、赤のミアータ（マツダのロードスターの北米での呼称）が〈バンク・ワン〉の駐車場からさっと出てきた。急いでメモをつかんでナンバーを確認した。同じだった。

「おねえさん！　移動してくれよ！」

「あんたが道をふさいでるんでしょ！」体を起こしながらどなった。バンをバックさせると、パーキングメーターに激突した。ギアをドライブに入れ直し、ミニバンのうしろ半分をトラックの前部にぶつけながら、ハンドルを切って通りに出た。エンジンをふかすと、ミニバンの車体に震えが走り、何かが舗道にぶつかって音をたてた。

「あんた正気かよ？」背後のどこかで男が金切り声をあげた。

バックミラーに目をやった。富士山鼻の男は道路のまんなかに立って、わたしに向かってひょろ長い腕を振りまわしていた。彼の一、二メートルまえには、親を亡くした子のように、わたしのミニバンのリアバンパーの一部が横たわっていた。

背を伸ばして座り直し、息をすることとミアータを追うことに集中しようとしたが、オースティンのダウンタウンの通りを縫うように走りながらも、どうしてもぶつけたミニバンのことを考えてしまう。被害は塗装で直る程度のものだろうか？　保険料は忘れずに払っていたかしら？　ブレイクにはなんて説明すればいいの？

保険の内容をくわしく思い出そうと必死に頭を働かせていると、対象者のジャック・エマーソンが四番ストリートの駐車スペースで赤いスポーツカーから降り立った。三十代後半の魅力的な男性で、白髪交じりの髪はすっきりと整えられ、長身の引き締まった体にチャコールグレーのスラックスとワイシャツという姿だ。大股で歩道を歩いていくほっそりした体を見て、そうでなくても押しつぶされていたわたしの胸はますますしぼんだ。エマーソンにわたしと寝たいと思わせるには、奇跡以上のものが必要になるだろう。向精神薬とダクトテープとか。

ひとつだけ空いていた駐車スペース――ここも〝配送車専用〟――にミニバンを停め、運転席から苦労して脱出すると、一時間ぶりに深々と息をした。そして、車の後部をちらりと見て、息が詰まりそうになった。後部左側のパネルが破損しており、残りの部分はだれかがバールではがそうとしたように見えた。バンパーを付け直すことはできるだろうか？　修理工場に預けて、あとで取りに行くべき？

どこかで車のドアがバタンと閉まり、ミニバンが飢えた猫たちの群れに遭遇したフリスキーの缶のようにぼろぼろになったのは、ジョージ・クルーニーを誘惑するために派遣されてきたからだということを思い出した。

壮絶な被害箇所から目を引き離した。そして、できるだけ深く息を吸いこみ、ドレスをなでおろして、二サイズ大きすぎるフェラガモのスリングバックパンプスで可能なかぎり急ぎつつ、ちょこまかとエマーソンのあとを追った。

半ブロック歩いたあと、彼はバーのまえで足を止め、暗い店内にはいっていった。よし。薄暗い明かりと酒。ダクトテープはないけれど、なんとかいけそうだ。

入口近くでしばらくうろうろしたあと、彼のあとから店にはいって敷居につまずき、用心棒に顔をしかめてみせた。

暗くひんやりした〈レインボー・ルーム〉のなかにはいるのは、特大の肉の貯蔵庫に足を踏み入れるようなものだった。部屋の暗さに慣れようと目を細めた。最初はネオン管と電子タバコの明かりしか見えなかった。少しすると、広い部屋のなかにひしめいて、ニコチンを含む煙をのろしのように送り出している、おしゃれな服装をした男女のグループがいくつか見分けられるようになった。建物はかつて倉庫だったのだろう。今は中央に長いランウェイがあり、あとはいたるところにブルーとピンクの冷たいネオン管が配され、重いビートのダンスミュージックが流れている。こぼれたビールと古い香水、人の体が発する麝香《じゃこう》のようなにおいがした。グリーン・メドウズ幼稚園のPTA会合とは大ちがいだ。

動ける程度にあたりが見えてきたので、すり足で数歩まえに進み、エマーソンをさがして店内を見まわした。彼は湾曲したバーカウンターのいちばん端に座っていた。わたしはスカートの裾《すそ》を直し、もう一度浅い息を吸いこむと、よろよろと彼のほうに歩いていった。

エマーソンからふたつ離れた空席のスツールに座り、下腹を引っこめて、官能的でありながら無関心に見えるように努めた。バーテンダーに向かって軽く手を振ると、左手にはめた金の指輪が青いライトにきらりと光った。まずい。

シルクのシャツのボタンを半分はずしてアザラシの毛皮のような胸をのぞかせた、長身のアドニス風バーテンダーが近づいてきたので、手を引っこめて膝のあいだにはさんだ。

「ご注文は？」

「ジントニックを」カウンターの下で結婚指輪を引っ張りながら言った。関節のところで引つかかってしまっている。「エクストララージで」

彼は整えた眉を片方上げてみせた。「大きさは選べないんです」

「そう。それなら、あるものでいいわ」彼はブロンドの髪をなでつけると、うしろからグラスを取った。エマーソンのほうを見ると、半ばこちらを向いており、わたしはもう一度思いきり指輪を引っ張った。

エマーソンと目が合った瞬間、金の指輪は関節を通過し、煙たい店内をビューンと飛んでいった。指輪は小柄な赤毛女のずんぐりしたお尻に当たってから、黒いタイル張りの床に落ちて音をたてたあと、林立するクロム合金の椅子の脚のあいだに消えた。

彼の目がその行方を追った。「なくし物?」

顔に血がのぼった。「ちょっと失礼」わたしはバースツールからおりると、ワックスが塗られた床のせいですべるスリングバックパンプスでよろめきながら、入り組んだテーブルや椅子のあいだをかき分けて進んだ。息を止めてひざまずき、結婚指輪をさがして手を動かすわたしを、エマーソンはおもしろそうに見ていた。指輪はピンクのねばねばしたものの上にのっていた。

指輪を引きはがし、べたべたするそれを背中に隠して、よろよろと自分の席に戻った。残念ながら、戻ったときには、つややかなブルネットの髪をしたしゃれた身なりの女が、わたしたちのあいだのスツールににじり寄って、エマーソンがいなければ倒れてしまうとでもいうようにしなだれかかっていた。

いい面を見れば、アドニスはジントニックを持って戻ってきていた。指輪をナプキンに包んで極小のバッグにしまったあと、ドリンクを手にしてごくごくと半分飲んだ。そして、ハンカチほどの面積しかないドレスから日焼けした傷跡ひとつない背中をたっぷりと見せている、細身のブルネットをちらりと見たあと、残りを飲み干した。

スツールに座って、音楽に合わせて震えるグラスのなかの角氷を見つめるうちに、自分はここで何をしているのだろう、と思いはじめた。下半身に血液を供給しないドレスを着て、上下のまつ毛をくっつけ、愛車のミニバンは最近『モンスタートラック』の特別番組にスピード抑止帯役で出演したかのようなありさまだ。なんのために？　わたしが準備に二時間もかけて誘惑しようとしている男には、わたしより十歳若いブルネット女がまつわりついている。

ものうい指で震える角氷をまわした。わたしはバッジを見せるべきなのかもしれない。あるいは、私立探偵が持っている身分証的なものを。それにはおそらくピーチズと親しくなる必要がある。

ブルネットはさらにエマーソンにすり寄っている。そろそろジントニックのお代わりをたのもう。アドニスに合図しようとしたとき、マニキュアが施された手に右腕をつかまれた。

「ここは初めてよね？」

振り向いて目をぱちくりさせた。最初は相手が顔に毛虫をのせているのかと思った。やがて、つけまつ毛だと気づいた。視線を下に向けると、明るいオレンジ色のカクテルドレスに包まれたがっしりした体があった。広くあいたドレスのネックラインは、おへそのあたりまで切れこんでいる。

「今夜の対決《ショーダウン》に出るために来たんでしょ？」

あわてて視線を顔に戻した。ドレスと同じ色のファンデーションを厚塗りして、あざやかな赤の頬紅がアクセントになっていた。「ショーダウンって？」わたしはきいた。

彼女はまた濃いまつ毛をひらひらさせた。「美人コンテストみたいなものよ、ダーリン」

わたしは手を振って否定した。「そんな、まさか。一杯飲みにきただけよ」

「でもあなた、すごくゴージャスよ！」彼女はわたしの腕を引っ張った。「来てちょうだい。おもしろいから」

ジントニックのせいかもしれない。ジャック・エマーソンに気づいてもらうのは無理そうだと思ったせいかもしれない。ただだれかに、たとえそれが毛虫のようなまつ毛の女でも、イタリア製の靴を履いた水牛のような気分のときに、ゴージャスだと言われたせいかもしれない。なんであれ、気づけばオレンジ色のドレスの女性に連れられて、煙たい店内を歩いていた。そして、服というよりケーキのように見えるドレスを着た、長身で厚化粧の女たちの一団のもとに連れていかれた。

「ところで」オレンジ色のドレスの女性は言った。「わたしはカサンドラ・スター。司会者よ」彼女はわたしをほかの女性たちに合流させた。ほとんどがこれからプロムに行くような格好で、何種類もの香水が混ざったにおいに、鼻がむずむずした。「名前は？」

「マージーです」

「マージー?」彼女はすがめた目でわたしを見た。「すてきな名前ね、ディア。でも、今夜はエメラルドでいくべきよ。エメラルド・ディヴァイン。それと、口紅を塗り直したほうがいいわ、ダーリン。色を恐れちゃだめ」目をぱちくりさせていると、彼女はパール入りの紫色の口紅を出して、自分の唇に塗った。

やがて彼女はそそくさと去っていき、わたしはそびえ立つ女性たちのドレスをじっくりと見た。エルシーのおめかしボックスから抜け出してきたような服ばかりだ。フリルにシルクにサテンにスパンコール。ファーまである。八センチのヒールを履いているにもかかわらず、普段着のままの小びとになったような気がした。

「初めて?」フューシャピンクのロングドレスを着たかすれ声の女性が腰をかがめ、派手なピンクのフェザーショールの上からわたしを見つめていた。

「美人コンテストのこと? ええ、初めてよ」

「美人コンテスト?」彼女は鼻を鳴らし、わたしのドレスの深くあいた胸元を凝視した。「でも、あなたの谷間、すてきね。すっごく自然で。わたしはしばらくパンストに鳥の餌を詰めて入れてたんだけど、サマンサに言われて乳房切除をした人向けの製品に替えたの。それは何、ワンダーブラ?」

答える間もなく、もともと暗かった照明がさらに暗くなった。カサンドラがランウェイに進み出て、スポットライトがオレンジ色のドレスを輝かせた。「こんばんは、紳士淑女のみなさん、ようこそ〈レインボー・ルーム〉へ。今夜ごらんにいれるレディたちを、みなさんはきっと気に入るはずです。さあ、ゆったり座って、ドリンクのお代わりを注文して、楽しんでください」

エマーソンのほうを見たわたしは、胃がひっくり返った。彼はブルネットと話すのをやめ、ランウェイのほうを向いていた。よし。少なくとも、一瞬は彼の注意を引き寄せられるだろう。

カサンドラは客たちに向かって微笑んだ。「トップバッターは新顔ですが、一流であることはまちがいありません」わたしのほうを向いて、毛虫まつ毛でウィンクをした。「紳士淑女のみなさん、〈レインボー・ルーム〉火曜日恒例のドラァグクイーン対決《ショーダウン》、最初の出場者をご紹介しましょう……ミス・エメラルド・ディヴァインです！」

4

ドラァグクイーン対決？

まばゆいライトがわたしの立っている場所に移動し、エイリアンによる誘拐の標的にされたかのように、わたしは目をぱちくりさせた。カサンドラがすばやくランウェイから戻ってきて、わたしを階段のほうに押した。わたしはオレンジ色のドレスに包まれた彼女の腕をつかんだ。「ちょっと待って。誤解があるみたい。わたし、本物の女よ」

「わたしたちみんながそうよ、スウィートハート」彼女が耳元でささやいた。まつ毛が頬に当たる。「さあ、そこにあがって。気取って歩くのよ」と言って、わたしを強く押した。わたしはランウェイの手前で立ち止まり、ぽかんと口を開けたまま立ち尽くした。

「行って！」カサンドラが聞こえよがしのささやき声で言った。

少なくとも百組の目がわたしに向けられ、期待できらきら輝きながら待っていた。体じゅうの神経が、背を向けて走れと告げていた。だがそうはせずに、三キロほどもありそうなつやつやしたランウェイへとつづく、木製の階段に足を踏み出した。すると『アイム・トゥー・セクシー』（イギリスのバンド、ライト・セッド・フレッドのヒット曲）が大音量で流れて店内が振動した。

時間が這うようにゆっくりになり、ディズニー映画の『ファンタジア』に出てくる踊るカバになったような気分で、口元に偽りの笑みを貼りつけ、ためらいながら観衆に向かっていった。ああ、神さま、どうかだれにもわたしだとわかりませんように。夫と夫の家族にはたいていのことなら言い訳ができる。だが、これはそのなかにはいらない。

おぼつかない足取りでランウェイの行き止まりまで歩くと、お客から弱々しい口笛がぽつぽつあがった。思いきって一瞬お客を見おろすと、レザーパンツをはいた八十代のお年寄りがわたしのドレスをじっと見あげていたので、すり足であとずさった。バーのほうに目をやった。エマーソンはまたブルネットのほうを向いていた。ブルネットはジェニファー・ロペスと同じパーソナルトレーナーを雇っているように見えた。

ようやく踵《きびす》を返し、スポットライトを当ててもらう順番を待っている女性たちのほうを向いた。長身、厚化粧、派手なドレス、ハスキーボイス……どうして気づかなかったのだろう?

大きすぎるスリングバックのパンプスを履いているにもかかわらず、小走りでランウェイを戻ると、右のパンプスが床をすべって、だれかのドリンクのなかに飛んでいきそうになり、激しく両腕を振り動かした。あと三歩か四歩でランウェイが終わるというところで、背中にスポットライトを熱く感じながら、深く息を吸いこんだ。肺からふーっと息を吐き出したとき、何かが背筋をすべりおりていった。

ドレスのジッパーが限界を超えたのだ。

背後で好色な口笛がわき起こるなか、フリルとスパンコールの海に飛びこんだ。ドレスの背中をつかんで、安全な暗い片隅を目指した。

ドレスが足元の床に落ちないようにしながら、壁にもたれて息をあえがせていると、フューシャピンクのドレスの女性が、香水のオブセッションの香りをまとって、すべるように近づいてきた。「初めてにしては悪くなかったわよ。でも、ドレスは残念だったわね」彼女はたくましい肩からピンクのフェザーショールをはずし、死んだ熱帯の鳥のように手からぶらさげた。「安全ピンは持ってないけど、とりあえずこれで隠せるわ」

「ありがとう」わたしはちくちくするショールを羽織ってきつく体に巻きつけた。完全に隠れるわけではなかったが、背中があいたままのドレスで歩きまわるよりずっとましだ。

「わたしはカルメン。あなた名前は?」

「マージーよ」

「マージー? いい名前ね。エメラルドよりずっといいわ」カルメンはくっきりとアイラインが施された目をぐるりとまわした。「カサンドラはいつもゲイバーみたいなステージネームを考えるの」

ふたり目の出場者、ミッドナイトブルーのドレスを着た長身のブロンドがランウェイを気取って歩いていくと、まばらな拍手が起きた。やがて、カサンドラがステージに再登場して、オレンジ色のドレスに包まれた腰をくねくねさせながら、マイクに向かってにっこり微笑んだ。「セレーナ・サスに大きな拍手を。さあ、では三人目の出場者を呼びましょう……カルメン・ビアンカ！」

わたしの話し相手は、凝ったスタイルに結った頭をあげた。「わたしだわ」彼女は言った。「行かなきゃ。ショールは貸しといてあげる……あとでまた会えると思うから」

「助かるわ。ほんとうにありがとう」

彼女はわたしにウィンクすると、しゃなりしゃなりとランウェイに向かった。スポットライトがフューシャピンクのドレスを輝かせ、熱狂的な口笛が飛び交う。カルメンは人気者らしく、それはしなやかな歩き方をひと目見ただけで納得がいった。彼女の揺れるお尻越しにエマーソンを見ると、ブルネットのむき出しの肩に腕をまわしていた。カルメンが最後にお客に投げキスをして、優雅にランウェイを引き返してくるころには、ふたりは唇を合わせていた。ジョージ・クルーニーとジェニファー・ロペス。芸能週刊誌の《US》がよろこびそう。

まさぐり合うふたりをしばらく眺めていた。そのあと、ドレスを引っ張りあげ、カメラマンの電話番号が書かれた紙切れをさがして、バッグのなかをかきまわした。エマーソンはわたし相手に疑いを招くようなポーズをとってはくれないかもしれないが、ジェニファーが相手ならシャッターチャンスが望めるほど熱くなってくれそうだ。番号を押そうとしたとき、携帯が着信を告げた。

あたりを見まわして、話ができる静かな場所をさがし、化粧室につづく廊下を小走りに進んだ。途中、シルバーのロングドレスを着た黒っぽい髪の女性——男性かもしれないけれど、断言はできない――にぶつかりそうになった。「失礼」と言うと、彼女はわたしを見てぎょっとした。一瞬、どこかで見たことがあるような気がしたが、きっとここにいるほかの〝女性たち〟と同じくらいこってりアイライナーが塗られているせいだろう、と判断した。彼女はアナイスアナイスの香りとともにさっと通りすぎ、わたしは化粧室のほうに進んだ。騒々しい音楽も、ここでは骨に響くほどではなかった。

「もしもし？」

「マージー？」

「ブレイク。家で何してるの？」

「ニックが吐きまくってるんだ。きみと連絡が取れないからって、ベッキーがぼくに電話してきた。子供たちを迎えにいくために、クライアントとの会合をキャンセルしなくちゃならなかったよ」

「それは気の毒だったわね。ニックは大丈夫なの？」

「アウディの後部座席じゅうに吐いた。きみのほうはどうなってるんだ？　どこにいるんだよ？　ベッキーはずっときみに電話していたんだぞ」

「呼び出し音が聞こえなかったの。ニックは大丈夫なのね？」

「ああ。でも車はひどい状態だ。臭くてたまらないよ。明日はミニバンを使わせてもらう」

わたしは息を吸いこんだ。ミニバンもまともな状態ではない。「おまけにあのばか猫がまたぼくの枕にうんこをした」

「枕は洗濯室に放りこんでおいて。車は帰ったらきれいにできるかどうかやってみるわ」

「いや、それは無理だ。ぼくはバンで行く。今週洗車したんだよな？」

わたしは咳払いをした。「それが、あの、実はちょっとした衝突事故にあって」

「衝突事故？」

ごくりとつばをのみこむ。ブレイクは車のドアをかすっただけでも重犯罪とみなすのだ。

「たいしたことないわ」わたしは言った。「心配しないで」

「どのくらいひどいんだ？　相手は保険にはいってるのか？」

「わたしがなんとかするわ、あなた。だから落ちついて」電話が警告音を発した。耳から電話を離すと、バッテリーのマークが点滅していた。「バッテリーが切れそうなの。もう切るわね。お腹がすいてるなら、冷蔵庫にホットドッグがはいってるから」

「腹がすいてるかって？　ゲロまみれなんだぞ。なんだよその音楽は？」

「仕事中なの。できるだけ早く帰るわ」

「バーにいるのか？」電話がまた警告音を発した。

「そう。ねえ、電話しなくちゃならないところがあるのよ」

「いつ帰ってくる？」

「もう切るわ。すぐ帰るから。話はあとでね」〝通話終了〟ボタンを押し、めちゃくちゃになったミニバンでバーから帰還した、ジッパーの壊れたドレスとホットピンクのショール姿のわたしを見たら、夫はどんな顔をするか考えまいとしながら一瞬目を閉じた。ため息をつき、カメラマンの番号を押した。

彼は四回目の呼び出し音で出た。

「ゲイリー・メイザーズ？」

「ああ。なんの用だ？」

「マージー・ピーターソンよ。あなたの番号はピーチズ・バーロウから教えてもらった。仕事をたのみたいの。四番ストリートの〈レインボー・ルーム〉に来てもらえる？」

「今から？」

「ええ、そう」

「二時間ほど待ってくれないかな？　フットボールの試合を見てる最中なんだ」

バーのほうを見た。エマーソンとそのお友だちはまだそこにいたが、いつまでいてくれるかはわからない。「いいえ、待てない」警告音が逆上したように鳴った。「ねえ、バッテリーが切れそうなの。ここに来るの、来ないの？」

彼は小声で悪態をついた。「あんたの目印は？」

「グリーンのドレスにピンクのショール」応答なし。「もしもし？　もしもし？」

やっぱりなし。少なくとも説明は伝わったことを願って、死んだ携帯電話をバッグにつっこみ、〝プリンセス〟と書かれた化粧室にはいった。

そこには男性用小便器が並んでいた。うんざりしながらピンクの小便器の列を見たあと、鏡ににじり寄った。キラキラのアイシャドウはにじんで頬に流れだし、暗い場所で光るアライグマのようだし、赤い口紅は唇の輪郭を真紅に染めているだけだった。フェザーショールをはずすと、グリーンのドレスは両肩からだらりとたれ、背中がぱっくりと開いて、背中のぜい肉とブラジャーのホックがあらわになった。最高。激しい夜をすごしたあとの『ハッピーフッカー』みたい。ジッパーを直そうとして数分間を無駄にしたあと、あきらめた。

目の下のグリーンの筋を拭き取り、ひとつしかない個室によろよろと近づくと、ドアの下をのぞいた。個室はストッキングに包まれた足首とスパンコールのパンプスの持ち主に占領されていた。膀胱の圧迫感が増していたので、待っていようと鏡のまえに戻った。スプレーでごわごわの髪を不器用に指でふくらませ、唇をすり合わせて残った口紅を全体にいきわたらせようと無駄な努力をした。個室を使っている人が早く出てくれるといいのだが。まだ男性用小便器を使うほど切羽詰まってはいないが、そうも言っていられなくなるかもしれない。

数分たっても個室からはなんの音も聞こえてこないので、またそばまで行った。「もしもし？　大丈夫？」

反応なし。

ドアを押して開けてみた。

デパートのマネキンのように便器に腰掛けていたのは、ブルーのロングドレスを着たコンテスト出場者だった。吐き気がした。ランウェイをなめらかに進んでいたとき、彼女の顔は磁器のように白かったはずだ。

それが今は血だらけだった。

わたしはよろよろとあとずさり、小便器のなかにはまりそうになった。個室の人物が死んでいるのは、脈を調べるまでもなくわかった。顔の半分が吹き飛ばされていたからだ。胃がひっくり返った。銃撃者はまだここにいるの？　つぎはわたしとか？　それはない、と気づいた。ここにいるのはわたしだけだ。個室はひとつしかないし、ほかに隠れられる場所はない。手をくだした人間は出ていったのだ。

警察。

警察に電話しないと。

携帯電話をむしるように取り出し、震える指でディスプレイを押した。反応なし。バッテリー切れだ。

便器の上の女性――もとい、男性に目をやった。頭がだらりと横に傾き、頭皮からむしり取られたようにブロンドのウィッグがたれさがっていた。彼の横の床には、大きく開いた青いスパンコールのバッグがあった。バッグの口からｉＰｈｏｎｅがのぞいている。わたしはゆっくりと個室にはいって、ストラップを指に引っ掛け、タイルの上のバッグを引き寄せた。バッグから電話を引き出すと、口紅が一本、床の上を転がっていった。九一一に電話しようと、震える指でタッチスクリーンを操作した。ようやくスクリーンに〝接続中〟の文字が出たので、電話を耳に押し当てた。

二度目の呼び出し音のあとにだれかが出た。

「もしもし？」

ぎょっとした。

「もしもし？　どちらさま？」

電話をおろし、ディスプレイに表示された番号を凝視した。

電話がつながった先は九一一ではなかった。

短縮ダイヤルに登録されていたのは、わが家の電話番号だった。

5

手にした電話をまじまじと見た。死んだドラァグクイーンの電話がどうしてうちにつながるの？

ミッドナイトブルーのドレスの男性にもう一度目をやると、体に震えが走った。これまで死に直面したのは、リビングルームの水槽からぐったりした熱帯魚をつまみあげたときぐらいのものだった。オースティンハイツで目にしたもっとも暴力的な出来事は、スプルースグリーンとセージグリーン、ペンキの色として無難なのはどちらかを決める、入居者組合の会合だった。そのときでさえ最悪の結果は、せいぜいクリスマスに敷地をご近所さんに解放しないことぐらいだった。

震える指で今度こそ九一一に電話した。彼女、あるいは彼に救急救命士ができることがそれほどあるとは思わなかった。それでもやってみなければわからない。

今度は通信指令係が出た。体が麻痺したように感じながら、事実をたぐり寄せて事情を説明した。

「そこにいてください。なかにはだれも入れないように」ココアのように温かい声で通信指令係に言われ、体にしみこんでいたさむけが少し追いやられた。「電話は切らないほうがいいですか？」

「い、いえ」個室の死体から目をそむけながら言った。エアコンが作動しはじめ、饐《す》えた尿のにおいがする風を送り出していた。「大丈夫です」

「ではそこにいてください。警察ができるだけ早く行きますから」

「わかりました」

通信指令係は通話を終了した。

バーからズンズンと低く聞こえてくる音楽と、蛇口からたれる水音をのぞけば、トイレのなかは不気味なほど静かだった。便器の上の人物は死んでいるのに、その存在感が小さな部屋に充満してなんとも不快だった。死体から数フィート離れた床の上で、イヤリングの片方がきらめいていた――めずらしいシャンデリア形で、ブルーとグリーンのクリスタルが蛍光灯の明かりを受けて輝いている。なんとも場ちがいだった。

自分の体を抱きしめて震えながら、ベッキーの言うことをきいて、〈タッパーウェア〉のセールスを選べばよかったと思った。〈ピーチツリー探偵社〉にはいっていかずに、向きを変えてミニバンに戻っていたら、今ごろは家でキットカットを食べていられたのに。惨憺《さんたん》たる姿のドラァグクイーンと化粧室を共有するのではなく。わたしは個室から離れて、廊下に出るドアの横に、小便器のほうを向いて立った。

左右の足に重心を移動させながら、ぽたぽたたれる水の音を聞いていると、満タンの膀胱へのモールス信号によるメッセージのように感じられた。緊急事態です！　と水音は伝えていた。すぐに避難してください！

膝をぎゅっと合わせ、この人がひとつしかない便器に座る以外の形で死んでくれていたらよかったのに、と思った。黄ばんだ小便器の列に視線をさまよわせた。どうしようもなくなったら、あそこにしゃがめばいい。この運のよさだと、サポートストッキングを足首までおろした瞬間に、オースティン警察がドアからなだれこんでくるだろうが。

膀胱のことは無視して、手にした携帯電話に視線を移した——わが家の番号にかけたことがある電話。彼が電話したときわたしがうちにいたら、彼の命を救うことができていたのだろうか？

そもそも、なぜこの人はうちに電話したの？

便器の上の人物をもう一度見た。ブレイクのクライアントだろうか？　それはなさそうだ。ブレイクが担当しているのは主に法人だし、クライアントの服装はホルターネックのドレスよりもピンストライプのスーツのほうが多いはずだ。

テレビドラマの『CSI：科学捜査班』で見たことによると、何もさわらないようにして、警察が捜査するのを待つべきだった。だが、すでに電話にさわってしまっている。電話の発信履歴を見たところで、たいしてちがいはないわよね？　今やわたしは私立探偵なんだし。

膝をぎゅっと閉じて、発信履歴を表示した。わが家の電話番号は二回登場していた。一回は七時十五分で、さっきわたしがうっかりかけてしまったもの。もう一回は今夜六時で、わたしが〈バンク・ワン〉のビルのまえでジャック・エマーソンを待っているときにかけられていた。

つぎに短縮ダイヤルのリストを確認した。四つの番号が登録されていた。そのなかにわが家の番号はなかった。

もう一度発信履歴をスクロールしようとしたとき、廊下を近づいてくる足音がした。バッグのなかに電話を放ってドレスの襟ぐりを直し、警察を迎えるか、用を足す人から顔をそむけることになるのに備えた（プリンセスルームなのだから、使用する彼らは快適なのだろうが）。足音は通りすぎ、プリンセスルームのドアは閉まったままだった。

また電話を見た。さっきは九一一に電話しようとしてあわててしまい、〝リダイヤル〟を押してしまったにちがいない。でも、個室にいる女性／男性はどうしてわが家に電話したのだろう？

電話の横の、口紅とジレットのカミソリの下に、茶色の財布が見えていた。被害者の身元は簡単にわかるだろう。答えは目の前にあるのだから。

身をかがめてからためらった。警察を呼ぶために電話に触れたのはいいとしても、殺人の被害者の財布を調べさせてくれるほど警察は親切ではないと、犯罪現場についてのかぎられた知識が告げていた。わたしは足音に耳を澄ました。

何も聞こえない。

深呼吸をひとつして、決行した。

膀胱が破裂しそうだったが床にしゃがみ、フェザーショールを手袋代わりにして、財布を引っ張り出した。電話についた指紋については説明がつく。でも財布についた指紋は？　たぶん無理だ。

ピンクのショールをハンモックのようにして財布を包み、爪で縁を持ちあげた。開くとテキサス州の運転免許証が現れた。写真の男性は二十代後半のようで、黒い髪を短く刈りこみ、真っ白なシャツに赤いネクタイを締めていた。

個室の人物にさっと目をやる。ずれたブロンドのウィッグからのぞいている地毛は、黒くて短かった。髪の色は一致するが、顔は判断がつかない。

写真の下にはエヴァン・マクステッドと書いてあった。身長百八十センチ、年齢二十九歳。写真から便器の上で伸びている人物に目を移した。この人にも親はいるのだ。胸がちくりとした。親は息子の二重生活について知っていたのだろうか？　息子の命の火が消されたという心がつぶれるようなニュースを、どうやって受け入れるのだろう？　トイレの個室のなかの恐ろしい光景にもう一度目をやると、熱い涙が目を刺した。

しっかりしなさい、マージー。手の甲で涙を拭い、無理やり目をそらして、ショールのなかの財布を見た。運転免許証の写真のエヴァンが微笑みかけてきた。右頬にえくぼがあった。大きく震える息をつき、しばし目を閉じて、感情をコントロールしようとした。警察がもうすぐここに来るのだ。先に進んだほうがいい。

ショールを使って指を保護しながら、免許証のうしろに入れてあったクレジットカードを引っ張り出した。ヴィザのプラチナカード、アメリカン・エキスプレスのゴールドカード。エヴァン・マクステッドが何者にせよ、お金には困っていなかったようだ。でなければとてつもなくやりくり上手なのだろう。

内ポケットには白いカードが何枚かはいっていた。いちばん上のカードの隅を爪ではさんで引き出した。名刺だった。エヴァン・マクステッド、〈インターナショナル・シッピング・カンパニー〉、部長。だからプラチナカードなのね。

名刺をもとあった場所にすべりこませようとしたとき、外の廊下に足音が響いた。くるりとドアのほうを向くと、財布がふわふわのハンモックからタイルの床に落ちた。フェザーで覆った手で財布をつかみ、バッグのなかの電話の横に投げ戻した。財布が開いた状態で電話の上に着地したとき、勢いよくドアが開いた。エヴァン・マクステッドの名刺を手のひらのなかに隠して、警察と向き合った。

突然、制服を着た人びと――救急医療の専門家――が、怒れる有能なミツバチのようにトイレのなかにあふれ、音の響く小部屋を活動的な巣に変えた。

「あそこです」個室を指して言ったが、警察はすでに死体を見つけていた。わたしは死体に近づく彼らから目をそむけた。自分が小さくてつまらない者に思えた。

硬い毛のブラシのような髪と、ピクルスの樽ほどもある胴をした背の低い男性が、ドアを押してはいってきた。わたしはショールをきつく体に巻きつけ、彼に弱々しく微笑んだ。

「ブンゼン刑事です。電話をくれたのはあなたですか？」彼は事務的などら声できいた。

わたしはうなずき、バッグのほうに頭を向けた。「ごめんなさい。九一一に電話するのにその人の携帯を使わせてもらいました。わたしの電話はバッテリー切れで」

ブンゼンのハシバミ色の目がバッグをとらえ、電話の上で開いている財布を確認した。そして、鋭い目をわたしに向けた。わたしはただの発見者だ。なのにどうして急に、取り調べ対象者のような気分になるのだろう？

「どうしてバーから電話しなかったんです？」彼は尋ねた。

わたしは肩をすくめ、そのせいでドレスの胸元が大きく開いた。ドレスの生地をつかんで閉じた。「わかりません。あわてていたんだと思います。バッグのなかに電話が見えたので、つい手にしてしまいました」

彼は何か言いたげに財布を見た。「電話をかけただけですか？」

頬が熱くなった。彼の視線をたどって、電話にかぶさっている財布を見た。「電話をかけただけです。彼の……というか、彼女のバッグのなかはごちゃごちゃだったし、わたしは動揺していて。死体を見るのは初めてなもので」

ブンゼンが胸のまえでたくましい腕を組んでいるあいだに、女性用化粧室に制服警官がふたりはいってきた。救急救命士はまだ個室を囲んでおり、たちまち化粧室は人でいっぱいになった。

ふたりの警官はトイレでぐったりしている被害者を見た。若いほうの警官の顔が蒼くなった。

年上のほうがブンゼンのほうを向いた。「鑑識に連絡しますか?」

「ああ。検死官に電話して、鑑識のバンを呼べ」

「了解。バーを閉めさせますか?」

ブンゼンはすぐにうなずいた。「それならエドワーズがもうやっている。彼を手伝って、助っ人をもっと呼ぶんだ。店内にはかなり人がいる」ふたりの警官はまたドアの向こうに消え、ブンゼンはわたしに向き直った。

「被害者とは知り合いでしたか?」

わたしは首を振った。「彼女に会ったことは一度もありません」

彼は毛深い眉を片方あげた。「彼女?」

「彼女でも彼でもいいですけど」いまにももらしそうな気がして、わたしは脚をきつく合わせた。「お話の途中申し訳ないんですけど、ちょっと男性用化粧室に行ってきていいですか?」

彼は驚いて眉をあげた。「あなたは男性なんですか?」

「ちがいます。トイレに行きたくてここに来たのに、個室がひとつしかなかったんです」

彼はうなずいた。「すんだら廊下に来てください」

ほっとしてプリンセスルームのドアを押し開け、外に出た——個室の死体やブンゼンから離れられることにもほっとしていた。ズンズン響く音楽は止められ、暗かった廊下に明かりが満ちていた。女性用化粧室で死体が発見されたことで、〈レインボー・ルーム〉のパーテイタイムは終わったようだ。

幸い、プリンスルームの個室はあいており、わたしは数分後、だいぶましな気分で男性用化粧室から出てきた。エヴァン・マクステッドの名刺をバッグにしまって。ブンゼンはまだ女性用化粧室から出てきておらず、廊下にはだれもいなかった。壁に寄りかかって待っていると、カサンドラが軽快な足取りでやってきた。蛍光灯に煌々《こうこう》と照らされて、メイクがさらにどぎつく見えた。

彼女に腕をつかまれたとき、ブンゼンが女性用化粧室から出てきた。

「エメラルド！」カサンドラは言った。「ここにいたのね！」そこでブンゼンのたくましい体に好ましげな目を向けた。毛虫のようなまつ毛をぱたぱたさせて、彼の上腕をぎゅっとつかむ。「ああら、たくましいこと」ブンゼンはあとずさった。表情は変わらないものの、オリーブ色の肌が赤らんだ。「こちら、あなたのボーイフレンドかしら、エメラルド？」

「マージーだってば。ちがいます、こちらはブンゼン刑事よ」

「制服姿だとさらにすてきでしょうね」彼女はうっとりしながら言った。そしてわたしのほうを見た。「ところでダーリン、たいへんなことになってるみたいよ――プリンセスルームでけんかがあったんですって――でも、ここに来たのはあなたが三位になったことを伝えるためなの」

ブンゼンは驚いて眉をあげた。「三位？」

カサンドラはあだっぽく微笑んだ。「毎週火曜日の夜、ここでちょっとした美人コンテストをやってるの。ここにいるエメラルドは大受けしてね」

今度はわたしが赤くなる番だった。

「あのドレスのトリック、すんごくセクシーだったわ」彼女はわたしに腕をまわしてブンゼンを見た。紫色の口紅はにじみ、息からは百五十プルーフのアルコールのにおいがした。

「信じられる、おまわりさん？　この子は今日が初めてだったのに、三位に輝いたのよ！」

彼女はブンゼンのほうに身を寄せた。「このハンサムな男性たちはここで何をしてるの？　だれかがトイレの個室でいけないことでもしてた？」

「カサンドラ」わたしは言った。「人が殺されたのよ」

彼女は目を見開き、わざとらしく息を吸いこんだ。「殺された？　だれが？」

「ブルーのドレスの出場者」

「セレーナが？」オレンジ色のファンデーションの下で、肌が色を失った。「うそ……なんてことなの！」もう一度ブンゼンの腕をつかむ。「どうしてそんなことに？」

ブンゼンは彼女の指から腕を取り返した。「被害者を知っていたんですか？」

「ええ、もちろん知ってたわ。そんな、信じられない……わたしたち、ミス・ヴェロニカのトラニースクールで知り合ったの。とってもゴージャスな子だった」ソーセージのような指を二本、ぴったりとくっつける。「こんなふうに、とても仲よしだったのよ！」毛虫の奥のカサンドラの目はぬれていた。

一瞬わたしはブンゼンが隣に立っていることを忘れた。「トラニースクールって？」

カサンドラはちょっとだけ元気を取り戻した。「あら、魅力的に見せるこつを学ぶところに決まってるじゃない、ダーリン。こんなふうにすてきに装うことを、ほかにどこで教えてくれるっていうのよ?」

ブンゼンがさっと手帳を開いた。「被害者の名前はセレーナなんですね?」

「ステージネームよ。セレーナ・サス」

ブンゼンはそれを書き留めた。「それで彼女の……彼の……本名は?」

「たしかEではじまる名前よ。エドワードだったかしら? エドウィン?」

エヴァンよ、と言いかけたが、ぎりぎりでこらえた。

「エヴァンだわ」彼女は言った。「エヴァンなんとかよ」

「バーのところに行って座っていてもらえませんか?」ブンゼンが尋ねた。「ここがすんだら、いくつかおききしたいことがあるので」

「ええ、もちろんいいわよ、おまわりさん!」

「すぐに行きます、ええと、こちらのミス……」彼はわたしを見た。

「ピーターソンです」

「ミス・ピーターソンとの話がすんだら」

「ひどい話よね。ほんと。もちろん、お力になれるならなんでもするわ、おまわりさん」カサンドラはまた彼の腕をぎゅっとにぎると、廊下を気取って歩いていった。友人が死んだにしては、お尻を振りすぎではないかと思った。ショーはつづけなければならない、ということなのだろう。

ブンゼンがわたしを見た。「つまりあなたはドラァグクイーン・コンテストに出たわけですね？　たしか女性だと言っていたはずですが」そう言って、また胸元が開いていたわたしのドレスに視線を落とした。

わたしはドレスを引きあげて咳払いをした。「それはちょっとした誤解で」

「誤解？」

「実は仕事をしてたんです」

「どんな仕事を？」

「私立探偵の」

「私立探偵ね。ライセンスを見せていただけますか？」

わたしはもじもじした。「実は、ライセンスは持ってなくて」

「ライセンスがない？　でも、ここで仕事をしていたんでしょう？　なんという会社に雇われているんです？」

「〈ピーチツリー探偵社〉です」

彼は名前を書き留めた。「それで、被害者といっしょにドラァグクイーン・コンテストに出たと」

「そうです」

「被害者には一度も会ったことはないと言いましたよね」

「会ってません。わたしのあとにステージにあがるのを見ただけです」

ハシバミ色の目がわたしに突き刺さった。「いったいあなたは何を調査していたんですか、ミス・ピーターソン？」

「浮気調査です」わたしは言った。「ある女性の夫を尾行していました」

彼はわたしのドレスを見つめた。「仕事中はいつもこんな服装を？」

「いいえ。今日はたまたま……」ことばが途切れた。ハニーポットの任務を帯びていたとは、この人に言いたくなかった。

「たまたま、なんですか？」

わたしはため息をついた。ピーチズから話をきけば、どうせ知られることになるのだ。

「わかったわよ。わたしがここにいたのは、ある人を誘惑してからカメラマンを呼ぶためです」

彼は目をぱちくりさせてわたしを見た。「妻帯者を誘惑するためにゲイバーに来たんですか？」

「ゲイバーだとは知らなかったのよ」

「女性用化粧室の小便器を見ても、ぴんとこなかったんですか？」

「来てすぐに化粧室に行ったわけじゃないもの」

「被害者に会ったことはなくても、カサンドラとかいう人とはかなり親しそうでしたね。それはどう説明しますか？」

「それはたまたまよ。自己紹介されて、美人コンテストに出ないかと誘われたの。ほかの出場者が全員ドラァグクイーンとは気づかなかったのよ」

彼は咳払いをした。「対象者の男性のほうは誘惑できなかったわけですね」

わたしは赤面した。「ええ。そのようね」

「なるほど」彼は口角をあげた。「いい面を見れば、少なくともあなたは三等賞をもらえた」

わたしは怒りに燃えた。「あのね」わたしは言った。「ひとりの女性が――実際は男性だけど――殺されたばかりなのよ。もっとほかにきくことはないの？」

彼は手帳のページをめくった。「ミス・ピーターソン、あなたが働いている探偵事務所の電話番号を教えてください」

「今すぐにはわからないけど、調べてあげることはできるわ」

「番号を覚えていないんですか？」わたしはゆっくりと首を振った。「わかりました、ミス・ピーターソン。死体を発見するまえ、廊下かトイレでだれかを見かけましたか？　出入りした人はいましたか？」

「いいえ、いなかった。警察が来るのを待っているあいだ、廊下を歩いていった人がいたけど、それぐらいね」

「どんな人だったか説明できますか？」

わたしはまた首を振った。

「個室のドアは開いていましたか、閉まっていましたか？」

「閉まってたけど、鍵はかかっていなかった。しばらく待ったけど、やけに静かだし、大丈夫かと声をかけても返事がないから、ドアを押し開けたの。そうしたら……」エヴァン・マクステッドの顔がまた脳裏に浮かんだ。ごくりとつばをのみこむ。

「それで、携帯電話のバッテリーが切れていたので、被害者の電話で通報したんですね。あなたがあさるまえ、被害者のバッグはどこにありましたか？」

「別にあさったわけじゃないわ」少なくとも、バッグはね。あさったのは財布だもの。「電話を取り出しただけよ。とにかく、バッグは便器の横の床の上にあって、口は開いてた。それで電話が見えたのよ」

「電話を取り出しただけなら、どうして開いた財布が電話の上にあるんでしょう？」

わたしは肩をすくめた。「わからないわ。電話をバッグに戻したとき、たまたまそうなったんじゃない？」

彼はわたしをじっとにらんだ。「ミス・ピーターソン、これは大事なことです。最初に見たとき、財布は開いていましたか？」

額に汗が噴き出た。「ごめんなさい、おまわりさん。すごく動揺してたから覚えてないわ」ドレスのしわを伸ばす。「それと、ミスじゃなくてミセスよ」

「結婚してるんですか？」

わたしはうなずいた。「だから、うちに帰らなくちゃならないの。息子の具合が悪いのよ。ほかにききたいことはありますか？」

ブンゼンはゆっくりと首を振った。「既婚者とは。信じられない」手帳の新しいページを開いた。「連絡先を教えてください。名刺は持っていませんよね？」

「ええ、まだありません」わたしは家の住所を言った。「〈ピーチツリー探偵社〉の番号はわからないけど、調べてお知らせします」

彼はジャケットの胸ポケットから名刺を取り出した。「わかったら電話してください。帰るときはエドワーズにこれを見せて。通してもらえますから。また連絡します」

名刺をバッグにしまい、離れられることにほっとしながらブンゼンに背を向けて帰ろうとした。ダンスフロアに向かって廊下を歩いていくわたしに、彼が呼びかけた。

「それはそうとミセス・ピーターソン」

「何かしら？」びくっとして振り向いた。今度はなんなのよ？

彼はにやにや笑っていた。「仕事がうまくいくよう祈ってますよ」

わたしはショールをきつく体に巻きつけ、ぎこちなく歩いて出口に向かった。

背がひょろ高くてお腹の出た男性に呼び止められた。「あんた、マージー・ピーターソン？」

「そうだけど」どうしてわたしの名前を知ってるの？

彼はじろじろとわたしを見た。「いかした服だね。おれはカメラマンだ。幸せなカップルはどこだい？」

カメラマン？　彼に電話したことを忘れていた。バーをざっと見わたした。エマーソンはいなかった。「遅すぎたわね」

彼は薄くなりつつある髪に手をすべらせた。「くそっ。カウボーイズも勝ってたんだ。だからなかなか出られなくて。それにしても、どうしてこんなに警官だらけなんだ？」

「殺人があったのよ。ごめん、もう行かないと。せっかく出てきてもらったのに、悪かったわね」

「それでも代金は払ってもらうぜ。ここに足止めされればされるほど、請求金額は高くなる」

わたしはショールの先っぽを肩にかけて出口に向かった。「ピーチズに言って」

ドアの横に立っている警官にブンゼンの名刺を見せ、まだ熱気の残るおもてに出た。バーは肌寒かったので、しっとりと暖かな外気が心地よかった。出口から数ヤード離れたところで立ち止まり、目を閉じて今夜の出来事を思い返した。

ドラァグクイーン・コンテストに出場し、死体を発見し、警察に尋問されることになるなんて。そしてこのあとは家に帰って、夫と病気の息子に対面しなければならないのだ。破損したミニバンに乗り、だれかに破かれたように見えるドレスを着て。

車のキーをさがしながら、鑑識のバンを通りすぎた。一歩ごとに足が痛んだ。うちに帰って普通の服に着替えられるのはありがたい。キーをさがしあてたのは、ミニバンを停めた場所に着いたときだった。

駐車スペースは空っぽだった。

振り返ると、わたしのぼろぼろのダッジ・キャラバンが牽引車に引かれ、角を曲がって消えていくところだった。

6

ミニバンのリアバンパーの残骸を抱えてタクシーを降り、よろよろと私道を歩いていくころには、家の明かりは消えていた。引きずってきたリアバンパーを玄関扉の横に立てかけ、うちに戻れたことをありがたく思った。

玄関をはいってドアを閉め、パンプスを蹴って脱ぎ、音をたてずに階段をのぼって子供部屋に向かった。ほんの少しドアを開けただけで、吐瀉物《としゃ》のすっぱいにおいが襲いかかってきた。汚れたシーツをのぞけば、ニックのベッドは空っぽだった。

ニックはわたしたちのベッドルームの、ブレイクの腕のなかでまるくなっていた。廊下から射しこむ薄明かりのなかで、わたしの人生におけるふたりの男性をじっくり見た。ニックの広い頬骨と砂色の髪は父親ゆずりで、閉じたまつ毛の奥にも、同じ鋭い青い目があることをわたしは知っていた。

口を開けて眠っているブレイクは何歳も若く見えた。このところやけに張りつめていた表情はやわらぎ、八年まえにわたしと結婚したころの顔——希望に満ち、すぐに笑う顔——に近かった。

一瞬、この夜の恐ろしい出来事が消えかけた。手を伸ばしてふたりの顔に触れる――まずはニックの桃のようなやわらかい頬に、そして、夫の頬に生えかけているやわらかなひげに。ブレイクのあごを指でたどっていると、突然彼が目を開けた。

「起こしちゃってごめん」わたしはささやいた。「あなたたちの無事を確認してたの」

ブレイクは起きあがって髪をかきあげた。「どこに行ってたんだ？」ぱっくり開いたわたしのドレスに目を落とす。「なんだよそれ。いったいどうしたっていうんだ？　気が変わって、結局ストリッパーになることにしたのか？」

わたしはカルメンのショールをきつく体に巻きつけた。「仕事だったのよ。もう寝て。これについては明日話すわ」息子の湿った額に触れた。「ニックの具合は？」

「きみのそんな姿をだれにも見られていないことを願うよ」

今はドラァグクイーン・コンテストの話をするときではなさそうだ。「ニックは大丈夫なの？」わたしはもう一度きいた。

「ところかまわず吐きまくること以外で？」

「よくなったみたいに見えるけど」

「ああ、そうだな。でもぼくの車はよくない。今週ミニバンを掃除したと言ってくれ、明日の朝クライアントに会う予定なんだよ。ニックが吐きまくったと思ったら、今度はきみが『ムーラン・ルージュ』みたいな格好で帰ってくるなんて……」彼はデジタル時計の光る数字を見た。「いま話し合う時間はない。寝ておかないといけないんだ。目覚ましは五時にセットしてある」すばやく上掛けを引きあげ、横になって背中を向けた。
あまりのぶっきらぼうさに驚き、一瞬目をぱちくりさせて夫を見た。呼吸がゆっくりにな
り、ふたたび眠りについたのがわかった。大きな仕事を手がけているのは知っていたし、わ
たしが半分破れたドレス姿で帰ってくるのもめったにないことだが、それにしたって礼儀正
しい会話はどこに行ってしまったのだろう？　上下する夫の胸を見ているうちに、〈レイン
ボー・ルーム〉の化粧室の携帯電話に意識が向かった。死んだドラァグクイーンは夫に電話
していたのだろうか？　もしそうなら、なぜ？
胃がむかついてきたので、立ちあがって忍び足でバスルームに向かった。

だれかに揺さぶられている。
ミラーボールの下で『白鳥の湖』を踊るカサンドラ・スターとエスター・ウィリアムズが
出てくる夢から抜け出した。
「ミニバンはどこだ？」アフターシェーブとシャンプーのような香りをさせて、夫がわたし
の上にかがみこんでいた。
「あなたっていいにおい」意識が朦朧《もうろう》とするなか、わたしは言った。「ミニバンがどうかし
た？」
「いったいどこにあるんだよ？　バンパーは持って帰ってきたみたいだけど、残りはどうし
たんだ？」

前夜の出来事がよみがえってきた。「レッカーされたの」

「走れないほどぺしゃんこになったのか？」

「ううん、レッカーされたのはもっと遅くよ。事故のあと」

「事故のあと？」

起きあがって目から眠気をこすり落とした。「どうしてミニバンが必要なの？」

「車でクライアントのところに行かなくちゃならないのに、ぼくの車はダンプスターのなかみたいなにおいがするからだよ」

ベッドで両手足を広げて寝ているニックのほうにさっと目をやった。息子が嘔吐したことを忘れていた。

わたしは唇をかんだ。「窓を開けて運転したら？」

彼の青い目は不安そうだった。「マージー、どうしちゃったんだよ？　きみのお母さんみたいになってしまうのか？」

わたしの母？　わたしの仕事は私立探偵なのよ、タロット占い師じゃなくて。髪を耳のうしろにかけ、返事を考えようとしたが、最初に頭に浮かんだのは死んだドラァグクイーンの通信履歴だった。今はその話題を持ち出すべきではないだろう。「ねえ」わたしは言った。「タクシーを呼んだら。車のことは今日じゅうにわたしがなんとかするし、ミニバンは引き取りにいってくるから」

彼は長いことわたしを見つめていた。やがて、アフターシェーブのにおいを残しながら大股で部屋から出ていった。わたしは時計を見た。五時四十五分。上掛けの下にまたもぐりこんで、ブレイクや〈レインボー・ルーム〉や死んだドラァグクイーンの携帯電話のことを頭のなかから消そうとしているうちに、今日子供たちを幼稚園に送り届ける方法がないことに気づいた。チャイルドシートはミニバンのなかだからだ。

「死んだ女装男の携帯におたくの電話番号が？」モパック高速道路を飛ばしてグリーン・メドウズ幼稚園に向かいながら、ベッキーが言った。七時半に電話してミニバンのことを話すと、すぐに手を貸すと言ってくれたのだ。

わたしはシートベルトを調節し、肩越しに子供たちを見た。ベッキーにはいくつかのことを明かしただけで、まだすべてを話したわけではなかった。「エルシーとニックのまえではその話はしたくないんだけど」

「わかった」彼女はそう言うと、バニティミラーでピンクの口紅を確認した。そしてミラーをはねあげ、制限速度より十マイルも遅い速度でまえを走行中のステーションワゴンにクラクションを鳴らした。「子供たちを降ろしたら、すぐに全部聞かせてよね」

「ニックはどうするの？　今日は休ませるつもりなんだけど」

「車のなかに座らせておいて、外で話せばいいわ」

八時半少しすぎにグリーン・メドウズ幼稚園に到着した。ベッキーにニックを見ていてもらって、急いで子供たちを教室に送り届けると、ニュースレター用の写真を届けるために職員室に顔を出した。

「おや、ミセス・ピーターソン」バン園長が巨大なデスクの向こうから、ふくよかな顔に期待するような表情を浮かべてわたしを見つめた。「今朝は遅刻しなかったようですね。寄っていただきたいと思っていたんですよ。お嬢さんについてお話ししたいことがありまして」

「またあらためて時間を取りませんか？　今うかがいたいのはやまやまなんですけど、駐車場で人を待たせてまして」わたしはこぼれるような笑みを浮かべてバッグからCDを引っ張り出した。「ところで、これがニュースレター用の写真です」

デスクの上にCDを滑らせると、バン園長は巨大カニのようにデスクの向こうから出てきた。あごの先で揺れる黒い髪にわたしが目をくらまされているうちに、すかさず彼女は討議にはいった。「これは早急に対処する必要がある問題だと思うのですが」ふくよかな胸の上でハムのような腕を組まれると、わたしの手は床につきそうなほどだらりとたれた。「お気づきではないかもしれませんが、ミセス・ピーターソン、お嬢さんは自分を犬だと思っているようです」

「犬？」

「ええ。犬です」

わたしはほっとして笑った。アッティラの言い方から、エルシーは殺人鬼予備軍だとでも言われるのではないかと思っていたのだ。「それは『わんわん物語』を見ているからだと思います。少なくとも月に向かって吠えたりはしてません」アッティラはまばたきをしただけで表情を変えない。別の方向から攻めることにした。「ごく普通のことだと思いますけど。どんな子にもそういう時期があるものでしょう？　自分ではないもののふりをする時期が？」

「ミセス・ピーターソン、この問題の深刻な面を理解なさっていないようですね。お嬢さんはグラスから水を飲もうとしません。先日は、ミルクをボウルに注いで、ボウルから直接なめているのを、ピトキン先生が目撃しています。何度注意されてもランチボックスを床に置いて、手を使わずに歯で嚙み切るようにして食べています。そのうえ、園庭でほかの園児をなめたり、咬みついたりします。ご報告するのは残念ですが、お嬢さんは最近かなり多くの時間を職員室ですごしています」

バン園長はちっとも残念そうではなかった。それどころか、茶色の目はほとんど楽しそうだった。「ミセス・ピーターソン、ご家庭で何か問題でも？」ときいてきた。

なめる？　咬みつく？　ときどき吠えるぐらいならまだしも、床を這いまわったり、ボウルからミルクをなめたりするのは、たしかにちょっといきすぎだ。とりあえず、思いきり明るい笑みを浮かべた。

「いいえ」わたしは言った。「何も問題はありません」最近ドラァグクイーン・コンテストに出たことや、ミニバンがぺしゃんこになったことや、女装した男性が殺されて女性用化粧室でわたしに発見されるまえにわが家に電話していたことは、話すべきではないだろう。バン園長の茶色の目は、じっとわたしに注がれている。「エルシーの態度についてはお詫びします」わたしはたどたどしく言った。「あの子はいつも想像力が豊かですし、『わんわん物語』は何度も見ているので……犬のレディになったつもりでいるのが好きなのは知っていましたが、まさかそんな問題になっているとは……」

「それだけではありません」

「ほかにもあるんですか」わたしはできるかぎり感じのいい表情をつくろった。「なんでしょう？」

バン園長のビーズのような目がレーザー光線と化した。「先日、ちょっと心配な出来事がありまして……ご家庭でアルコールの問題を抱えておられるということはないですか？」

「アルコールの問題？」わたしは目をぱちくりさせた。アマレットクッキーの食べすぎをアルコールの問題と考えなければ、答えはノーだ。アッティラのせいでこっそりピーチシュナップスを飲むことになるかもしれないが。「何もありません。どうしてですか？」

バン園長は納得がいかない様子だ。彼女の声は冷たかった。「月曜日、教室である園児に向かって吠えていたエルシーにピトキン先生が注意したところ、お嬢さんは先生にきいたそうです……飲んでるのかと」

こらえる間もなく鼻を鳴らしていた。「エルシーがピトキン先生にお酒を飲んでるのかときいたんですか？」

バン園長は胸を張った。もし身長が百六十センチでなかったら、鷲鼻越しにわたしを見おろすことになっていただろう。「いいですか、ミセス・ピーターソン、グリーン・メドウズ幼稚園では、こういう態度は笑い事ではありません」

「ええ、もちろん」わたしはわれに返って言った。「笑い事ではないと思います。ただちょっと驚いてしまって。そういえばブレイクがときどきそんなことを……気をつけるように言っておきます。エルシーが真似していたとは気がつきませんでした」

「大事《おおごと》にしたくはないんですけどね、ミセス・ピーターソン、園長としては責任がありますので、プロの心理カウンセラーに相談することをお勧めします」そう言って園長は名刺を差し出した。

「プロの心理カウンセラー？　ほんとうに必要でしょうか？　どんな子もこういう時期があるはずですし……」

「月曜日にエルシーに腕を咬まれて病院に行った園児がいるんです。もっと早くお知らせしようとしていたのですが、電話に出てくださらないので」

「鳴らない設定にしていたんだと思います」わたしは罪悪感を覚えながら言った。

バン園長は小さく「ふん」と言った。「お嬢さんの妄想癖と攻撃性のレベルは、かなり深刻な問題になりかねないんですよ」

わたしは深く息をついた。「でも、心理カウンセラーなんて。五歳児に心理療法を受けさせるのはちょっとやりすぎだと思いませんか？」

「ミセス・ピーターソン、プロの助言を受けないとおっしゃるなら、わたくしどもとしてはエルシーに幼稚園をやめていただくしかありません」

幼稚園をやめさせる？　今日のアッティラは強硬手段に出たわ。わたしは髪を耳のうしろにかけて背筋を伸ばした。「娘がご迷惑をおかけして申し訳ありません。心理カウンセラーに相談する必要があるとおっしゃるならそうします」

バン園長はうなずいた。「よろしい。ニックのトイレトレーニングについてもこれ以上問題を起こされるようなら、息子さんのためにもこのカウンセラーにかかることをお勧めします。ご存じだと思いますが、トイレトレーニングの遅れは危険信号になることがありますから」

ニックまで？「お話の時間を取ってくださってありがとうございます」わたしはうそぶいた。今すぐここから出なければ、息子が列車のおもちゃで遊ぶのをやめられなくてトイレに行くのが間に合わなくなることについて、フロイトの学説を聞かされそうだ。「今日の午後にカウンセラーに電話します」

バン園長は満足げにうなずき、わたしの一日を台無しにするという作業を終えた。これでチェックリストからひとつ項目が減るのだろう。「帰るまえにもうひとつ……ピクニックの写真に添える記事はいつできるんですか？」デスクの上のＣＤケースのほうに頭を傾けてきいた。

この二十四時間でさまざまなことが起こったので、クラスのピクニックの記事は今のところかなり優先順位が低くなっていた。トイレ掃除とソックスの引き出しの整理の下ぐらいだろうか。「できるだけ早く書くようにします」わたしは言った。

バン園長は鋭くうなずいた。謁見終了。わたしはドアノブをつかみ、涼しい朝の空気のなかに飛び出した。

ベッキーのサバーバンに乗りこむと、ニックは後部座席で眠っていた。駐車場から車を出すベッキーに、アッティラとの会話の内容を報告した。

モパック高速道路につづく道にはいりながら、ベッキーの目がまんまるになった。「エルシーを心理カウンセラーに診せろですって?」

「そうしないとやめさせるって」

「やめさせる?」あぶないところで青のミニをかわしながら、高速に出た。「あの魔女め! エルシーはどこもおかしくなんかないわ! 子供にはそういう時期があるものよ。だから自分は犬のレディだと思ったんでしょ。シンデレラになりたいと思わないからって、頭を診てもらえなんておかしいわよ」

「でも、別の幼稚園が見つけられないなら、あの子を心理カウンセラーのところに連れていかなきゃ。どうなるかなんてわからないでしょ? もしかしていい影響があるかもしれないし」

「いい影響? そもそも行く必要もないのよ! あの女《ひと》、ちょっとやりすぎよ」

わたしはため息をついた。「そうよね。だけど、わたしはどうすればいいの? 相手は園長なのよ」

「あんな幼稚園、こっちから願いさげよ。子供たちはどこかほかのところに行かせましょう」

「ほかってどこよ？」オースティンのプリスクールのウェイティングリストは『戦争と平和』より長いのだ。

「まあ、そうなんだけど。でもやっぱり犯罪よ、なのにあの女は罪にも問われない」ベッキーはステーションワゴンを抜き去って左車線にはいりながら、手を伸ばしてわたしの脚をたたいた。「エルシーのことは心配しなさんな。根性のある子だもの」

そのことばを信じたかった。

ベッキーはバックミラーを見た。「ニックはまだ眠ってるわよ。バン女史のことは忘れましょ。昨夜のことをもっと知りたいわ」

〈レインボー・ルーム〉で起きたことをベッキーに話すうちに、エルシーについての心配は背後に押しやられた。ランウェイを往復したと話したときは、ベッキーがあまりに笑うので、サバーバンが中央分離帯のほうにそれないように、わたしが手を伸ばしてハンドルをにぎらなければならなかった。

「ドラァグクイーン・コンテストで三位入賞？」彼女は息をぜいぜいさせて言った。

「そうよ。でも、そのことについてはだれにも言わないで。そうでなくてもバン女史に手のつけられないアルコール依存症の一家だと思われてるんだから。性的にも逸脱してると思われたくないわ」

ベッキーは涙を拭った。「〈メアリー・ケイ化粧品〉のセールスレディになれなんて言ったわたしがまちがってたわ。こっちのほうがずっとおもしろそう」

「びっくりしたのは、服装倒錯者があんなに大勢いたってこと。何年ものあいだひとりも会ったことがなかったのに、一日で一ダース以上もの服装倒錯者に会うなんて」

「だってあなたはゲイバーにいたのよ。それもドラァグクイーン・ナイトに……」彼女はまたくすくす笑いだした。

腕を軽くたたいてやった。「でも、〈コモ・モーテル〉にいた人はどうなのよ?」

ベッキーはあきれたように目をまわした。「ちょっと、マージー。ここはオースティンなのよ。《ニューズ・クロニクル》の裏の個人広告を見たことないの? 何年かまえに服装倒錯者が市長に立候補したこともあったじゃない、覚えてる?」

「あなたが子供を持ったらこうなると思ってたわ」わたしは言った。「情報の入手先が昔のディズニー映画とほかの親たちにかぎられてるんだもの」

「そこへいくとあなたは、新しい仕事のおかげでおもしろい人たちにたくさん会えるのね」

ベッキーはにやりと笑って言った。「つぎの案件の話を聞くのが待ちきれないわ……」

「ほかの人には話さないと約束しないと教えないわよ」わたしはきびしく言った。「トラブルはアッティラとのことだけで充分なんだから」

「口に封をしたわ。ジッパーが壊れることはないと思うけど……リックには話していい? ねえ、いいでしょ!」

「だめよ。彼はブレイクに話すだろうし、そうなったらわたしたち夫婦の関係は修復不可能になる」

彼女はため息をついた。「おそらくあなたの言うとおりね。とにかく、女性の死体を見つけたあとどうなったのか教えて。あ、男性か。どっちでもいいけど」

化粧室で何を見たか、九一一に電話しようとしたとき何があったかを伝えた。「死んだドラァグクイーンの電話をリダイヤルしたらうちにつながったなんてまだ信じられない。ねえ、どうするべきだと思う？」

「その人を知ってるかどうか、ブレイクにきいた？」

「まだだけど、彼がセレーナなんて名前のドラァグクイーンと仲よくしてるところはどうしても想像できない。見かけをすごく気にする人だから。ニックがエルシーのよそ行き用の服を着ようとしてもいやがるのよ」

ベッキーはにやりとした。「ニックをピンクのスカートから着替えさせておいてよかった」

「わたしったらエルシーのスカートを穿《は》かせたままだった？」

「昨日は考えることがたくさんあったからね」ベッキーはハンドルを切って右車線に移動した。「ねえ、ブレイクは相手が服装倒錯者だって知らなかったのかもよ。会議か何かで会ったのかもしれないし」

「どうかしら。財布をのぞいて名刺を見つけたの。昼間はかなりいい仕事をしてたみたい」

ベッキーはわたしをまじまじと見た。「彼の財布をのぞいたの？　それって違法じゃない？」

「危ないわよ！」

ベッキーはあわててフロントガラスのほうを向いた。思いきりブレーキを踏んで、フォルクスワーゲン・ビートルの後部に突っこむのをあやうく逃れた。

わたしはドアハンドルをにぎっていた手の力をゆるめた。「指紋は残してないわよ。セレーナ・サスは、勤務時間中はエヴァン・マクステッドという名で、ある会社の部長だった」「二重生活ってやつね。昼間はエグゼクティブ、夜は魅力的な女……」ハンドルを切って出口ランプに向かう。

わたしはため息をついた。「自分に関わりがあるなんて、なんだか気味が悪くて」

「どうしてブレイクにきいてみないの?」

「そうするべきよね」わたしは言った。「でも、なんだか怖いの。このところあの人らしくないんだもの。いつだって心ここにあらずだし、いらいらしてるし。今朝はミニバンのことでやたらとカリカリしてた。ほかに何があったかなんて話す気になれなかったの」

「ブレイクは思いやりのトレーニングを受ける必要があるわね」

普通なら賛成しないだろう。ブレイクは潔癖症かもしれないが、思いやりはある人だ。でも最近のふるまいを見ると、ベッキーの言うことにも一理ある。わたしはため息をついた。

「汚れたソックスの認識方法を男に教える学校が見つかりしだいそうする」

十分後、わたしはベッキーにおもての駐車場で待っていてもらい、上唇の下に詰めこんだ嗅ぎタバコが腫瘍のように見える男性のあとから、押収車両保管場のなかをのろのろと歩いていた。車の海のあいだを移動しながら、男性はひびのはいった歩道に茶色いつばを飛ばした。つばをよけることに集中していると、彼が立ち止まった。

「これだよ」

ミニバンだったつぶれた金属の箱を見あげて、ごくりとつばをのみこんだ。「ほんとにこれ?」

男性は手にした書類に目を落とした。「書類によればね」ミニバンのまわりを歩いて、よじれた金属に手をすべらせた。「どうしてこうなった?」

「ちょっとトラックとぶつかって」

「激突したみたいに見えるぞ」

「こんなにひどいとは思わなかったのよ。直すにはいくらぐらいかかると思います?」

彼は歯の隙間から息を吸いこんだ。これなら大量の洗口液で息をつまらせることもないだろう。「おれには、あんたが払えることを祈る、としか言えないな」と言って、キーをわたしてくれた。「幸運を祈るよ」

「ありがとう」彼はぶらぶらと事務所に帰っていき、わたしは運転席に乗りこんで、せめてエンジンはかかりますようにと祈りながら、イグニッションにキーを挿しこんだ。一発でエンジンがうなりをあげ、階上の事務所にいる男性に向けてありがとうとつぶやいた。

金網のゲートをゆっくり通り抜けて駐車場に出ると、ベッキーは目をまるくした。「なんてこと。ブレイクは死んじゃうわ」

「そうね。教えて。ニックはまだ眠ってる？」

彼女はうしろを見た。「ええ、眠ってる」そして、ミニバンに焦点を合わせた。「何をするつもり？」

わたしは背もたれに寄りかかって目を閉じた。「何か思いついたら教えるわ」

7

十時半に〈バートルビー・バンク〉のビルの二十階でエレベーターを降りると、ゆったりしたデニムの短パンに漂白剤のしみが飛んだポロシャツという服装が不意に意識された。おそらく〈グッドウィル〉のバーゲンテーブルにあったようには見えないものに着替えるべきだったのだろう。だが、その時間はなかった。つぎに何をするべきか考えていたら、ベッキーが二、三時間ならニックを預かると言ってくれたので、きつくなったチノパンツを試すことで時間を無駄にしたくなかったのだ。

〈スターバックス〉に寄って、ホイップクリーム増量のパンプキンスパイスラテと分厚く切ったレモンパウンドケーキでエネルギーを補給したあと、まずブレイクと話をすることに決めた。ガラスドアを押し開けて〈ジョーンズ・マキューアン法律事務所〉の豪華なロビーに入った今は、あまりいい考えではなかったかも、という気がした。

建物は二十世紀末期のドナルド・トランプ様式、またはベッキーに言わせると〝金に糸目をつけない〟様式だった。大理石の入口からベルベットのカーペットがつづき、巨大なマホガニーの受付デスクは、ルイ十六世の依頼で作られたかのようだ。いつものように、ロビーは家具磨き剤とお金のにおいがし、さらに高価なコロンの香りがほのかに重ねられていた。子供たちの香り《オーデチルドレン》ただよう、ふだんわたしが吸っている重くよどんだ空気とはちがう。

　受付嬢のミニーはデスクのうしろにいるとひどく小さく見え、それはかなりの偉業といえた。アトキンスダイエットへの度重なる挑戦にもかかわらず、ミニーは体格がよかったからだ。彼女は眼鏡を調節すると、わたしに微笑みかけた。「こんにちは、マージー。ブレイクにご用？」

　わたしも笑みを返した。ミニーのことが好きだった。親切で気取らず、ダナキャランを着る代わりに、枕のようにやわらかい体に一年生を教える先生が着るような服をまとっているからだ。今日は赤いギンガムチェックの布がアクセントのデニムのアンサンブルで決めており、やけに光沢のあるマホガニーのデスクの向こうにいると場ちがいに見えた。

「すてきな服ね」わたしは言った。

「ありがとう。このまえ〈ドレスバーン〉で見つけたの。半額だったのよ」

　わたしは自分のみすぼらしいシャツに触れた。「わたしもそこに行ったほうがいいみたい」

　彼女の青い目がきらめいた。「あら、気にすることないわ。それで充分よ。あなたはママなんだもの。おしゃれに見える必要はないわ」

　わたしは笑った。「うちの夫にそう言ってやって」

　彼女はぐるりと目をまわした。「それは遠慮しておくわ。あなたが来たこと、彼に知らせる？」

「ええ。ちょっと夫に話があるの。今朝クライアントとの会合があるのは知ってるけど、つかまらないかと思って」

「もう戻っていると思うわ。確認してみるわね」彼女は受話器を取っていくつかボタンを押した。「マージーが来てます。お通ししていいですか？」しばし耳を傾けたあと、電話を切った。「十五分ぐらいならいいそうよ」

「ありがとう、ミニー」

オフィスに向かって廊下を歩きだしたわたしに、ミニーが声をかけてきた。

「クリスマスパーティに呼ぶ人のリストを承認するよう、ブレイクに伝えてもらえる？」

「クリスマスパーティ？　もう？」

「そう思うわよね。八月から計画を立ててるのよ、信じられる？」

「年々早くなっていくわね」わたしは言った。「彼に伝えるわ」

廊下を歩いていくと、シニアパートナーのひとりであるハーブ・マキューアンとぶつかりそうになった。いつものように、頭からつま先までブルックスブラザーズで決めている。わたしはしみのあるシャツの上で反射的に腕を組んだ。

「マージー！」彼はすばやくわたしを上から下まで見た。「今日は家事の日かな？　ときどきはビッツィの店に行ってやってくれ。カジュアルウェアにも手を広げたんだ、知ってたかい？」

「ご商売がうまくいっているとうかがってうれしいです」わたしは言った。まるでビッツィの高級ブティックで売られている服を買うことができるかのように。ちなみに、彼女の店の利益はすべてチャリティーにまわされる。わたしたちとちがって、マキューアン夫妻には余分なお金は必要ないのだ。「そのうちに寄らせてもらいます」わたしはうそぶいた。

「それはいい。楽しみにしているよう、妻に言っておくよ！」そう言うと、ハーブは高価なコロンの香りを残して廊下の先に消え、わたしはまっすぐ夫のオフィスに向かった。

ドアからそっとすべりこむと、ブレイクはレザーチェアに座って、窓から州都の景色を眺めていた。

「こんにちは、ハニー」

彼は椅子を回転させてこちらを向き、わたしはドアを閉めた。わたしの格好を見て、不機嫌そうに口を引き結んだ。「なんて服装だよ」

「ごめんなさい。今朝は急いでたもんだから」

「それでも昨夜の服装よりはましだな。いったい何をしてたんだよ、クライアントを釣ろうとでもしてたのか？　それで、ミニバンは引き取ってきた？」

「ええ、引き取ってきたわ」息を吸いこみ、ゆっくりと吐き出した。「でも、直してもらってるあいだ、たぶんあなたのご両親どちらかの車を、何日か借りることになると思う」

これが夫の注意を引いた。「何日かって、どういうことだよ？　破損はどれくらいひどかったんだ？」

わたしは肩をすくめた。「でも走れるわ。ねえ、話したいことがあるの――」

ブレイクの整った顔が赤くなった。「走れる？　どういう意味だよ、それ？　相手方は修理代を出してくれるのか？」彼は目を細めてわたしを見た。「相手方の過失なんだろう？」

実はそうじゃないのよね。富士山鼻と〈ローン・スター運送〉のトラックを頭から追いやった。「とにかく、なんとかするわ。わたしの話はこれでおしまい。クライアントとの会合はうまくいったの？」

「ミニバンを壊すなんて」彼は両手で頭を抱えた。「なんてことしてくれたんだよ」

わたしはためらいがちにまえに進み、彼の向かいに置かれた椅子にかけた。

彼はわたしを見あげてから腕時計を見た。「このことはあとでよく話し合おう。きみの〝仕事〟についても。あと十分でクライアントが来るんだ」

「話はまだあるの」わたしは胸のまえで腕を組んだ。「仕事中にじゃまして申し訳ないけど、子供たちがいないところで話をする必要があるのよ」

彼は眉間にしわを寄せた。「なんについて？」

「まず、今朝グリーン・メドウズ幼稚園のバン園長と話をしたの。エルシーは心理カウンセラーにかかる必要があると思われてるみたい」

「心理カウンセラー？　なんでまた？」

「エルシーが最近幼稚園で犬みたいにふるまっているかららしいわ。ほかの子をなめたり、咬んだりもしてるみたいで……」

ブレイクは肩をすくめた。「だから？　あの子は五歳だぞ。普通のことじゃないのか？」

わたしは深呼吸をした。「それで、バン園長は家庭に問題があると考えて、エルシーを心理カウンセラーに診せないなら、幼稚園を辞めさせるというの」

彼は椅子に寄りかかり、目をぱちくりさせてわたしを見た。「辞めさせる？　冗談だろう？」

「だったらいいんだけど」

彼はいらいらとため息をついた。「そうか。なんてことだ。だが、このことはだれにも言うなよ。子供のひとりがどこかおかしいなんてうわさが流れるのだけは避けたい。ぼくがなんとか都合をつけてバン園長に電話して、何か解決方法を見つけることができるかもしれないし」腕時計を見た。「なあ、マージー、話を切りあげたくはないんだが……」

エルシーについての心配はひとまず押しやった。「もうひとつあるの」

「なんだ？」

ブレイクは急いでいて、おだやかに伝えるのは無理そうなので、さっさと片づけることにした。「昨夜、死体を見つけたの。死んだ服装倒錯者を」

彼はレザーチェアの上で姿勢を正した。わたしは糊のきいたワイシャツにマフィンのかけらがくっついているのに気づき、手を伸ばして払いおとしたかったががまんした。

「死んだ服装倒錯者？」ハンサムな顔が危険なほど赤くなった。「いったいきみはどこにいたんだ？」

「ゲイバーよ。〈レインボー・ルーム〉って店」

「ゲイバー？　ゲイバーなんかで何をしていたんだ？」

「言ったでしょ、仕事だったのよ。とにかく、エヴァン・マクステッドという名前の男性を知ってるかどうか、あなたにききたかったの」

ブレイクは髪をかきあげた。「エヴァン・マクステッド？」

「ええ」

「それときみがゆうべゲイバーにいたこととなんの関係がある？」

「それが死んだ服装倒錯者の名前で、うちの電話番号がその人の携帯にはいってたのよ」

ブレイクの顔に何かの影がよぎり、彼は椅子に座ったまま脱力した。「死んだ服装倒錯者がうちに電話したっていうのか？」

「電話したときは生きてたのよ。それで、エヴァン・マクステッドを知ってるの？」

ブレイクは立ちあがった。「いや、知らない」ため息をついた。「マージー、きみは仕事をやめるべきだ。つぎはなんだ？　売春婦か？　ドラッグの運び屋か？　マフィアか？」デスクをまわってきて、わたしのうしろに立ち、両手を肩に乗せた。「いいかい、スウィートハート。保育料を払うために役に立とうとしてくれるのはありがたいし、家を担保に融資を受けるのに抵抗があるのもわかる。でもこれが正しいことだとは思えないんだ。きみにとっても、家族にとっても……ぼくの評判にとっても」

わたしは身を引き離した。「あなたの評判？」

「いや、いや、それはいちばんささいな心配事だ。きみがそういうことすべてに巻きこまれるのが心配なんだよ。危険かもしれないし、きみがゲイバーに出入りしていることが知られたりしたら……ねえ、女子青年連盟《ジュニアリーグ》（上流の女性による地方組織で、社会奉仕活動をおこなう）にはいったらどうかな？　ハーブ・マキューアンに電話してあげよう。彼の奥さんのビッツィが今年の会長なんだ。きっと彼女が保証人になってくれるよ」

　わたしのことを心配してくれるのはうれしかったが、ジュニアリーグでごまかされたのにはいらっときた。「ブレイク、ジュニアリーグにははいりたくないの」

　彼は降参だというように両手をあげた。「わかった、わかった。力になれればと思っただけだよ。それなら、ワイルドフラワーセンター（レディバード・ジョンソン・ワイルドフラワーセンターのこと）でボランティアをするのはどうかな？　きみは庭仕事が上手だろう。きっときみの力を必要としているよ」

　また腕時計を見た。「なあ、ほんとうにもう行かないと。くわしいことはまたあとで話そう。母さんのケーキは買った？」

「ケーキって？」

「今夜は母さんの誕生日じゃないか。忘れたのか？」

　わたしはうめいた。「忘れてた」

「七時にみんなでディナーだ」彼はわたしの短パンを見おろした。「少しは服装に気をつけてくれよ。〈サリヴァンズ〉で食事だから」

「ニックがよくなってゲロ袋がいらないといいけど」

「じゃあまた今夜」彼はそう言うと、デスクのほうに向き直った。

「愛してる」わたしは言った。

「ぼくもだ。ミニバンのことで何かわかったら知らせてくれ」と言う彼の声を背中に聞きながら、廊下を歩いて受付デスクに戻った。

受付にミニーはいなかったが、クリスマスパーティの招待客リストがデスクの上に置かれていた。手に取って、知り合いがいないかと目を通した。わたしは毎年おこなわれるパーティが大嫌いだった。ブレイクはほぼずっと上司におべっかを使っているからだ。ほかに話のできる人がいれば、わたしとしてもありがたい。

最初のページは収穫なしだったので、何ページかめくって夫のクライアントのリストを出した。そして、ボウリングのボールを胃に打ちこまれたように、うっと息をのんだ。

リストの七番目に〈インターナショナル・シッピング・カンパニー〉エヴァン・マクステッドとあった。


ミニバンの運転席に沈みこみ、ドアを閉めたときも、まだ胃は波打っていた。結婚して八年になる夫がわたしにうそをついていた。うそをつかれた。目を閉じてハンドルに突っ伏し、こみあげる涙をこらえた。

夫にうそをつかれたことだけではない。のどにつかえたものをグレープフルーツ大にしているのは、彼がうそをつく理由がわからないことだった。晩夏の暑さにもかかわらず、体にさむけが走った。体を起こして震える手でハンドルをにぎり、わたしの結婚の基礎――わたしの人生でいちばんたしかだったもの――がくずれていく感覚に胸がむかついた。エヴァン・マクステッドについてうそをついているなら、夫はほかにどんなうそをついてきたのだろう？

ギアをバックに入れ、駐車スペースから車を出すと、夫のいるガラスの塔を太陽が照らした。サングラスをかけてぎらぎらする光をさえぎった。ブレイクはエヴァン・マクステッドを知っていたのに、わたしにそれを知られたくなかったのだ。なぜだろう？

コングレス・アベニューに出たとき、短髪の頭からずり落ちていたマクステッドのウィッグが頭に浮かんだ。震える息を吸いこんだ。これから何をすべき？　車の修理代の見積もりをしてもらう予定だったが、今はなんとしてでも、夫がエヴァン・マクステッドを知っているのにうそをついた理由を知りたかった。問題はどこからはじめればいいのかわからないことだった。

十五分後、〈ピーチツリー探偵社〉のでこぼこの駐車場に車を入れた。ペンスの報告書と写真を入れたフォルダーをつかみ、汚れたガラスドアを押し開けたときも、胃はまだ宙返りをしていた。

ピーチズは椅子に背中を預けて座り、耳と肩で電話をはさんで、左手からタバコをぶらさげていた。汚いカーペットの上を歩いていくと、彼女は緑色のスパンデックスのトップスから灰を払い落としてわたしにウィンクした。

彼女の向かいにある、ぐらぐらする木の椅子に腰掛けた。「切るわね」ピーチズは電話の相手に言った。「あとで電話する」電話を切り、椅子を回転させてわたしと向き合った。「それで、昨夜の首尾は？」

「ご機嫌とはいかなかったわ」動揺していない声を保つのに苦労した。わたしの人生は崩壊しつつあるのかもしれないが、ピーチズにそのことを打ち明けるつもりはなかった。「ジャック・エマーソンはゲイだったの」

ピーチズはタバコを吸いつけ、煙のリボンを吐き出した。灰色のもや越しにわたしをじっと見る。「あんまり調子がよくないみたいね。大丈夫なの？」

わたしはごくりとつばをのみこんだ。「ええ」

「よかった」彼女はタバコをもうひとふかしした。「彼、やっぱりゲイだったのね。今朝ゲイリーから電話があって、〈レインボー・ルーム〉に行ったけど、対象者はもういないとあなたに言われたって聞いたわ」脚を組んで椅子に寄りかかる。「ストレートに見える男が好みだと思う？　それとも女装男《トラニー》？」

「女性みたいに見える人といっしょにいたわ」

「そう」彼女は言った。「それなら、アンジェリークに電話しなきゃ。彼女を拒絶できるトラニー好きはいないから」ごわごわの赤毛を軽くふくらませる。「でも、刺激的な夜だったみたいね。あそこでだれかが殺されたってゲイリーが言ってた」

「ええ」わたしは言った。必死の努力のかいもなく、声が割れた。「その死体を見つけたのはわたしなの」

「あなたが見つけたの?」彼女は吸い殻であふれそうなプラスティックの灰皿にタバコを押しつけて消した。「なんてこと。ひどい夜だったわね。エマーソンのことはもう心配しなくていいわ。少なくともペンスの案件をまとめてくれたんだから」わたしは彼女にフォルダーをわたした。彼女はいそいそと開き、六インチ×四インチの写真をライトにかざして検分した。「うわ、ほんとにラップにくるまれてるところを撮ったのね」そして顔をしかめた。「アルミホイルにしてくれたらよかったのに。それだとまだ露出が控えられるわ。とにかく、上出来よ。ミセス・ペンスの弁護士はきっとあなたの仕事ぶりを気に入るでしょう。もしかしたらボーナスがもらえるかも」

胸にぎざぎざの穴があいているような気分なのに、ちょっぴりプライドをくすぐられた。夫はわたしにうそをつき、娘は犬のようにふるまい、バン族のアッティラはわたしのためにベティ・フォード・センター(麻薬やアルコール依存症患者の治療施設)に電話するかもしれないが、少なくともわたしは最初の仕事をやりとげた。夫のうそによるショックはくすぶりつづけ、別のものに変わりつつあった。これは怒り?　それとも憤怒?

深く息を吸いこんだ。今は忘れなさい、と自分に言い聞かせた。つぎに何をするべきか考えるのよ。考えはふたたびマクステッドに向かった。だれかの夫の浮気現場をおさえることができたのだから、マクステッドとブレイクの関係についてももっと調べられるのでは?

デスクのまわりに乱雑に重ねられた黄ばんだファイルを見た。おそらく古い事件ファイルだろう。〈ピーチツリー探偵社〉は地域でいちばんはやっている探偵事務所ではないかもしれないが、これだけの量の書類仕事が必要になる程度には長く商売をつづけてきたのだ。当然ながら、驚くべき量のアリジゴクの死体がたまるほど長く。

わたしにはエヴァン・マクステッドについての情報をかき集める方法はわからないが、ピーチズなら知っているだろう。わたしがタイプした報告書を読むピーチズを見守った。お気に入りの服の生地はスパンデックスで、カビの生えたタバコ工場のようなにおいのするオフィスで働く女性に、夫婦間の問題を明かしたくはなかった。だが、子供たちが危険にさらされるような問題に夫が関わっているのだとしたら、ほかに選択肢があるだろうか？

深呼吸をしてから思いきって言った。「あなたの助けがいるの、ピーチズ」驚いたことに、声の震えは消えていた。

彼女は報告書から顔を上げた。茶色の目が鋭い。「どんな助け？」

「だれかのことを調べるにはどうすればいいのか知りたいの」

「身辺調査のこと？」

わたしはうなずいた。

「それがだれかによるわね。どんな情報からはじめるかにもよる。住所か社会保障番号はわかる？」

わたしは首を振った。

「だれなの？」

わたしは肩をすくめた。「昨日たまたま会った人」

「名前はわかる?」

「ええ」

ピーチズは報告書を置いてブラのストラップを引っ張りあげた。「昨日会ったばかりの人なのに、急にすべてを知りたくなったわけ」

「実は……〈レインボー・ルーム〉で殺された人なの。あるものを見ちゃったんだけど、それによると彼女は……彼は……わたしの知ってる人とつながりがあるようなのよ」

ピーチズはくすくす笑った。「でも、その人は死んでるんだから、追跡したところで得るものはないわね。警察は捜査してるの?」

ぶっきらぼうなブンゼン刑事のことが頭に浮かんだ。「ええ、してると思う」

彼女はデスクの下に手を伸ばして、角に折り目のついた電話帳を取り出した。「そうね、できることはいくつかあるわ。まず、その人の名前を教えて」

電話帳。どうして思いつかなかったのだろう?「エヴァン・マクステッド」

「まずはそれが手がかりね。少なくともジョン・スミスじゃないんだから」彼女はタンジェリン色のネイルの指でページをめくった。「ペンある?」

バッグのなかをかき回して、インクもれのするビックのボールペンを見つけだした。

「オーケー。言うわよ。四番ストリート五〇一番地、九〇二号室。ダウンタウンのあの新しいロフトね。お高くとまった人たちが住むところよ。ご近所さんからはじめるといいかもしれないわね……親戚か古い友人のふりをして、彼の居場所をさがしているとか言って」彼女はわたしを見あげて片眉をあげた。「あなたはとても信用できそうに見えるわ。うまく立ちまわれば、だれかが部屋に入れてくれるかも」

「警察とトラブルにならないかしら」

「警察にばれなければ大丈夫よ。あとは指紋を残さなければね。集合住宅なのは残念だわ。でなければゴミを調べることができるのに」わたしは鼻にしわを寄せた。いくらエヴァン・マクステッドのことが知りたいからといって、ダンプスターのなかに飛びこむ準備はできていない。「勤務先は知ってるの？」彼女がきいた。

「名刺があるわ」

「名刺ですって？」彼女の目がきらりと光った。「どうやって手に入れたのかはきかないけど、すでにこつをつかみつつあるみたいね。とにかく、その勤務先に行って、彼の同僚と話すの……その会社と取引をしたがってるふりをしてもいいわね。で、そこにいるあいだに、数分間彼のオフィスでひとりきりになれるかどうかやってみて」

「それって違法じゃないの？　不法侵入と同じでしょ」

彼女はウィンクをした。「つかまらなければ大丈夫。それに、押し入るわけじゃないわ。ただはいるだけ。さあ、今日は少し時間があるから手伝ってあげる。その男性についてわかってることを教えてくれれば、ほかにも何かないか調べてみるわ」

「いいの？」

「ええ」

マクステッドの財布のなかで見つけた名刺を彼女にわたした。彼女はおんぼろのコピー機でコピーをとり、わたしに名刺を返してよこした。

「その友だちの持ち物とかには接触できる？」

友だち？　一瞬なんのことかと思ったが、夫のことを言っているのだとわかった。「ええ、できるわ」わたしは言った。

「それなら、その友だちも調べてみたほうがいいかもよ」

胃が落ちこんだ。夫を調査するなんて。ピーチズの言うことは正しいが、進んでやりたいとは思えなかった。

8

ピーチズが言ったとおり、エヴァン・マクステッドの住まいは豪華だった。十五階建てのよくあるロフト・アパートメントで、モダンであると同時に〝年代物〟っぽい造りになっている。とくにこの建物は、アーチや渦巻き飾りを配したどっしりしたブラウンストーンの一階部分の上に、ミラーガラスでできた十四階ぶんを重ねることで、古さと新しさが溶け合うという趣向だ。おもてに出ている宣伝用の大きな看板によると、各戸ともシックで都会的なライフスタイルと、州都の比類のない眺めを売りにしていた。価格は五十万ドル台の半ばからとなっている。

マクステッドの住まいから通りをへだてた向かいにつぶれたミニバンを停めると、心臓が早鐘を打った。今朝のブレイクとの対面のせいでまだ呆然としていたが、ショックはだんだん薄れつつあった。その代わり、身元を偽って死んだ人のアパートにいるところをつかまる恐怖が生まれた。そこまでやれればの話だが。二十分ばかり知恵を絞ってみたが、ご近所さんに話すそれらしい作り話は思い浮かばなかった。

しばし建物を見つめた。そして携帯電話を取り出し、助手席の下に置いている電話帳をつかんで、〈ランダルズ・ベーカリー〉の番号を押した。どうせ義母のためにケーキを注文しなければならないのだし、少なくとも時間稼ぎの言い訳としては妥当だ。

呼び出し音を聞きながら、どうすればエヴァン・マクステッドのご近所さんに信用してもらえるだろうと、もう一度考えた。親戚なら彼の死を当然知っているだろうから、家族の一員だと自己紹介するのはまずい。それに、友だちならマクステッドが仕事中のはずの水曜日の昼間に予告もなく訪れるのではなく、電話するものではないか？

マクステッドは以前結婚していて秘密の隠し子がいると告白するシナリオを楽しんでいると、ひどい訛《なま》りのある人物が電話に出た。義母の誕生日に必要なケーキの説明をしながら、六年間フランス語を学ぶ代わりにスペイン語を選択すればよかったとまたもや思った。十五分後、ほしいのは誕生日用のケーキで、引退パーティ用でも初聖体祝い用でもなく、しかもそのケーキは今日必要だということをようやく先方の女性が理解してくれたので、そこそこ満足して電話を切った。

数分間電話をもてあそびながら、ほかに電話する人がいないか考えようとしたが、だれも浮かばなかった。しかたなく、バッグのなかをあさってパーキングメーターに入れる二十五セント硬貨を見つけると、二台のBMWをよけながら通りをわたり、建物の入口であるガラスの両開き《ダブル》ドア《ドア》に向かった。

入口につづく御影石の階段をのぼっていると、五十万ドルもするアパートがはいっている集合住宅なら、ドアマンがいるかもしれないといういやな考えが浮かんだ。階段の途中で立ちすくむ。どうやってドアマンをやりすごそう？　隣人をだますための作り話でさえ思いつかないというのに、制服を着た横柄な用心棒まで相手にしなければならないなんて。ミニバンのほうに戻りかけた。調査は警察にまかせなさい、と自分に言い聞かせる。あなたの出る幕じゃないわ。

でも、警察はマクステッドと夫のつながりを知らない。

ポロシャツのしわを伸ばし、階段をのぼりきると、入口のドアを押し開けて建物にはいった。

ドアの左手に巨大な木のデスクがあったが、赤いベルベットの椅子にはだれも座っていなかった。助かった。開発業者がドアマンの給料を払えるだけの戸数を売ることができなかったか、夜間警備員のためのデスクかのどちらかだろう。

開発業者はドアマンのことでは節約したのかもしれないが、ロビーにあるほかのものについては出し惜しみをしていなかった。ダークな色合いの羽目板の壁を、高い天井を、『オペラ座の怪人』のセットから持ってきたかのような巨大なシャンデリアを見た。仕上げ剤にこぼれたリンゴジュースや凝固したチョコレートミルクが混じることはなく、ご近所さんの話題は〈ターゲット〉の子供用スウェットパンツのバーゲンではなく、〈サックス・フィフス・アベニュー〉のヴェルサーチの新作という建物に住むのは、どんな感じなのだろう。

スニーカーを鳴らしながら大理石の床を歩いていくと、エレベーターから上流階級風のスリムなブロンド女性と、ラインストーンがちりばめられたリードをつけた、同じくらいおしやれなポメラニアンが出てきた。ブランドもので身をかためたふたり連れは、ハイヒール（ブロンド女性）とピンクに塗られた爪（ポメラニアン）で床をコッコツ鳴らしながら近づいてきた。犬がキャンキャン鳴いて、高価な化粧道具のなかから抜け出した化粧用パフのように、すべる床の上をわたしのほうに向かってこようとしたので、ブロンドがマニキュアの施された手でリードを引っ張った。気温は三十度台なのに、ポメラニアンはピンクのカシミアセーターを着て、ふんわりと整えられた頭のてっぺんに、蝶結びにしたサテンのリボンをつけていた。

この建物では犬までブランドものを着ているのだ。

わたしはブロンド女性に微笑みかけ、今やつやつやの歯をむき出しにしてうなりはじめているうるさい犬をよけながら、エレベーターに乗りこんだ。胃が飛び出しそうになりながら、九階のボタンを押した。わたしはここで何をしているの？ ご近所さんに近づく方法はまだ思いつかなかった。だが、ポメラニアンのブロー仕上げのしっぽがエレベーターのクルミ材のパネルドアの向こうに消えたとき、突然ひらめいた。マクステッドのアパートの鍵を持っているご近所さんを見つければいいのだ。

すぐにエレベーターのドアが開き、ホテルそっくりの長い廊下に出た。ちがいは部屋のドアが四つしかないことだけだ。

どのドアがエヴァン・マクステッドの部屋のものかはすぐにわかった。黄色い現場保存用テープが戸口の柱からたれていたからだ。廊下の奥に向かってぶらぶら歩きながら、マクステッドの部屋からだれかが出てくるのを待った。だれも出てこないので、なかからブンゼンの低い声が聞こえてくるのを半分覚悟しながら、ドアに近づいて耳をつけた。エアコンのうなり以外何も聞こえなかった。

計画を実行に移すときだ。ラマーズ法のクラスで習ったとおり、体内を浄化する深呼吸を繰り返し、マクステッドのお向かいのドアのまえに立った。呼吸法は出産時も役に立たなかったが、今もあまり役に立たなかった。ポロシャツをまっすぐにし、背筋を伸ばしてノックした。

応答はなかった。

残るドアはふたつだけで、そのうちのひとつのまえには新聞の束が置かれていた。一分待ってから、新聞紙の束をとおりすぎ、廊下の突き当たりのドアに向かった。もしだれも出なかったら、それでもうよしとしよう。家に帰ろう。

だれも出ないことを半ば期待しながらノックした。

応答があった。

グリーンとゴールドのターバンを巻いた七十代半ばぐらいのひ弱そうな老婦人が、ドアの隙間からのぞいている。わたしはあとずさった。彼女はロビーで見たシックな痩身の女性とはまるでちがっていた。「あなた、セールスの人?」彼女はガラガラ声で尋ねた。「この建物ではセールスはおことわりなんだけど」

「い、いえ、ちがいます」わたしは言った。身元を偽って他人のアパートにはいりこもうとしているのだから、セールスよりもっとたちが悪いのだが、それは明かさないことにした。

「エヴァンの友だちです。この廊下の先に住んでるエヴァン・マクステッド、ご存じですよね？」

「ええ」

深呼吸をしてまえに進んだ。「彼にしばらく猫を預かってもらってたんですけど、今朝ちょっと寄って彼女を連れて帰ろうと思ったら、エヴァンは留守で、彼と連絡が取れないんです。それに、あの現場保存用のテープ。何があったのかご存じですか？」

「驚くわよね。わたしも心配してるの。テープが張られてるし、部屋に警官が出入りしてるし。でも、ひとことも教えてくれないのよ」彼女は首をかしげた。「猫というのはどういうことかしら？　彼が猫を預かってたなんて聞いてないけど」

「そうなんです、預かってもらってたんです。スヌーカムスといいます。彼はすばらしい猫なんです」

「さっきは彼女と言ってたけど」

「そうでした？」わたしは甲高い笑い声をあげた。「去勢してからなんだか混乱してしまって。とにかく、彼を連れて帰りたいんです。エヴァンがいつ戻ってくるか、ご存じありませんか？」

「彼が猫を預かってたなんて知らなかったわ」

「わたしが町を離れていたあいだだけです」

「とにかく、どういうことなのかわからないけど」彼女は言った。「さっきも言ったとおり、今朝新聞を取りにいったら、そこらじゅうに警官がいたのよ」

わたしはつばをのんだ。「ほんとに？　エヴァンが無事だといいんですけど」もちろん、そうでないことはわかっていたが、うそをつくのは自転車に乗るのを習うことに似ている、ということがわかった。動きだしてしまえばずっと楽になる。

「警官にきいてみたけど、どういうことなのか教えてくれなかった。あなた、お名前はなんといったかしら？」

わたしの名前？　「プルーデンスです」思わず言ってしまってからひるんだ。義母のファーストネームだ。さっきベーカリーの女性に六回もスペルを言わされたので、最初に頭に浮かんだのがその名前だったのだ。

「プルーデンス……」彼女は問いかけるようにわたしを見た。ラストネームを待っているのだとわかった。

名字がひとつも思い浮かばず、何度か口をぱくぱくさせた。老婦人の目がわずかに細められた。「シュルツです」やっとの思いで言ってから、また身がすくんだ。わたしの脳がひねり出したのは旧姓だった。匿名性の陰に隠れるというわけにはいかないようだ。「それで、あなたは？」

「わたし？　ウィルヘルミーナ・バーグドーファーよ。ウィリーと呼ばれてるの」彼女はターバンを直した。「でも、プルーデンスなんて昔風でとてもいい名前ね。最近よくあるブリタニーとかティファニーなんて名前とちがって。それで、エヴァンとはどこで知り合ったの？」

「同じ学校に通ってたんです」

「学校で？　こんなことを言ったら失礼かもしれないけど、あなたはエヴァンよりかなり年上に見えるわ」

「日光に当たりすぎたんだと思います」

「そうねえ、たぶんそうするべきじゃないんでしょうけど、あなたの猫がなかにいるなら鍵！　「あなたが鍵を持ってらしてよかったです。もしエヴァンに何かあったんだとしたら、なかにはいる必要がありますから。スヌーカムスはごはんをもらっていないかもしれないし」

……」彼女はため息をついた。「鍵をさがしてみるから、なかにはいったら？」


彼女のあとからアパートメントにはいった。宣伝文句は本当だった。一方の壁は全面ガラス張りで、テキサス大学オースティン校のUTタワーを背にした州都のビル群を広く見わたすことができた。ガラスでない壁にはアフリカのお面のようなものが飾られ、すべすべの硬木の床にはシマウマの毛皮が敷かれていた。七十代の女性にしては変わったインテリアだ。ポットを保温するティーコージーのひとつもなかった。

「座ってちょうだい」彼女は言った。「エヴァンの鍵をさがしてみるわ。数カ月まえに彼にわたされたのよ、もしものときのためにって。でも、それをどうしたか覚えてなくて」

「ありがとうございます」と言って、部族風の織物が掛けられた肘掛け椅子に座った。「すばらしい装飾センスですね。なんてすてきなものばかりなんでしょう」

「そう思う？　ヘンリーとわたしは何年もアフリカに住んでいたの。そのあいだにわたしが手に入れたもののほんの一部よ」わたしはサーベルタイガーとウサギの混血のように見えるお面に目をやった。

「わたし、心配で」わたしは言った。「ほんとうに警察はエヴァンに何があったのか、何も言わなかったんですか？」

「ええ、ひとこともね。ひどくこそこそしてたわ。ところで、あなたとエヴァンはどこの学校に行ってたんだったかしら？」

わたしはつばをのみこんだ。「北部の小さな大学です」

「ほんとに？　たしか彼、テキサス大学の大ファンだったと思うけど」

「ええ、そうなんです」わたしはあわてて言った。「よくテックスと呼んでからかってました」わたしは軽く笑った。「ずいぶん昔の話です。別の人生の出来事のような気がします。でも、エヴァンのことはずっといかしてると思ってました。あの人、彼女はいるんですか？」

「あら、じゃああなた独身なの？」

「ええ」

「それならなぜ結婚指輪をしているの？」

また指輪だ。深く息を吸いこんで、妥当な理由をさがした。「結婚指輪？」明るく笑おうとしたが、首を絞められた羊のような声が出てしまった。「ああ、そうでした。つい忘れてしまうんです」ウィリーは鋭い目でわたしの顔をじっと見た。「その、つまり、夫とわたしは……」

彼女はわけ知り顔でわたしを見た。「別れたの？」

肺から空気が吐き出された。「ええ。そうなんです。別れたんです」

「まあ、かわいそうにねえ。でも、こういう時代だし、あなたの年齢なら恥じることはないわ」彼女はわたしの動揺を恥じているせいだと解釈したようだ。「モラルがゆるんだこんな時代には、そういうことがますます多くなっているものね。でも、お相手を探すのはもう少し待つべきじゃないかしら？　だって、もとどおりになるかもしれないでしょう？」

わたしは目をぱちくりさせた。

「アフリカにいたとき」彼女はつづけた。「夫のヘンリーは族長の娘と恋に落ちたの。ふたりはチブク・ネシャムワリのお祭りで出会った。夫は突然、毎晩香炉みたいなにおいをさせて帰ってくるようになった。一、二カ月のあいだ、夫はわたしたちを捨てて自然のなかの暮らしを選んだのかと思ったけれど、徐々に正気が戻ってきたの。男はいつだってそうなのよ。野性的なセックスに飽きると、家庭的な安らぎが恋しくなってくるの。慣れ親しんだ環境が」

わたしはことばを失ったが、問題はなかった。ウィリーの話はまだ終わっていなかったからだ。

「背中のマッサージはまめにしてあげた？　家に帰るとおいしいカクテルが用意されていて、テーブルに温かい夕食がのっているのは、いつだって大切なことよ。ヘンリーは一度言ったことがあるの。族長の娘はおいしいピーナッツのシチューを作ってくれたけど、ポットローストの基礎も知らなかったって。結局、彼を改心させたのはわたしのポットローストだったことがわかった。もしよかったらレシピをあげるわ」彼女は首を振った。「男はふらふらさまようけど、テーブルにおいしくて温かい食事があって、スリッパが用意されていれば、たいてい戻ってくるものよ」

むせそうになった。このしかつめらしい老婦人は、ザンビアの王女か何かと夫の性的冒険について語り、おいしいポットローストの作り方を学べば結婚生活の危機は乗り越えられると説いている。だが、彼女の言うことにも一理あるのかもしれない。わたしたちの寝室での活動が地を揺るがすようだったことはなく、最近ではさらに先細りになってきている。六歳に満たない子供がふたりいるせいだと思っていたが、それだけではないのかもしれない。わたしはブレイクにとっていい妻だっただろうか？　チーズや牛肉を多用した重いものばかりだという理由で、このところ彼の好物を作っていなかった。見当ちがいのことをしていたのだろうか？　またステーキを焼くべき？　それともスリッパを用意し、グラスにワインを注いで彼を迎えるべきなの？

この親切なターバンの老婦人にまさに心配事を打ち明けようとしたとき、彼女にした結婚の危機の話がフィクションだったことを思い出した。ここに来たのはエヴァン・マクステッドのことを知るためで、結婚生活についてのアドバイスをもらうためではない。わたしは悲しみに満ちたため息をついた。「わたしたちの結婚生活は修復不可能だと思います。彼は離婚を申し立てるつもりです。わたしが指輪をしているのは、まだその心がまえができていないからでしょう」

「かわいそうに。それなら、もっといい人をさがしはじめるのもいいわね。エヴァンはハンサムな若者だし、いい仕事もしてる。あなたはちょっと年上かもしれないけど、料理が上手なら埋め合わせできるわ。彼に恋人がいるのかどうかは知らないけど。男友だちはたくさんいるみたいよ、若い男の人たちはみんなそうでしょ……いっしょにお酒を飲みに行って騒いだりするのよ。あと、ときどききれいな女の人が出入りしてるのを見たことがあるわ」

「女の人が？」

「ええ。ブロンド美人よ。夕方ときどき来てるわね、たいていいつもロングドレス姿で。男性の気を惹くような、派手な格好っていうの？　おかしな話なんだけど、ふたりがいっしょにいるのを一度も見たことがないのよね。そういえば、ゆうべも彼女を見たわ」

「最近ほかにだれかが立ち寄ったようなことは？」

「どうして？」

「ええと、その人たちなら、今朝警官がいた理由を知っているかもしれないと思って。わたしの知ってる人かもしれないし」

「どうだったかしら。わたしはほとんどうちにいるし、うちの玄関は廊下の突き当たりだから、のぞき穴からのぞいて、何が起きているのか見られるの」彼女は少し赤くなった。「詮索好きってわけじゃないのよ。警備が心配なだけ。ここを買ったときはドアマンを雇うという話だったのに、ずっと口だけなのよ。だから、万が一のために目を光らせているの」

「わかります」わたしは言った。「用心に越したことはありませんよね」

「そのとおりよ」わたしが説明に納得したのでほっとしたらしく、彼女はうなずいた。「とにかく、朝からずっと警官が出たりはいったりしてたわ。理由はわからない。でも、それ以外にも、エヴァンのところには最近ふたりのお客さんがあった。ひとりは魅力的な年配女性。少なくともわたしは魅力的だと思ったわ。帽子とサングラスをつけてたから、わかりにくかったけど。でも、とてもスタイルがよかったし、すごくすてきなスカートとジャケット姿だった——上下とも藤色で、ラペルに刺繍《ししゅう》がしてあってね。彼女は月曜日の夜七時ごろに来て、三十分ぐらいいた。でも、帰っていくときは幸せそうじゃなかったわ。壁を突き破りそうな勢いでエレベーターのボタンを押してた」

「もうひとりの訪問者というのは?」

「紳士よ。年齢は五十代というところね。髪の生え際こそ後退してるけど、すごく男前な人でね。初めて見る人だったわ。彼は日曜日に来た。ヘンリーと食事に出かけるとき、廊下で会ったの」

「へえ。だれかしら。どんな外見でしたか?」

「すごくさっそうとした人だったわ」彼女はコケティッシュに頭を傾けた。「どこかシナトラを思わせたわね。とけたバターみたいな声で」彼女はため息をついた。「あなたはわたしと暇をつぶすためにここに来たわけじゃないわよね。鍵をさがしてきましょう」

ウィリーはせかせかと席をはずし、わたしは座って壁のお面を眺めた。彼女がアパートの奥に引っこむと、心をかき乱すような考えが脳裏に去来しはじめた。最初にマクステッドのドアから様子をうかがったとき、人の声は聞こえなかったが、だからといってだれもいなかったことにはならない。部屋に飛びこんで、なかにブンゼンがいたりしたらどうしよう？

ウィリーが銀の鍵を見せびらかしながら戻ってくるころには、両手は汗で湿っていた。

「用意はいい？」彼女がきいた。

わたしはごくりとつばをのみこんだ。「ええ」

老婦人のあとから廊下を歩きながら、エレベーターのなかに消えたいという衝動と闘った。せっかくここまで来たのだ。それに、もしだれかがマクステッドの部屋にいたら、音が聞こえたんじゃない？

ウィリーが錠に鍵を挿しこもうとした瞬間、エヴァン・マクステッドの部屋のドアがぱっと開いた。

9

ブンゼンではなかった。

だが、それよりずっとましというわけでもなかった。

ドアを開けた女性は、青いポリエステルの制服を着て、それによく合うぴかぴかのすてきな金バッジをつけていたのだ。「何かご用ですか?」彼女はきびきびした声できいた。

わたしは何度か口をぱくぱくさせた。運よく、その間隙にウィリーが飛びこんだ。「ええ。こちら、エヴァンのお友だち。プルーデンス・シュルツよ。エヴァンに猫を預けていたんだけど、彼と連絡が取れないらしいの」ターバンの下のきゃしゃなつくりの顔が、心配そうにゆがめられた。「ドアには現場保存のテープがあったし、今は部屋におまわりさんがいるし……彼は無事なの?」

「残念ですが、マクステッドさんは昨夜亡くなりました。ここは犯罪現場なんですよ、奥さん」

初耳ではなかったが、わたしは目を見開いて手を口に当てた。「えっ、うそ! どうしてそんなことに? まだあんなに若かったのに……」

「まあ、なんてことなの」ウィリーはそう言って息を吸いこんだ。「ひどい話！」

わたしは目をぱちくりさせて警官を見た。「おまわりさんがここにいるということは……彼は殺されたんですか？」

女性警官はそっけなくうなずいた。

「まあ。なんて悲劇なの。あんな若い人が……」ウィリーは首を振り、ターバンを直した。

「でも、プルーデンスの猫のことはどうしたらいいかしら？」

「猫は連れて帰っていいですよ」名札によるとカーメスという名前らしい女性警官は、スレートのような色の目をわたしに向けた。「あなたはマクステッドさんのご友人なんですよね？」

わたしはうなずいた。

「最後にマクステッドさんに会ったのはいつですか？」

「さあ。今はとてもショックで、考えることもできませんけど……猫を預けにきたときだと思います」

「それはいつでしたか？」

なんでわたしにわかるのよ？　これまでのところ、猫を預けていたという言い訳はあまりうまく機能していないようだ。「ええと、二週間まえだったと思います」わたしは洟をすすった。「かわいそうなエヴァン！」

「あなたは町を出られていたんですよね？」

「はい。そうです。もちろん、こんなことになるとわかっていたら、出かけたりしなかったんですけど」

「どちらに行かれていたんですか？」

「はい？」

「どこに旅行に行かれたのかときいたんです」

わたしはまばたきをした。聞こえていないわけではなかった。返事を思いつけなかったのだ。「パリです」とっさに言った。

パリですって？　わたしったら何を考えてるの？

幸い、突飛な選択は女性警官を満足させたようだった。「猫は向こうの部屋です」彼女は言った。「つかまえようとしたんですが、さっきあそこに追い詰めたら、咬まれそうになりました。それに、もう鑑識が部屋じゅうを調べたので、連れて帰って問題ないと思います。でも、あなたが来てくださってよかったです。あと三十分で動物管理局が来てしまうので」

「ありがとう」わたしは一抹の不安を感じながら言った。ほんとうに猫がいるとは思っていなかった。だが実際に一匹いるらしく、しかも歯を立てるのも辞さない猫だと聞いて、心配になった。飼っているはずの猫に襲われたら、どうすればいいだろう？

「ついてきてください、ご婦人方」女性警官は言った。ウィリーが彼女のあとにつづき、わたしはそのうしろをついていった。

値の張りそうなエンターテインメントセンター（テレビや音響機器などを収納するための家具）や古い映画のポスタ

ーで趣味よく装飾された、エヴァン・マクステッドのアールデコ調リビングルームを横切り、主寝室にはいった。部屋の中央に赤いサテンのカバーがかかった円形ベッドがあった。カーメスは光沢のあるカバーをめくりあげて、ベッドの下を指さした。「あそこにいます」恐る恐る近づいてかがみ、ベッドの下をのぞいた。「おいで、スヌーカムス」甘い声で呼びかける。

いきなり前足が伸びてきて、わたしの顔を引っかいた。ベッドカバーを放し、血のにじむ頬に手を当てて飛びのいた。

女性警官はけげんそうにわたしを見た。「あなたの猫なんですよね？」

「ええ、そうよ。彼は……気性が激しいの。動くものを見ると興奮しちゃうのよ」

もう一度ひざまずいてのぞきこんだ。ベッドの下の、手の届く範囲から三十センチほど先に、緑色の炎のように目を光らせた大きな茶色の猫が、まるくなってひそんでいた。わたしはごくりとつばをのみこんでカバーをおろした。

「ほうきはあります？」わたしはきいた。

「ほうき？」

「手が届かないと、この子は外に出てこないわ」

「外に出てこない？」カーメスが口をはさんだ。「あなたの猫じゃないんですか？」

「もちろんわたしの猫です。この子にとって今日はさんざんな日なんです」わたしにとってもね。

「あなた、キャリーケースを持ってきていないのね。この子を入れて帰るための箱を持ってきてあげましょうか?」ウィリーが親切にもきいてくれた。

わたしはありがたい思いで彼女を見た。「それはいい考えだわ。古いタオルがあるといいかもしれません。これ以上引っかかれないようにくるむことができるから」その技はシャム猫のルーファスを獣医のところから連れ帰るときに習得していた。「この子、ちょっと動揺してるみたいだし」

ウィリーが自分のアパートメントに戻ると、カーメスの無線ががなりたてた。応答するために彼女が廊下に出たので、わたしは大きな赤いベッドのあるマクステッドの寝室にスヌーカムスとともに残された。

ドアのすぐ外に警官がいる状態でかぎまわるのは気が進まなかったが、これがマクステッドのことをもっと知る唯一の機会かもしれない。

こっそりクローゼットに近づいた。なかは、売り出し中の若手ハリウッド女優と結婚したビジネスマンの衣装だんすといった感じだ。片側にはグレーと紺のスーツが地味にならび、その奥には赤と青のネクタイのラックがあるのに対し、反対側は虹のように鮮やかな色のスパンコールやラメの衣装がきらめいている。ドレスの上の棚にはウィッグがならんでいた——赤褐色、ブロンド、烏の濡れ羽色のつややかな漆黒。ウィッグのないスタンドがひとつあり、わたしは身震いした。以前そこにあったのは、〈レインボー・ルーム〉で見た、エヴァン・マクステッドの頭からずり落ちていたウィッグだろう。ウィッグから目を引き離し、クローゼットの残りの場所を調べた。いちばん上の棚に好奇心をそそられるダンボール箱がいくつかあったが、三メートル離れたところに女性警官が立っている今は、そのひとつを引き出して中身を物色するのにふさわしいときとは思えなかった。

　クローゼットから出て耳を澄ました。カーメスはまだ廊下で通信中のようなので、こっそりドレッサーに近づいて、写真をひとつ手に取った。大学の式帽をかぶったエヴァンが、ブロンドの中年女性のかたわらでにこやかに立っている額装の写真だ。女性はおそらく母親だろう。だぶだぶのプリントワンピース姿で、若々しさはないが幸せそうだ。彼女が息子に哺乳瓶で授乳する姿、サッカーの練習への送り迎え、卒業に際して感じたであろう誇らしさを思った。息子の二重生活については知っていたのだろうか？　もしそうでないなら、こんな形で知らされるのはあまりにもむごい。また涙がこみあげた。写真をドレッサーの上に戻し、涙をぬぐった。

　写真の横には象牙色の厚手の封筒が置かれていた。カーメスに無線で連絡してきた人物の話はまだつづいているようだったので、そっと封筒を開けてみた。結婚式の招待状だった。花嫁はアンナ・マクステッド。エヴァンの姉妹だろうか？　結婚式は十月の終わりにカリフォルニア州サウサリートで予定されていた。返信用カードはなかった。

　招待状をそっと封筒のなかに戻したとき、カーメスが部屋に戻ってきた。

「何をしてるんです？」彼女はきいた。

「この写真を見ていただけよ。すごく悲しいわ。そう思わない？」

「写真がですか?」

「ううん。かわいそうなエヴァンのお母さまのことを考えてたの。彼女はもう知ってるのかしら?」

「わかりません。でも、おそらく知っているでしょう。わたしがここにいるのは後片づけのためですから」

そのとき、ウィリーがドアからさっとはいってきた。大きなダンボール箱とタオルとほうきを持って。「これでいいかしら?」

ダンボール箱を見た。ふたは四枚のフラップでもろそうだ。「ダクトテープかひもはありますか?」

「荷造り用のテープを持ってきたわ」

「それなら大丈夫です」だといいのだが。

ウィリーとカーメスが見守るなか、ほうきをつかんでまたベッドの横にひざまずいた。

ウィリーが言った。「ドアを閉めるわね、そうすれば逃げられないでしょ」

「彼が出てきたら、タオルを被せてもらえますか?」

「やってみるわ」

ベッドカバーを持ちあげて、ベッドの下をのぞきこんだ。「おいで、スヌーカムス」とやさしく呼びかけた。またもやわたしに向かって前足が繰り出された。いい面を見れば、今回は遠すぎて接触はかなわなかった。彼はベッドのまんなかあたりに移動していたのだ。

ベッドの下にほうきをつっこんだ。猫はうなり声をあげ、ほうきの先を爪で引っかいた。一方の側に追い立てようとしても、猫はカーペットに爪を立てて動くまいとした。何度かやんわりと移動させようと試みたあと、ほうきで思いきりたたいてやった。

猫はギャッと鳴いて突進してくると、わたしのももに爪を立てて踏み切り板にしたあと、ドアに突進した。ウィリーが彼にタオルを被せ、わたしが鳴きわめくボールに飛びついて胸に抱えこみ、箱に入れた。

「テープはどこですか？」フラップを閉じながら叫ぶ。茶色い手が中央の隙間から飛び出した。

「あら、ごめんなさい。箱のなかに入れっぱなしだったわ」

わたしは息を吸いこみ、フラップの下に腕をつっこんだ。たちまちスヌーカムスの爪にとらえられ、指がテープのロールをさぐりあてた瞬間、彼の歯が親指に突き刺さった。

あわてて腕を引っこ抜いてうめいた。スヌーカムスが箱から飛び出し、ドアに向かって疾走した。派手なドンという音がして、硬いオークのドアに激突した。彼は撃たれた鴨のように床に落ちた。

「やれやれ」わたしは親指をにぎりしめながら、気を失った猫を見やった。「うまくいきましたね」

ウィリーがしゃがみこんで巨大な猫を見た。「これがスヌーカムス？　この子はエヴァンの猫だと思ったけど」

カーメスの目に疑惑が燃えあがった。「あなたの猫じゃないんですか？」

エヴァンがほんとうに猫を飼っていたなんて知るわけないじゃない！　ウィリーがその子を知ってたことも。パニックでのどが詰まった。考えるのよ、マージー、考えるの。「実は」わたしは言った。「わたしたち、共同親権みたいなものを持っているんです。持っていた、というか」

ウィリーは混乱しているようだ。「あなたはずっとスヌーカムスと呼んでいるわね。エヴァンはロサリオと呼んでいたと思うけど」

「ええ、名前に関してはどうしても意見が合わなくて」わたしはつかえながら言った。「だからそれぞれが名前をつけることにしたんです。エヴァンの家にいるときはロサリオですけど、わたしといるときはスヌーカムスなんです」わたしはカーメスに歯を見せてにこやかに微笑んだ。「そのやり方でうまくいってます。わかってもらえます？」彼女は納得していない様子だ。無理もないが。

幸いにも、そのとき女性警官の携帯から〈ロー&オーダー〉のテーマが流れてきた。カーメスは電話を見やった。「電話に出なければなりません。でも、帰るまえに身分証に類するものを見せていただきます」

身分証？　エアコンの強い風にもかかわらず、わたしの体の、制汗剤のCMでもっとも取りあげられる部分がびしょぬれになった。カーメスが隣の部屋に行って早口で電話に返答しているあいだに、失神した猫を箱に入れ、ウィリーをそばに呼んだ。

「この猫が——スヌーカムスのことですけど——目を覚ましてダンボールを突き抜けるといけないので、急いで帰ったほうがいいと思います。帰宅したらすぐに警察署に電話するからとおまわりさんに伝えてもらえますか？」

「いいわよ、ハニー。伝えるわ。もしあなたの結婚の事情が変わったら、ポットローストのレシピを取りにきてね。紙に書いてあげるから」

「ありがとうございます」わたしは言った。「そうさせてもらうかもしれません」急いで出ていきかけたが一瞬足を止め、ウィリーに会ってからずっと気になっていたことを質問した。「ところで、ターバンを巻くというアイディアはどこで得たんですか？　やっぱりアフリカかしら？」

彼女は首を振った。「いいえ、ちがうの。卵巣癌の治療中なのよ。化学療法で髪の毛が抜けてしまったの」

息をのんだ。「そうですか、すてきだと思います」わたしは言った。「ほんとうにお世話になりまして、ありがとうございました」

ただうそをついただけではすまなかった。わたしは七十代の癌患者と警官にうそをついたのだ。そそくさとアパートメントを出て階段に向かい、一段抜かしでおりた。

家に帰る途中、何度も振り返って警察車両をさがし、ミニバンの後部座席に置いたもろい箱から茶色の発射体が飛び出しそうになっていないかたしかめた。幸い、だれにもつけられていなかったし、スヌーカムスは目覚めなかった。これはいいことだった。歯をむく毛玉が足の下を跳ねまわっている状態で運転するなど考えたくなかった。

家に着くと、重ねたかごから一週間ぶんのこれから洗う洗濯物があふれている洗濯室に箱を置き、ふたつのボウルの片方に水、もう片方にキャットフードを入れてやった。そして、フラップを開くと急いであとずさり、きっちりとドアを閉めた。

すでにルーファスが背中の毛を逆立てて洗濯室のドアに近づいていたが、薬用クリームと絆創膏《ばんそうこう》を取りに二階に走った。鏡で傷をたしかめる。スヌーカムスのおかげで、今や左頰に縞模様ができていた。少なくとも血は止まっていた。顔に薬用クリームを塗り、腫れた親指に絆創膏を貼って、子供たちのお迎えのために玄関を出た。

ベッキーの家に着くと、ニックはずいぶん元気になっていた。チャイルドシートに座らせてシートベルトのバックルを締めるあいだ、ベッキーがそばで見守っていた。

「ニックを見ていてくれてありがとう」わたしは言った。「あれから吐いた？」

「いいえ、吐かなかった。熱もまったくないわ」彼女はわたしの頰と、親指の絆創膏を見た。

「それより何があったの？　自動車修理工場がそんなに危険な場所だとは知らなかった」

「ああ、猫と鉢合わせしちゃって。話せば長くなるわ」

「ミニバンのほうは？」

わたしは車のつぶれた後部を見た。「あちこち電話したんだけど、見積もりはまだ取ってないの」

「女装男については何かわかった？」　わたしはなんなのこれは？　〈二十の質問〉（もの当てパズルゲームの一種。回答者は答えを導くための質問を二十個まですることができる）？

首を振った。「いいえ、でもピーチズが調べてくれてる」　ベッキーは親友だが、ブレイクの会社でクリスマスパーティの招待客リストを見て知ったことは、まだ話せる心境ではなかった。

「ピーチズって？」

「探偵事務所の女性経営者よ」

「へえ。親切なのね」

話題を変えることにした。「今日の午後はわたしがゾーイとジョッシュをお迎えにいこうか？」

「ううん、大丈夫。どうせジルカー公園に連れていく約束だし。いっしょに行く？」

そうしたい気持ちもあったが、まだ話す準備ができていない。ベッキーと二時間いっしょにいて、すべてを話さずにいるのは不可能だ。「そうしたいけど、〈ランダルズ・ベーカリー〉に姑《しゅうとめ》の誕生日ケーキを取りにいかなきゃ」

ベッキーはドライブウェイの端に立って、車で出ていくわたしに手を振った。手を振り返しながら、心のどこかでは彼女にすべてを話したがっていた。胸の鈍い痛みは、心配してくれるだれかに打ち明けることで楽になるかもしれないからだ。

だが、別の部分では、自分が発見したことをまだ認められずにいた。ほかのだれよりも自分自身が。

十分後、グリーン・メドウズ幼稚園の車専用のお迎えレーンに車を入れた。エルシーが車に飛び乗ってきて、わたしは元気な二十歳の教員助手にあいさつした。彼女の仕事はチャイルドシートのシートベルトを締めたかたしかめることだ。「今日はどうでした？」わたしは尋ねた。「何か問題は？」

「何もありません」彼女は言った。

何もない？　バン園長はエルシーが狂犬病の末期症状にあるウルフハウンドみたいにふるまっているようなことを言ってたのに。口の脇に泡を浮かべ、食いしばった歯のあいだからよその子のシャツの切れ端をぶらさげているのを覚悟していたのに。

わたしはほっとして微笑んだ。「それならよかった」

教員助手のなめらかな額にしわが寄った。「でも、バン園長からお母さんにお話があるとか……何か聞いてます？」

「園長先生なら今朝お会いしたわよ」わたしは言った。

彼女はエルシーのシートベルトを締め直した。「それなら、もう行っていいですよ！」

アッティラのきびしい警告にもかかわらず、エルシーはご機嫌で明るく、犬のようなところはどこにもなかった。わたしはほっとしてジューン・クリーヴァー（一九五〇年代に製作されたホームコメディ〈ビーバーちゃん〉の母親の名前）の笑みを浮かべながら、高速道路に出た。

「今日はどうだった、スウィートハート？」

「普通。ねえママ、お顔をどうしたの？」

「猫に引っかかれたの」わたしは言った。

「ルーファスに？」

「ううん、別の猫よ。でも大丈夫」娘のほうを振り返った。「それで、今日は何もかもうまくいったの？」

「今日はマデリンのお誕生日だったから、おやつにカップケーキが出たの」丸ぽちゃの顔が暗くなる。「でも、ローソン先生はわたしのケーキを取りあげたの」

「グレイソン先生は何も問題はなかったって言ってたけど」

「だって、グレイソン先生は今日はうちのクラスじゃないもん」

それでお褒めのことばをいただけたわけね。胃がまた重くなった。「どうしてローソン先生はあなたのカップケーキを取りあげたの？」

エルシーは肩をすくめた。また床から食べたのだろうか？　バックミラーで娘をじっくり見て、明らかなフロスティングの汚れをさがしたが、服も顔もきれいなままだった。

「園長先生に聞いたんだけど、あなたは犬のふりをしてるそうね」わたしは言った。「それってほんと？」

「ママ。あれはただのゲームだよ」すねた十三歳のような口ぶりだった。思わずそっとした。

「そうだとしても」わたしはおだやかに言った。「幼稚園ではなくて家でやるようにしなくちゃね」

娘はしばらく何も言わなかった。よかった、考えてくれてるんだわ。やがて、五歳児の声に戻って言った。「ママ、あたしのフライフォンは見つかった？」

わたしはうめきを押し殺した。「まだよ、ハニー。でもさがしてるから」

〈ランダルズ・ベーカリー〉に寄って、ケーキとカードとエルシーが祖母のために買うと言い張った、蛍光ブルーのカーネーションの花束を受け取った。わたしは紫色のアイリスと黄色いバラを混ぜた趣味のいい花束にしようと言ったのだが、エルシーがどうしてもゆずらなかったのだ。「だって、ブルーはおばあちゃんの大好きな色なのよ、ママ」と半泣きで訴えた。普段ならわたしも折れないのだが、この日はいろいろなことがあったので、もう口論する気になれなかった。

うちにたどり着くまでのあいだ、エルシーが犬のようなふるまいを見せることはなかった。ペーパータオルを一ロールずつ持って、家のなかに運ぶ手伝いまでしてくれた。あれはアッティラのまえでだけやることなのだろうか？

ケーキの箱をカウンターに置き、カーネーションを活けるために花瓶に水を入れた。それから、子供たちのおやつ用に、グラハムクラッカー一パックとブドウを少し皿に盛った。ブドウの袋を冷蔵庫に戻すとき、ジルカー公園で微笑む家族四人の写真が目にはいった。ニックは父親の脚にしがみついている。エルシーはわたしの腰に抱きついていた。写真の夫の顔に触れた。彼は楽しげに笑っていた。それが今は変わってしまった。なぜだろう？冷蔵庫を閉じながら、直近の口論に思いを馳せた。パートで働くと言ったときのブレイクの反応には驚かされた。

「子供たちはどうするんだ？」

「ブレイク」わたしは言った。「今は一九五〇年代じゃないのよ。ほとんどの女性がフルタイムで働いてる。パートなら週にほんの十五時間とか二十時間よ。エルシーとニックのための時間はたっぷりあるわ」

「まあいいだろう、ぼくが昇進するまでのことならね」彼は言った。だが、帰宅して、探偵事務所で働くと告げると、彼はまるで裸でハンググライダーに乗ると言われたかのような顔でわたしを見た。そして今度はわたしをジュニアリーグに参加させようとしている。

ハーブ・マキューアンの妻が会長を務める組織に妻を所属させようとしているのは、上司に気に入られて出世するためだ。

ブレイクが手にしようとあがきながら、なかなか実現しない昇進へと思いは移った。あんなに懸命に働いているのに、どうして報いが得られないのだろうとずっと不思議だった。すると、夫が昇進しない理由は、残業と言いながらずっと別の場所で夜をすごしているからなのでは、という不愉快な考えが浮かんだ。わたしはつねに夫を絶対的に信じてきた。だが今は何も信じられない。胃がむかむかした。夜のあいだずっと会社にいたわけではないなら、どこですごしていたのだろう？

ふたつのシッピーカップ（幼児用のふたつきカップ）にリンゴジュースを注ぎながら、つきあいはじめたころのことを思い出してつらい気分になった。ブレイクと出会ったのは大学四年生のときで、わたしは彼の自信に深い感銘を受けた。最初のデートは、キャンドルと季節はずれのクリスマスのライトがゆらめく、ロマンティックなイタリアンレストラン〈パッジ・ハウス〉だった。

割り勘こそ女性に対する礼儀だと考えていたそれまでの多くのボーイフレンドたちとちがい、ブレイクは紳士だった。わたしのためにドアを開け、椅子を引き、わたしが立てば立った。ロブスターのラビオリを食べながら、ブレイクは将来の仕事への情熱を語った。六年生のときから弁護士になりたいと思っていて、以来ずっとその夢に向かって突き進んできたのだという。とてもまじめで、とても誠実だった。ウェイターがフォークを二本添えたカンノーリ（リコッタチーズにチョコレート、ピールなどを混ぜ、筒状のパイに詰めたイタリアの菓子）の皿を運んでくるころには、わたしは彼に夢中になっていた。

ブレイクのわたしに対する情熱は、学業や将来の仕事に対する情熱に及ばないようだったが、ロースクールを卒業して法律事務所に就職すれば、わたしや、早くも思い描いていた子供たちのためにエネルギーを使ってくれるだろう、と自分に言い聞かせた。最初のイタリアンのディナーをのぞけば、彼はとくにロマンティックというわけではなかったが、堅実で高潔な人だったし、未来の夫としてわたしが求めていたとおりの人だった。シングルマザーの母とともにアパートを転々としてきたので、安定こそが重要だった。ブレイクといっしょだと、いつも安心感が得られた。

だからこそ今朝彼にうそをつかれたのはショックだった。

シンクのまえに立って、涙をこらえた。どこでおかしくなってしまったのだろう？

背筋を伸ばし、腕の内側で涙をぬぐった。たとえ人生が混乱していても、エルシーとニックのために落ちつきを保つことが大切だ。おやつの皿をキッチンテーブルに運ぼうと向きを変えると、電話に目がいった。留守電が三件はいっていた。ピーチズがもう何か見つけたのだろうか？　皿をテーブルに置いて受話器を取った。

一件目は母からで、またお茶のことを尋ねていた。つぎにバン園長の声が耳に飛びこんできた。「ミセス・ピーターソン、行事の写真のことでお話があります、できるだけ早くお電話ください」わたしはため息をつき、番号を控えた。どうやらアッティラからはまだ解放されないらしい。

つぎに聞こえてきたのは、ブンゼン刑事のものうげな声だった。「ミセス・ピーターソン、ブンゼン刑事です。マクステッド殺害事件の捜査をしていて、いくつかのことがわかりました。お話をする必要があります、お電話ください」

アッティラの番号の下にブンゼンの番号を書き留めた。

わたしがマクステッドのアパートメントを尋ねたと、もうわかったのだろうか？　初めてちくりと恐怖を感じた。

10

十分遅刻しただけで〈サリヴァンズ〉に着いた。エルシーが青いカーネーションを抱えた。花瓶から抜いてぬれた新聞紙で包み、〈ターゲット〉の袋に入れた状態で。センスのいいラッピングとはいえないが、花瓶が傾いてミニバンが――あるいは義母が――二リットルのくさい水でびしょびしょになるよりはいいだろう。

ブレイクが先に歩いていってドアを開け、わたしたちはそのあとから店内にはいった。大急ぎで家を出てきたので、夫婦で話す機会はほとんどなかったが、むしろありがたかった。もし話していたら、落ちついていられる自信はなかったからだ。それに、洗濯室に凶暴な猫がいることを知らせる心の準備もまだできていなかった。

プルーデンスとフィルはすでに窓際の丸テーブルについていた。わたしたちがはいっていくと、プルーデンスは立ちあがって走り寄ってきた。目の色に合わせたロイヤルブルーのシャネルスーツ姿で、いつものようにおしゃれだ。「あなたたち、いったいどこにいたの？何かあったんじゃないかと心配したわ！」彼女の目がわたしの縞模様の顔に留まった。「マージー、その顔はどうしたの？」

「ちょっと事故で」わたしは言った。

「猫に引っかかれたの」ニックが言った。

「ああ、ルーファスね。あの子は最初から問題児だったでしょう？　かわいいテリアかプードルを飼うべきよ」プルーデンスはブレイクの両頬にキスした。去年パリで七日間すごしてから採用された習慣だ。それから子供たちのほうを向いた。「わたしのかわいい孫たちは元気？　エルシー、こっちにいらっしゃい。顔が汚れてるわ。シャツの裾もたくしこんであげましょう」

「お誕生日おめでとう、おばあちゃん」エルシーが花束を差し出した。

「この子が自分で選んだんです」わたしは急いで言った。

プルーデンスは不機嫌そうに、モーヴ色に染めた唇をかすかにとがらせた。「そうなの？　まあ。たしかにおもしろいこと」彼女は花束をテーブルに置いて、孫娘を抱きしめた。「ありがとう、スウィートハート。とてもやさしいのね」

エルシーはにっこりした。

つぎに義母は向きを変えてニックの頬をつねった。そして、パウダーで描いた眉をひそめ、わたしを見あげた。「この子ちょっとやせたんじゃないかしら、マージー。ちゃんと食べさせてるの？」

わたしは作り笑いをした。「きっとあなたのすばらしい代謝のよさを受け継いでいるんですよ、プルー。ニックは健康診断を受けたばかりです。何も問題はありません」

彼女はニックをじろじろ見た。「代謝のよさだけじゃだめ。意志の強さも必要よ」彼女はため息をついた。「とにかく、今夜は大きくて栄養たっぷりのステーキを食べさせなくてはね」

言いたいことをぐっとこらえて義父のフィルのほうを見た。家庭内において、義父はもの静かなやさしい存在で、この八年でわたしは彼のことがかなり好きになっていた。見ていると、義父はしゃがんでエルシーをぎゅっと抱きしめた。「わたしの大好きな女の子は元気だったかな?」彼はきいた。

「元気よ、おじいちゃん。ここってスパゲティある? レディはスパゲティが好きなのうわ。

だが、おじいちゃんは苦もなく話を合わせた。「ほう、今日はレディなのかい?」彼はくすっと笑った。「それならレディちゃん、なんでも好きなものを注文していいよ」

フィルは立ちあがって、今度はそっとわたしを抱き寄せた。「今夜はきれいだね、マージー。来てくれてありがとう」

わたしは赤面した。黒のパンツにはまだしわが寄っていた。だれかに引っ張られてハンガーから落ちてしまったらしく、クローゼットの隅でくしゃくしゃになっていたのだ。ブラウスはもっとほっそりしていたころに買ったもので、ボタンが留まっていてくれますようにと祈るばかりだった。

「ありがとうございます」わたしは言った。「来るに決まってるじゃないですか」みんなが席につき、エルシーとニックのためにクレヨンとお絵描き帳を出したあと、わたしは右側に座っているフィルにきいた。「お仕事はどうですか？」

「ああ、相変わらずだよ」彼は言った。フィルは定年をすぎているが、週に五十時間以上も〈スリーエム・カンパニー〉で働きつづけていた。妻の浪費癖に収入が追いつくよう、仕事をつづけているのだと言っているが、一日二十四時間も家で妻といっしょにはいられないからではないかと、わたしはひそかに思っていた。「きみはどうだい？」彼は言った。「パートで働きはじめたんだろう？」

答える暇もなく、プルーデンスが身を寄せてきた。「マージー、ジュニアリーグのファションショーのお手伝いをしていただけないかしら。手仕事が苦手なのはわかってるけど、招待状の宛名書きと切手貼りや、レンタル品の手配にどうしても手伝いが必要なのよ」

またジュニアリーグ？ ブレイクをにらんだが、彼は膝の上にナプキンを広げるのに忙しそうだった。「実は」わたしは言った。「今すごく忙しいんです」ジュニアリーグのファッションショーに関して思うところは何もない。それどころか、毎年半年は義母の注意を引きつけてくれるので感謝しているぐらいだ。だが、わたしは服にも派手なイベントにも興味がなかった。ジュニアリーグそのものにも。

「すごく楽しいわよ」プルーは言った。「ビッツィ・マキューアンの新作のお披露目なの。もちろん、収益はすべてチャリティーに使われるのよ」

「すばらしいですね」わたしは言った。

ブレイクが急に活気づいた。「そうなの？」彼はわたしを見た。「考えてみるべきだよ、マージー。交友関係を広げるいい機会じゃないか。ぼくのキャリアにもすごく役立つし」

夫に引きつった笑みを向けた。「考えてみるわ」

キャリアと聞いて、プルーデンスの青い目が輝いた。「パートナーにという話はまだないの？」

ブレイクは赤くなった。「投票は二月だよ、母さん」

うそをつかれて怒っているにもかかわらず、彼を思うと胸が痛んだ。ブレイクが懸命に働くのは、彼の母親が、生活レベルをカントリークラブ・クラスにまで引きあげることに失敗した夫を酷評することで、結婚生活をすごしてきたせいもあるのだ。フィルは〈スリーエム〉で何度か昇進して上級管理職にまでなったが、役員にはなれなかったので、オースティン湖畔の邸宅に住むというプルーデンスの夢は実を結ばなかった。ゴルフコースのそばのとてもいい家に住んでいるのだが、それでもプルーデンスにとっては充分ではないらしい。それで息子に夢を託しているのだった。

「そのときが来たら教えてね」義母は言った。「お祝いをしましょう！」

「おうちの改装はどんな具合ですか？」話題を変えようと、わたしはプルーデンスにきいた。去年のスタイルはトスカナ風だった。今年は一九五〇年代のランチハウスをそっくりフランスのお城のように変えようとしていた。フィルがまだ仕事を辞められないわけだ。

「ああ、改装のほうは順調よ。でも、このところグラシエラがまったく使い物にならなくて」

「彼女、どうかしたんですか？」グラシエラは十五年勤めているプルーデンスの家政婦だ。働き者でいつもたよりになる。

「それがね、二カ月ほどまえ、母親が死にかけてるとかで彼女の夫のエデュアルドがメキシコに行ったんだけど、まだ戻ってこないのよ。ビッツィの家でも仕事に身が入らないみたいなの」彼女はテーブルの上に身を乗り出して、しわがれ声でささやいた。「彼、不法移民でしょ。国境を越えるのに、例のオオカミとかいう人たちの手を借りてるのよ」

「コヨーテ（不法移民がメキシコ国境を越えて米国に密入国する手配をする人）のことですか？」わたしは言った。

「そう、それ。とにかく、二週間ぐらいまえに戻るはずだったんだけど、いまだに何の知らせもないのよ。きっと故郷でどこかの娘にでも引っかかったんでしょ」

ちょっと心配になった。そんなのはエデュアルドらしくない。今では高校に通っているはずの、グラシエラの十代の娘たちを思った。娘たちの父親がいなくなって、グラシエラはどうやって暮らしているのだろう？「夫をさがすために、彼女が相談できる人はいるんですか？」

プルーデンスはシャネルスーツの肩をすくめた。「さあ。早く解決してくれるといいんだけど。彼女の仕事はほんとになってないのよ……もう一カ月も窓拭きをしてないんだから」

「おトイレ行きたい」エルシーが告げた。

「ちょっと失礼します」わたしは席を立って言った。

プルーデンスも立ちあがって、コーチの特大バッグを肩にかけた。「わたしも行くわ」

エルシーが個室にはいってドアを閉めると、プルーデンスはわたしを脇に引っ張った。彼女の息はいつものようにミントの香りがした。わたしは手をあげて口に当てた。ランチにタマネギを食べたかしら？

プルーデンスは声を落として話しはじめた。「このところブレイクとあなたのあいだがちょっとぎくしゃくしてるみたいだから、役に立つものを少し持ってきてあげたわ」

「いいえ、わたしたちはうまくいってます」わたしは反論した。

彼女はバッグを開き、二冊の本を取り出した。「はい、これをあげる」わたしは両手に押しつけられたペーパーバックを見つめた。上の本のタイトルは『家庭の女神になる方法』だった。

「プルーデンス、ほんとにちがうんです」わたしは言った。「ブレイクはこのところ仕事でひどいストレスを抱えていて……」

「わたしたち夫婦を決定的に変えたのはもう一冊のほうよ」彼女は言った。上になっている本をずらしてみて、吐きそうになった。下の本のタイトルは『幸福な妻たちのセックスの秘密』だった。

顔が真っ赤になったのがわかった。義母からセックスの手引書をわたされるなんて。「プルーデンス……」

「いいから読んでみて。その本を読んで、正しいダイエットと計画的なエクササイズをすれば――よかったらわたしのパーソナルトレーナーの電話番号を教えるわ――すぐにブレイクはあなたの思いどおりになるから」

そのとき、個室のドアの向こうからエルシーのか細い声が聞こえてきた。「ママ、ふいて～！」

「いいわよ、ハニー！」本をバッグにつっこみ、エルシーのいる個室のなかに逃げた。これほどいそいそとお尻をふくのは人生で初めてだった。

「何か質問があったら、電話してね。いつでもあなたの都合のいいときにロッコに予約を入れてあげるから。彼、ほんとうにすばらしいのよ」

「えっと、ありがとうございます」

「じゃあ、テーブルに戻ってるわね」個室のドアの向こうから彼女は言った。

エルシーのスカートをおろしてトイレの水を流しながら、求めてもいないのに結婚生活のアドバイスを受けるのは、本日二度目だということに思い至った。バッグのなかの本『家庭の女神になる方法』について考えた。結婚生活にトラブルを抱えているように見えるのだろうか？　ポットローストが作れて、カーマ・スートラの知識があれば、ほんとうに何かが変わるのだろうか？

テーブルに戻るころにはサラダが来ていて、娘からも義母からも吠えたり咬みつかれたりされることなく、前菜からメイン料理へと進んだ。エルシーは『わんわん物語』のレディのように一本ずつお皿から吸いこむようにしてスパゲティを食べたが――お皿は床に移動させずにテーブルの上に置いたままにさせた——わたしはプルーデンスに家の改装や来《きた》るべきファッションショーといった安全な話題を振りつづけた。夜はスムーズに進行した。わたしが誕生日ケーキの箱のふたを開ける瞬間までは。

義母の誕生日を祝おうと集まっていたウェイトレスやウェイターたちは黙りこんだ。わたしは赤くなり、ケーキにろうそくを乱暴に挿した。みんなが歌いはじめると、背後の黒と白の制服姿の人たちから、笑いをこらえているような声が聞こえた。

ベーカリーの女性は、ケーキの表面に鮮やかな青い文字で、〝お誕生日おめでとう、気取り屋《プルード》のおばあちゃん〟と書いていた。

「どうしてあんな失敗ができたんだ？」ブレイクがミニバンをバックさせ、わたしたちは駐車スペースからうしろに引き出された。

「どういう意味？　ちゃんとケーキを注文して取りにいったわ。あんなふうにめちゃくちゃにされるなんて、どうしてわたしにわかるのよ？」

「確認しなかったのか？」

一日じゅう抑えていた怒りが燃えあがった。「ええ」わたしは強い口調で言った。「調べなかったわ。〈サリヴァンズ〉に着ていくのにふさわしい服をさがすので忙しかったから」

「〈ルーシーズ〉に注文していたら、こんなことにはならなかったはずだ」

「そうね、でも三十ドルよけいにかかることになっていたわ」わたしは肩越しにうしろを見た。ニックの目はお皿のように大きくなっていた。わたしは声をひそめた。「ねえ……この話はあとで、子供たちが寝てからにしない？」

「今夜はだめだ。会社に戻らないと」

「なんですって？」

「明日は宣誓証言があるんだ。先週話しただろう」

また胃がむかむかした。また夜遅くまで会社で仕事……それとも、何か別のことをするの？　わたしはため息をついた。「それなら、子供たちを寝かせるのはわたしがやらなきゃいけないのね」

「ゆうべはぼくがやっただろ？」

残りの道のりは無言のまま家に車を走らせた。


翌朝アラームが鳴るころには、ブレイクはもう出かけていた。そもそも家に帰ってきたのだろうか。洗面台のシンクを見ると、ひげのかす入りのシェービングムリームの膜ができていた。少なくともひげ剃りができるぐらいは家にいたようだ。

短パンとTシャツをすばやく身につけ、子供たちに声をかけて起こし、一杯のコーヒーとベーグルを求めて階下に向かった。反応が鈍った体にカフェインが浸透していくあいだに、ピーナッツバターとジェリーのサンドイッチを作り、子供たちに服を着せ、靴を履かせ、手ぐしで髪を整える。そして自分のテニスシューズをつかみ、子供たちにシリアルのチェリオスを与え、車に乗せた。遅刻をしないで登校できそうなのは、今週初めてのことだった。

グリーン・メドウズ幼稚園の駐車場に車を入れてから、家のドライブウェイにテニスシューズを置き忘れてきたことに気づいた。

白いスポーツソックスの足で職員室のまえを通りすぎようとしたとき、バン園長が激しく手を振っているのが窓から見えた。最初は時間を守ったわたしをたたえているのかと思ったが、ピクニックの写真のことで話があると言われていたことを思い出した。子供たちを教室に送り届けたあと、靴を履いていないのを気づかれまいとしながら、ゆっくりと職員室に戻った。

「ミセス・ピーターソン」わたしが職員室にはいってドアを閉めると、園長は大声で言った。「お話があります。わたしのオフィスに来てください」彼女はそこで間をおいた。「その顔はどうしたんです？」

「猫にやられたんです」わたしは言った。園長のあとからオフィスと呼ばれる滅菌された小部屋にはいった。ものだらけのせまい部屋に目をさまよわせる。どんなものの上にもほこりはひとかけらもなく、壁はかつての園児たちの写真で飾られていた。写真のヘアスタイルを見るかぎり、園長は少なくとも一九七〇年代からグリーン・メドウズ幼稚園にいるようだ。わたしは恐る恐る小さな木の椅子に座った。アッティラはバタンとドアを閉め、小さな部屋をよたよたと横切って、いささか苦労しながら巨体をデスクのうしろに収めた。音をたててレザーチェアに座りこみながら、小さな目をわたしに据える。

「ミセス・ピーターソン」バン園長はぜーぜーと荒い息をしながら言った。「なんとしてでも話し合わなければならないことが出てきてしまいました。おたくのご家庭が少し……変わっていることは存じていましたが、ここまで堕落しているとは思っていませんでした」

　わたしは目をぱちくりさせた。「堕落？」

「そう、だ・ら・く・です」音節ごとに区切って明確に発音しながら園長は繰り返した。

　わたしがソックスの足を椅子の下に隠そうとしていると、園長はデスクの引き出しを開けて、一枚の写真を取り出した。「ミセス・ベルモントがニュースレターに使う写真を選んでいるとき、これを見つけました」四×六インチの長方形の写真をデスクにたたきつけた。

　わたしは小さな椅子の上で震えあがった。

　ペンスの写真だった。

　デスクの上からひったくった。「ほんとにすみません。実は新しい仕事をはじめまして……私立探偵の仕事なんですが……写真を全部プリントしてしまったようです。これを抜いておかなかったなんて信じられません」

　アッティラは茶色の目を細めてわたしを見ると、うそのにおいをかぎつけようとでもいうように鼻をうごめかせた。わたしはうめきをこらえた。どうしてよりによってリディア・ベルモントが見つけるのよ？　あの写真を見つけたときの彼女のレーザー治療を施した顔が目に浮かぶようだ。ショックを受けた顔でなかったのは賭けてもいい。大よろこびの笑みを浮かべたに決まっている。ランチタイムまでには幼稚園じゅうの親が――そのなかには夫の同僚も何人かいるのだが——知ることになるのだ。わたしが幼稚園のニュースレター用にラップをまとった全裸の肥満男の写真を提出したことを。

がっくりと椅子に沈みこみ、ブレイクがそれを知ったときの反応については考えるまいとした。

「あなた、私立探偵なんですか？」

たちまち意識がアッティラに戻った。彼女は唇を嚙みながらわたしを見ていた。ポットパイにしてやろうと考えながらチキンを見つめるように。おそらく児童相談所に電話するべきか考えているのだろう。「はい」わたしは言った。「といっても、その、正式にというわけでは……」

彼女は黒々とした眉をあげた。「正式ではない？」

「ええ、ライセンスはありません……でも、地元の探偵社に調査員として雇われています。主に浮気調査ですけど」

アッティラは下唇をなめた。まさにポットパイだ。「なんという会社ですか？」

「〈ピーチツリー探偵社〉です」

「お子さんたちは知っているんですか、あなたの新しい……職業について？」

「わたしが働いていることは知ってますけど、くわしいことはよくわかってません」

「それならよろしい」彼女は言った。

よろしい？　堕落はどうなったの？

「心理カウンセラーのほうは、進展はありましたか？」

わたしは目をぱちくりさせた。お咎《とが》めはなし？　アッティラはアンガー・マネジメントのクラスに通いはじめたか、何かあったかだ。

まだ予約を入れていないことを打ち明けると、彼女はものわかりよくうなずいた。「ドクター・レモンほどの方はいません。きっと結果に満足されると思いますよ」

「今日電話します」わたしは言った。アッティラはまだわたしをじろじろ見ている。わたしは咳払いをした。「ほかに何かお話があるんでしょうか？」

彼女は椅子に背中を預けて座り、ワンピースの襟の上に集まっているあごのコレクションに四つ目のあごが加わった。「あなたの仕事は」彼女はゆっくりと言った。「秘密厳守なんでしょうね」

わたしはうなずいた。

「よかった」彼女はわたしのほうに身を乗り出し、声をひそめて言った。「あることで力をお借りしたいのです」

わずかな不安だったものが、とてつもなくいやな予感になった。わたしに何をさせようというの？　彼女の夫の尾行？　隠し子をさがしだすこと？　小さな椅子に座り直し、にこやかな表情をくずすまいとした。

「これからお話しすることは」彼女はつづけた。「このオフィスを出たら他言無用です」たるんだ顔がこわばった。「よろしいですか？」

わたしはまたうなずいた。

アッティラは苦労して椅子から立ちあがると、窓のほうに歩いていった。話すたびにたるんだ背中がかすかに揺れた。「実は……ここ最近、わがグリーン・メドウズ幼稚園はゆゆしき問題に直面しています」

「えっ？　どういうことですか？」

アッティラはわたしのほうに向き直った。ふくよかだった唇が薄く引き結ばれている。

「率直に申しあげましょう、ミセス・ピーターソン。かなりの額のお金が消えているのに、その原因をつきとめられずにいるのです」彼女はため息をついた。「残念ながら、この幼稚園には泥棒がいるようです」

「泥棒？」

「そう。幼稚園の運営資金を着服しているのです」

オフィスに並んでいるファイリングキャビネットを見た。財務関係の書類をすべて調べさせようというのだろうか？　わたしはうめきをこらえた。「それでわたしに……」

「だれのしわざかつきとめてほしいのです」

わたしは椅子の上でうなだれた。消えたお金の謎を解くために、企業はたいてい会計や監査に強いフォレンジック会計士とやらを雇うとどこかで読んだことがある。訓練を受けた会計士。数学に強い会計士を。わたしは九〇年代の半ば以来、自分の小切手帳の帳尻を合わせていないし、長除法（割り算の筆算）のやり方すらほとんど記憶していない。

「どうして私立探偵が必要なんですか？　そういう仕事なら会計士のほうがいいと思いますけど。会計検査の専門家ですから」

アッティラは鋭く首を振った。「これは公《おおやけ》になってはならないことです。幼稚園をスキャンダルで汚すわけにはいきません。わたしはこの幼稚園を四十年まえに設立しました。以来ここは美徳と正直さの模範でありつづけています。コソ泥の被害にあったなどということが知れたら、グリーン・メドウズ幼稚園の名前に傷がつくことになります」

「でも、幼稚園の過失ではありません。そもそも、だれかがお金を着服しているとどうしてわかったんですか？　きっとみなさん理解してくれますよ……」

アッティラは体重百三十六キロの女性にしかできないやり方で居住まいを正した。「ミセス・ピーターソン、すべての職員を採用しているのはわたしです。お子さんたちをうちに預けている親御さんたちは、わたしの判断力を信頼してくださっています。不正直な人が雇われていたことが明らかになれば……」

わたしは顔をしかめた。実際のところ、私立探偵としての経験は皆無だ。横領についてなど何も知らない。帳簿を調べ、数字だらけのページを確認することで長い時間をすごすのかと考えると、差しこみ便器の掃除と同じくらいそそられない仕事だ。それに、わたしの自由時間のほとんどは、夫を調査することとブンゼン刑事を避けることにささげられている。優先順位のリストでは、グリーン・メドウズ幼稚園のささやかな現金の引き出しから、日々の〈スターバックス〉代をちょろまかしている人物をさがしだすことは、リビングルームにあるファンのブレード掃除のすぐ上ぐらいだった。

だが、バン族のアッティラに貸しを作れば、エルシーはやめさせられずにすむかもしれない。いや、如才なく立ちまわれば、保育料だって負けてくれるかもしれない。わたしは歯を食いしばった。「やってみましょう」

彼女の体から緊張が解け、ぶよぶよの顔が割れて、満足げな笑みが浮かんだ。「よかった。では今週の土曜日からはじめてください」

「土曜日？」

「職員室に人がいる状態で仕事をするわけにはいかないでしょう？　ことを内密にしようとしたら」

園長はよたよたとドアに向かった。「明日、職員室の鍵をわたします」

幼稚園の職員室を調べているあいだ、だれに子供たちを見ていてもらおうかと考えながら、わたしは彼女についていった。

オフィスから出て、正面出入口まで歩きながら、園長は言った。「もうひとつ質問があります、ミセス・ピーターソン」

「なんですか？」

「靴を履いていないのは、何か理由があってのことですか？」

わたしは犬に盗まれたとか何とかもごもごとつぶやき、ドアの外に出た。

とぼとぼとミニバンに戻りながら、アッティラに押しつけられてしまった案件について考えた。お金はいくら消えたのか、そしてどこから消えたのかをつきとめることができたとしても、だれがやったのかをつきとめる方法はわからなかった。ピーチズのことが思い浮かんだ。彼女は横領のことにくわしいだろうか？　もしかしたら何をさがせばいいか、教えてくれるかもしれない。

草深い丘を横切って駐車場に向かう途中、靴下の下で何かがつぶれた。見おろすと、馴染みのあるにおいが足から立ちのぼってきた。犬のうんちの山を踏んでしまったのだ。

11

三十分後、裸足で家のなかに飛びこんだ。足を洗ってソックスを洗濯室のドアの外で高さを増しつつある汚れた洗濯物の山に放ったあと、コーヒーをもう一杯淹れて、考えるためにキッチンテーブルのまえに座った。

洗濯室から低いうなり声が聞こえてきた。スヌーカムスが目を覚まして歩きまわっているようだ。ドアのすぐ外に詰めているルーファスがそれに応え、背中を弓なりにしてフーッとうなった。彼は今朝すでにそのドアのまえにブツを残しており、コーヒーの最初の一杯を飲むまえにわたしが片づけたのだった。

カップを口に運ぶと、スヌーカムスに咬まれた親指がずきずきした。ブレイクは今でさえルーファスのトイレのしつけができていないことに文句を言っている。スヌーカムスが家族に加わってよろこぶとは思えなかった。絆創膏の下をのぞいてみた。咬み傷のまわりがピンク色に腫れていた。頭のなかのやることリストに〝医者に電話する〟という項目を加えた。

コーヒーカップを置いたとき、電話が鳴った。

「マリゴールド！」

うめきを押し殺した。「あら、お母さん。どうしたの？」

「送ってあげたお茶は届いた？」

「昨日届いたわ」

「でもまだ飲んでないわね。電話越しのオーラがずいぶんグレーだわ」

「電話越しのオーラ？」

「ええ、そうよ、ダーリン。いつもならあなたのオーラはもっと黄色っぽいの」

なんのこっちゃ？「カーマは元気？」話題を変えたくて尋ねた。カーマは母の最新のボーイフレンドで、サンディエゴ出身のハーバリストだ。

「ええ、絶好調よ。先週末はふたりで最高にすてきな癒しの時間をすごしたの、マサチューセッツ州のアシュラムでね……でも、そのことを話すために電話したんじゃないのよ。あなたは元気なの？　ふたりのかわいい孫たちは？　いつ遊びに行かせてくれるの？」

わたしはため息をこらえた。「みんな元気よ、お母さん。感謝祭に来てくれることになってたでしょ？」

「そうだけど、まだずっと先じゃない！　それに、このあいだ新しい水晶をいくつか手に入れたから、それを子供たちに――」

「お母さん、悪いんだけど、今日の午後は心理カウンセラーに電話しなきゃならなくて――」

「心理カウンセラー？」

まずい。話すつもりじゃなかったのに。「エルシーのためなの。幼稚園でちょっとしたことがあって――」

母は舌打ちした。「ブレイクとうまくいっていないのね？　そういうときはたいてい子供に影響が出るの。彼のオーラはあなたに合わない気がしていたのよ。あまりにもくもりすぎてるし、あまりにも閉鎖的で――」

「お母さん」ときどき母は霊能者なのではないかと思ってしまう。「ブレイクとわたしは何も問題ないわ」わたしはうそをついた。「エルシーのことは、成長過程におけるちょっとしたつまずきにすぎないの」

「そっちに行って、子供たちの世話を手伝いましょうか？」

「お母さん、そう言ってくれるのはありがたいけど、今はちょっとごたごたしてるの。またあとで電話していい？」

「ハニー、いつでも話を聞くわ。それまでにかならずあのお茶を試してね！　エルシーのこと、どうしたらいいかカーマにきいてみる」

「愛してるわ、お母さん。もう切るわね」

「お母さんも愛してるわ、スウィートハート。じゃあね。お茶のこと、忘れないでね！」

電話を切って、もうひと口コーヒーを飲んだ。どうしてよけいなことを話してしまったのだろう？　こうなったらわたしたちのオーラが正常に戻るまで、母は毎日電話してくるだろう。

目下の問題に集中しなければ。ブレイクに関する問題を解決すれば、わたしの電話時のオーラも黄色に戻って、母も放っておいてくれるだろう。材料となる情報を入手するまではブレイクと対決するわけにはいかないので、エヴァン・マクステッドについてもっと調べなければならない。彼のアパートには行ったけれど、つぎは何をすればいいのだろう？　マクステッドのアパートでの経験のあとなので、〈インターナショナル・シッピング・カンパニー〉を訪問する心の準備はできていなかった。

カサンドラ・スターのことを思い出した。彼女はエヴァンを知っていた。でも、今は朝の九時で、〈レインボー・ルーム〉が朝食の時間帯も営業しているとは思えなかった。

ピーチズに電話しようとしたとき、また電話が鳴った。二度目の呼び出し音で電話に出た。

「もしもし、マージー？　ビッツィ・マキューアンよ」

「あっ、どうも」わたしは電話をにぎりしめた。最高。夫の上司の妻だ。リディアはもうペンスの写真のことを話したのだろうか？

「今朝あなたのお義母《かあ》さまと話したんだけど、あなた、ジュニアリーグのファッションショーのボランティアに興味を持っているそうね」

「義母《はは》がそんなことを？」

「ええ、手伝ってもらえるととてもうれしいわ。収益は子供基金に贈られるのよ。すばらしい目標だと思わない？　子供たちを助けることになるんだもの」

「招待状の宛名書きか何かをすると聞いてますけど」

「それが、招待状はもう発送したの――そろそろみんなのところに届くはず。でも、イベント当日のお手伝いならまだ募集中よ」

「そうなんですか？」

「ええ。ほかのご婦人たちに会ういい機会よ。あなたはジュニアリーグへの加入を考えているとプルーが言ってたから」

「ほんとに？」

「ええ、とてもいい考えだと思うわ。地域社会で慈善活動をする機会をたくさん持てるし、そういう機会を利用するのは重要なことよ。とりあえず、お手伝いとしてあなたの名前は入れておくわね」

唇を嚙んだ。ボランティアでジュニアリーグのファッションショーの手伝いをしなくても、わたしのお皿はもういっぱいなのに。でも、リディアがペンスの写真を発見したことで確実に被《こうむ》るダメージを、少しでも緩和するのに役立つのなら、どうしてノーと言えるだろう？

「わかりました。何をすればいいんですか？」

「ボランティアとして手伝ってくれるのよね。それなら、イベントにも出席してもらえる？」

ボランティアをするなら、当然出席しなければならないだろう。「ええ」

「まあ、よかったわ。プルーの隣の席にしておくわね」ビッツィがつづけるあいだ、わたしはうめきをこらえた。義母とジュニアリーグのファッションショーに出席することは、歯の根管治療と同じくらい敷居が高い。「チケットは一枚二百ドルよ。ジュニアリーグのホームページから買えるわ」

わたしは息をのんだ。「二百ドル？」

「ええ、でもそれだけの価値はあるから大丈夫。新しいコレクションを楽しみにしててね……」

「それで、わたしは何をすることになるんですか？」わたしはきいた。

「あなたは清掃係よ。イベント後のね。ほら、お皿を洗ったり、床を掃いたり……でも、女性向きの仕事だけよ。テーブルを動かしたりするのは男性にやってもらうから」

義母の隣に座ってお皿を洗うために二百ドルも払えっていうの？

ビッツィはこともなげにつづけた。「とにかく、話せてよかったわ。でももう切らなきゃ。わかるでしょ、とにかく忙しくて！ ショーで会えるのを楽しみにしてるわ。何か質問があれば、家のほうに電話して。ジュニアリーグであなたの保証人になる方法を考えましょう」

わたしの保証人？「あの……」

「話はショーのときに。じゃあね！」

プツリと音がして、電話は切れた。ビッツィ・マキューアンはたいした女傑だ。彼女の夫が気の毒になりかけた。

ため息をつき、〈ピーチツリー探偵社〉に電話した。話し中だった。

電話を置いて、コーヒーカップをつかんだ。エヴァン・マクステッドのほうは、今朝はこれまでだ。でも、ブレイクはいま会社よ、と心の声がささやいた。彼のデスクはここに、この家のなかにもある。その考えを頭から押しやり、コーヒーを飲み干した。

キッチンの窓の外にあるバードフィーダーのそばを、二羽のショウジョウコウカンチョウが飛びまわるのを見ながら、つぎにどうするか考えた。ピーチズが言ったように、調査の範囲を広げるべきだ。ブレイクと死んだ服装倒錯者のつながりを知るためには、夫についてもっと知る必要がある。夫の持ち物を調べると思うと気が進まないが、それが彼とマクステッドの関係を知るための唯一の方法かもしれない。

でもそれって、夫の信頼を裏切ることになるんじゃないの？　わたしは夫に何も隠し事をしていなかった。とはいえ、それは夫にも隠し事はないと思っていたときの話だ。明らかに今はちがう。

エヴァン・マクステッドのことを率直に尋ねたら、ブレイクは知らないと言った。直接的なアプローチは明らかに失敗だった。つまり、ブレイクと死んだ服装倒錯者の関係を知る方法があるとすれば、こっそりやることだ。

コーヒーを飲み終え、一歩ごとに結婚生活をつなぐモルタルに裂け目ができるのを感じながら、夫婦の寝室に向かった。これからわたしは夫の引き出しを調べ、有罪の証拠をさがすのだ。胃のなかのコーヒーがすっぱくなった。わたしたち夫婦はどうなってしまうのだろう？

ドレッサーからはじめた。何が見つかることを期待すればいいのかわからなかった。隠されているレースのＴバックショーツやガーターを見つけてしまうのではと恐れている自分がいた。だが、引き出しの中身は、靴下とボクサーショーツと軽くたたまれたＴシャツだけだった。洗濯した衣類をしまっているのはわたしなのだから、驚きはしなかった。クローゼットも同様に退屈だった――場ちがいなものといえば、洗濯かごに入れそこねた靴下の片方ぐらいだ。安堵のため息をついた。少なくともブレイクは異性の服装をする人ではない。もしそうだとしても、このクローゼットはそれ用ではなかった。

まえよりも楽観的な気分でキッチンに戻った。ブレイクがマクステッドを知らないと言ったのは、秘密保持契約のせいだったのかもしれない。といっても、秘密保持契約の範囲がどこまでなのかは知らなかった。クライアントを知っていることまで否定しなければならないのだろうか？

階段をのぼって、ブレイクが書斎として使っているガレージの上の小部屋に向かった。どっしりしたマホガニーのデスクは、アンティークフェアで選び、苦労して階段の上に運んだものだ。そこに置くと、六・五平方メートルの部屋の少なくとも半分を占めることになった。傷のあるデスクの上には緑色のバンカーズ・ランプが置かれ、家のほかの部分とは対照的に、万年筆が二本はいった木のケース以外、あとは何もなかった。

デスクの横には、ガラス扉つきの弁護士用本棚《バリスター・キャビネット》が押しこまれていた。見た目は壮観だが、これのほこりを払いながら、わたしはいつも内心にやにやしていた。棚のひとつが《ロー・レビュー》に占められているのをのぞけば、ダークウッドの棚にならんでいるのは法律関係の書籍ではなく、ペーパーバックのスリラーだったからだ。

夫のレザーチェアにゆったりと座り、いちばん上の引き出しを開けた。ペーパークリップ、ホチキス、水性ボールペン一パック。万年筆は見せるために置いてあるだけだ。

右側のいちばん上の引き出しには鍵がかかっていたが、それほど意外ではなかった。ブレイクは泥棒にクレジットカードの情報を知られることを極度に恐れていた。書斎のなかをつつきまわし、五分もかからずに鍵を見つけた。バリスター・キャビネットのひと隅に押しこまれていた。

引き出しのなかにあったのは請求書類だった。ざっとめくってみた。電気、ガス、電話、携帯電話。

携帯電話。

そのファイルを引き抜いて、デスクの上に広げた。

最近の請求書にざっと目を通すと、見覚えのある番号がならんでいた。ブレイクの会社、ベッキー、わが家の電話番号。ほかにもいくつかの番号がときどき出てきたが、定期的にかけている番号はなかった。水性ボールペンとポストイットのメモをつかみ、とりあえずそれらの番号を書き留めた。

すると、四月からある番号が定期的に現れはじめた。知らない番号だったが、ブレイクは少なくとも週に三回はかけている。数分で通話を終えていることもあれば、四十分も話していることもあった。三月と二月の請求書も調べてみた。同じ番号、同じパターン。そして、一月の半ばで突然消えていた。

もう一度請求書に目を通した。短時間の通話のいくつかをのぞけば、すべて勤務時間内の通話だった。クライアントに電話していたのだろうか？

請求書を重ね直し、フォルダーのなかに戻した。〝ヴィザ〟と書かれたファイルを引き出したとき、家のなかのどこかからドスンという音が聞こえてきた。

ぎくりとした。ブレイクが家にいる？　勢いよく引き出しを閉め、鍵をポケットに入れると、足音をしのばせて階段をおりた。「だれかいるの？」と声をかけた。

何も起こらない。

キッチンに行くと、ルーファスが洗濯室のドアをしっぽでたたいていた。ドアの向こうでスヌーカムスがうなり、わたしはぐったりと壁にもたれた。さっきのドスンはこの音だ。念のためにドライブウェイを見た。ブレイクの駐車スペースはあいていた。

急いで階上に戻りながら、すぐにびくびくする自分をたしなめた。そもそも、家族のファイルを見ているだけなのだ。それのどこがいけないのだろう？　ブレイクが帰ってきたとしても、クレジットカードの請求金額が多すぎないか確認していたと言えばいいだけのことだ。

引き出しを開けてもう一度〝ヴィザ〟のファイルを出し、デスクの上に広げた。どれも心当たりのある請求だった。地元のレストラン数件、〈ターゲット〉、〈ランダルズ・ベーカリー〉、〈メイシーズ〉。一月まで戻って見てみたが、発見したのは、わたしが〈ドクター・チョコレート〉でお金を使いすぎているということだけだった。

引き出しを閉めようとしたとき、〝ジョーンズ・マキューアン〟と書かれた薄いファイルを見つけた。開いてみると、給与明細書の束がすべり出て、デスクの上に広がった。がっかりしながら、それらを集めてフォルダーに戻した。最後の一枚を戻そうとして、のどが詰まった。

ブレイクによると、この一年半昇給していないということだった。だが、給与明細に書かれている金額は、去年よりも二千ドル多かった。明細書の束をめくってみた。給料は一月にあがっていた。ある番号に電話をかけはじめたのと同じ時期だ。だが、通話がなくなっても、給料はあがったままだった。

わたしに報告するのを忘れていたのだろうかと思いながら、〝銀行報告書〟と書かれたファイルをつかんだ。

八月の報告書に目を通し、信じられずに目をぱちくりさせた。夫はエヴァン・マクステッドなど知らないとうそをついたが、わたしから隠していたことはそれだけではなかった。給料が増えていたにもかかわらず、銀行にはこの八カ月間これまでと同じ金額が入金されていた。

昇給ぶんのお金はどこに消えたのだろう？

そして、夫は何に関わっているのだろう？

ファイルを引き出しに戻しながら、悲惨なシナリオがいくつか思い浮かんだ。ドラッグ？愛人？　傾きながらトイレに座っていたマクステッドの死体が頭に浮かんだ。もっと悪いことだろうか？

わたしは目を閉じた。こんなことが起こるわけはない。夫にかぎって。

でも起こっていた。

椅子を引いてデスクから離れ、窓の外を見た。ひとりの女性が乳母車を押して、疲れた様子ながら幸せそうに外の歩道を歩いていた。羨望のうずきが体を駆け抜けた。彼女の小さな世界は無傷だ。遊び場、赤ちゃんの夜泣き、仕事から帰ってきた夫のキス。それはわたしの世界でもあったのに。今はちがってしまった。

どうしてブレイクはお金のことをわたしに隠しているのだろう？

ほかに何を隠しているの？

女性が角を曲がって見えなくなるまで見つめていた。それからファイルを引き出しに戻し、鍵をかけ、猛スピードでデスクの残りの部分を調べた。疑問が炎と燃えていた。昇給ぶんのお金はどこに行ったのだろう？　ようやく力尽き、落胆して椅子に背を預けた。お金はなくなっていたが、ブレイクのデスクにそれがどこに行ったのかを示すものは何もなかった。ほかに驚いたことといえば、スニッカーズがひと袋、予備の紙置き場に隠してあったことぐらいだった。最後の引き出しを閉め、鍵をバリスター・キャビネットのなかの元の場所に戻したとき、電話が鳴った。

小部屋を見わたして、すべてが所定の位置にあることをたしかめた。それから急いで階段をおり、留守番電話に切り替わる直前に電話に出た。「もしもし？」

「マージー？　ピーチズよ。何かのじゃましちゃった？　走ってきたみたいな声だけど」

体じゅうが何時間も痛めつけられたように感じられ――それどころか、人生のすべてが引き裂かれたようだったが、通常どおりの声を出すことに意識を集中させた。「家事をやっていただけよ」

「マクステッドの経歴を調べたから知らせようと思って電話したの」

ごくりとつばをのんだ。「それで？」

「前科はなし。カリフォルニア大学ロサンゼルス校《UCLA》を優秀な成績で卒業、テキサス大学でMBA取得。インターネット会社二社に勤めたあと、二年まえから〈インターナショナル・シッピング・カンパニー〉に勤務。結婚歴なし、子供なし」

「意外じゃないわね。ほかには？」

「父親は伝道師で、カリフォルニアではわりと有名な人物よ。サンディエゴに姉妹がひとり。親族はLAに住んでる。警察との関わりなし」

わたしはキッチンの椅子に座りこんだ。「またもや行き止まりね」

「経歴調査で何も出てこないからって、行き止まりということにはならないわ。ご近所さんとは話した？」

夫はわたしにうそをついているのよ！　そう叫びたかった。わたしの結婚生活はいんちきだったの！　代わりにわたしは言った。「ええ。廊下の先に住んでる感じのいい老婦人とね」自分の声の冷静さにぎょっとした。「最近、ふたりの人が彼を訪ねたようだった。でも、だれなのかはわからない」

「必要なのは、アパートの部屋にはいることね」

洗濯室のドアに目が行った。ルーファスはまだドアの外をうろうろしていたが、うなり声はやんでいた。「もうはいったわ」

「ほんとに？　どうやって？」

「彼に猫を預かってもらっているとご近所さんに言って」

ピーチズは鼻を鳴らした。「それでうまくいったの？」

「ええ。唯一の問題は、そこに警官がいたこと」

「警察が撤収するまで何日か待つように教えるべきだったわ」彼女は言った。「アパートに猫がいないとわかったときはどうしたの？」

「猫はいたわ。今うちの洗濯室のなか」

彼女はぜーぜーしながら笑い、やがて笑いは乾いた咳に変わった。「あなたって最高。その猫、これからどうするつもり？」

「さあね」わたしは言った。猫はいちばんささいな問題だった。まずは夫のことをどうするか考えなければならない。「ところで」できるだけ何気ない口調でわたしは言った。「例の友だちのことをちょっと調べてたんだけど」

「へえ」

ごくりとつばをのみこんだ。慎重にね、マージー。落ち着いて。「携帯電話の通話記録に何度も出てくる番号があるの。だれの番号か調べる方法ってわかる？」

「そこに電話してみた？」

「ううん、してない。それは思いつかなかったわ」

「まずは電話してみて。ピザの配達のふりをしてね。無料のピザが当たって住所を教えてもらいたいから電話したと言うの」

「ほんとに？　そんなのでだまされるの？」

「ときにはね。切られちゃっても問題ないわ。家から電話する場合は、かならず非通知にしてね。最近の電話には発信者ＩＤが表示されるから」

「だれも出なかったら？」

「だれも出ないようなら、だれの番号かつきとめてくれる友だちがいるけど、お金がかかるわよ。ほかに調べたいことは？」

それを言えば、いっそう現実感が増すだろう。熱い涙があふれそうになり、ぎゅっと目を閉じた。「消えたお金のこと」かすれた声で言った。

「消えたお金？　どういうこと？」

声がかすかに震えた。「銀行口座にもっとお金があるはずなのにないの」

「どうしてそれがわかったの？」ピーチズの声には、その〝友だち〟がどれくらいわたしと近しい存在なのか、わかっているのではと思わせるものがあった。

恥ずかしさに身を焼かれながら、何を言えばいいか考えようとした。夫は家族のお金をくすねていて、それを見つけるために夫のファイルを調べなければならなかったの。だめ。そんなことピーチズに言えない。親友にはそんなこと認めるのさえ無理。

「わかった、わかった」とうとうピーチズが言った。「言わなくていいわ。いくら消えてるの？」

わたしは受話器をにぎりしめた。「月に二千ドルぐらい」とささやき声で言った。

彼女は長く低い口笛を吹いた。「月に二千ドルあったらいろんなことができるわね。ドラッグ、愛人のためのアパート……クレジットカードの記録は手にはいる？」

悪夢のシナリオが脳裏に流れた。「もう手に入れたわ」わたしは言った。「それらしい記録はなかった。消えたのは現金よ」

「彼がレシートをためこんでる場所を知らないかぎり運はないわね。あとは尾行するか」

「待って」わたしはあわてて言った。尾行すれば、わたしが調べているのは自分の夫だということをピーチズに認めなければならなくなる。「そのまえにもう少し調べさせて」

グリーン・メドウズ幼稚園のニュースレターの最新号に目を落とし、今朝のアッティラとの会話を思い出した。「ところで、横領犯をつきとめる方法について何か知ってる？」

「あなたの友だちは横領もしてるの？」

「いいえ、これは別の人のために調べてるの。別の友だちのために」

「まったく。あなたはおとなしい主婦だと思ってたのに。いったいどんな人たちとつきあってるのよ？　つぎはドラッグのディーラーをつかまえる方法をきくために電話してくるんじゃない？」

わたしはまばたきで涙をこらえた。「そうならないことを願うわ」

12

お昼の〈レインボー・ルーム〉は火曜日の夜のショーダウンのときほどにぎわっていなかったが、ランチ営業はそこそこ流行《はや》っているようだった。ビッツィに電話を切られたあと、忘れないうちに電話で問い合わせたところ、正午にオープンすることがわかった。車でダウンタウンに向かい、十二時を少しすぎたころに着いた。もしカサンドラがいたら、二時に子供たちを迎えにいくまで、エヴァン・マクステッドについていくつか質問する時間はたっぷりある。

冷えた空気で腕と足に鳥肌を立てながら、ビジネススーツの男たちの群れや、胸元が深くあいたトップスにミニスカート姿の少人数の女たち——それとも男たち？——とすれちがった。幸い、今回はちゃんとスウェットシャツを持ってきていたので、それを頭からかぶり、バースツールに腰掛けた。アドニスは勤務中ではなかったが、ドミンゴという名の小柄なヒスパニックの男がいた。

「何にします？」ドミンゴがきいた。鼻につけたダイヤモンドのスタッズが、ネオンライトを受けてピンク色に光った。

「ダイエットコークでいいわ」わたしは言った。「それと、ランチのメニューを見せてくれる?」

彼はラミネート加工されたべたべたするメニューをカウンターの上にすべらせてよこすと、背を向けてグラスに氷を入れた。ダイエットコークがカウンターに置かれ、わたしはカサンドラはいるかと尋ねた。

「カサンドラ?」彼はわたしのスウェットシャツを見た。「どうしてカサンドラと話したいの?」

「共通の友人がいてね」わたしは言った。

「一時に来るよ」彼は言った。「注文が決まったら呼んで」

うなずいて、お尻好きのバーガーにするか、〝フェチ〟チーニ・アルフレードにするかで十分悩んだ。結局アルフレードに決めたが、十五分後にドミンゴが運んできた料理にはいい意味で驚かされた。最後のソースをこそげていると、カサンドラがさっそうとバーにはいってきた。もうオレンジ味のアイスキャンディのようには見えなかった。今日の彼女の服装は、デニムのミニスカートに赤いカウボーイブーツ、麦わら帽子という、カントリー歌手のデール・エヴァンス風だった。厚化粧と毛虫まつ毛だけは同じだ。

「カサンドラ!」ドミンゴが呼んだ。

彼女は彼のほうを見て、まつ毛をぱたぱたさせた。その重さからするとかなりの偉業だ。

「ドミンゴ! わたしに会いたかった?」

「ああ、カサンドラ」

彼がわたしを示すと、彼女は口をとがらせた。「ここにいるご婦人があんたと話したいって」

まつ毛に縁取られた目はさぐるようにわたしを見たが、ぴんときて輝く様子もなく、当惑にくもったままだった。「知り合いだったかしら？」

「このあいだの夜に会ったわ。エヴァン——セレーナが亡くなった夜に」

「そうだった？」

「あのときはもうちょっとドレスアップしてたけど」彼女はまだ思い出せないようだ。「エメラルドよ、覚えてない？」わたしは言った。「エメラルド・ディヴァイン」

彼女は目をぱちくりさせた。「あなたがエメラルド？」

わたしはうなずいた。「本名はマージーだけど」

カサンドラは思いきり太ももを露出して座った。「へえ。ちょっとしたメイクとヘアスプレーの効果ってすごいわね。まったくもって奇跡だわ。だって、あなたはあの夜三位に輝いたのよ、なのに今はだれにそれがわかる？」

「あら、ありがと」手をあげて髪をふんわりさせたいのをこらえた。メイクでそんなに印象がちがったのだろうか？「もしかまわなければ、セレーナのことでいくつかききたいことがあるの」

「いいわよ。かわいそうな子よね」彼女はシャンデリア形イヤリング——ミニチュアの銀の馬と拍車がぶらさがっている——をじゃらじゃら鳴らして首を振った。「セレーナみたいなきれいな子にあんなことをする人がいるなんて、想像もできないわ」

「そのことをききたかったの。だれが彼女をあんなふうに……傷つけたがっていたか知ってる？」

「どうして知りたいの？」

肩をすくめた。「彼女、わたしの友だちの友だちだったの。それに、死体を発見したのはわたしだし……」

「だから何？　警察にまかせなさいよ。あのゴージャスな刑事さんならきちんと仕事をしてくれそうだし」彼女はため息をついた。「彼がストレートなのは残念だわ。でも、どうして警察じゃなくてあなたに話さなきゃいけないのよ」

「わたし、私立探偵なの」その肩書きはまだしっくりこなかった。

カサンドラにとってもしっくりこなかったようで、疑わしそうにわたしを見て言った。

「あなたが？　私立探偵？」

「実は、あの夜ここにいたのも仕事があったからなのよ」

彼女は目をしばたたいた。「うそでしょ」

くわしいことをきかれるまえに先に進んだ。「セレーナがだれと会うつもりだったか知ってる？」

「それならあのハンサムなブンゼン刑事にもきかれたわ。だから、セレーナみたいな子にはたいてい何人もの求愛者がいるって教えてあげた。彼女は大勢の男性たちとここに来てたし」

「とくにあげるとしたら？」

カサンドラは紫色の唇を閉じた。「そうね、この二カ月は、ほかの人たちより頻繁に会ってる男がいたわ。いつも黒のレザーを着てるイケメンで、あの筋肉といったら……」彼女はうめいた。「ジムに住んでるのかって感じ。あんなに引き締まったお尻は絶対見たことないはずよ。それにあのレザーパンツ……」

「名前は？」

「セレーナはマーカスって呼んでたと思う。彼のことはブンゼン刑事にも話したわ」

「彼がどこに住んでるかわかる？」

「知らないけど、ヴェロニカなら知ってるかも」

「ヴェロニカ？」

「町にひとつしかないトラニースクールの経営者よ」わたしはぽかんとした顔をしていたのだろう。「トラニースクールが何かは知ってるわよね？」

「ええと……」

カサンドラはバッグのなかを探ってタバコを一本見つけると、銀のホルダーに突っこんで紫色の唇に当てた。しばらくドミンゴに向かって目をぱちぱちさせたあと、あきらめて自分で火をつけた。「〈ミス・ヴェロニカの閨房《けいぼう》〉よ」彼女はようやく言った。「男性が自分の女性性を見出す手伝いをするところ。それでわかるかしら」彼女はわたしにウィンクしたが、わたしにはまだわからなかった。

とうとう彼女はあきれてぐるりと目をまわした。「服装倒錯者のための学校よ。女性としてのあれこれを教えるの。ブラやストッキングの選び方とか、メイクのしかたとか」彼女はファくすくす笑いながら言った。「もちろん、わたしは手助けなんていらなかったけどね。ファッションセンスのよさは生まれつきだから。でも、ほとんどの男性は、百万ドルかけてもミュールとサンダルのちがいもわからないんだから」

わたしもちがいはわからなかったが、カサンドラには言わなかった。「どこに行けばヴェロニカに会えるか知ってる?」

「ええ。スクールはサウス・コングレスにあるわ。わたしは指導してもらう必要ないけど、ときどきあそこでいろんなものを注文するのが好きなの」彼女は身を乗り出して、ささやきにまで声を落とした。「あそこのTバックショーツは最高よ。行ったら見てみるといいわ。レースのやらゴムのやら……プラスティックのフルーツがついてるのもあるのよ、信じられる?」カサンドラはレザーのフリンジつきバッグからペンを取り出し、カクテルナプキンに住所を書いて、わたしのほうにすべらせた。「はいどうぞ。見逃しっこないわ。〈ホットチキン〉のすぐ裏だから」

「〈ホットチキン〉? それってゲイバー?」

彼女はまつ毛をぱたぱたさせてわたしを見た。「ちがうわよ、テイクアウトのチキンのお店」

〈レインボー・ルーム〉を出てオーブン、すなわちミニバンに乗りこむと、まだ一時半だった。子供たちを迎えにいくまでまだ少し時間があるので、〈ミス・ヴェロニカの閨房〉のそばを通ってみることにした。カサンドラは正しかった。それは〈ホットチキン〉のすぐ裏の木立のあいだにあった。何を期待していたのかわからない。おそらく大通りのショッピングセンターとか、〈ピーチツリー探偵社〉のようなコンクリートでできた小汚ないところだと思っていたのだろうが、〈ミス・ヴェロニカの閨房〉はジンジャーブレッド装飾のあるヴィクトリア朝様式の建物で、窓にはレースのカーテンがかかり、ポーチにはブランコまであった。女性の装いをしたい人たちのためのトレーニング施設というより、手芸店のように見えた。

ドライブウェイに車を乗り入れて、正面入口のドアの横に掲げられた営業時間の看板をじっと見た。〝月曜から金曜、午前十時から午後六時まで。徒歩歓迎。予約優先〟予約？　なんの予約をすればいいの？　建物を見ていると、シフォンのミニスカートをはいた曲線美の女性がドアを開けて出てきた。スラックスにドレスシャツ姿の地味な若い男性を連れている。あの女性はほんとうは男性なのだろうか？　若い男性が女性に微笑みかけ、わたしはエヴァン・マクステッドの運転免許証の写真を思い出して胸が痛くなった。あの若い男性はトレーニング中の服装倒錯者なのだろうか。

カップルを眺めていると、シフォンの女性がわたしのほうを見た。遠くからでも、彼女の目がはっとするようなスミレ色なのがわかった。ちょっとエリザベス・テイラーを思わせた。わたしは赤くなって顔をそむけた。見つめていたのがばれて気まずい。明日、子供たちを幼稚園に送りとどけてからまた来ようと心に決め、ミニバンのギアをバックに入れて、サウス・コングレス・アベニューに出た。うまくすれば、シフォンスカートの女性は、ぼけっと彼女を見ていたわたしのことを忘れてくれるだろう。

いつもより五分早くグリーン・メドウズ幼稚園に着いた——一日に二回も時間内に着くなんて！——そして、そのうちの二分を使って、バックミラーで顔の表情を練習した。このあと求められるのは、〝何も問題はないわよ、あなたたちのパパは殺された服装倒錯者を知っていながら知らないなんて言ってないし、ママにないしょでお金を隠したりもしてないわ〟という顔だ。決めた笑顔がそれほど不自然でないことを願いながら車から降りると、目のまえにリディア・ベルモントがいた。

「あら。こんにちは」専門家の手で全身を小麦色にし、高価なマニキュアを施した、スタイルのいいほっそりした体がこわばった。鷲鼻の鼻孔がかすかに広がる。不快なもの、あるいは人の悪臭をかいだかのように。

「どうも」わたしは言った。丹念に練習した顔の表情がくずれた。「ニュースレター用の写真にわたしの仕事の写真がまぎれていたのを、あなたが見つけたそうね。バン園長から事情は説明してもらった？」

「あなたが胸の悪くなるような写真を持ち歩いていることの説明？　ここは幼稚園だってことを教えてあげないといけないのかしら？」

「ここが幼稚園だってことはわかってるし、あの写真がまぎれてしまったのは申し訳ないと思ってるわ」わたしはつばをのみこんだ。「でも、あなたが考えているようなことじゃないの。わたしは私立探偵なのよ、リディア。あれは浮気調査の証拠写真だったの」

ペンシルで整えた眉があがった。「そうなの？」

「ええ」

「あのね」リディアは息巻いた。「浮気でも性的倒錯でもどう呼ぼうと勝手だけど、わたしは娘にそんなものの影響を受けさせたくないのよ！」

「あれは事故だったのよ。もう二度とあんなことは起こらないと約束するわ」

「いいえ、そうは思えないわ。でも、もう二度と起こらないようにさせてみせる」彼女は息を吸いこみ、小鼻を震わせた。「だから、署名を集めて嘆願書を提出することにしたの」

わたしはあとずさった。「嘆願書？」

「ええ。嘆願書。ここは私立の幼稚園なんだから、親たちには園児を選ぶ権利があるはずよ」

「園児を選ぶ権利って……」

「嘆願書に署名を集めようと思ったのは、子供たちに悪影響を与えると思われる存在を排除するためなの」

わたしはこぶしをにぎりしめた。「うちの子供たちをやめさせるための署名を集めてるってこと？」

「そのとおりよ、ミセス・ピーターソン。では失礼するわ、娘を迎えにいかないといけないので」

頬に血がのぼった。ドゥーニー&バークのハンドバッグを骨ばった腰にぶつけながら、リディアはさっそうと幼稚園の門に向かって歩いていった。リディア・ベルモントはわたしの子供たちをグリーン・メドウズ幼稚園から追い出そうとしている。そして、彼女の夫はブレイクの同僚だ。

彼女のあとから門に向かいながら思った。いい面を見れば、少なくともアッティラはわたしの味方だ。

今のところは。

園庭にはいるとエルシーとニックが駆け寄ってきた。ニックは「ママ！」と叫びながら、ストライドライトの靴で豆砂利を蹴散らし、そのあとをエルシーがストラップサンダルで危なっかしく走ってくる。この世で重要なのはわたしだけであるかのように、子供たちが両脚に抱きついてからみつくと、一瞬、人生を悪化させているすべてのもの――リディア、エヴァン・マクステッド、グリーン・メドウズ幼稚園、そしてブレイクとの問題までが消えた。

そのとき、エルシーが泣きだした。

「どうしたの、スウィートハート？」

小さな顔は泣いているせいでまだらになっていた。「シェリーに……シェリーに言われたの、うちの家族はみんなパーバーズだって！」

「パーバーズ？」顔を上げてシェリーを注視した。シェリーの母親のリディアがわたしをにらみ、守るように娘に腕をまわして連れ去った。パーバーズ。変態《パーヴァーツ》たち。

子供たちの先生はだれかいないかと園庭を見まわし、ようやくポーチの階段のそばに立っているエルシーの先生を見つけた。「ローソン先生。ちょっとのあいだエルシーとニックを見ていてもらえませんか？　バン園長にお話ししたいことがあるので」

ふんわりした薄い生地の服をまとった親切そうな女性であるローソン先生は、笑顔で答えた。「いいですよ」

わたしはしゃがんでエルシーのぬれた頬にキスした。「すぐに戻るわね、スウィートハート」そしてニックの腕をぎゅっとにぎった。「ママはちょっと職員室にご用があるの。ローソン先生といっしょにいてくれる？」彼は青い目を見開いてうなずいた。

子供たちをポーチの階段まで連れていき、職員室に向かった。バン園長ひとりが正面のデスクについていた。わたしはなかにはいってバタンとドアを閉めた。

「大きな問題が起こりました、バン園長」

アッティラは驚いて濃い眉をあげた。「おや。なんですか？」

「シェリー・ベルモントにうちの家族は変態だと言われたせいで、娘が泣いているんです。しかも、シェリーのお母さんからは駐車場で、エルシーとニックをやめさせる嘆願書の署名を集めていると言われました」

アッティラは椅子の上でもじもじした。「ええ、まあ、彼女は写真のことでかなり動揺していましたからね」

「動揺? どうしてですか? 写真のことは説明しましたよね。うっかりミスだったんです。そんな小さな失敗のせいで、うちの子供たちが罰を受けなければならないんですか?」

バン園長は肩をすくめた。「残念ですが、ミセス・ベルモントの行動を阻止することはできません」

「わかりました。そうかもしれません。でも、彼女の娘が園庭でうちの家族についての悪いうわさを広めないように、監督することはできるはずですよね」

園長はため息をついた。「今日の午後、先生たちに話します」

「署名については?」

「残念ながら、それはわたしにはどうすることもできません。でも、せっかく来ていただいたのですから、職員室の合鍵をわたしておきます」

「はあ?」

「これで調査をはじめられますよ」

「ああ、調査ですね」わたしは腕を組んだ。「よろこんであなたのために調べます——内密にもします——でも、見返りが必要です」

多重あごのバン園長の顔がこわばった。「どういうことですか?」

「ミセス・ベルモントと話して、やめさせてほしいんです」

「嘆願書の提出をですか？」

わたしはうなずいた。

園長はあごの産毛を逆立てて首を振った。「できるかどうかわかりません」

「それは困りましたね」彼女に背を向けてドアノブに手をかける。「これだけのことが起こっているんですから、あと二週間は調査をはじめられません。数カ月先になるかも」

「数カ月？」

わたしはドアノブをまわした。バン園長はいらいらとため息をついた。「わかりました。彼女と話しましょう。でも、何もお約束はできませんよ」

「からかいについては？」

「さっき申しあげたように、その問題については今日の午後先生たちと話し合います」

「ありがとうございます」わたしはデスクに戻り、鍵束を受け取った。信じられなかった。バン園長がエルシーとニックのためにあいだにはいることに同意するなんて。

「財務関係のファイルはすべてここにあります」園長は余裕でタイタニック号の錨《いかり》になりそうな、立派なファイルキャビネットを指し示した。わたしは歯を食いしばった。勝利に代価はつきものだ。

「では、今週末からはじめます」

「すばらしい。それと、もうひとつ、ミセス・ピーターソン」

「なんですか？」

「昨日、友人であるドクター・レモンと話しました。どうやらあなたはまだ娘さんのために予約を入れていないようですね」

わたしは唇をかんだ。「今日の午後電話します」と言って鍵をポケットに入れ、大股で職員室をあとにした。

数分後、ローソン先生の庇護のもとからエルシーとニックを引き取り、ふたりの手をしっかりとにぎって駐車場に向かった。「今日はひどい目にあったわね、エルシー。園長先生とお話しして、だれもあなたを別の名前で呼ばないように、先生たちに気をつけてもらうことになったから」

エルシーは洟をすすって言った。「パーバーズって何、ママ？」

ああもう。「なんであれ、よくないことよ。でもね、ほかの人たちがなんと言おうと、気にしなくていいの。あなたはすばらしくて、やさしくて、賢い女の子なんだから」わたしは娘の小さな手をにぎゅっとにぎった。「意地悪なことを言う人は、その程度の人なのよ」

「どういう意味、ママ？」

「そういう人はあんまりいい人じゃないから、友だちにしないほうがいいってこと」

「ふうん」

エルシーとニックをチャイルドシートに座らせてシートベルトを締め、リディア・ベルモントのシルバーのメルセデスＳＵＶのすぐあとにドライブウェイを出た。アクセルを思いきり踏んで、ぴかぴかのバンパーに突っこんでやりたかったが、必死でこらえた。右折する彼女に向かって舌を出すだけで満足するしかなかった。

駐車場から出ようとすると、エルシーが後部座席から言った。「どうしてあの車に向かって舌を出したの、ママ？」

「そんなことしてた？　きっと別のことを考えてたのね」

13

玄関のドアを閉めた瞬間、電話が鳴りはじめた。キッチンに走りこみ、四回目の呼び出し音の途中で受話器を取った。

「もしもし?」

「マージー?」

「ベッキー。どうしたの?」

「今リディア・ベルモントから電話があって、エルシーとニックをやめさせるための嘆願書に署名しろと言われたわ。どうなってるの?」

ブレイクの書斎で発見したことについて考えながら、キッチンの椅子のひとつに座りこんだ。ええ、たいしたことないわ。結婚生活が破局を迎えようとしているだけよ。だが、そうは言わずに「ペンスの写真のこと、覚えてる?」と言った。

「ミスター・サランラップのこと?」

「そう。どういうわけかあれが幼稚園のピクニックの写真にまぎれこんじゃったのよ」

「まさか」

「まさかよね。それをだれが見つけたと思う？」

ベッキーはうめいた。「信じられない」

「いい面を見れば、アッティラは彼女を説得すると約束してくれた」

「アッティラ？　バン族のアッティラが？」

「そう、まさにその人が」

「どうしてそんなことができたの？」

「きかないで」ブレイクのことも。わたしは明るい声を心がけた。「ところで、ジュニアリーグのファッションショーには行く？」

「それがリディア・ベルモントとどういう関係があるの？」

「何も。行くように説得されたの。だからあなたも来てくれないかなと思って。プルーの隣に座らせられるのよ」

「新しい仕事のことはお姑さんに話したの？」

「どう思う？」

「話してないのね」彼女はため息をついた。「それならわたしも行かなきゃ。そうしないと、あなたは姑殺しで刑務所に入れられそうだもの。それとも、プルーの場合は別の言い方をしたほうがいいのかしら？」

「正当防衛？」

ベッキーは笑った。

「このあいだの夜、彼女がわたしに何をくれたか、言っても信じてくれないと思う」わたしは言った。

「何よ？　ケーゲル体操（骨盤底筋を強化し、尿もれや女性器のゆるみを改善するエクササイズ）の重要性についてのレクチャー？」

「もっとひどいわ。化粧室で二冊の本をわたされたの。一冊は料理本――ナイジェラ・ローソン（イギリスのセクシーな料理研究家）の『家庭の女神になる方法』」

「それから？」

「もう一冊はセックスマニュアルだった」

受話器の向こうから鼻を鳴らす音が聞こえてきた。「まさか。うそでしょ」

「ほんとだって」わたしの声はおかしさをこらえているせいで震えていた。「わたしとブレイクがいろいろうまくいかなくなったら、あなたにあげるわ」目尻に涙がたまった。

ベッキーは一瞬黙りこんだ。「どういう意味よ、〝いろいろうまくいかなくなったら〟って」

怒りと絶望の波がふくらんだ。だれかに話したくてたまらなかった。何もかも大丈夫だと言ってくれるだれかに。大丈夫じゃないことはわかっているのだが。子供たちが近くにいないことを確認した。「ブレイクはわたしに何か隠してるみたいなの」ささやき声で言った。

「何か隠してる？　浮気してるってこと？」

「わからない」のどのつかえがひどくなり、ことばがとぎれた。「エヴァン・マクステッドのことは知らないと言ったのに、実はクライアントのひとりだったの。そして今度はお金が消えてる」

「うわ。ひっどい。いくら消えたの？　どうしてわかったの？」

「あの人の書斎にしのびこんでファイルを調べたのよ。一月に昇給したのに、わたしに何も言ってなかった。昇給ぶんの二千ドルを引いて、給与口座に振りこんでたの」

ベッキーは息をのんだ。

「こんなこと信じられない」わたしは声を落として言った。「ブレイクはいつもすごくまじめで、すごくたよりになったのに。それが今は……」

「彼に何か言った？」

「言えるわけないでしょ？　会うことだってめったにないんだから。いっつも仕事仕事で。少なくとも自分ではそう言ってる」

「ねえ」ベッキーはゆっくりと言った。「いい面を見れば、今のあなたは私立探偵よ」

「わかってる」わたしは震える息を吸った。夫の行動をコントロールすることはできない。だが、何が起こっているのかについて調べることならできる。そのあとで、わかったことを武器に、彼と対決しよう。そして、もし彼がそれらしい答えを思いつけなかったら……「マクステッドのアパートにはもう行ったの」わたしは言った。驚くほどしっかりした声が出た。

「なんですって？」

「そのうち夜に、〈ジョーンズ・マキューアン〉のブレイクのオフィスにも行くつもりよ。何か見つかるかもしれないから」

「それって違法じゃないの？」

「マクステッドのオフィスにも行きたい」

「それは絶対違法でしょ」

「何かの運送をたのめば違法じゃないわ」問題に取り組んで、さまざまな可能性に思いをめぐらしていると、つらさは少し治まった。なくなったわけではなく、まだ待ちかまえてはいたが、もうわたしを包みこんではいなかった。「あなたのお兄さんは運送業界にいるんじゃなかった？」

「マイケルのこと？」

「そう。彼にこつを教えてもらえないかしら？　それらしい話ができるように」

「ねえ、私立探偵の仕事をまじめに考えすぎなんじゃない？」

「ベッキー、わたしの夫は殺人事件の被害者を知っていながら知らないとうそをつき、お金を隠しているのよ」わたしは息巻いた。「警察には何も話すつもりはないわ――どういうことなのか自分でもわからないうちはね――真実を明らかにするのはわたしの役目よ」わたしは痛いほど強く受話器をにぎりしめた。「それにわたしは知る必要があるの」

彼女はため息をついた。「そうでしょうね。今日の午後、マイケルに電話してみるわ」

「ありがとう」洗濯室のドアの向こうでうなり声がした。「ところで、猫はほしくない？」

「猫？」

ドアの外の定位置を離れようとしないルーファスを見た。「なんでもない」

ベッキーはマイケルと話したらすぐ電話すると約束してくれて、何かあれば電話してとも言ってくれた。「きっとすべてうまくいくわよ」彼女は言った。

そうは思えなかったが、とにかくありがとうと伝えた。電話を切って職業別電話帳を引っ張り出し、ドクター・レモンの番号をさがした。忙しくしていないと、結婚生活という悪夢に引き戻されそうだった。それに、忙しくしていれば乗り越えられるかもしれない。

受話器を取って、ダイヤルしようとしたとき、電話が鳴った。

「もしもし？」

「ミセス・ピーターソンですか？」

「はい、そうですけど」

「ブンゼン刑事です。昨日、留守番電話にメッセージを残したのですが」

背筋が冷たくなった。「ああ、そうでしたね。ごめんなさい。折り返しお電話する時間がなくて。捜査は進んでます？」

「お話をうかがう時間を決めたいのですが、ミセス・ピーターソン」

ごくりとつばをのんだ。「メッセージで聞きました。でも今すごく忙しいんです」夫が蛇みたいなウソつきだったりとか、いろいろあって。「来週にしてもらうことはできますか？」

「ミセス・ピーターソン、これは殺人事件なんです。調査とやらでスケジュールが詰まっているのはわかりますが、こっちはお遊びでもゲームでもないいんですよ」

わたしは受話器を持ち替え、手のひらの汗を短パンでぬぐった。「オーケー。わかりました。でも、子供たちを見てくれる人をさがさないと。そばにいさせるわけにはいきませんから、わたしたちがその……話しているあいだ」

「殺人事件のことを？」

「そうです。今日の午後お電話させてもらっていいですか？　ベビーシッターが見つかってから」

「わたしの番号はご存じですか？」

「名刺に書いてありますよね？」

「ああ、はい。五時までにはお電話ください」

「わかりました。ありがとうございます」

「では、またあとで、ミセス・ピーターソン」

「はい。失礼します」

電話を切って時計を見た。二時四十五分。ブンゼン刑事に電話しなければならない時間まで、あと二時間十五分ある。ブンゼンと取調室にこもるのかと思うと両手が冷たくなった。マクステッドの財布に指紋を残してしまったのだろうか？　警察は彼と夫とのつながりを知ってるの？　警察にカーメスがいたらどうしよう？

弁護士に電話したほうがいいのかもしれない。でも、残念ながら、わたしが知っている弁護士といえば夫の同僚たちだけだ。

目を閉じた。落ちつくのよ、マージー。警察のことを心配してもさらにストレスになるだけだ。悪いことは何もしていないのに——とにかく、だれも殺してないわけだし——何を心配することがあるの？　何度か大きく深呼吸して目を開けた。目のまえのカウンターの上に開いた電話帳があった。ブンゼンから電話がかかってきたとき、何をしていたんだっけ？ああ、そうだ。娘の犬的な性癖を調べてもらうために、心理カウンセラーに電話しようとしていたのだ。上から順に電話番号を指でたどっていると、玄関ベルが鳴った。

警察だろうか？

そんなはずはない。二分まえにブンゼン刑事と話したばかりなのだから。きっとまた何かの勧誘だろう。奇跡の掃除用品だか、バカ高い雑誌の定期購読だかのセールスに来た人に、選ぶ家をおまちがえですよと言う気まんまんで、小走りに玄関に向かった。

だが、ドアを開けると、立っていたのは義母の家政婦だった。

「グラシエラ？」

「ミス・マージー」彼女は言った。「突然申し訳ありません……」

「いいからはいって」わたしは言った。リビングルームのソファの上の洗濯物であふれるかごふたつはもちろん、玄関ロビーを飾るごた混ぜの靴や、汚れた靴下や、ミニカーが気になるのはやまやまだったが。いつもならわが家はそれほど見苦しくないのだが、この三日間に起きたことのせいで、いささかダンプスターのなかのような様相を呈していた。わたしは目にかかった髪を払って無理やり笑みを浮かべた。夫と、そしておそらく夫の母以外で、今いちばん話したくない相手は義母の家政婦だった。

「いいんですか？」彼女はおずおずと尋ねながら玄関の敷居をまたいだ。

「もちろんよ」わたしは言った。「ちょっと散らかっていてもかまわなければだけど。子供がふたりいると……」ミニカーを拾ってポケットにつっこみたいのをこらえながら、わたしはむなしく笑った。「どんなだかわかるでしょ」

グラシエラはわたしのあとからキッチンにはいると、恐る恐る椅子に座った。その椅子には最近工作で使った〈エルマー〉の糊がまだこびりついていたので、慎重に座るのは賢明な判断だった。

「飲み物はいかが？」わたしはきいた。「お水？　アイスティー？」

「いいえ、けっこうです。いりません」

グラスに水を入れて彼女の向かいに座ると、たちまち太ももが木の椅子に貼りついた。冷蔵庫の写真――微笑むブレイクの写真――が目にはいり、胃がよじれた。

「もしよければ」グラシエラが言った。「お手伝い来ます」

「えっ？」ぱっと目をやると、グラシエラはべたべたする床を凝視していた。わたしは目をこすって、彼女が言ったことに意識を集中した。

「お手伝いに来ますと言ったんです」

「まあ、ありがとう」わたしは言った。「あなたが有能なのはわかってるわ。プルーの家はいつも完璧だもの。でも、子供ふたりを私立の幼稚園に通わせてるから、来てもらうだけの余裕がないのよ」もちろん、ブレイクの昇給ぶんのお金がちゃんと銀行口座に振りこまれていたら、話はちがったかもしれないけど。

彼女は固まりつつあるこぼれたストロベリーミルクのなかで横倒しになっているシッピーカップを見た。少なくとも、ストロベリーミルクなのはまちがいない。「お子さんたちいれば、手助け必要です。特別料金でやらせてもらいます」

「いいえ、いいの。ありがたいけど、わたしたちなら大丈夫だから」わたしは水をひと口飲んで無理に微笑んだ。「娘さんたちは元気？　何も問題ない？」

茶色の目は切羽詰まっているように見えた。「ミス・ベッキーと話しました。あなたは探偵の仕事をしてるというお話でした」

うわ。「ほんの一週間まえからね」わたしは言った。プルーデンスから聞いた、グラシエラの夫が行方不明だという話を思い出し、頭のなかで警報が鳴った。「エデュアルドに関係のある話？」

グラシエラは目に涙をためてうなずいた。「わたしのエデュアルド、お母さん病気、とても悪い、それで先月グアダラハラ行きました。ココーテに全部手配たのんで。エデュアルドは三週間まえに戻るはずでした。オースティンに着いたら電話するとココーテ言いました。メッセージ受け取ろうと電話のそばで待ちました。何もなし」彼女は黒いビニールバッグのストラップをよじった。「どうしたらいいかわかりません。助けてもらえますか？」

目を閉じて椅子に寄りかかった。探偵の仕事をはじめてから二週間もたっていないのに、浮気二件、横領一件、実の夫のうそについて調査している。そして今度はグラシエラが彼女の夫の居場所をつきとめてくれという。

「グラシエラ」わたしは言った。「力になれるものならなりたいわ。でも正直、まだはじめたばかりでしょ。行方不明者の、ましてや密入国者のさがし方なんて何も知らないのよ」

グラシエラはミッキーマウスのTシャツを着た肩を落とした。「でも、どこに行けばいいかわからなくて」ささやき声で言った。「エデュアルドいないと、アパートの家賃払えません。子供たちとわたし、行くところないです。わたしの家族、みんなメキシコにいる、みんな貧乏です。どこにも行くあてありません」

「でも、グラシエラ……」

「なんでもします。家の掃除します、洗濯します……だからお願いです、どうか、助けてください」痛々しい声が胸に刺さった。

彼女のやつれた顔を、泣き腫らした目を見た。「グラシエラ」わたしは言った。「あなたのために何をしてあげられるかはわからない。今はわたしも手一杯で、それをどうにかしようとしてるところだから。でも、何ができるか考えてみるわ」

茶色の目が大きく見開かれ、わたしはますます気分が悪くなった。彼女は本物の私立探偵を雇うことになると思っているのだ。おそらく、ほんとうにエデュアルドを見つけてもらえると思っているのだろう。問題は、わたしが密入国関係者に〝コネ〟がないばかりか、スペイン語さえしゃべれないことだった。

「ほんとに？」彼女は目を輝かせてきいた。

わたしはため息をついた。「ええ」

彼女は立ちあがり、小走りでシンクに向かうと、蛇口をひねってスポンジをつかんだ。

「わたし掃除します、料理します……」

「いいえ、いいのよ」わたしは急いで蛇口を締めにいきながら言った。「その必要はないわ」

「でも、支払いはどうすれば？」

「無料奉仕《プロ・ボノ》だと思って」

「プロ・ボノ？」

「タダってこと」わたしは言った。

「ほんとうにありがとうございます、ミス・マージー。なんとお礼を言えばいいかわかりません」わたしが水を飲んでいると、グラシエラはハンドバッグを開けて紙片の束を取り出した。「エデュアルドの情報はこれで全部です。そしてこれはコヨーテがくれた電話番号。コヨーテの名前はラ・セルピエンテです」

「ラ・セルピエンテ？　どういう意味？」

「蛇です」

わたしは縮みあがった。

「どれくらいかかりそうですか？」彼女はきいた。

わたしは首を振った。「最善を尽くすけど、見当がつかないわ。さっきも言ったように、今はたくさん仕事を抱えてるのよ」服装倒錯者殺人事件とか、横領事件とか、夫にうそをつかれた事件とかね。「それに、彼が見つかるという保証はないわ」

「ああ、ありがとうございます、ミス・マージー、ありがとう」十五分後、彼女はばねを入れたばかりのような足取りで、小走りに玄関ドアから出ていった。

胃にむかつきを覚えながら、ローレル・レーンを遠ざかっていく彼女のフォード・ピントを見送った。何かが見つかる可能性はあまり高くないだろう。わたしたちのどちらにとっても。

14

「いいニュースよ」三十分後、ベッキーが電話してきて言った。グラシエラが帰ったあと、ドクター・レモンの留守番電話にメッセージを残し、消防自動車をめぐるけんかの仲裁をし、洗濯室のドアのまえにあったルーファスの最新の落とし物を片づけ、ダヴのチョコレートを半袋ばかり食べた。それでもまだブンゼン刑事との事情聴取の時間を決めるには至っていなかった。

「そういう人がいてくれてうれしいわ」わたしは言った。「ちょうど今、姑の家政婦が寄っていったの」

「どうして?」

「たまたま寄っただけよ。行方不明になった夫をわたしにさがしてもらいたい一心で」

「そんなことをする時間がどこにあるの?」

「事態は悪くなる一方よ。彼は密入国するあいだに消えたらしいの」

ベッキーは息を吸いこんだ。「大変。無事だといいけど。子供がふたりいたんじゃなかった?」

「ええ。思い出させないでよ。ねえ、スペイン語が話せたりはしないわよね？」

「残念ながら」

「わたしもなの。どうやらコヨーテの名前は蛇って意味らしいわ」

「うわ」

「でしょ」わたしはため息をついた。「それで、あなたのニュースっていうのは？」

「今マイケルと話したところ。〈インターナショナル・シッピング・カンパニー〉の経営者を知ってるんですって。その人と会う手配をしてくれることになったの」

「それで？」

「もう。私立探偵のくせに、鈍いわね。もちろんあなたとわたしで行くのよ、決まってるでしょ」

「ちょっと待ってよ。あなたのお兄さんを巻きこみたくない。あなたもね。それに、運送業界のことは何も知らないし」

「だから何？　おもしろいじゃない。何も得られなかったとしても、忙しくしているのはいいことよ。あなたが事件を調査してるって話したら、マイケルはすごく興奮してた――スパイ小説が大好きだから。それに、運送業界のことは何も知らなくて大丈夫よ。わたしたちは研修中の新入社員で、マイケルが取引先に引き合わせるために連れていくことになってるから」

「みんなでその人に会うなら、どうやってマクステッドのオフィスに侵入するのよ？」

「あのね」ベッキーは言った。「社内を見学させてくれとたのむのよ。そのあと、会議室かどこかに戻ってきてみんなが座ったら、あなたは化粧室に行くと言って席を外し、急いでマクステッドのオフィスにはいるの」

「ずいぶんしっかり考えてあるのね」わたしは言った。「だれかに見られたらどうするの？」

「迷子になったと言えばいいのよ」彼女は言った。「でなければ、ペンが必要だったから、いちばん近いオフィスにはいらせてもらったとか」

「子供たちはだれが見てくれるの？」

「ねえ、ひょっとしてやりたくないの？　せっかく力になろうとしてるのに」

「ごめん。わかってるってば」

「ミーティングは午前中よ、おばかさん。子供たちは幼稚園。わたしが子供たちを車のなかに置き去りにするとでも思った？」

わたしは電話に向かって微笑んだ。「ほんと、あなたってすごくクールな〈メアリー・ケイ化粧品〉の販売員ね、ベッキー」

「今日の午後、おたくのポストに注文書を入れておくわ。クリスマスまでにピンクのキャデラックがほしいから（〈メアリー・ケイ化粧品〉の年間売り上げトップの販売員はピンクのキャデラックがもらえる）」

「でも、わたしお化粧はしないわよ」

「これからはじめてくれると期待してる」

電話を切って時計を見た。三時四十五分。ブンゼンに電話するまでまだ時間は充分ある。

食器洗浄機の中身を出したり、テーブルから水のグラスを取って洗うといった、重要な仕事をすませた。椅子についた糊をこすり落とそうとしたとき、エルシーがニックを引き連れてキッチンにはいってきた。

「ママ、あたしのフライフォンは見つかった?」

スポンジを手にして固まった。「いいえ、スウィーティ、まだよ。でも、電話で問い合わせてみるわね。この椅子から糊をこすり落としたらすぐに」

エルシーが見守るなか、〈ピーチツリー探偵社〉に電話した。ピーチズにミセス・ペンスと話をする機会があったことを願いながら。お話し中だった。「出ないわ、スウィーティ」わたしはエルシーに言った。「もう少ししたらまたかけてみましょう」

彼女の目に涙があふれた。「だれかに盗まれたの?」

「盗まれた?」わたしはひざまずいて両手で娘の顔を包んだ。フライフォンをなくしたことが、娘が直面しなければならない最悪の災難だといいのだが。「いいえ、スウィートハート。もちろんちがうわ。きっと出てくるわよ」

娘をぎゅっと抱きしめたあと、ニックのほうに行かせた。彼はエルシーが家じゅう連れ歩いていた人形二体をベビーカーから放り出し、代わりにミニカーとおもちゃの消防車を入れていた。人形に対するニックの不当な仕打ちを目にしたエルシーの怒りは、幸いにもフライフォンをめぐる心配を凌駕《りょうが》した。わたしは飲むヨーグルトをえさに子供たちをキッチンに誘いこみ、コンピューターのある部屋に避難して、もう一度イーベイのサイトを開いた。

フライフォン、〈マクドナルド〉の電話、ハッピーミールのおまけ、おもちゃの電話。やっぱり何も出てこない。〈ピーチツリー探偵社〉も依然としてお話し中だ。

通話終了ボタンを押して、レンガの壁に寄りかかっているような気分で椅子に背中を預けた。マクステッドについての調査は、ミス・ヴェロニカを訪問する明日まで待たなければならないだろう。そのうえピーチズとも連絡が取れない。エデュアルド関連で何かわからないか調べてみるべきかもしれないが、まだまったく新しい問題に取り組む気にはなれなかった。

そのとき、ブレイクの書斎で携帯電話の請求書から番号を書き写したのを思い出した。短パンのお尻のポケットを探った。リストはまだそこにあった。いま電話してみようかしら？　キッチンからけんかする声が聞こえないか耳を澄ました。異常なし。

まずはこちらの電話番号を非通知にする方法を調べた。それは簡単にわかった。ありがたいことに、電話帳にちゃんとその項目が載っていたのだ。六七をダイヤルしてから電話番号を押すだけでいいらしい。

ドアを閉めて深呼吸をし、なんにしろこれから明らかになることに心の準備をした。最初の番号を押して、無料ピザお届けの口上を頭のなかでおさらいする。

「お電話ありがとうございます、〈ジフィー・ルーブ〉（自動車のオイル交換などのサービスを提供する会社）です。ご用を承ります」

電話を切った。

ブレイクには何か用事があったのかもしれないが、〈ジフィー・ルーブ〉の住所をつきとめても、それがなんなのかを知る手がかりにはならないだろう。

つづく四つの番号にもピザの口上は必要なかった。つながった先は床屋、ダッジのディーラーショップ、そして、電話に出るときに都合よく先方から名乗ってくれた、長いつきあいのクライアント二件だった。すべてつながってすぐに切ったが、ドワイト・マーカムにつながったときは、ほんの少しだけ罪悪感を覚えた。クリスマスパーティで会ったことがあり、いい人だったからだ。すべてつづけて五番目の番号を押した。

四回目の呼び出し音のあとに女性が出た。「もしもし？」

一瞬、言うことが何も思いつかなかった。

「もしもし？　もしもし？」

ようやく声を取り戻した。「こんにちは。〈ウィジット・ピザ〉のマンディです。ただ今キャンペーン中で、あなたに無料のピザが当たりました。お届けしますのでご住所を教えていただけますか？」

「無料のピザ？　ピザは食べないの。炭水化物が多すぎるから」

「もしよろしければ」わたしはたどたどしく言った。「サラダとの交換も可能ですが」

「あのね、アマンダ。でなきゃアメリア、あなたの名前は覚えてないけど、わたしはとても忙しい女なの。しかもあなた、携帯電話にかけてきてる」

「あの……申し訳ありません。では、サラダになさいますか？」

「いいえ。サラダもけっこうよ。電話リストからわたしの番号をはずしてちょうだい。でないとおたくのＣＥＯに連絡するわよ。ではよい一日を」電話は切られた。

住所は手にはいらなかったが、それは問題ではなかった。

知っている声だったのだ。

当惑しながら電話を置いた。

どうしてブレイクは上司の妻の携帯に電話したのだろう？

つぎに六番目の番号にかけた。一月から四月のあいだにブレイクが何度かかけていた番号だ。「こんにちは、〈インターナショナル・シッピング・カンパニー〉のエヴァン・マクステッドです。メッセージを残してくだされば、できるだけ早く折り返し電話します」わたしは固まったまま、長い発信音を聞いてから電話を切った。若くて元気な声だった。彼がこの電話に出ることはもうないのだ。

胃がよじれた。夫はエヴァン・マクステッドを知っていることさえ否定したが、少なくとも十二回は彼に電話していた。

深呼吸をして目を閉じた。でもこれはエヴァンの職場の番号だ。おそらく自宅に電話することもできただろう。エヴァンはクライアントだし、職場に電話するのは理にかなっている。でも、どうして夫は彼を知らないと言ったのだろう？

電話番号のリストをお尻のポケットにしまったとき、キッチンのほうから恐ろしい音がして、エルシーの悲鳴が聞こえた。

部屋を飛び出して、ばたばたとキッチンに向かった。エルシーとニックが唖然として、洗濯室の開いたドアのまえでのたくるベージュと茶色の毛玉を見つめていた。

「離れて！」わたしは叫んだ。子供たちは動かない。「早く！」子供たちを抱えて廊下のほうに押しやった。「子供部屋に行ってドアを閉めなさい。早く！」

子供たちはあたふたと廊下を走っていき、わたしは猫たちと向き合った。今や二匹は取っ組み合いを解き、全速力でリビングルームに向かっていた。洗濯室にあったほうきをつかんであとを追った。

「スヌーカムス！」わたしはどなった。「ルーファス！　離れて！　やめなさい！」

まあ、無理よね。

剣のようにほうきをかまえてゆっくりと近づいた。

しばらく部屋じゅう追いかけまわしたが、猫たちはがっちり組み合ったままだ。しかたがないので、二匹のあいだにほうきをねじこもうとした。一瞬離れたが、二匹は体勢を変えて、また歯や爪を互いに埋めこんだ。三度目にほうきで押したとき、ルーファスが攻撃をやめて洗濯物の山の上に飛び乗った。スヌーカムスがそれを追い、二匹は洗濯ずみの衣類の上で、またわめきながら取っ組み合いをはじめた。

水だ。水をぶっかければ離れてくれるだろうから、その隙に二匹を隔離しよう。

キッチンに走り、引き出しから鍋を取り出した。鍋をシンクに置いて水を入れていると、リビングルームの猫たちのわめき声が大きくなった。

「ママ？」ニックの声がした。

「子供部屋に戻ってなさい！」わたしはどなった。息子が裏切り者の猫に引っかかれるようなことだけはごめんだ。そんなことになれば、アッティラはほんとうに園児保護サービスに通報するだろう。

半分まで水のはいった鍋をシンクから持ちあげ、リビングルームに走った。部屋は洗濯物の爆弾が破裂したようなありさまだった。靴下やタオルや下着が、爆弾の破片のように部屋じゅうに散らばっていた。ルーファスとスヌーカムスは、六カ月まえにブレイクが買ったばかりの高級家具メーカー、ブロイヒルのソファの上でがっちりと組み合っていた。

息を吸いこみ、猫たちの上に鍋の水をかけた。

効果はあった。

ルーファスとスヌーカムスは、それぞれ別方向に向かって走りだした。わたしはまずルーファスをつかまえ、夫婦の寝室に放りこんでドアに鍵をかけた。つぎに飛び散った洗濯物のなかからタオルをつかみ、スヌーカムスの行方を追った。キッチンの隅にまるくなって、背中の毛を逆立て、歯をむき出しているのを見つけた。タオルを持った手を伸ばして近づいた。

彼はさっとわたしをかわした——そして、まっすぐ洗濯室に飛びこんだ。すかさずドアをバタンと閉め、壁にもたれて座りこんだ。

リビングルームはこれまで以上に悲惨な状態になっていた。濡れた洗濯物や猫の毛束があたりに散らばり、ソファの新しいクッションには水で大きなしみができたうえに、血痕が芸術的に配され、猫たちがカバーの生地を引っかいたところから、黄色い詰め物がはみ出ていた。洗濯物は洗い直すことができるが、ソファのクッションを直せるかどうかはわからなかった。子供たちを部屋から解放して、ルーファスを調べた。耳がわずかに裂けていたが、それ以外は無事のようだ。濡れた靴下を洗濯かごに戻しはじめたとき、玄関ドアが開いて夫がはいってきた。

「ブレイク!」わたしは靴下を落とした。閉じこめていたすべての感情がふつふつとわきあがってきた。子供たちを見やり、懸命に冷静な声を出そうとした。「うちで何してるの?」

彼は目をぱちくりさせた。「ソファで何があったんだ?」

返事を思いつくまえに、ニックが答えた。「猫たちがけんかしてたの」

「猫たち?」

「友だちの猫を預かってるのよ」わたしはおろおろしながら言った。「洗濯室に入れておいたんだけど、子供たちがうっかり外に出しちゃったの」

「洗濯室でよその猫を飼ってたのか? いつから?」

「さあ、忘れちゃった」

「かんべんしてくれよ、マージー。新品のソファなんだぞ。千五百ドルもしたのに、このありさまを見ろよ。最初はミニバン、今度はソファ。つぎは何をするつもりだ? 家を燃やすのか?」

歯を食いしばって、のどもとまでせりあがっている怒りをこらえた。少なくとも千五百ドルは使途不明金ではないが、ソファに千五百ドルはちょっと高すぎると文句を言いたかった。

「たぶん直せるわよ」食いしばった歯のあいだから言った。「ところで、どうして家に？まだ五時にもなってないわよ」

「すぐ近くでクライアントとミーティングがあったんだ。早く終わったから、今夜はこのあと家で仕事をしようと思って」ブレイクはリビングルームの惨状を見て、ブリーフケースを持ちかえた。「書斎に行くよ。夕食ができたら呼んでくれ」かがんで子供たちにおざなりなキスをすると、階上の書斎に向かった。

わたしはろくに見もしないで、ぬれて猫の毛がついた衣類を洗濯かごにつっこんだ。体じゅうの細胞が夫の存在を意識し、そんなことはあとにしろとわめいていた。

だが、まだ情報が足りなかった。

焼き型に鶏肉を放りこみ、鍋に水を入れて火にかけ、お湯が沸くあいだソファのしみをごしごしこすって、切り裂かれたカバーに怒りのいくらかをぶつけた。それがすんでも、ソファは少しもましになったようには見えなかった。わたしの気分もよくならなかった。三十分後、夕食だからとエルシーにパパを呼びにいかせた。

ブレイクはつかつかとキッチンにはいってくると、洗濯室のドアをにらんでからテーブルについた。ルーファスはドアの外に座っており、その両側にはわたしがリビングルームから救出してきたぬれた衣類があった。洗濯室のドアを開けて、なかに押しこむ勇気がなかったのだ。サラダのボウルを差し出されると、ブレイクはようやくドアから目を離して、レタスを少し皿に取った。

「げーっ、スパイシーチキンだ」エルシーが言った。「食べなきゃだめ？」

「ええ」と言って、わたしは娘の皿にチキンの胸肉をのせた。彼女は死んだネズミでも出されたように鼻にしわを寄せた。ニックのほうを見ると、幸いにも姉の食習慣を受け継いでいない息子は、すでに半分ほど夕食を食べ進んでいた。

自分の皿にヌードルを少し取って、軽く聞こえるようにと願いながら夫に話しかけた。

「仕事はどうだった？」

「順調だよ」彼はチキンをひとかけら口に入れ、意外そうに眉を上げた。「悪くない」

わたしは言いたかった。「今日あなたのデスクで書類を見ていたら、会計上のミスがあったみたい……月に二千ドルも」と。だが、代わりにこう言った。「気に入ってくれてうれしいわ。そうそう、わたし、ジュニアリーグのファッションショーでボランティアをすることにしたから」

ブレイクは皿から顔を上げた。「ほんとに？　どうして気が変わったんだ？」

「今日ビッツィから電話をもらって説得されたの。人助けになると思って」

彼の顔が明るくなり、ミニバンもソファも一時的に消えた。「そのとおりだよ。ぼくのキャリアのためにもなるし」

エルシーの皿を見た。そこに皿はなく、プレースマットがあるだけだった。「エルシー！」わたしはどなった。「お皿はテーブルに置きなさい。床の上じゃなくて。あなたは犬じゃなくて女の子なのよ」

「でもママ……」

「テーブルの上よ。早くしなさい！」ブレイクは眉を上げた。テーブルの下からエルシーの頭が飛び出した。急いで皿をテーブルの上に置き、大きな目でわたしを見た。わたしはサラダを何口か食べてから、ブレイクのほうを向いた。「ビッツィ・マキューアンとはよく話すの？」まるで娘をしかってなどいなかったかのようにきいた。

「それほどは」彼は言った。「会社のイベントのときぐらいだね」

子供たちはわたしをじっと見つめたまま、めずらしく黙って食べていた。洗濯室からうなり声が聞こえた。ブレイクは顔をしかめた。

わたしは口のなかのチキンを飲みこんで、自分の皿を見つめた。「それはそうと、彼女の電話の声って、すごくすてきだと思わない？」

ブレイクの目は洗濯室のドアに向けられていた。「だれの声が？」

「ビッツィ・マキューアンよ」

彼はサラダをつついて肩をすくめた。「知らないよ」

テーブルのエルシーのいるほうから、食べ物を吸いこむやかましい音が聞こえた。「フォークを使いなさい、エルシー」

「でもレディは使わないよ」

わたしは食いしばった歯のあいだから言った。「レディはアニメの犬なの。あなたは人間の子供でしょ。フォークを使わないならテーブルから離れなさい」エルシーはフォークを取ってチキンをつついた。わたしはブレイクに向き直った。「ビッツィに電話したことはないの？」

彼は不意に顔を上げた。「えっ？　もちろんないよ。なんでぼくがそんなことを？」

「それはわからないけど。たとえば、ご主人に伝えたいことがあって、彼と連絡が取れないときとか……」わたしは水をひと口飲んだ。

「ないね」彼は言った。「それより、ぼくの車はほんとうにもう掃除しないと。今週はずっと窓を開けたままで運転してるんだぞ。それに、ミニバンの修理にいくらかかるのかも知りたいね。きみにあんな状態の車を乗りまわしてほしくないんだ。みっともないだろう。明日はぼくがミニバンに乗っていくから、きみがアウディで洗車場に行くっていうのはどうかな？」

普通ならよろこんでそうするところだが、今夜はあまり協力的な気分ではなかった。「どうかしら。明日はちょっと忙しいから」

「忙しい？　どうして？」

「ジュニアリーグのことで」〈ミス・ヴェロニカの閨房〉に行くと話すつもりはなかった。「それに、アッティラ――」子供たちを見た。「じゃなくて、バン園長にある仕事をやってほしいとたのまれたの」

「幼稚園のボランティアかい？　いいじゃないか」彼はチキンの最後のひと口を食べると、椅子を引いた。「もうくたくただ。今夜はきみが子供たちを寝かしつけてくれるかな？　明日はまた早起きしなくちゃならないから」

わたしは薄笑いの形に唇を引き伸ばした。「いいわよ」

彼は子供たちの髪をくしゃくしゃにすると、階上に向かった。焼き型を洗っているとき、夫がリディアのことも嘆願書のことも言わなかったことに気づいた。ペンスの写真の話がそれほど広まらないうちに、アッティラが彼女を黙らせたのだろう。その一方で、ビッツィ・マキューアンに電話したことについても、夫は何も言わなかった。

時間をかけて食器を片づけ、子供たちを寝かしつけることで、主寝室に行くのをできるかぎり先延ばしにした。一瞬ソファで寝ようかと思ったが、やめておくことにした。できるだけ多くの事実を集めるまでは、何かあるとブレイクに思われたくなかった。

一時間半後、寝室に行くと、ブレイクはベッドにはいって目を閉じており、明かりも消えていた。わたしはバスルームで歯を磨いて着替え、ベッドの自分の側にはいり、彼のゆっくりした呼吸のリズムに耳を澄ました。一メートルも離れていないのに、世界の両端にいるかのようだった。ペーパーバックのスリラーを手にしたものの、頭のなかではあらゆる恐ろしいシナリオがぐるぐるしていた。ドラッグ、愛人、ギャンブル……三時間後、ようやくあきらめて、自分の側の明かりを消した。

うとうとしはじめたとき、爆発音がして、家が揺れた。

15

子供たちの叫びで、わたしはベッドから飛び出し、雷さながらの音をたてて廊下を走った。エルシーとニックは不安そうな目をして戸口に立っていた。

「大丈夫、大丈夫、大丈夫よ」ふたりの震える背中を抱き寄せて、わたしはつぶやいた。「心配いらないからね」

「いったい何事だ?」背後からブレイクが走ってきた。

「わからない。外から聞こえてきたみたい」

「ここにいてくれ。ぼくが見てくる」

わたしは座って、子供たちの速い呼吸が正常に戻るまで抱いていた。「なんの音だったの?」ニックがきいた。

「わからないわ、スウィーティ。パパが見にいってくれてる」

娘が言った。「銃?　銃声みたいだったよ」

「銃声がどんなふうに聞こえるか、どうして知ってるの?」

「ベサニーのママが、銃が出てくるテレビ番組をよく見てるから」

「知らなかった」家に遊びにいく子のリストからベサニーを消すこと、と頭のなかにメモした。「外にパパをさがしに行くあいだ、ふたりだけでいられる？　何も心配はないけど、何があったのかママも知っておかないと」

エルシーはうなずき、ニックの手をにぎった。「ここにいるのよ」わたしは言った。「すぐに戻るからね」

「ママ、愛してる」

「ママも愛してるわ、スウィーティパイ」

ゆっくり廊下を進んでいくと、刺激臭のする煙が流れてきた。フロントポーチに出ると、前庭はオレンジ色の光に照らされていた。

ブレイクの車が燃えていた。

割れた窓から星のまたたく夜空に向かってオレンジ色の炎が噴き出している、アウディの黒い骨組みを見つめていると、夫がよろよろと私道を歩いてきた。「だれかがぼくの車を爆破した」燃える車から夫に目を向けた。ドライブウェイの大火に照らされた顔は青白く、いつもの断固とした法廷弁護士の声は、か細く、張りつめていた。「どうしてこんなことに？」

わたしは冷ややかに彼を見た。「心当たりはないわ。あなたは？」

彼の目がすばやくわたしの目をとらえた。だが、すぐに首を振って目をそらした。

「九一一に電話するわ」わたしは言った。ご近所さんのひとりが早くも家に近づいてきていた。ボクサーショーツにTシャツ姿のブレイクを見て、自分もロブスター柄の短いナイトシャツしか着ていないことに気づいた。「着替えてくる。あなたもバスローブを羽織ったほうがいいわよ」

彼は無言でうなずき、わたしのあとから家にはいった。


「まだはっきりしたことは言えませんが、火炎瓶《モロトフ・カクテル》のようですね」

消防士が火炎地獄が水を浴びせ、ようやく火は消えた。今やブレイクの車は、ドライブウエイで煙をあげる黒い骨組みだけになっていた。幸い、ミニバンは左側が黒くなっただけで、爆発によって二台ともが大破したわけではなかった。

「モロトフ・カクテルって？」わたしは若い警察官にきいた。ローレル・レーンには緊急車両が並んでいた。弁護士モードに戻ったブレイクは歩道の縁に立ち、興味津々のご近所さんたちに、真夜中に車が爆発したのはおそらく〝エンジンがショートした〟せいだろうと説明していた。

警官は振り返ってドライブウェイで煙をあげる残骸を見た。「とても原始的なものです。瓶にガソリンを入れて、そのなかにぼろきれを詰め、火をつけて投げるだけの。それでもかなりの損害を与えることができます。こんなことをする人物に心当たりはありますか？」

わたしは首を振った。「ありません」

彼はベルトを引きあげた。「われわれはもう少ししたら引きあげますが、朝になったらまた捜査員が来てもっとくわしく調べます。でも、それまでのあいだ……」彼はポケットから名刺を取り出して、わたしに差し出した。「何か思い出したら、または何か質問があれば、電話してください」

「ありがとうございます」わたしは言った。「子供たちの様子を確認したいので、もうなかにはいっていいですか？」

「ご主人が対処してくださっているようですから大丈夫でしょう」彼はバスローブ姿の騒がしいご近所さんたちを歩道に足止めしているブレイクのほうを示した。「もっと情報が必要になったら、ご主人にききますから」

「ありがとうございます」

家のほうを向くと、警官に呼びとめられた。「奥さん」

「なんでしょう？」

「わたしなら、こんなことをした犯人が見つかるまで、用心しますね」

胃がよじれる思いで玄関ドアを閉め、階段をのぼって子供たちの部屋に向かった。プラスティックの燃えるにおいが、家のなかにまで広がっていた。

だれかが夫の車を爆破したのだ。

つぎは家がねらわれるのだろうか？

身震いし、前向きに考えることにした。いい面を見れば、少なくとももう、後部座席の吐瀉物の汚れを心配する必要はなくなった。

捜査員はまだ到着していなかったが、翌朝ミニバンをドライブウェイから出した。かつてアウディだった黒焦げのかたまりから目を離せなかった。ブレイクは助手席に座り、悲しみに沈む目で自分の車を見ていた。彼をレンタカー会社まで乗せていったあと、子供たちを幼稚園に送ることになっていた。

「保険が早くおりることを願うよ。来月もシボレー・キャバリエを運転させられたくないからね」彼は首を振った。「こんなことをしたのは、きみのクライアントのなかのだれなんだ？」

「爆破されたのはわたしの車じゃないわ」

「ああ、だがきみがプラムのところで働くようになるまで、こんなことは一度も起こらなかった」

「ピーチズよ」

「ピーチズね。わかった。車が爆破されたなんてまだ信じられないよ。まったく。つぎはなんだ？　この地域一帯がねらわれるのか？」

その考えにはわたしもぞっとした。だが、爆発はわたしよりもブレイクの活動に関係があるのでは、という気がしてならなかった。わたしは夫を見た。「警察は火炎瓶だって言ってたわ。わたしたちが寝たあと、警察から何か新しい説は出た？」

彼は首を振った。「いいや。出なかった。今日はもう少しはっきりしているだろう。新聞に載らないことを願うよ。ただの車の不具合だってご近所じゅうに言っちゃったんだから」

「今日、捜査員の人たちが来たら、ご近所さんたちはおかしいと思いはじめるかもしれないわね」

「用心のためにまた捜査員が来ることになると言っておいたよ」彼はわたしを見た。「それはそうと、どうしてそんなきちんとした格好をしてるんだ？」

「身だしなみに気をつけようとしてるだけよ」クローゼットの奥から救出されたスカートをなでつけながら言った。今日はあとで〈ミス・ヴェロニカの閨房〉を訪問するつもりでいた。昨日〈レインボー・ルーム〉でカサンドラに言われたこともあって、最低限女性らしい装備もなしにドラァグクイーンの学校を訪ねるわけにはいかないと思った。それで、子供たちが起きるまでのあいだに、クローゼットをあさって、あまりきつすぎないブラウスとスカートを見つけ、マスカラと口紅をつけたのだ。

「どうして？」ブレイクがきいた。「今日はビッツィ・マキューアンに会うのか？」

「いいえ」わたしは答えた。なぜ突然そんなに詮索するのだろう？「ちょっとドレスアップしたくなっただけよ。自分磨きってやつ」

「いいね」彼は満足げにうなずいた。

わたしは歯を食いしばって〈ハーツ〉の駐車場に車を入れた。

三十分後、車はグリーン・メドウズ幼稚園の子供を降ろすための専用レーンを進んでいた。一ダースのレクサスやメルセデスのＳＵＶのうしろで順番を待ちながら、振り返ってエルシーに声をかけた。「昨日バン先生に話しておいたから、もうシェリーにいやな思いをさせられることはないわよ。でも、またそういうことがあったら、ママに教えてね」

エルシーは下唇を吸いこんだ。「わかった」そしてきいた。「ママ、パパの車に何があったの？」

この話は昨夜もうすませていたが、わたしは安心させるように娘に微笑みかけた。「火事よ。事故だったの。でも、心配しなくていいのよ。車は取り替えればいいんだし、いちばん大事なのはみんなが無事だったってことだから」

「ママの車も火事になって爆発する？」

「いいえ、スウィートハート」わたしはぽっちゃりした脚をぽんとたたいた。少なくとも、そうならないことを願っていた。「でも、車のことは心配しないで。ママとパパがなんとかするから」

「わかった」

「もしまただれかに意地悪なことを言われたら、あなたは親友じゃないと言って、ほかの子と遊ぶようにするのよ。わかった？」

エルシーはまじめな顔でうなずいた。数分後、子供たちは幼稚園の木の杭垣の向こうに消え、わたしは〈ミス・ヴェロニカの閨房〉に向かった。

ミス・ヴェロニカの店の開店は十時なので、罪深いぜいたくのひとつ、トールサイズのノンファットバニララテのために、編み物の袋を持って〈スターバックス〉に行った。火曜日以来さまざまなことが起こっているので、ご褒美をもらってもいいと思ったのだ。真っ黒になったブレイクの車や、彼の書斎で見つけた銀行の報告書のイメージがしょっちゅう頭に浮かんで、編み物をしてもいつものようにリラックスした気持ちにはなれなかったが、それでも建設的なことをするのは気分がよかった。たとえ、ひと目よけいに編んでしまいがちでも。編み終えた段に手をすべらせ、これはこれで個性的よと自分に言い聞かせた。

十時五分、たっぷりカフェインを補給し、姪の虹色のマフラーを十五段編み進めたわたしは、〈ホットチキン〉の裏に車を停めた。バックミラーを見て口紅を塗り直し、笑顔の練習をした。そして、駐車場を横切り、〈ミス・ヴェロニカの閨房〉にはいった。

内部も外観とよく似ていた。古めかしいマツ材の床、レースのカーテン、百年まえの家具。部屋は昔の店のようだった。前面がガラス張りのケースにはいっている商品をのぞけば。そこにはウィッグ、Tバックショーツ、ブラジャー、つけまつ毛がこれ見よがしに並んでいた。中央が張り出した棚をゆがみガラス越しにのぞいてみると、そこに並んでいたのは、驚くほどさまざまな形と色の張形《ディルド》だった。かがみこんで〝ビーナス・ビブラート〟と名づけられたディルドをまじまじと見ていたとき、背後で咳払いが聞こえた。

くるりと振り向くと、黒いスラックスにVネックの薄手のカシミヤセーター姿の若い男性がいた。「何かおさがしですか？」彼がきいた。

首から頬がじりじりと熱くなり、ディルドのディスプレイから離れた。「ええ、そうなんです。というか、見つかるといいんですけど」

「こちらがご入り用なんですか？」彼はディルドのディスプレイを示して言った。

わたしはそこから飛びのいた。「いえ、ちがいます」

「妻たちの会にいらしたんでしたら、火曜日の正午に変わったんですよ」

「妻たちの会？」

彼はワイヤーフレームの眼鏡越しにわたしを見て、目をぱちくりさせた。「ええ。配偶者のための支援グループです」

「配偶者と言いますと？」

「ご主人が女性性を追求するのを受け入れていらっしゃるみなさまです」

服装倒錯者というのはゲイだとばかり思っていた。「い、いいえ。そのグループのために来たわけじゃないんです。ミス・ヴェロニカはいらっしゃいますか？」

「オフィスにいます。予約はおありですか？」

「いいえ」

「お名前をうかがえますか？」

「マージー。マージー・ピーターソンです」

彼はあとずさってキャビネットにぶつかり、人工乳房のディスプレイが倒れた。

「大丈夫ですか？」

「ええ、大丈夫です」そう言って、彼は不器用に人工乳房をスタンドに戻した。最後のひとつを置き直して、警戒中の兵士のように乳首がまっすぐまえを向くように調節すると、キャビネットを閉じた。「今朝はどうも動きが鈍くて。コーヒーが足りてないのかな。ミス・ヴェロニカにあなたがいらしていると伝えますね」

「ありがとう」

彼が廊下に消えると、わたしはピンクのベルベットのディヴァン（壁際に置く、背もたれや肘掛けのない長椅子）に座った。フロントデスクの上には〝ミス・ヴェロニカの閨房&フィニッシングスクール……ファビュラスな内なる女性のために〟という手書き文字の木の看板が掲げられていた。大きすぎるトリュフのような乳首がついた人工乳房というのはどうなんだろうと考えていると、廊下を歩いてくる人たちの話し声がした。

「金曜日の午後はブランディをお願いできる？　初めての夜で、すごく緊張してるのよ。彼女の奥さんも担当したいわよね。少し元気づけてあげないと」

「了解、ミスV」

「トレヴァー、彼女に電話して、説明してあげて」

「わかりました、ミス・ヴェロニカ」先ほどわたしに声をかけた若い男性が戸口から現れ、フロントデスクのうしろにはいった。

そのとき、昨日わたしが駐車場から見た、エリザベス・テイラー似の女性が戸口に現れた。昨日のシフォンのドレスは、タイトな白のパンツと、あざやかな目の色を引き立たせ、かなりの分量の谷間があらわになるほど胸元が開いた、ブルーのシルクブラウスに替わっていた。谷間の上に目をやると、ふっくらした唇が官能的に突き出されている。ぴったりしたブラウスがかろうじて隠しているものに目が引き戻された。彼女のクライアントたちは猛烈な嫉妬を覚えるだろう。

そのあとから彼女の連れが戸口から現れると、わたしはエリザベス・テイラーのことをすっかり忘れた。

それは〈コモ・モーテル〉にいた服装倒錯者だった。

ミスター美脚は相変わらず美しかった。ラズベリー色のミニスカートはぴったりしたビニールのワンピースに替わっていたが、ストッキングに包まれたその脚はやはりどこまでも長く、むだ毛は皆無だった。わたしを見て思い出したらしく、ブルーグレーの目が大きくなった。

「〈コモ〉にいた人じゃない？」彼はブルーのブラウスの女性に向かって言った。「この人の旦那さん、ラッププレイをしてたのよ。かなり大量にラップが必要みたい。どういうことかわかると思うけど」ミスター美脚はわたしのほうを見た。「それで、調子はどう？　彼、Tバックも穿くようになったの？」

女性はマニキュアを施した手をミスター美脚の腕に置いた。「やめなさい、トパーズ。かわいそうに、恥ずかしがってるじゃないの」彼女はわたしのところまで歩いてくると、爪を真珠色に塗った、ほっそりした手を差し出した。「ミス・ヴェロニカです」トレヴァーのデスクの上の看板に向かってうなずく。「お察しのとおり、この施設の経営者です。そしてこちらは化粧品学部長のミス・トパーズ。ふたりは会ったことがあるみたいね」

「ええ、正式に名乗り合ったわけではないけど、会ったことはあります」わたしはミス・トパーズのほうを見た。「あなたは〈コモ〉で何をしていたの？」

「ああ、昔よくあそこにいたのよ。ここに来るまえってことだけど。だから今でもときどき行ってみるの」

「そう」ミス・ヴェロニカが言った。「ここの学部長になるまえ、ミス・トパーズは今とはまったくちがう生活をしていたの。でも、わたしたちに才能を見出されてからは、ここになくてはならない人になった。彼女のマスカラ使いは驚異よ」

ミス・トパーズの長いまつ毛となめらかな肌を見れば納得がいった。

「イメージチェンジをしたいなら」ミス・ヴェロニカが言った。「よろこんでお手伝いするわよ」

「いえ、けっこうです。ここに来たのはそのためではないので」

ミス・ヴェロニカはディヴァンのわたしの隣に座った。「それなら、何がお望みなのかしら？」両手を取られ、目をじっと見つめられると、吸いこまれそうになった。「ご主人が女性性を追求しているの？」彼女はやさしく言った。

思わず両手を引っこめた。「いえ、ちがいます。夫のことではないんです」

ミス・トパーズがドア口でふんと言った。「うちの夫があんなことをしてるのを見たら……」

「あなた、結婚してるの？」わたしはきいた。

「ええ」彼女は言った。「理想の男性と結婚してもう十年になるわ。いまだに記念日にはバラをくれるのよ。サウス・コングレスのはずれにすてきな家もあるし。杭垣やら何やら全部そろった家がね」ミス・トパーズはにやりとした。「来年あたり、養子を迎えようかと考えてるの」

「それはすばらしいわね」絵に描いたような幸せにちょっぴり嫉妬を覚えて、わたしは言った。バラに杭垣？　わたしもそれを夢見ていたのに。どこでまちがってしまったのだろう？化粧品以外のことでもミス・トパーズのレッスンを受ける必要があるのかもしれない。

「それで、どんなご用？」とミス・ヴェロニカがきいて、わたしを目下の問題に引き戻した。夫が関係しているけれど、バラと杭垣とは無関係の問題に。

わたしはごくりとつばをのみこんだ。「ここに来たのは、カサンドラ・スターから聞いたからです。あなたがエヴァン・マクステッドを知っていると」

「ああ。セレーナのことね」ドア口からミス・トパーズが言った。トレヴァーは書類をめくりつづけている。

ミス・トパーズのブルーグレーの目がくもった。「〈レインボー・ルーム〉で何があったか聞いたわ。ひどい話よね」

「彼女を殺したかもしれない人について、あなたなら何か知っているかもしれないと思って」

「あのたちの悪いマーカスかも」ミス・トパーズが言った。

戸口のほうにさっと頭を向けた。「マーカスという名前はカサンドラからも聞きました。ふたりはけんかでもしたんですか？」

「セレーナは一カ月ぐらいまえに彼と別れたの」ビニールのワンピースから糸くずをつまみながら、ミス・トパーズは言った。「マーカスは見たこともないほどいいお尻をしてたけど、蛇みたいに卑劣なやつだった。しょっちゅう彼女に暴力を振るってたわ」

「あなたはどうしてセレーナを知ってたの？」ミス・ヴェロニカがきいた。

「彼女の死体を発見したのはわたしなんです」わたしは言った。

ミス・ヴェロニカはつややかな赤い唇まで片手を上げた。「まあ、それはひどい目にあったわね。でも、警察が捜査しているんじゃないの？」

「ブレイク・ピーターソンという名前の人を知ってますか？」思わず言ってしまった。

デスクのうしろでトレヴァーが何かを落とし、悪態をつきながら拾った。ミス・ヴェロニカは象牙色の額にしわを寄せて質問について考えた。「ピーターソン？　それはあなたの名前じゃないの？」

わたしは赤くなった。「ただの偶然です」

ミス・ヴェロニカはいかにも納得していないようにうなずいた。そして、従業員たちのほうを見た。「心当たりある、トレヴァー？　ミス・トパーズ？」

「いいえ」ファイルを元どおりに直したトレヴァーが言った。

「その人のことは聞いたことないわね」ミス・トパーズも言った。

ミス・ヴェロニカはわたしに向き直った。「ブレイク・ピーターソンがセレーナとどういう関係があるの？」

「わかりません」わたしは言った。「何もないのかもしれない。とにかく、この事件に関わっているのは、わたしが私立探偵だからなんです」

「私立探偵？」ミス・トパーズはドア口から体を離した。「じゃあ、ミスター・サランラップはあなたの夫ではなかったのね……」

わたしはまた赤くなった。「ええ、あの人は夫ではありません」

「それならほっとしたわ。あなたのことを思えばね。それで、依頼人はだれなの？」

「それは言えません」依頼人がわたしだということを明かす必要はない。「守秘義務がありますから……それはみなさんもご存じですよね」とくにミス・ヴェロニカは、男性が服装倒錯の夢を実現させるのが売りの会社を経営しているのだから。「それで、マーカス以外でエヴァンを……つまりセレーナを痛めつけたがっていたかもしれない人はいますか？」

「セレーナって、家族に打ち明けられずに悩んでいたんじゃなかった？」ミス・トパーズが言った。「もう解決したんだったかしら？」

「わからない」ミス・ヴェロニカが言った。「でも、それで悩むクライアントはいるわ。とくに奥さんは、夫がときどき女性になりたがることを受け入れられないみたい」

そりゃそうよね。「トレヴァーから妻たちの会のことを聞きました」わたしは言った。「普通のことなんですか……その……服装倒錯者が……結婚するのは？」

彼女の目には哀れみがあった。「あのね、ここに来る男性の六十パーセントは家族持ちなの。配偶者サポートグループはうちでいちばん人気のあるプログラムよ。もうひとつは変身クラス」

「変身クラス？」

「そう。週末のワークショップよ。うちの学部長たちがみにくいアヒルの子を白鳥に変えるの。うちにはここにいる化粧品学部長のほかに、誘惑学部長に、ハイヒール学部長に、バレエの女教師に……女性性を教える教師だっているのよ」

わたしは目をぱちくりさせた。思春期のころ、どうしてこういう知識を得られるところがなかったのだろう。ミス・ヴェロニカはつづけた。「新入生女子は女子学生社交クラブにはいるでしょう。ここに来る女性たちのほとんどは結託するの。オースティンのコミュニティはとても緊密に結びついているから。学部長たちは妖精のゴッドマザー的な役どころで、魔法の杖を振る」わたしは女性的な装具のあれこれを見わたして、これで最終的にどんな女性ができあがるのだろうと思った。

「実は、カサンドラをわたしの後釜にしようとしてるんだけど、なかなかうんと言ってくれなくて。あの子はまつ毛に問題があるのよね。まぶたに口ひげがあるみたいに見えるのよ」

わたしはカサンドラのまつ毛から話題を変えようとした。「それで、セレーナは家族とのあいだに問題を抱えていたんですか？」

「家族に話すことを考えていたけど、その機会はなかったと思う」

イブニングドレス姿で死んだのだから、おそらくバレているだろうが。「じゃあ、マーカス以外、セレーナを傷つけたいと思ったかもしれない人物は思いつかないんですね？」

「ええ」ミス・トパーズが言った。ミス・ヴェロニカも悲しげに首を振った。

「どこに行けばマーカスに会えますか？」

「サウス・コングレス・アベニューを行ったところに住んでるわ。トレヴァー、この方にマーカスの住所を教えてあげて」

ミス・トパーズはブルーグレーの目を細めてわたしを見た。「銃は持ってる？」

わたしは首を振った。

「マーカスに会いにいくつもりなら、ひとつ手に入れたほうがいいかもよ」

16

ミニバンに乗りこんだとき、携帯電話が鳴った。

「もしもし?」

「マージー?」ベッキーだった。「連絡が遅くなって申し訳ないんだけど……三十分以内に〈インターナショナル・シッピング・カンパニー〉に来られる? マイケルの知り合いが明日から一カ月出張になるから、ミーティングが前倒しになったのよ」

「でも、運送業界についてまだなんにも調べてないのよ!」

「その必要はないわ。新入社員なんだから。忘れたの?」

「ああ、そうだったわね。わかった。場所はどこだっけ?」

「六番ストリートよ。あの大きなシルバーのビル。なんて名前だっけ?」

「フロストタワー?」

「そう、それ。ところで、あなたの名前はプリシラ・アンダーソンね」

「プリシラ?」

「とっさに思いついたのがそれだったのよ。とにかく、急いで着替えなきゃならないから切るわね。じゃあ十一時に」

ベッキーは電話を切った。ブレイクの車のことも、〈ミス・ヴェロニカの閨房〉に行ったことも、話す暇はなかった。ミニバンのエンジンをかけ、ダウンタウンを目指した。今朝はきちんとした格好をしておいてよかったと思いながら。

約束の十五分まえにフロストタワーに着いた。ガラスのモノリスのような建物で、マクステッドのアパートからほど近い距離にあった。駐車場の係員にパーキングチケットをわたされながら、マクステッドは徒歩で通勤していたのだろうかと考えた。入口に表示された月額三百ドルを払うより、そのほうがずっと安あがりだ。

エレベーターでロビーに向かい、レザーソファに腰を落ちつけて、ベッキーとマイケルが現れるのを待った。テーラードスーツ姿の男女がつぎつぎに通りすぎていった。オースティンは〝ビジネス・カジュアル〟で知られているが、この建物で働く人たちは、くつろぎを重視する町の方針に同意していないらしい。少なくともだらしない服装の人はいないようだ。

「マージー！」ベッキーとマイケルが巨大なガラスの入口ドアのそばに現れた。出るべきところは出て、くびれるべきところはくびれた、見事なカッティングのブルーのスーツ姿のベッキーは、幼い子供がふたりもいるようにはとても見えなかった。彼女の兄のマイケルは、ブルックスブラザーズのチャコールグレーのダブルスーツ姿で、妹と同じくらいすてきだった。わたし自身も今日は身ぎれいにしていたが、兄とやってくるベッキーを見て、ブラウスの上にジャケットを着てくるんだったと思わずにいられなかった。

「わたしの名前はプリシラだったと思うけど」わたしは言った。

「ごめん、ごめん」

「やあ、プリシラ」マイケルが手を差し出し、わたしの手を包んだ。「すてきだよ」

赤くなるのがわかった。「ありがとう。あなたたちもすてきよ。それと、協力してくれて感謝してる」

「いいんだよ」彼はわたしの手をぎゅっとにぎってから放した。ほんの少しだけ腕がぞくぞくした。マイケルは昔から長身でたくましく、以前よりもお腹まわりに少し貫禄が出てきたものの、ベッキーとわたしが高校生だった二十年まえと同じくらい、今も魅力的だった。当時わたしは彼に夢中だった。どうやらまだ完全には乗り越えていないようだ。

いいかげんにしなさい、マージー。あなたは既婚女性なのよ。そう自分に言い聞かせた。ブレイクのことを忘れないで。すると、消えたお金や死んだ服装倒錯者のことが思い出されてしまい、代わりに子供たちのことを考えることにした。

マイケルは得意の明るすぎる笑みをわたしたちに向けた。「用意はいいかい？」

ごくりとつばをのみこんだ。「わたしが知っているべきことはある？」

「ないよ。きみたちは取引先担当者になるための研修中で、業界にもはいったばかりだと言っておいたから。話は全部ぼくがする。何かきかれたら、先週入社したばかりだと言えばいい」

「わかった。それならできそう」

エレベーターに乗りこんで扉が閉まると、ぴかぴかの真鍮《しんちゆう》の扉に映ったゆがんだ自分の姿をチェックして、ベッキーにささやいた。「わたし、おかしくない？」

彼女はわたしの腕をぎゅっとつかんだ。「すてきよ。少なくとも兄さんはそう思ってる」

彼女をつつこうとしたとき、エレベーターの扉が開いて、目的の場所に着いた。

マイケルが受付係と話すあいだ、ベッキーとわたしはうしろに控えていた。〈インターナショナル・シッピング・カンパニー〉のロビーは重厚なマホガニーと御影石が使われていた。受付デスクの上の壁に、会社の名前がシルバーの文字で美しく記されている。

「昨日の夜ブレイクの車が爆破されたの」

ベッキーの顔が青ざめた。「うそ！　冗談でしょ。みんな無事なの？」

「ええ。今ごろ捜査員が家の外にきてるはず。原因は火炎瓶だろうって」

「消えたお金と関係があると思う？」彼女がささやく。

子供たちに危険が迫った今、すべてを警察に話すべきか、ずっと考えていた。だが、何かがわたしを止めていた。ブレイクがマクステッドとどういう関係なのかまだわかっていない――服装倒錯者の死に夫がよからぬ関わり方をしているのではないかと不安だった。怒りと苦痛の波が押し寄せる。わたしはそれを押しやった。「今はどう考えればいいのかわからない」

「なんてことなの。信じられない。ブレイクの車が」口元がくいと上がり、ずるそうな笑みが浮かんだ。「彼、すごく落ちこんでるでしょうね。ニックが車で吐いたとき、ものすごく怒ってたから」

胃のなかで絶望がしこっていたにもかかわらず、くすくす笑ってしまった。そして、ミス・ヴェロニカを訪ねたことも話した。

「じゃあ、暴力を振るう元彼がいたわけね？」ベッキーは言った。「もしかしたらそういうことだったのかもよ。エヴァンにふられたマーカスがかっとなって殺した」

「かもね」わたしは言った。「あとでマーカスの家に寄って、話を聞くつもり」

ベッキーはバッグのなかをさぐって、小さなブルーの容器を取り出した。「行くなら、これを持っていって」

それを受け取って、スプレーボタンを押そうとした。「何これ？　ヘアスプレー？」

ベッキーはあわてて両手を上げた。「やめて！　スプレーしちゃだめ！　ペッパースプレーだから！」

わたしはあわててボタンから手を離した。「うわっ。ごめん」

「すぐに出せるようにしておくのよ。子供たちにはさわらせないようにね」

「わかった。ありがとう」

ペッパースプレーをバッグにしまうと、ほかにもききたいことがあったのを思い出した。

「ところで、経理の仕事をちょっと手伝ってくれない？」わたしはもごもごと言った。

「経理の仕事？　それもブレイクに関係があるの？」

「いいえ、別件よ。でも、だれにも言わないと約束してもらわないと」

「だれにも言わないと、十字を切って誓うわ」

「オーケー。だれが幼稚園のお金を横領してるのか調べてくれって、アッティラにたのまれたの」

「横領？」ベッキーの声は鐘の音《ね》のように甲高く響いた。電話をしていた受付係が顔をあげた。マイケルも眉を上げて妹を振り返った。

「シーッ！　世界中に広めなくていいから！」マイケルが受付係を会話に引きこむのを確認して、わたしはつづけた。「今週末幼稚園に行ってファイルを調べることになってるんだけど、何をさがせばいいのかわからないの。経理のことを知ってる人が必要なのよ。それであなたが浮かんだってわけ」

ベッキーはためらった。「たしかにわたしは経理をやってたけど、会計監査はやったことないわよ」

「それでもわたしよりは十歩先を行ってるわ」

「そうかしら……」

「ベッキー、お願い、助けて。何をさがせばいいのか教えてくれるだけでいいから。調べたら、リディアにエルシー排斥運動をやめさせるって、アッティラが約束してくれたのよ。それに、もしかしたらあのばかげた心理カウンセラーのところにも行かずにすむかもしれないの」

「幼稚園から横領する人がいるなんて信じられない。どうりで保育料がバカ高いわけだわ！」

「手伝ってくれる？」

ベッキーは微笑んだ。「犯人をつきとめると約束はできないけど、ええ、手伝うわ」

「それならベビーシッターを雇わなきゃ」

「その必要はないわよ。ジュニアリーグのイベントで出かけるあいだ、リックが子供たちを見てくれることになってるから。時間を延長してもらえばいいわ」

「ジュニアリーグのファッションショーのこと？　あれって今週の土曜日だった？　来週だと思ってたわ！　着るものが何もない！」しゃべっているうちに声が大きくなり、受付係ににらまれた。

ベッキーはわたしの腕をぽんとたたき、受付係に微笑みかけて安心させた。「何か見つけましょう」

「それに、日曜日には葬儀に出席しないと……」

「だれの葬儀？」

「マクステッドよ」わたしはささやき声で言った。「今朝新聞に告知が出てたの。出席して、だれが来るか見てやろうと思って」

「今日のミーティングのあとだから、あなただと彼の同僚にバレるんじゃない？」

それは考えていなかった。「げっ。そうよね」

「心配しないで。何か考えるから」

「行こうか、お嬢さんたち？」わたしたちは顔をあげた。きつすぎるスーツを着た大柄な禿頭《とくとう》の男性が、ベッキーの兄の隣に立っていた。立ちあがって受付デスクにいる彼らに合流した。

「こちらはカルヴィン・ピッツ、〈インターナショナル《I》・シッピング《S》・カンパニー《C》〉の最高経営責任者《CEO》だ」とマイケルが言い、わたしは手を差し出した。カルヴィンの手は汗ばみ、〈ブルート〉のオーデコロンが強烈ににおった。「カルヴィン、こちらはプリシラ・アンダーソンとベッキー・ヘイルです」

「お会いできて光栄です」もごもごと言いながら手を引っこめ、スカートに押しつけてこっそりと汗をぬぐった。

「ここにいるマイクによると、ふたりとも聡明な女性たちだそうだね」彼の小さな目はベッキーの曲線美の体をなめるようにたどり、わたしは股間に膝蹴りをお見舞いしてやりたいのをこらえた。

「彼女たちに社内を見学させてやりたいのですが」マイケルが明るく言った。

「いやあ、見るものはそれほどありませんよ――ただの企業のオフィスですから――ですが、これからいっしょに仕事をすることになる者たちと二、三知り合うのもいいかもしれませんね」

わたしたちはカルヴィンに導かれて分厚いカーペットが敷かれた廊下を歩き、〈ＩＳＣ〉の精鋭たちに紹介された。カルヴィンはベッキーのうしろを歩いて、彼女のお尻をじろじろ見つめ、あらたな人物に彼女を紹介するたびにその腰に手を当てた。

わたしは角にある無人のオフィスのまえで立ち止まった。ドアのネームプレートには何も書かれていなかったが、なかのデスクの上にファイルが散乱していた。「ここはどなたのオフィスですか？」ブラジルのトラック運送会社との取引におけるリスクについての独白をじゃまして、わたしは尋ねた。

カルヴィンはベッキーから目を引き離した。「ああ、あそこは前経理担当主任《CFO》のオフィスです」顔の筋肉がわずかにさがる。「今週亡くなりましてね。まだ後任がいないんです」

「それはお気の毒です」

カルヴィンは肩をすくめ、表情に陰がよぎった。だが、ベッキーの姿を目にすると、すぐに元気を取り戻した。そしてまたブラジルの会社の話になり、一同は小さな会議室にはいると、小さなスタイロフォームのカップ入りの煮詰まったコーヒーをまえにして座った。

貨物輸送用コンテナの説明がはじまったところで、わたしは行動に移ることにした。

「ちょっと席を外させていただいてもよろしいですか？」

カルヴィンはわたしにうなずくと、彼のことばを一語たりとも聞きのがすまいとしているらしいベッキーに目を戻した。彼女の目がさっとわたしに向けられた。するとマイケルが太平洋上の輸送について何か質問し、わたしは会議室をあとにした。

バッグを肩にかけ、走りだしたくなるのをがまんして廊下を急いだ。あと三つドアを通りすぎればマクステッドのオフィスというところで、オフィスのひとつからプラム色のスーツの女性が出てきた。さっき引き合わされた女性だった。〈ＩＳＣ〉で働く数少ない女性たちのなかのひとりで、湾曲した鼻が捕食性の鳥を思わせた。だが、彼女の名前は思い出せなかった。

「どうかなさいましたか?」彼女がきいてきた。

「いえ。お化粧室をさがしていただけです」

「それなら反対方向ですよ」くちばしのような鼻を会議室のほうに向けた。「その先です」

「ありがとうございます」わたしは言った。彼女に見られながら会議室のあたりまで戻った。そして、振り向いて彼女に微笑んでから、化粧室にはいった。

三十秒後、頭を突き出して廊下をうかがった。プラム色のスーツは消えていた。化粧室を出てゆっくりとドアを閉め、小走りで廊下を進んだ。廊下のドアのない側を歩くようにしながら、反対側に近づくと、スピードを上げてさっき女性が出てきたドアを通りすぎた。

ようやくマクステッドのオフィスに着いた。ドアノブに手を伸ばしたとき、さっきの女性のオフィスから話し声が聞こえてきた。こっそり角のオフィスにはいり、小さなかちりという音をたててドアを閉めた。

胃がねじれる思いで、広いオフィスのあらゆる平面に投げ出されたファイルを見わたした。時間は数分しかない。何をさがせばいいのだろう?

デスクのうしろに行って、いちばん近くに積まれたファイルをぱらぱらとめくった。〈E・M・エルナンデス・トラック輸送会社〉の送り状だった。どのファイルにも〝船荷証券〟と書かれた書類がはいっていた。いくつかには右上の隅に赤い星がついているが、理由はわからなかった。

さらにいくつかのファイルを調べたが、同じくらい理解できない財務書類がはいっているだけだった。もちろん、わたしには理解できないということだ。代わりにベッキーを送りこむべきだった。

ファイルはあきらめて、コンピューターと向き合い、震えながらキーに触れた。このキーボードに最後に触れたのはマクステッドなのだろうか？

驚いたことに、コンピューターはうなりをあげて息を吹き返した。興奮の波が体じゅうに広がった。

そして消えた。

スクリーンはパスワードを要求していた。

いらいらとデスクから離れた。所定の時間を少なくとも半分は使ったのに、まだ何をさがせばいいのかわからなかった。

なんでもいいから役に立つものがないかと、部屋のなかをじっと見た。おそらく警察はくまなくさがしたのだろう。わたしのために何か残してくれているといいのだが。くるりと椅子の向きを変えて、もう一度コンピューターを試そうとしたとき、デスクとファイルキャビネットのあいだに落ちていたものに靴が触れた。手を伸ばして拾いあげると、小さな黒革の手帳だった。開いてみたとき、ドアが開いた。

振り向きながら、手帳をバッグに入れた。

プラム色のスーツの女性だった。

「ここで何をしているんですか？」彼女の目つきは冷たく、わたしは答えをひねり出そうと脳をフル回転させた。

「Eメールをチェックしていたんです！」わたしはまくしたてた。「このオフィスが無人だと気づいたので、ちょっと失礼してわたしのアカウントにはいれるかやってみようと思って」

「あなたは化粧室に行ったのかと思っていました」

「行きました。口紅を確認しに。そのあとEメールをチェックしようと思ったんです」

女性は目を細めた。「他人のコンピューターで？」

「ええ、どこでも見られるアカウントを持ってるんです。わかりますよね。ヤフーとかそういうやつです」やるじゃない、マージー。「でも、パスワードが必要だとは思わなくて」わたしはバッグをつかんで立ちあがった。「ごめんなさい。会社に戻ってから見ることにします」

背中に女性の熱い視線を感じながら、急いで廊下を進み、会議室にはいった。

カルヴィンがベッキーの谷間から目を上げた。「何があったんですか？　捜索隊を出そうかと思っていたところですよ！」

「ああ、ちょっと迷ってしまって」わたしは言った。「わたし、何か聞き逃しましたか？」

「あとで話してあげるよ」マイケルが言った。「そろそろ失礼するところだったんだ」彼はカルヴィンのほうを見た。「時間を取ってくださってありがとうございました、カルヴィン」

「どういたしまして」カルヴィンは椅子から立ちあがるベッキーを見ながら言った。「寄りたくなったらいつでも連絡してください。ランチをごいっしょしてもいいですね。ビジネスのことをお教えできますから」

ベッキーは微笑んだ。「ありがとうございます、ミスター・ピッツ。なんてご親切なお申し出でしょう」

プラム色のスーツを着た鷲鼻の女性がいないか廊下をたしかめながら、ベッキーとマイケルのうしろに隠れてロビーに戻った。幸い、彼女はどこか別のところにいるようだった。

「何があったの？」エレベーターに乗って扉が閉まると、ベッキーがきいた。「ミスター・ピッツの注意を引きつけておくために、ストリップをしなきゃならないかと思ったわよ」

「ぼくは妹の名誉を守るために、クライアントとのいい関係をぶちこわすことになるかと思ったよ」マイケルが言った。

「あの人、結婚してるのよ」ベッキーが言った。「指輪だってしてたんだから。信じられる？もしわたしの夫があんなことを……」彼女はわたしを見て赤くなった。

それを受けてわたしも赤くなり、ボソボソと言った。「わたしの援護をしてくれてありがとう。長いことかかっちゃってごめん」

ベッキーは気を取り直した。「それで？　何かわかったの？」

「たいして収穫はなかった。ファイルは山ほどあったから、ぱらぱら見てみたけど、何がなんだかさっぱりわからなかった。コンピューターにはパスワードが必要だし」

　ベッキーの顔が暗くなる。「収穫は何もなし？」

「でも、このスケジュール帳を手に入れたわ。おそらくスケジュール帳だと思うんだけど」

　彼女は元気を取り戻した。「それならよかった。何が書いてあるの？」

「まだ見てない。これがなんなのかもわからないのよ。人がはいってきたから、あわててバッグにつっこんだの」

「あらあら。どうやって切り抜けたの？」

「Eメールをチェックしてたって言って」

「それで信じてもらえたの？」

　マイケルが笑った。「頭の回転が速いな」

「ふたりとも、協力してくれてほんとにありがとう」わたしは言った。「骨を折ってくれただけのことはあるといいんだけど」

「骨を折るなんてとんでもない。楽しかったよ」マイケルは言った。「クライアントとはいえ、カルヴィン・ピッツはほんとにいやなやつだし、彼の時間を無駄にさせたところでまったく気はとがめないね。それに、特殊工作員になったみたいで楽しかったよ。ジェームズ・ボンドみたいだろ」エレベーターの扉が開くと、彼は〝開〟のボタンを押した。「そんなふうに見えたよな？」

　ベッキーはあきれてぐるりと目をまわした。「子供のころからわたしが何に耐えてきたかわかるでしょ?」

わたしは笑った。「これならましなほうよ。とにかく、ありがとう、ふたりとも」建物のロビーに出た。「ベッキー、明日出かけるときに電話して。いい?」

「わかった」彼女がわたしをハグしたあと、マイケルはまたわたしの手をにぎった。またもやぞくぞくした。ベッキーとマイケルはロビーを横切って正面入口に向かい、わたしは心拍数を下げようと努めながら駐車場に向かった。

無事ミニバンに乗りこむと、バッグから黒革の手帳を取り出して開いた。思ったとおりだ。手帳はスケジュール帳だった。ページをめくって、マクステッドの生涯最後の月の書きこみを見た。覚書や名前だらけで、気分が落ちこんだ。どうやってこの人たち全員の身元をつきとめればいいのだろう?

最後の週に焦点を当てることにした。死の翌日、彼は新聞社の《オースティン・アメリカン・ステイツマン》の記者と会う約束をしていた。この約束に彼は現れなかったのだと思うと、胸が悪くなった。それ以外の約束はすべて会社がらみで、ひとつだけ住所が書かれていた。九月十五日日曜日の欄の下のほう、七時から八時半のブロックに、なぐり書きで〝東七番ストリート一五一六番地〟と。

だれに会うかは書かれていなかったし、会社名もなかった。それどころか、約束なのかどうかもわからなかった。丁寧に手書きされたほかの書きこみとちがって、斜めに傾《かし》いだ走り書きだった。そこでだれかに会う予定だったのだろうか? もしそうなら、相手はだれだったのだろう？

何ページか戻ると、〝住所〟と記されたタブに気づいた。のどにつかえを感じながら、〝P〟の項目までページをめくった。

最初に夫の名前が書かれていた。

吐き気を覚えながら目を閉じたあと、もう一度見ることを自分に強いた。住所は書かれていなかったが、電話番号が書かれていた。会社の電話番号が。マクステッドがクライアントなら当然のことだ、と思った。ページの反対側に書きこみがないか調べた——携帯電話、家の電話。何もなし。

それならどうしてマクステッドはうちの電話番号を知っていたのだろう？

今日の早い時間にミス・トパーズとした会話を思い出し、〝L〟のページを開いた。マーカス・ラシター。三つの電話番号と住所がひとつ書かれていた。

腕時計を見た。子供たちを迎えにいくまで、まだ一時間半ある。

マクステッドの元彼を訪問するのに充分な時間だ。

17

マーカス・ラシターはダウンタウンからほんの七、八キロ南に住んでいた。ミニバンで南に向かいながら、ブレイクと消えたお金のことを考えた。一万六千ドル。どこに行ってしまったのだろう？

〈バートルビー・バンク〉の建物を通りすぎたとき、ガラス窓を数えながら夫のオフィスのある階を見あげた。建物は二十四時間開いている。〈ジョーンズ・マキューアン〉の過剰労働の弁護士たちからお金になる時間を搾り取るためだ。

ピーチズからきかれたことを思い出した。彼の持ち物とかには接触できる？　わたしはブレイクの鍵を手にいれることができる。つまり彼のオフィスにもはいれるということだ。夜間に〈ジョーンズ・マキューアン〉を急襲する計画をたてるべきだろうかと考えていると、また携帯電話が鳴った。ディスプレイを見たが、表示されていたのは知らない番号だった。

〝通話〟を押した。

「もしもし？」

「ミセス・ピーターソン？」

アドレナリンが体を走り抜けた。ブンゼンだった。

「もしもし？」わたしは声を大きくして言った。

「ミセス・ピーターソンですか？　昨日は折り返しの電話をいただけませんでしたが」

「もしもし？」わたしはどなった。「どちらさま？」車のハンドルに電話を二度ほどたたきつけたあと、また耳に当てた。「ごめんなさい。接続が悪いみたい」わたしは〝通話終了〟ボタンを押して、電話を助手席に放った。

すぐにまた電話が鳴りだした。

電話を無視して運転に集中しながら、警察の事情聴取から逃げた場合の罰則はなんだろうと考えた。お仕置きとして手首をたたかれる？　数日間の拘束？　それともまさかの刑務所行き？

十分ほどもたったかと思われたあと、ようやく電話は鳴りやみ、わたしはブンゼンと州刑務所のことを頭から追いやった。ラバランプ（輝く粘性の物質がつねに形を変えながら内部を浮遊する装飾的なランプ）や、ペンキのはげたフロントポーチに置かれたくたびれたソファ、何軒かの〝新しいヴィンテージ〟の家、そして《オースティン・アメリカン・ステイツマン》のスタイルのページでよく特集される、数を増やしつつあるウルトラモダンなコンクリートの奇怪な建物でおなじみの、街のヒップな地区、サウス・コングレスのまんなかに来ていた。

高所得者層向けのアパート群を建設中の新しい区画から道路標識に目を移し、一九二〇年代の開発業者たちが自分たちの娘にちなんで名前をつけたいくつもの通りのなかから、アニー・ストリートを見つけることに意識を集中した。

緑色の長方形の標識は、古いマグノリアの木に埋めこまれていた。通りすぎようとしたところでそれを見つけ、思いきりブレーキを踏んで右にそれたので、うしろを走っていたステーションワゴンがもう少しでバンパーにつっこみそうになった。アニー・ストリートに着くと、トレヴァーにわたされた紙片で住所を確認した。老朽化した家屋と、最近建て増しした木造家屋が入り交じるブロックを流しながら、その番地をさがした。見つけるのはそれほどむずかしくなかった。まえの通りに三台の警察車両が停まっていたからだ。

ミニバンで通りかかると、ふたりの女性警官が、長身のたくましい男をはさんで黄色い玄関ドアから出てきた。マーカス・ラシターだろう。暴力的との評判にもかかわらず、なぜマクステッドが彼に惹かれたかわかった。カルバンクラインの下着の広告から抜け出してきたようなルックスなのだ。三人が通りに近づくと、わたしは運転席で身をかがめた。女性警官のどちらかがカーメスだとは思わなかったが、確信はない。郵便受けに到着する直前に、男は一瞬家を振り返った。金属製のものが日光を受けて光った。

手錠だ。

ラシターを見つめているうちに、足がアクセルペダルから離れ、ミニバンのスピードが徐行まで落ちた。右側の女性警官がわたしをじろりとにらんだ。わたしはさらに身をかがめ、面通しの列から見分けられるほど顔をさらしていないことを願いながら、スピードを上げた。いい面を見れば、マーカス・ラシターが逮捕された今、わたしが面通しの列に並ばされる確率は劇的に下がったことになる。

通りのつきあたりで方向転換して、サウス・コングレスに戻った。元恋人の死に関係しているのかと暴力的な男に尋ねなくてすんでほっとしたが――それはそうと、彼は夫を知っていたのだろうか？――落胆に似たものに襲われてもいた。警察はわたしより先に事件を解決した。おそらくそれでブンゼンは電話してきたのだろう――容疑者を逮捕したと知らせるために。よろこぶべきよね？　もう容疑者にされることはないんだから。

でも、ラシターが逮捕されても、すべての問題が解決したわけではない。

昨夜は夫の車が爆破された。夫は殺された服装倒錯者のことでうそをついていた。一万六千ドルはいぜんとして家族の銀行口座から消えたままだ。

腕時計を見た。子供たちを迎えにいく時間までまだ四十五分ある。〈ピーチツリー探偵社〉に寄って、ピーチズに車の爆破犯を見つけるためのアドバイスを求めるには充分な時間だ。ブンゼンにも折り返し電話するべきだろう。すでに容疑者は逮捕されているのだから、連絡を取るのにちょうどいいタイミングだ。

通話履歴をスクロールして〝不在着信〟を出し、〝発信〟を押した。

「ブンゼン刑事です」

「どうも。マージー・ピーターソンです。何分かまえにお電話いただきました？」

「〝接続が悪い〟ときのことですか？」

「え、ええ。そろそろ買い替えなくちゃ。最近ずっとこんな調子なんです。ところで、昨日の夜は折り返し電話せずにすみませんでした」

「署でお話をうかがう時間を決めたいのですが、ミセス・ピーターソン」

わたしは目をぱちくりさせた。「でも、容疑者はもう逮捕されたんですよね？」

「はあ？」

「今車で通りかかったら、マー……」わたしはことばを濁した。

「どこを通りかかったんですか？」

「〈マクドナルド〉です」わたしはごまかした。「そのときラジオで聞いたんです、だれかが逮捕されたと。殺人罪で」

「どの局を聞いたのか知りませんが、今日は殺人罪の逮捕者は出ていませんよ」

わたしはごくりとつばをのんだ。

「でも、マーカス・ラシターのことを言っているなら、たしかに数分まえに逮捕されました、ドラッグ容疑で」

「だれのこと？」声がかすれた。

「ミセス・ピーターソン、エヴァン・マクステッドに一度も会ったことがないにしては、ずいぶん彼のことをよくご存じですね。彼もあなたのことを知っていたようです。亡くなった夜、うっかりまちがい電話をかけたのでなければ」

声が出なかった。うっかりしていた。通話記録だ。うわ。わたしがブレイクの電話を調べたのと同じ方法だわ。なんとか集中しようとした。ブンゼンはまだ話している。

「ミセス・ピーターソン、月曜日の朝八時にわたしのオフィスに来てください。もしあなたが現れなければ、逮捕状を出します」

「逮捕状？」うそでしょ。手のひらが汗ですべった。「罪状はなんですか？」ようやくかすれ声で言った。

「公務執行妨害です」脱力した。それならまだ大丈夫だ。とりあえず、今のところは。「それで」ブンゼンはつづけた。「来ていただけるんでしょうね？」

「ええ。もちろんです」頭のなかでスケジュールをおさらいした。八時では早すぎる。子供たちを幼稚園に送ってくれるよう、ブレイクにたのまなければならない。でも、どんな用事があると彼に言えばいいの？　あなたが知らないと言った服装倒錯者の死のことで、警察に話をしに行くと？「でも」わたしは言った。「八時四十五分にしてもらえます？　子供たちを幼稚園に送ってからでないと……」

ブンゼンはため息をついた。「いいでしょう。でも、八時四十五分までにわたしのオフィスに来なかったら、身柄を拘束しますよ」

「わかりました」わたしは言った。昨夜うちのドライブウェイで爆発があったことはまだ話に出ていない。警察はどれくらい真剣に考えてくれているのだろう？「ところで」わたしは言った。「昨夜夫の車が爆破されました」

彼は一瞬黙りこんだ。「爆破された？」

「ええ。火炎瓶だそうです」

「家に私立探偵がいて幸いでしたね。事件はもう解決したんですか？」

「いいえ。警察が解決してくれると思っていたんですけど」

彼はため息をついた。「ご主人の名前は？」

一瞬、お金のことや夫についての懸念や……すべてを打ち明けようかと考えた。だが、忠誠心がわたしを止めた。「ブレイクです。ブレイク・ピーターソン」

「調べてみましょう」

「ありがとうございます。では月曜日に」

「忘れないでください。八時四十五分ですよ」

「わかりました」

彼は電話を切った。

〝通話終了〟ボタンを押し、南一番ストリートに出た。ハンドルをにぎる手は震えていた。どうしてうっかりマーカス・ラシターのことをしゃべってしまったのだろう？　ピーチズならうまく言い逃れる方法をいっしょに考えてくれるかもしれない。そろそろ彼女に夫のことを洗いざらい話すべきときかもしれないし。

五分後、〈ピーチツリー探偵社〉の駐車場に車を入れた。

建物で残っているのは煙をあげるシンダーブロックの山だけだった。

体が冷たくなった。ここにも爆弾が？

まずは夫の車が爆破された。つぎはわたしの職場が。火炎瓶はブレイクをねらったものだと思っていた。だが、わからなくなってきた。

勢いよくミニバンのドアを開けて、焼け焦げた建物の残骸を見つめた。警察の黄色い現場保存用テープが張られてはためいていた。あれだけファイルの束があったのだから、たいまつのように燃えあがったにちがいない。そのとき、恐ろしい考えが浮かんだ。ピーチズはここにいたのだろうか？

胃のなかに冷たいこぶができた。もしいたのだとしたら、脱出できたのだろうか？　駐車場に彼女の車がないかさがした。そして、彼女がどんな車に乗っていたか知らないことに気づいた。ああもう。でも、どうして〈ピーチツリー探偵社〉を全焼させないといけないの？偶然なわけないわよね？

もちろん、不注意による火事という可能性もある。ピーチズのウルトラスリムの灰が、ファイルフォルダーか乾燥したアリジゴクの死体の山の上に落ちたのかもしれない。だが、警察のテープが張られているということは、そうではないということだ。ピーチズのデスク──一九五〇年代の陸軍放出品で、頑丈な金属製──だけがそのままの状態で残っていた。その横の瓦礫《がれき》のまんなかには、三本脚のクモの死体のような椅子の残骸があった。かすかな恐怖が背筋を這いのぼった。わたしに手を引けと警告するために、だれかがこんなことをしたのだろうか？

ここ数日の自分の行動を思い返した。マクステッドのことをカサンドラと話すために〈レインボー・ルーム〉に行った。これが引き金になったのだろうか？　エヴァン・マクステッドのことをきいてまわるのはやめろということ？　それなら手書きのメモのほうがありがたかったんだけど。

いい面を見れば、わたしが質問するのを快く思っていなかったのがマーカス・ラシターなら、刑務所にはいるのでもう放火はできなくなる。〈ピーチツリー探偵社〉の残骸を見ながら、昨夜火炎瓶を投げこんだ人物の標的が車で、家でなかったことに感謝した。それでも、二度あることは三度あるというし、つぎに何が起こるのか考えるのもいやだった。

黒焦げの瓦礫を見ていると、ぞっとするような考えが頭に浮かんだ。

エルシーとニックは無事だろうか？

電話を手さぐりしてグリーン・メドウズ幼稚園の番号を出した。お話し中だった。

昨日ずっと〈ピーチツリー探偵社〉がお話し中だったように。

大急ぎでミニバンに戻って思いきりエンジンをふかし、タイヤをきしらせて駐車場から出ながらリダイヤルボタンを押した。

まだお話し中だ。

赤信号を二回無視し、北西の地平線に煙があがっていないかたしかめながら、南一番ストリートを飛ばした。まさか子供たちがねらわれることはないだろうが。

それともねらわれるだろうか？

恐ろしい考えが去来して、わたしはのろのろ運転のＳＵＶをよけ、ミニのフロントバンパーをもぎとりかけ、信号に悪態をついた。幼稚園に着くまでの十分が一時間にも感じられた。

轟音とともにエンフィールドの出口で降りると、スピードを上げて最後の赤信号を走り抜け、グリーン・メドウズ幼稚園が見えてきたところで安堵のため息をついた。煙はなく、炎もない。子供たちを降ろしたときとまったく同じように見えた。少なくとも今日は何事もないようだ。

そのとき、救急車が目にはいった。

ミニバンから飛び出し、駐車場を横切って、青白く不安そうな顔つきの母親たちがかたまっているところに向かった。

「何があったの？」息を切らしてきいた。「どうして救急車が来てるの？」

ニーナ・ジェフリーズが大きな目で悲しげにわたしを見た。「知らないの？」

「そうよ！」彼女の貧弱な首につかみかかりたいのをこらえた。「だからきいてるんでしょ！」

マリーナ・ヘルデンが言った。「落ちついて、マージー」

「駐車場に救急車があるのに、どうして落ちついていられるのよ？　いったいどういうことなのか、だれか教えてくれない？　うちの子たちは無事なの？」

ベティ・フラナガンがわたしの腕をぽんぽんとたたいた。「無事よ、マージー」

安堵が体じゅうに広がった。「ああ、よかった」わたしはだれかのＳＵＶに倒れこんだ。

「でも、どうして救急車が来てるの？」

「バン園長が職員室で倒れたのよ」とマリーナが言ったとき、救急救命士と消防士の集団が幼稚園の正面玄関からよろよろと出てきて、でこぼこした石の通路に苦労しながらストレッチャーを運んでいった。この距離からだと、バン園長は花柄の大きなふきんをかけられた、発酵半ばの巨大なパン生地のように見えた。ストレッチャーを運んでいる男性のひとりが岩につまずいたとき、一瞬園長の顔が見えた。ストラップで固定された酸素マスクの下の顔は、数日ほど冷蔵庫に入れすぎたポークローストのような色だった。

「園長先生はよくなりますか？」救急車に近づいてくる一行に、マリーナがきいた。

救急救命士のひとりは顔をしかめて肩をすくめた。救急車の後部にストレッチャーが運びこまれると、わたしは彼にきいた。「どこが悪いのかわかりますか？」

「まだなんとも言えません」彼は息を切らしながら言った。「救急処置室に搬送するまではわからないので」

そして、バタンと後部のドアを閉めて運転席に向かった。すぐにサイレンが鳴りだし、救急車は駐車場から出ると、回転灯を点滅させながらスピードを上げてエンフィールド・ロードを走っていった。

わたしはニーナに向き直った。彼女は金曜日に職員室でボランティアをしている。今日も来ていたはずだ。「どうしてこんなことになったの？」

ニーナは茶色の目をうるませた。「バン園長は巡回を終えて、自分で紅茶を淹れたの。園児のお誕生日用の本に『だいすきしょうぼうしゃ』か『ルピナスうさぎ』を注文しますかときさに園長室にはいったら、彼女は椅子に座ったまますっかり紫色になっていた。のどを詰まらせたか何かしたみたいに見えたわ。助けようとしたら、椅子からくずれ落ちてしまって」彼女はかすかに赤くなった。「その……抱き起こそうとしたけど動かせなくて、九一一に電話したのよ。それから……」わたしは泣きじゃくりはじめた彼女に腕をまわした。

「心臓発作かしら？」マリーナがきいた。

わたしは肩をすくめた。「わからない。心臓発作を見たことないし」

「わたしはあるわ」メリッサ・ステックが口をはさんだ。「話を聞いてると心臓発作じゃないみたいね。あの鬼ババアについにがまんできなくなっただれかさんが毒を盛ったのかもよ」

一同は唖然として黙りこんだ。ニーナは肩を震わせて静かに泣いている。

「わたしたちはみんなバン園長に恨みを持ってるけど」マリーナがようやく言った。「毒殺したいと思う人がいるとは思えないわ」

そういう人ならたくさん思いつけたが、わたしはこう言うにとどめた。「事情がわかるまで待たないといけないみたいね」

18

　子供たちにおやつを食べさせ、『わんわん物語』のＤＶＤを再生してやったところで、電話が鳴った。

「もしもし？」

「ピーチズよ」

「ピーチズ！」わたしは受話器をにぎりしめた。「無事なの？」

「ええ」彼女は言った。「でも、事務所は無事じゃない」暗い声は少し震えており、煙草を吸っているのがわかった。

「あなたが無事でよかった。今日事務所を見たんだけど、あなたの連絡先がわからなくて。何があったの？」

「放火よ」

　わたしは椅子に沈みこんだ。「やっぱりね。どんなふうにやられたの？」

「警察はだれかが侵入してガソリンをまいたんだろうって。それで、たいまつみたいに燃えあがった」

「犯人に心当たりは?」

「まったくなし。でも、保険にはいっててよかったわ。実は、ずっと新しい場所に移ろうと考えてたのよ。ファイルは持ち出したかったけど」

「がーん。ファイルのことは考えてなかったわ。手掛けている案件はどうするの?」ペンスの案件を思い出した。また〈コモ・モーテル〉まで尾行しなければならないのだろうか?

「幸い、報告書と写真はクライアント全員が持ってる。請求書の送付もちょうど水曜日に終えたところだったし」彼女はため息をついた。「それでも大事なものがかなり失われたけどね」

「火が出たのはあなたの事務所だけじゃないのよ。昨日の夜はうちの夫の車が爆破されたの」

「なんですって?」

「驚くでしょ。火炎瓶ですって」

「あなた、やっかいなものにはまっちゃったみたいね。手を引いたほうがいいかもしれないわよ。子供がいるんでしょ?」

わたしはごくりとつばをのんだ。「ええ」

「こういうやつらは何をするかわからないわよ。わたしがあなたなら、その〝友だち〟にあんまり深入りしないようにするわね」

わたしは唇をかんだ。その〝友だち〟はわたしと同じベッドに寝ていて、子供たちの父親でもあるので、それはかなり困難だ。「何が起こっているのかちゃんと調べたほうがよくない？」

「ハニー、あなたは立派に仕事をしたわ。思っていたよりもいい仕事ぶりだった。でも、事態はだんだん深刻になってきてる。なんとなく悪い予感がするのよ。収まるまで少し放っておいたほうがいいと思う」

わたしは歯を食いしばった。リビングルームでイタリアの音楽が大きくなった。例の有名なスパゲティのシーンにちがいない。「そういうわけにはいかないの」

「どうして？」

「あなたに話した〝友だち〟というのは、実は夫だから」

「あらま」彼女はまた煙草を吸いこんだ。「そんなことじゃないかと思った」

わかったことをすべて話した。「つぎは何をすればいい？」わたしはきいた。

「家にある彼の書斎は調べたけど、職場のオフィスのほうにはまだ行ってないのよね」

「ええ、まだね。でも、行こうかと思ってる」

「警備員はいる？」

「たぶん。でも、サインすればはいれるみたいなシステムじゃないと思う。ブレイクは出入りするのにセキュリティカードを使ってるから」

「建物は二十四時間開いてるの？」

「ええ」

「じゃあ、つぎの行動はそれね。旦那がぐっすり眠るまで待つ。鍵をつかんで出発する。旦那の車も調べろと言いたいところだけど、今はそうしたくてもできないし」

「何をしてるのかと警備員にきかれたら、どうすればいい？」

「警察がいるのに死んだ人のアパートにはいって、そのあとは彼のオフィスをかぎまわり、スケジュール帳を盗んだ人が、警備員のごまかし方をわたしにきくの？」

「そっか。じゃあ何か考える」

「彼のコンピューターに侵入するのも忘れないでね。コンピューターにはたくさんのことが隠されているから。わたしもいっしょに行きたいけど、午前三時に〈マクワトソン＆キンクス〉に行くなんてなんだかちょっと変でしょ」

「〈ジョーンズ・マキューアン〉よ」わたしは言った。

「なんでもいいわ。とにかく、首尾を報告して。それからつぎに何をするべきか、いっしょに考えましょう。彼の経歴を調べてほしい？」

「わたしの夫の？」

「害にはならないでしょ。何が出るかわからないわよ」

わたしはため息をついた。「たしかにそうね。害にはならない」

「とにかく、何ができるかやってみる。あなたのほうも今夜何かわかったら知らせて」そして、急にまじめな声で言った。「気をつけるのよ」

「ありがとう。そうする。そっちは大丈夫？」

「保険の審査が通れば、完全に立ち直れるわ。ねえ、どう思う……ダウンタウンに移るべきかしら？　それとも、弁護士だらけだっていう、例の改装したバンガローみたいなやつがいい？」

「審査は通りそうなの？」

「昨日の夜、元夫に電話したのはいいことだったみたいね」

「どうして？」

「保険会社は、支払いを逃れるためならあらゆることをやるだろうから。でも、バックとわたしは閉店まで〈ブロークン・スポーク〉で踊っていたから、鉄壁のアリバイがある。どこかのろくでなしが事務所に火をつけてるころ、たぶんわたしたちはショッティッシュ（ゆっくりしたポルカに似たドイツの円舞）を踊ってたわ」

わたしはにやりとした。「普通なら元夫と出かけるのはいいことじゃないと言いたいところだけど、この場合は……」

「そういうこと。さあ、旦那のことを調べにいって、明日の朝電話して。いい？」

「あなたの電話番号を知らないんだけど」

「ああ。そうだったわね」

彼女はすらすらと番号を言い、わたしはそれを書き留めた。「それと、ピーチズ？」わたしは言った。

「なあに？」

「あなたが無事でよかった」

彼女はもう一度煙草を吸いこんだ。「ありがとう、ハニー。わたしも同じ気持ちよ」

ブレイクが寝るのが待ちきれなかった。彼が金曜日の夜に飲むアムステル・ライトに、抗ヒスタミン薬を何カプセルか混ぜようかともちょっと考えた。だが、今日の午後メリッサから聞いた毒を盛る話を思い出してやめた。

子供たちが寝たあと、ブレイクはリビングルームに腰を落ちつけて、『グラディエーター』のDVDをプレーヤーに入れた。わたしはDVDケースを手に取った。これで百四十回目だ。どうして最近の映画はこんなに長いのだろう？　シャルドネの残りを自分のグラスに注いでキッチンテーブルのまえに座り、裏のポーチのウィンドチャイムがチリンチリンと鳴る音や、リビングルームで合わせた剣がカンカンと鳴る音を聞いていた。何もかもが先週と同じように見えた――キッチンの窓を覆うレースのカーテン、窓敷居を飾る子供たちの石ころのコレクション、家族写真やフィンガーペインティングや幼稚園からのお知らせでいっぱいの冷蔵庫の扉。

でも、以前と同じものなど何ひとつない。ほんの数日のあいだに、この八年間で積みあげてきたもののすべて――ブレイクとの結婚、わたしの家庭生活の中心だった小さな家――は、危機にさらされることになった。洗濯室のドアのまえでルーファスがうなり、スヌーカムスがうなり返した。自分のためにもう一杯シャルドネを注いだとき、母が電話してきた。

「ブレイクとはその後どうなの、ダーリン？」

わたしは歯を食いしばった。「いいわよ」とうそをつく。「うまくいってる」

「まだお茶を飲んでないみたいね」

「お母さん……」

「だれかに診てもらったほうがいいかもしれないわ。カーマに話してみるわね。彼ならそのあたりのいいハーバリストを知ってるはずだから。ロルフ式マッサージ（米国のセラピスト、アイダ・ロルフ考案の、筋肉をリラックスさせてストレスを和らげるマッサージ）を受けようと思ったことはある？」

わたしはため息をついた。よかれと思って言ってくれているのはわかっているが、これは夫婦間の問題であって、妙な植物を食べたり背骨を矯正しても、それほど変化はないだろう。

「お母さん、心配してくれるのはうれしいけど、何も問題はないから」

「まだグレーのオーラが見えるわ」

ワインをぐいっと飲んだ。「カーマに何人か候補をあげてもらって。それから考えてみるわ。それと、お茶は飲むと約束する。この話は明日かあさってにしてもらえる？」

「ああ、ブレイクがそこにいるのね。ええ、わかったわ。愛しいあなたたちにいつ会いにいけばいいか知らせてね！　あなたとブレイクで、週末を利用してアシュラムに行くのもいいかもしれないわ」

アシュラムにいるブレイクを想像して、ワインを鼻から噴き出しそうになった。「ありがとう、お母さん。またそのうち話しましょう」

「愛してるわ、スウィートハート」

「わたしも愛してるわ」

数分後、今度はベッキーが電話してきた。

「なんとかやってる？」

「義母はセックス・マニュアルをくれるし、実母には電話のオーラがグレーすぎると思われてるけど、それ以外は予想どおりってとこ」明かりを落としたリビングルームのほうを見ながら、ワインをぐいっと飲んだ。「アッティラのほうはどう？」

「まだICUにいるけど、何があったかについての情報は流れてきてない」

「無事だといいけど。明日いっしょに幼稚園の職員室に行ってくれる話はまだ生きてる？」

「ええ。十時でいい？」

「完璧よ」

「それが終わったら、ふたりで服を買いにいきましょう。あなたには元気になれるものが必要よ。それから完璧にイメージチェンジするために、化粧品の注文書を書いてもらう」

「そうするわ」わたしは言った。「あなたのピンクのキャデラックのために」

「アッティラのファイルを見終わったら、あなたを押さえつけて全商品買わせることになるかもね」

わたしはうめいて、シャルドネを飲み干した。

ブレイクがいびきをかくころには、ダイエットコークを二本飲み、キャドバリーのチョコバー、デイリーミルクを半分食べていた。《フード&ワイン》に書かれることは絶対にない組み合わせだが、医療目的としては申し分なかった。

夫を何度かつついてみた。変化なし。そっとベッドから出てチノパンツを穿き、ポロシャツを着た。最後にもう一度、上掛けの下で手脚を広げて寝ているブレイクを見た。あなた、ほんとうは何者なの？　わたしは無言で問いかけた。

夫のドレッサーの上からそっと鍵束を取り、しのび足でミニバンに向かった。


夜の六番ストリートは昼間とはちがう場所のようだった。日中のビジネススーツやチノパンツは、死ぬほどタイトなジーンズや、服というより布見本のように見えるドレスに変わっていた。ぴかぴかのSUVや贅沢《ぜいたく》なセダンは、スマートなスポーツカーや車高の低いクーペに取って代わられていた。バーのひさしの明るい照明の下で見ると、つぶれたミニバンは車販の未婚のおばのようだった。

ブレイクの職場の地下駐車場に車を入れて、係員に夫のブルーの駐車カードを振って見せ、隅のスペースに駐車したときは、ほとんど安堵するような気分だった。ブレイクの鍵束をつかみ、ロビーに出るエレベーターに乗った。扉がするりと開いてロビーが目にはいったとき、わたしは思った。ここまではうまくいった。

だが、すぐにはたと立ち止まることになった。

何を見ることになると思っていたのかわからない。ブレイクのカードキーを通せば、彼のオフィスがある十四階まですんなり行けるスロットとか？　だが、そこで目にしたのは、九十キロのヒヒと浮気をしている夫を見つけたばかりのような顔をした、太眉の女性警備員だった。

　わたしは彼女ににらまれながら、冷たいテラゾー（セメントに大理石片をモザイク風にちりばめた床材）の床をのろのろと歩いていった。「何かご用でしょうか？」彼女の声を聞けば、わたしに手を貸すことがやることとリストのなかで上位にないのは明らかだった。

「ええ。〈ジョーンズ・マキューアン〉に行きたいの」

　彼女は眉間にしわを寄せて、眉毛をさらにくっつけた。「それならサインが必要です」クリップボードを押してよこした。「お名前は？」

「ええと、プリシラ・アンダーソンです」

　彼女はバインダーを開き、指で名前の列をたどった。そして、中央に寄った黒い目で疑わしそうにわたしを見あげた。「ここにはありませんね」

　わたしはあわてた。わたしに据えられた黒い目は、返事ができずにいるあいだ刻一刻と疑いを増していくようだった。ようやくわたしはいらいらとため息をついた。「うそでしょ！　すべて整えておくと先週言ってたのに」わたしはブレイクのセキュリティカードを差し出した。「はい。これならいい？」

　彼女はカードの番号を見て、もう一度バインダーのリストで名前をさがした。「このカードの持ち主はブレイク・ピーターソンという男性のようですけど」

わたしはぐるりと目をまわした。「ああもう、頭にくるわね。彼は先月解雇されたのよ。代わりに来たのがわたしなの」

彼女の目のなかの確固たる自信がゆらいだ。

「ねえ」わたしは言った。「わたしの名前を控えておいて、明日ハーブ・マキューアンが来たときにきいてみれば？　月曜日に大きな裁判があって、すべて準備しておかないと、何人もの首が飛ぶのよ」わたしは鋭い目つきで彼女を見た。彼女の首もそのなかのひとつだと解釈してくれることを願って。

「いつものやり方ではありませんが……」彼女の反抗心がゆらいだ。

「もしこのことであなたを困らせる人がいたら、わたしが掛け合うと約束するわ」

彼女は唇をかんだ。わたしは〝やった！〟と思ったが、彼女は首を振った。「申し訳ありませんが、防犯の手順を変えることはできません」

くそ。わたしはもの欲しげにエレベーターを見つめた。こんなにも近くにあるのに、こんなにも遠い……「アネット・モートンに電話すれば考えてもらえる？」彼女はリストを見た。

「〈ジョーンズ・マキューアン〉のシニアパートナーなんだけど」わたしは親切に教えた。

「そうですね、その方が許可するなら、たぶん……」

「よかった」さっと携帯電話を出してダイヤルした。

「もしもし、アネット？　こんな時間にごめんなさい。プリシラ・アンダーソンよ」

眠そうな声が聞こえてきた。「マージー？　あなたなの？」

「お休みのところ申し訳ないんだけど、今〈バートルビー・バンク〉ビルの受付デスクのまえにいるの。あなたからひとこと言ってほしいのよ」警備員のバッジをちらりと見た。「ここにいるメリッサに、わたしがオフィスにはいっても大丈夫だって」

ベッキーの声は混乱していた。「なんですって?」

「そう言ってもらえるとありがたいんだけど」

「どこにいるって言った?」

「さっきも言ったように、ビルの受付よ。ここにメリッサがいるの。今夜の警備担当者よ」

デスク越しに携帯電話をわたし、ベッキーが察してくれることを祈った。

「ミズ・モートンですか?」メリッサが少しのあいだ黙り、わたしは背中で指をきつくクロスさせた。ようやく警備員の眉から力が抜けた。「わかりました。そうします」彼女は電話をわたしに返した。「大丈夫だと言われました」

ありがとう、ベッキー。「よかった」当然だと思っているふりをしながら言った。メリッサは立ちあがり、エレベーターのほうにのしのしと歩いていくと、わたしのために〝上昇〟ボタンを押してから、デスクに戻っていった。

〈ジョーンズ・マキューアン〉にふたりいるシニアパートナーのうちのひとりに、わたしが真夜中すぎに電話しても、警備員がおかしいと思わなかったので、最近の警備の質に疑問を覚えた。そのくせ彼女はかなりわたしを手こずらせた。だが、それは問題ではなかった。はいれたのだから。

ブレイクのセキュリティカードは、油が塗られていたかのように〈ジョーンズ・マキューアン〉のキースロットをすんなり通った。かちりとドアが開いた。

ロビーと廊下の照明をつけ、両手を汗で湿らせながら、ブレイクのオフィスに向かった。さっきの真夜中の電話についてあまり深く考える時間をメリッサに与えないように、すばやくはいってすばやく出なければならない。

ブレイクのオフィスのドアに鍵はかかっていなかった。照明をつけてデスクに近づいた。自宅の書斎同様、暗い色のウォルナット材のデスクの上には、ブレイク愛用のモンブランの万年筆たち以外、何も置かれていなかった。

レザーの椅子に座って、何が見つかることを望んでいるのか――あるいは恐れているのか――わからないまま、すばやくデスクの引き出しを見ていった。モーテルのレシート？　コカイン？　プラスティックのフルーツがついたTバックショーツ？　だが、ぴんとくるものは何もなかった。はいっていたのはペーパークリップ、プラスティックの水性ボールペン、輪ゴムだけだった。

コンピューターの電源を入れた。立ちあがるまでのあいだに、くるりと椅子を回転させて、書類戸棚の引き出しを開けた。中身はクライアントのファイルだった。毎月二千ドルのお金がどこに消えているのかを示すものは何もなかった。引き出しを閉めようとしたとき、〈インターナショナル・シッピング・カンパニー〉と書かれた分厚い緑色のファイル三冊が目にはいった。三冊とも取り出して、戸棚の上に並べた。そこには六冊のマニラフォルダーがはいっていた。

フォルダーの最初の何冊かは、不満を抱いているらしいクライアント関連の案件だった。わたしは驚いて眉をあげた。どうやら〈インターナショナル・シッピング・カンパニー〉は、積み荷の記録があまり正確ではないらしい。わたしの思いは今日の昼間会った好色なCEO、カルヴィン・ピッツへと向かった。なんてけちな男。別に驚きはしなかったが。四冊目のフォルダーを開いた。この会社は収益の記録に関してもいい加減なようだ。オフィスの見た目は贅沢かもしれないが、どこかにしっかりした財源があるのでないかぎり、すぐにでもオフィス空間のグレードを下げなければならないだろう。会社は国税庁から二百万ドルの税金滞納で訴訟を起こされていた。

コンピューターが信号音を発したので、向きを変えてスクリーンを見た。またパスワードを要求された。それらしい候補をいくつか入力してみた。社会保障番号、子供たちの名前、母親の旧姓。すべてはずれ。わたしの名前でもだめだった。ため息をついて、つぎのフォルダーにとりかかった。ラベルは〝E・M・エルナンデス〟。今日マクステッドのオフィスにあったファイルで見たのと同じ名前だ。

フォルダーを開いてみた。これも船荷証券だった。エルナンデスは〈イノベイティブ貿易〉という会社のために、グアダラハラからピニャータを何度か運んだらしい。その住所を見て驚いた。マクステッドのスケジュール帳のページの下のほうにあったなぐり書きと同じだった。

船荷証券は飛ばして、この件についてのブレイクのメモを読もうとしたとき、廊下のほうからきしるような音が聞こえてきた。

フォルダーをファイルにつっこんで戸棚に戻し、足で引き出しを閉めた。急いでデスクをまわりこんで照明を消す。まずい！　廊下の照明はつけたままだ。でも、今はどうすることもできない。ブレイクのコンピューターの電源を落とし、デスクの下に隠れた。

呼吸の音があまりにもうるさくて、廊下からだれかがはいってきたら聞かれてしまうにちがいないと思った。警備員だろうか？　だれかに電話して、わたしが偽物だとわかったとか？　呼吸を整えることに意識を集中し、できるかぎり小さくからだをまるめた。

足音はブレイクのオフィスのドアのまえで止まった。わたしはデスクの下の暗い井戸のなかへ、さらに深くはいりこんだ。

そのとき、照明がついた。

引き出しが閉まっていることを確認しようと戸棚を見あげ、声を出さずに悪態をついた。引き出しは閉まっていたが、戸棚の縁でブレイクの鍵がきらりと光った。

足音はデスクに近づいてきた。わたしは懸命に呼吸を落ちつかせようとしながら、硬いウォルナットのデスクに背中を押しつけた。

グレーのスラックスを穿いた二本の脚が見えた。その先にあるのは磨きあげられた黒のウィングチップだ。だれにしろ、警備員ではない。彼女は青いポリエステルの制服姿だったのだから。ぎゅっと目を閉じて、夫のデスクのまわりをうろついている人物が、デスクの下を見ませんようにと祈った。そしてまた目を開けた。夫のオフィスをうろついているのはいったいだれだろう？　その理由は？

見ていると、戸棚のいちばん上の引き出しが開けられた。少ししてまた閉じられた。それから、恐れていた音が聞こえた。

じゃらじゃらという鍵の音が。

幸い、それはほんとうに夫の鍵で、彼のオフィスにあっても少しもおかしくはなかった。問題は、それを持っていかれてしまうと、ミニバンで家に帰ることができなくなってしまうということだった。なぜ会社の駐車場にミニバンがあるのかを夫に説明するのは、とてつもなくたいへんだろう。

お願い、お願い、お願い、鍵は持っていかないで。そしてすぐ付け加えた。デスクの下も見ないで。

永遠にも思えた一瞬ののち、鍵が戸棚に置かれた。スラックスが見えなくなり、照明が消され、足音は廊下を引き返していった。

数分待ってから、デスクの下から這い出て、戸棚の引き出しを開けた。

窓にほのかに映るダウンタウンの明かりのもとでさえ、消えたものは明らかだった。〈インターナショナル・シッピング・カンパニー〉のファイルがなくなっていたのだ。

戸棚からそっと鍵を取りあげてポケットに入れた。そしてこっそりドアに近づいた。廊下は無人だった。廊下を疾走して、曲がり角からこの階のロビーをのぞいた。

だれもいない。

ロビーを横切ってするりと入口ドアを抜けると、エレベーターのボタンを強く押して、イチジクの鉢植えの陰にできるだけ身を隠そうとした。オフィスからは無事に出られたのに、エレベーターを待っているときに見つかっては元も子もない。ようやく扉が開いたので、エレベーターに飛び乗って〝閉〟ボタンを押した。鏡張りの壁に寄りかかって、警備員のメリッサが待ち構えているロビーに出る心がまえをする。すばやく動けば、彼女に見つかるまえに外に出られるかもしれない。

扉が開くやいなや一目散に走りだしたが、三歩も進まないうちに有能な警備員に声をかけられた。「早かったですね」彼女の声は氷のようだった。「山のように仕事があるのかと思っていましたが」

わたしは顔に笑みを貼り付けた。「ああ、コンピューターがダウンしてたから、今夜はゆっくり休んで明日もう一度試すことにしたの」

彼女の眉がまた疑わしそうに寄った。「退出にもサインが必要なのですが」

「ああ、そうね」記録簿のところに急ぎ、わたしの名前の横に12：45ａｍと書いた。そして、わたしの下にひとつだけ書かれている名前を見た。

ハーブ・マキューアン。

「ところで、少しまえにハーブ・マキューアンさんと話したんですが」メリッサが言った。「プリシラ・アンダーソンさんという名前は聞いたことがないそうです」

わたしは声をあげて笑った。「男って事情を知らなすぎよね。まったく。きっとつぎのパートナー会議でアネットから聞くことになるのよ」額をたたく。「ものごとを動かしているのはいつだって女なんだから。でしょ？」

彼女が答える間もなく、わたしは向きを変えて、駐車場に通じるエレベーターに向かった。ロビーを横切っているとき、エレベーターが下降する音が聞こえた。だれかが——おそらくハーブ・マキューアンだろう——ロビーにおりてこようとしているのだ。

ペースを速め、エレベーターはやめて、〝階段〟と書かれたドアを開けようとした。メリッサがわたしのほうに一歩進んで叫んだ。「待って！　ちょっと！」

聞こえないふりをして彼女を振り返り、小さく手を振った。「またね！」と叫び、ドアの向こうに消えた。

階段室に通じるドアがかちりと閉まる直前に、エレベーターがロビーに到着した。

一段抜かしで階段をおり、ドアを走り抜けてミニバンに猛ダッシュした。メリッサが駐車場の係員に注意を勧告するまえに、ここから出なければならない。

一瞬ののち、轟音とともにマキューアンの黒いメルセデスの横を走り抜け、係員に青いパスを掲げた。係員は手を振ってわたしを通した。彼に微笑みかけて係員のブースを通過する。彼の無線がバリバリと音を立てたとき、わたしは駐車場を出てネオンのともる六番ストリートの雑踏のなかに消えていた。

「ベッキーがいっしょに服を買いにいってくれるって？」ブレイクはコーヒーをすすって微笑んだ。「それはいい考えだ！　彼女はいつもセンスのいい服装をしてるからね。きっときみに似合う服を見つけてくれるよ」

そもそもどうしてこの人と結婚したのか思い出すのがだんだんむずかしくなるわ、と思いながら、わたしは不機嫌な顔で自分に二杯目のコーヒーを注いだ。

昨夜は事故もなく家にたどり着いた。へとへとだったが、興奮してもいた。上掛けの下にそっともぐりこんだとき、ブレイクは相変わらず手脚を投げ出した状態で寝ていた。暗闇のなかに横たわり、眠れるように落ちつこうとしながら、ピーチズは正しかったと思った。ブレイクのオフィスに侵入するのに手助けは必要なかった。わたしたちの結婚生活はトイレに流されてしまうかもしれないが、少なくともわたしはなかなかまっとうな私立探偵になりつつあった。正直、たいして慰めにはならなかったが。

19

この朝、幼稚園の職員室でちょっとした〝ボランティアの〟仕事をしてから、ジュニアリーグのファッションショーに着ていく服を買いにいくと話すと、ブレイクはよろこんだ。

「いいじゃないか！　きみが身なりを気にするようになってくれてすごくうれしいよ。印象というのはとても大切だからね」だが、つぎの朝もまた職員室に行く必要があると言うと（マクステッドの葬儀に出席するためなのだが）、彼は首を振った。「クライアントとミーティングがあるんだ。ベビーシッターを雇うか、別の機会にしてもらえないかな」

なぜハーブ・マキューアンは真夜中にあなたのオフィスから〈ＩＳＣ〉のファイルを持っていったの、とききたくてたまらなかった。だが、そうはせずに子供たちにキスをし、携帯用マグにコーヒーを三杯ぶん入れて、行ってきますと声をかけた。「楽しんでおいで！」むっとしながら玄関に向かうわたしに、夫は言った。服を買いにいくと言えば、彼がこんなに嬉々として子供たちの面倒を見てくれると知っていたら、もっとまえからモールめぐりをすると偽って出かけていたのに。

グリーン・メドウズ幼稚園に車を入れると、ベッキーが駐車場で待っていた。「昨夜のあれは何よ？」

「助けてくれてありがとう」

「いいのよ。でも、あなたがブレイクのオフィスにしのびこんだなんてまだ信じられない。何か見つかった？」

ブレイクの戸棚で見つけたもの――そして、わたしがデスクの下に隠れているあいだにマキューアンがしたことについて、くわしく話した。ロビーからの脱出のくだりになると、彼女は首を振った。

「じゃあ、警備員から逃げてきたの?」

「まあ、近いかな。正確にはちがうけど」

「どんな方法を使ったのよ?」

わたしは意図したよりも鋭い声で言った。「今後もあなたの旦那は家族の銀行口座からお金をくすねたりしないだろうから、知る必要はないでしょ」

「ごめん、マージー。そういうつもりじゃ……」

「うそうそ。いいのよ。こんなふうにあなたにつっかかるべきじゃなかったわ……まだちゃんと受け入れられないんだと思う」

わたしたちは黙って職員室に向かった。わたしがドアを解錠すると、ベッキーが言った。

「どうしてマキューアンはファイルを持っていったんだと思う? 借りただけかしら?」

「それなら昼間できるんじゃない? ファイルを借りるためだけに、金曜日の真夜中にオフィスまで行くとは思えないんだけど」

「そうよね。ところで、爆破された車のことでは何かわかった?」

わたしは首を振った。そしてドアを開け、照明をつけた。「さあ」手を振って、巨大な金属のファイルキャビネットを指し示した。「これよ」

ベッキーは歩いていって引き出しをひとつ開けた。「ちゃっちゃとやるわよ。ここが早く終われば、それだけ早くあなたのイメージチェンジの準備がはじめられる」

「あらうれしい」

「何をさがせばいいか、園長から聞いてる？」わたしは首を振った。彼女はため息をついた。「まあ、少なくともファイルはしてあるみたいね。まえに働いていた会社は、みんななんでも箱に放りこんで、それを倉庫に押しこんでた」

「どこからはじめる？」わたしはきいた。

「どうしてお金が消えてることに気づいたのか聞いてないなら、銀行の取引明細書からはじめましょう」

「きくことを思いつけばよかった」

「そうね、園長の容体が安定したら、ふたりでお見舞いに行くのもいいかも」彼女はわたしにふくらんだファイルを放った。「あなたは去年のぶんからはじめて。わたしはいちばん新しいファイルを調べてみる」

「何をさがせばいいの？」

彼女は頬からおくれ毛を払いのけた。「幼稚園の経費らしくないものならなんでも。でなければ妙なもの」

「なるほど、それは参考になるわ」わたしはファイルを開いてため息をついた。「コーヒー飲みたくない？」

「おしゃべりはやめて、仕事をするわよ」

最初の報告書の束を半分ぐらい見終え、いつまでもつづく数字の列に頭痛がしてきたころ、わたしの携帯電話が鳴った。いつもなら母と話すのはそれほどそそられないのだが、今は息抜きが必要だった。

「こんにちは、お母さん」

「こんにちは、マリゴールド。あなたの様子を知りたくて電話したんだけど……今日はオーラがいい感じだわ！　事態は改善されつつあるのね？」

横領の調査はオーラ改善に効果あり、と頭のなかにメモしてから、母の質問をかわす作業にはいった。「そっちはどうなの？」

「万事順調よ……またちょっとしたものを送ったと知らせたくて電話したの……家のなかの好きなところに置ける、〝気〟の流れをよくする水晶よ。あと、すごくいいCDも見つけたの。チベットのお坊さんのお話がはいっててね。アシュラムで聞いてたやつなの」

「ありがとう」〝魂を落ちつかせるため〟と言って、ホリーホビーの絵に沿って母が水晶を吊るした、わたしの子供時代の部屋を思い浮かべて微笑んだ。今でもお香の匂いをかぐと、たいていの人は十代のころを思い出すのだろうが、わたしは一気に子供のころに引き戻されてしまう。皮肉なものだ。ほとんどの子供にとって、タイダイの布や風変わりな音楽は、親を遠ざけ、ぞっとさせるものだろう。わたしの場合、母をいらいらさせたかったら、ポロシャツにチノパンツというありきたりの格好をするのがいちばんだった。

「とにかく、来週末カーマといっしょにそっちに行くわ、子供たちの世話を手伝いに」

「お母さん――」

「いいのよ、ディア。手伝いが必要なんでしょ、わかるわ」

「いや、そういうわけじゃ――」

「もう切らなきゃ。二、三日中に電話するわ。じゃあね!」

母は電話を切り、わたしは〝通話終了〟ボタンを押した。すでに充分悪い状況なのに、母とブレイクと同じ家で週末をすごすはめになるとは。それに、母のボーイフレンドで、カリフォルニア出身のハーバリストのカーマもいる。わたし、お酒を飲みはじめたほうがいいかも。

ベッキーが明細書の束越しにわたしを見た。「いったいなんだったの?」

笑顔が引きつった。「つぎの週末にカーマといっしょにこっちに来るって、お母さんに宣言されたの」

「カーマ? それって何? もしくはだれ?」

「お母さんの新しいボーイフレンド。ハーバリストよ」

ベッキーは身をすくめた。「うわあ。悲惨ね」そしてすぐに明るい顔になった。「うちに来たらいいじゃない」

「そうさせてもらうかも」そう言って、かなりグレーがかっているにちがいないオーラとともに、目のまえの数列に戻った。「今はとにかくこれを終わらせちゃいましょ」

ベッキーは首を振り、書類を読みこむ作業に戻った。そしてすぐに甲高い声をあげた。

「何か見つけたみたい!」

この十分のあいだ見ていた明細書を置いて、彼女のそばに急いだ。「何? 何?」

「去年の七月から、月に二枚の小切手が月次報告書から消えてるの」

「アッティラはそれに気づいてないの?」

「そう、今まではね。かなりの金額のお金が出たりはいったりしてるから、小切手が月に一、二枚なくなってもわからないと犯人は思ったみたい」

「金額は?」

「ごく少額ずつ。ここで五十ドル、あっちで百ドルという感じ。でも、いつも決まってきりのいい金額なの」彼女は明細書を厳密に調べ、ある記載事項に指を置いたまま、支払済み小切手をぱらぱらとめくった。「でも、金額はだんだん増えていってる。見て、十一月のなんて、一度の金額が二百五十ドルになってる」顔をあげてわたしを見た。「経理はだれが担当してるの?」

「アリシアだと思うけど、バン園長にきいてみなきゃ」

ベッキーはさらに何枚かの明細書をめくりながら、小切手の束と入金記録を照合した。

「銀行にこれの写しがあるはずよ。少なくともだれが換金したかはわかる」

「でも今日は土曜日よ」

「月曜日に調べましょう。それまでにはアッティラもよくなってるかもしれないから、経理の状況を話してもらえるかも」

わたしは見ていたファイルを閉じた。「じゃあ、これで終了ね」

「まだよ。全部の記録をあたって、消えている小切手をすべて見つけないと。会計帳簿に目を通すのもいいかも」

「会計帳簿？」

「小切手が正当なものかどうかわかるでしょ。できることは全部やっておかなくちゃ」彼女は唇をきりっと結んだ。「会計ソフトのクイッケンを入れてないのは痛いわね。あればもっとずっと簡単なのに」

わたしはうめいて、今後横領案件は断ろうと決意しながら、明細書のチェックを再開した。ベッキーが会計帳簿を閉じるころには、時刻は一時をすぎていた。「終わった？」わたしはきいた。

「うん。おかしいのはこの小切手の件だけだった。わたしが思ったとおり、帳簿に記録されていなかったわ」彼女は立ちあがり、大きな帳簿を棚に戻した。「もうひとつだけやることがあるけど、それが終わったらここを出るわよ！」

わたしが調べていたファイルをもとの場所に戻すあいだ、ベッキーは計算機で何かを計算していた。「ワオ」彼女は言った。「一万ドル近く消えてる」

「消えてるのは少額だって言ってなかった？」

「最初はね。でもだんだん大胆になってきてるの。でなければ何かがあって、彼——または彼女——はお金がもっと必要になったのね」

「月曜日にはわかるわ」わたしは引き出しを勢いよく閉めた。「ランチを食べにいきましょう」

「そのあとは」ベッキーは勝ち誇ったように言った。「モールよ！」

ワンピース三着、パンツスーツ二着、靴四足、一時しのぎ用のヘアカラーのボトル一本がはいったビニールバッグたちとともにショッピングモール〈バートン・クリーク・スクエア〉から出てきたのは、そろそろ五時になろうというころだった。

「今の髪色が気に入ってるのに」ベッキーが美容グッズの店で棚から〝烏の濡れ羽色〟のボトルを取ったとき、わたしは文句を言った。

「ばかね、これは葬儀用よ。あの〈ＩＳＣ〉のスケベおやじに面が割れないともかぎらないし。まだ行くつもりよね？」

実のところ、わたしは迷っていた。「行く意味があると思う？」

「殺人者はたいてい葬儀に現れるものでしょ？」

「わたしが読んだアガサ・クリスティーの小説ではそうだったけど、現実世界ではどうなのかわからない。マクステッドを殺した人物を割り出すことで、ブレイクの置かれている状況が明らかになるかどうかもあやしいし。それにあの人、子供たちを見ててくれないんだもの」

「マージー、あなたの夫は殺されたマクステッドが最後に電話した相手なのよ。ほんのわずかにしろ関連があるかもしれないとは思わないの？」ベッキーは口を引き結んだ。「それに、ブンゼンとかいう刑事だって、あなたを容疑者リストから消してないみたいじゃないの」

「なんでブンゼンが出てくるのよ？　第一、そんなことをしたらよけいに疑われるじゃない」

「あなたには葬儀に出席する理由があるわ。死んでるマクステッドを見つけたんだから。それに、葬儀にはブルネットになって行くのよ、忘れたの？　それはそうと、どうしてブレイクは子供たちを見ててくれないの？」

「クライアントとミーティングがあるんですって」

ベッキーはぐるりと目をまわした。「日曜日に？」

「わかってるわよ。ばかげてるでしょ？　プルーに子守をしてもらえないかたのんでみる」

ベッキーはにやりと笑った。「ああ、それがいいわ。ファッションショーでは彼女の隣に座らなきゃならないんだものね。今回はバイブレーターをわたされちゃうんじゃない？」

「夫婦関係がこの調子じゃ、そのうちそれが唯一の選択肢になるかも」

「まあ、少なくとも服装で文句を言われることはないわよ」彼女は自分の携帯電話を差し出した。「ブレイクに電話して、直接うちに行くと言いなさいよ。ヘアメイクをやってあげるから」

最初に〈レインボー・ルーム〉に向かうまえに、彼女がしてくれたことを思い出してためらった。「あんまり目立ちすぎないようにしてくれる？」

ベッキーは笑った。「ええ、今回はファム・ファタルみたいにするつもりはないわ。あれは尻軽女に見せるためにやったんだから」よし、それなら安心だ。「今回はローラ・ブッシュ風でいこうかと思ってるの」

「ヒラリーじゃだめ？」

「信じなさい」彼女は言った。「わたしの手にかかれば、すてきになるんだから。それに、あなたには〈メアリー・ケイ化粧品〉のオーダーぶんの借りがあるしね」

ベッキーが作業を終えると、今度も鏡のなかに別人がいた。髪をおろした短パン姿のちょっと太めのママの代わりに、淡い茶色のパンツスーツを着て髪をつややかなフレンチツイストに結ったすらりとした女性が、わたしを見返していた。ヒラリー・クリントンとまではいかないが、これはこれでいかしている。

鏡のまえでポーズをとり、ベッキーを振り返った。「どうやったの？　わたしがこんなふうに見えるなんて初めてよ」

「あなたの本来の姿よ」彼女は言った。「わたしはそれを引き出しただけ」

「毎日こんなふうに見えたらいいのに。そのために五時起きしなくちゃならないのはいやだけど」

「そんなにかからないって。上手なヘアカットをしてもらうといいわよ。時間をかけなくてもまとまるから。あとはわたしがやり方を教えてあげる」

向きを変えて、鏡のなかの見慣れない女性をもう一度見た。「あなたは奇跡を起こす仕事人だわ」

「大げさね」彼女は自分のメイクに最後の仕上げを施しながら言った。「さあ、もう行かないと。あと三十分ではじまるわよ」

二十分後、オースティンの上流階級の女性たちと顔を合わせるまえに、ベッキーのサバーバンについているバイザーのミラーで最後にもう一度自分の顔を確認した。

「心配するのはやめなさい」ベッキーが言った。「あなたはすてきよ」胸元が少し開いているけれどそれほど開きすぎでもなく、形のいい膝が見える丈の淡いブルーのワンピースを着た彼女もとてもすてきだった。ヘアスタイルもメイクもいつもながら完璧で、めずらしくわたしもそれは同じだ。ベッキーの家を出発するまえに、わたしは嬉々として〈メアリー・ケイ化粧品〉の製品を大量に注文した。子供たちのつぎの保育料はヴィザで払わなければならなくなるかもしれないが、それだけの価値はある。

エレベーターで上に向かいながら、ベッキーに身を寄せた。「ねえ、もしミス・トパーズがミス・ヴェロニカの店を辞めることになったら、後釜に応募すべきよ」

彼女は笑った。「ありがとう、と言うべきなんでしょうね。それより、トラニースクールに化粧品の営業に行けば、新規の顧客をゲットできるかも」

「それに、外見にこだわって大金を使うメトロセクシャルの男性だっているし……」

ベッキーが答えるまえにエレベーターの扉が開き、わたしたちは分厚いカーペットが敷かれた〈メトロポリタンクラブ〉のフロントロビーに出た。エレベーターで上に向かうあいだは一分《いちぶ》の隙もない服装だと思っていたが、クジャクのように着飾った人たちのなかにいると、わたしのスーツはカジュアルすぎるように感じられた。人ごみを縫って受付テーブルに向かうあいだ、驚くほど大量の骨ばったデコルテを見ることになった。ショーを宣伝する看板――〝良心のあるクチュール〟――を通りすぎながら、ベッキーにつぶやいた。「ここの使用料を払うために、ビッツィはそうとうたくさん服を売らなければならないわね」

「そうでもないわよ」彼女はささやきで返した。「ドレスの値札を見た？」

「いくらぐらいなの？」

「先月彼女の店に行ってみたの。カクテルドレスが二千ドルだった」

「まじで？　みんなそんなに払ってるの？」

「ビッツィ・マキューアンのデザインとなれば、払うでしょ」

「そんなにすてきなデザインなの？」

ベッキーは肩をすくめた。「わたしは何も買わなかったけどね。でも彼女は今、オーステインで大人気よ。〝良心のあるクチュール〟ラインもかなり話題になってる」

「でも言わせてもらえば」受付テーブルに近づきながら、わたしはひそひそ声で言った。「チケット一枚に二百ドルは良心的じゃないわよね」

「飢えた子供たちのために全額使われるならそうも言ってられないわ」

受付をすませ、ラミネート加工された名札を首にかけると、香水のにおいをぷんぷんさせた人びとに合流した。メインルームはダークウッドの鏡板張りで、エメラルド色のカーペットはふかふかすぎて、ベッキーといっしょにはいっていくとヒールが沈んだ。威圧するようなランウェイのまわりには、キャンドルのともるテーブルが並んでいた。各テーブルの中央のキャンドルの輪のなかには、おそらくわが家の一週間ぶんの食費と同じくらいの金額の、贅沢な花のセンターピースが飾られている。部屋のあちこちに展示されたきらびやかなドレスの横にいると、数分まえにはとてもセンスがいいと思えたスーツが、麻袋のように感じられた。

一、二杯飲めば白鳥の集まりに来てしまったガチョウのように感じずにすむかもしれないと、いちばん近くにいたウェイターのところに直行して、シャンパングラスを取った。「こんなことをしてるなんて信じられない」わたしはベッキーにささやいた。「人生が台無しになったたっていうのに、二百ドルもむしり取られてジュニアリーグのファッションショーに来てるなんて」

「でも、ビッツィ・マキューアンはここにいるわ」部屋の中央にいる長身のブロンド女性に向かってうなずきながら、ベッキーが言った。

「だからなんなの？」

「ブレイクのオフィスにしのびこんだのは彼女の夫よ。彼女も〈ＩＳＣ〉について何か知っているかもしれないでしょ」

ほっそりした指でシャンパングラスを持ち、給仕係に合図するビッツィをじっと見た。

「何気ない会話をしながらどうやってその話題を出すのよ」

「知らないわよ」ベッキーはそう言うと、シャンパンを飲み干して部屋のなかを見まわした。「あら、見て。おたくのお姑さんよ」彼女の視線を追うと、プルーはいくつか離れたテーブルで、サテンのドレスをまとった女性たちに取り囲まれていた。「きゃー。あそこにあるのってシュリンプトースト？　取りにいかなくちゃ。クラブケーキもあるかしら？」

「それでどうしてそんなにやせてるの？」わたしはきいた。

「遺伝子のおかげよ」ベッキーはすっかりくつろいだ様子でわたしの腕をつかんだ。わたしはうらやましくなった。「オードブルを襲撃しにいきましょう。それと、シャンパンをくれた彼はどこ？」ベッキーが言った。

通りかかる給仕係のトレーからあれこれくすねられるように、ふたりで厨房のそばに陣取った。ベッキーはまるで家にいるように、通りすぎるトレーからおいしいものをつまんだり、シャンパンをごくごく飲んでそれを流しこんだりしていたが、わたしは押し寄せては引いていくおしゃれな人たちの波に巻かれるエイリアンのような気分だった。オースティンにあるモール、〈アーボリータム〉にある店のショーウィンドウに飾られているような、あんなぴかぴかの小さなドレスをだれが買うのだろうといつも思っていた。二キロから五キロはありそうな巨大なダイヤモンドもだ。だが、今その答えがわかった。「みんな体重計に乗るまえには婚約指輪をはずすんでしょうね」わたしはエビをほおばったままベッキーに言った。

「あんな岩みたいな石を身につけるなんて信じられる？」彼女はやせた赤毛の女性のかぎ爪のような指に鎮座する巨大な宝石のほうにあごをしゃくってきいた。

「きっと武器として使うのに便利なのよ」

「たしかに。あれで殴れば男も倒せるわ」

シャンパンのお代わりをもらおうと、マニキュアを塗っていないことが目立つ手を伸ばし、泡が弾ける三本目のフルートグラスと四つ目のシュリンプトーストを取ろうとしたところ、いつしかビッツィ・マキューアンの近くに来ていた。「さあ、チャンスよ」ベッキーがささやいて、ビッツィのほうにわたしの背を押した。

「なんて言えばいいのよ？」

「何か思いつくでしょ」

わたしは残りのシャンパンを飲み干した。

ビッツィ・マキューアンは、純正ヘロインのような白い肌を輝かせる、シルバーとラベンダーのカクテルドレスという完璧な装いだった。彼女が淡いブルーの目をわたしに据えて近づいてくるあいだ、ベッキーはわたしの数歩うしろに下がった。

「マージー！　来てもらえてほんとによかったわ」彼女の目がベッキーをとらえた。「こちらはどなた？」

「ビッツィ、こちらはベッキー、わたしの親友です。ベッキー、こちらビッツィ・マキューアンよ」

彼女は白い手を差し出した。「ベッキー！　お会いできてうれしいわ」そう言って目を細める。「以前お店に来てくださったわよね？」

ベッキーは微笑んだ。「ときどき寄らせてもらっています」

「まあ、それはよかったわ。そのドレス、ヴェラウォンでしょう？　すてきね、あなたにとてもよく似合ってるわ。わたしはいつもモデルをさがしてるの。もちろん今年はもう募集してないけど、来年にでもどうかしら」ビッツィは隣にいる女性のほうを見た。「こちらはうちの店の店長のマリアよ。実際はそれ以上の存在だけど。店の運営を一手に引き受けてくれてるから」

マリアがほっそりした手を差し出した。「はじめまして」その手は冷たく乾燥していた。二十五歳を一日でもすぎているようには見えない。ルビーレッドのドレスは体の曲線にぴたりと張り付き、つややかな黒髪となめらかな浅黒い肌は羨望に値する美しさだ。ビッツィのドレスを着ればマリアの半分でもすてきに見えるなら、すぐにも買うだろう。

「わたしたち、今年のコレクションを拝見するのをとても楽しみにしてるんです」

ビッツィはわたしを見やった。「それは驚きだわ。あなたが服にそんなに興味があるとは思わなかった」首を染めた赤みが頬にのぼってくるのがわかった。彼女は微笑んだ。「でも、今夜はとてもすてきよ、あなた。来てくれてうれしいわ。ブレイクはこのところ働きづめでしょう。ベビーシッターを雇ったの？」

「いいえ、夫が時間を作ってくれました」ベッキーが肘でわたしを鋭くつついた。わたしは先に進んだ。「夫に聞いたんですけど、クライアントのひとつをハーブに手伝っていただいているそうですね。〈インターナショナル・シッピング・カンパニー〉でしたっけ？」

マリアが雇い主に一歩近寄り、ビッツィの青い目はわたしの顔から背後の部屋へと移動した。「ああ、そうみたいね」ビッツィは言った。「でも、ハーブとわたしは仕事の話はしないの。さてと、申し訳ないけど、失礼していいかしら？　ショーがはじまるまえにやっておかなきゃならないことがあるのよ……」

彼女は優雅にわたしたちの横をすり抜け、マリアを従えてすべるようにステージに向かった。

ベッキーがとがめるようにわたしを見た。「自然だこと」

「だって、どうすればよかったのよ？」

ベッキーは去っていくビッツィの背中を見つめた。「彼女、あわてて去っていったわね。きっとまたチャンスはあるわ。それまでのあいだ、またシュリンプトーストをさがしにいきましょうよ」

四杯目のシャンパンをもらおうかどうしようか——どうせわたしは運転しないのだから——迷っていると、ビッツィが演壇にのぼって、ディナーの席に着くよう人びとに指示しはじめた。わたしはしぶしぶベッキーと別れ——「もしディルドをもらったら見せてね」——義母のいるテーブルに向かった。

わたしが座るとプルーデンスは目をまるくした。「まあ、あなたとてもすてきじゃない。どんな魔法を使ったの？」

「ベッキーが買い物につきあってくれて」四杯目のシャンパンを飲んでおけばよかったと思

いながら、わたしは言った。

「いいお友だちを持ったわね」プルーデンスはため息をついた。ありがたいことに、プルーデンスの親友のミリアムが席に着いて耳寄りなゴシップを披露しはじめたので、すぐにテーブルの人びとは、小エビを散らしたシーザーサラダをつつきながら、靴の選び方が下手なだれかさんのうわさをして〝あら〜〟とか〝まあ〜〟と声をあげることになった。

料理をつつきながらの会話は、個人の健康法からパーソナルトレーナーといったあたりが話題になっていた。サラダのあとに緑色っぽいシャーベットのようなものが出て、二十分の中断があり、そのあいだバターナイフで手首を切ろうかと思ったが、やがて焼きすぎのレモンソール（カレイの一種）としおれたブロッコリーが出た。メインが出るころには、話題は足のまめの治療法へとゆるやかに移行しており、デザートはわたしがいちばん苦手なイタリアン・クリームケーキ（クリームを塗ってココナッツフレークやピーカンナッツをまぶしたレイヤーケーキ）ひと切れだった。

ようやく照明が落とされ、わたしは生まれて初めて、来年はどんなファッションが流行るのか早く知りたくなった。

20

〝良心のあるクチュール〟は初めて見るファッションショーなので、ほかと比べてどうなのかはわからなかったが、最初の数分間にステージを練り歩いた人びとの服装は、これまで大人の女性の着るものとして見てきたどんなものともちがっていた。骨ばった若いモデルの体にへばりつくほつれた布地を、ぽかんと口を開けて眺めながら、ステージ上の服がカントリークラブ・スタイルのクリエーターから生まれたことを理解しようと努めた。ドレスのなかにはあまりにも小さかったり、あまりにもすけすけだったりして、目を細めて見なくてはならないものもあり、全体としての印象はオリヴァー・ツイストとジプシー・ローズ・リーの出会い、という感じだった。

ランウェイを戻っていくやせこけた女性たちにまばらな拍手しか起こらなかったところをみると、納得できずにいるのはわたしだけではなかったようだ。わざとぼろぼろにした生地を身につけた骸骨のようなモデルがステージ上を気取って歩いているとき、わたしは義母に身を寄せてきいた。「ビッツィのドレスは全部こんな感じなんですか?」

「いいえ」義母がささやき返す。「これはニューヨークのマーケット向けに作っているアバンギャルドなものよ。新しいラインで、マリアが手伝っているんだと思うわ。トラディショナルなものももうすぐ出てくるから」

義母の言うとおりだった。数分後には、ビッツィ・マキューアンは多重人格なのではないかと思ったほどだ。つぎの〝コレクション〟のテーマはスカーレット・オハラ風——そして、カサンドラ・スター風——のドレスで、大きくあいた胸元がこのタラ・コレクションのお約束のようだった。拍手は明らかに大きくなり、シルクをまとった人びとの壁から賞賛のささやきがあがった。しだいに目がどんよりしてきたころ、とりわけきらびやかな作品がランウェイに登場した。司会者が甘い声で「アリエル（ディズニー映画『リトル・マーメイド』のヒロインの名前）です」と告げる。なるほどと思った。きらめくブルーグリーンのドレスは人魚のしっぽのようだ。ビジネスウエアが登場するころには、わたしはイタリアン・クリームケーキの上に突っ伏しそうになっていた。

ようやく最後のモデルがランウェイを去っていき、ビッツィ・マキューアン自身がステージに立って大きな喝采を浴びた。婦人たちはアバンギャルドなニュー・ホライズン・コレクションにはそれほど熱くならなかったようだが、スカーレット・オハラ風のタラ・コレクションは大人気だった。

「ありがとう、今年の〝良心のあるクチュール〟ショーにご出席くださった、すべてのご婦人のみなさん。去年は子供基金のために五十万ドル集まりました。すべてはみなさんのご支援のおかげです」婦人たちから大きな拍手がわき起こり、彼女は満面の笑みを浮かべた。

「そしてもちろん」彼女はつづけた。「〝良心のあるクチュール〟を可能にしてくれたすべての方々にも心から感謝します。とくにマリア・エスピノーサ」先ほど連れていた黒髪の美女のほうを示す。マリアは最前列のテーブルに座っていた。スポットライトが赤いドレスを照らし、彼女が気づいて頭《こうべ》をたれると、ビッツィはつづけた。「日々の仕事をこなしてくれるだけでなく、マリアの最先端を行くスタイルはニュー・ホライズン・コレクションを生み出すうえで大きな力になり、この秋ニューヨークでデビューを飾ることになりました」その発表のあとにつづいた拍手はまばらだったが、ビッツィとマリアは笑顔のままだった。「楽しんでいただけたことを願っています」ビッツィはつづけた。「どうか時間の許すかぎり自由にご歓談ください。わたしの店でみなさんにお会いできるのを楽しみにしています」

みんなテーブルから立ちあがって体を伸ばし、わたしは腕時計を見た。歓談にそれほど興味はなかった。ほんとうにしたいのは、うちに帰って寝ることだ。だが、まだ後片づけを手伝わなければならない。

「ディルドは？」ふたたび合流したベッキーがきいた。

「くれなかったけど、明日子供たちを預かってくれるって」

「何時から？」

「十時」

「葬儀は何時からなの？」

「正午よ」

「じゃあ、プルーが現れたらすぐにうちに来て。あなたを変身させるのにあんまり時間がないから」

「ありがとう」ふたりで厨房のほうに向かいながらわたしは言った。「皿洗いを手伝いたい？」

彼女は渋い顔をして自分のワンピースを示した。「ヴェラウォンで？」

「言ってみただけよ」わたしは笑った。「そのへんをぶらぶらするか、バーにでも行っててら？　あとでさがしにいくから」

「ありがとう」彼女は言った。「情報収集がんばって」

「うん」わたしは約束し、白い上着の給仕スタッフのあとから厨房にはいった。

幸い、皿洗いはホテルのスタッフがやってくれた。有能そうなブルネットの女性に、大量の皿やグラスを持ち運び用のケースにしまう仕事を割り振られた。

「わたし、これまであなたを見かけたことがないわ」ドリスが言った。わたしと組んで仕事をすることになった、背の低い五十がらみの女性だ。「初めての方？」

「ええ、義理の母がメンバーで、先日ビッツィに手伝ってくれないかとたのまれたもので」

ドリスはため息をついた。「ビッツィって、ほんとにえらいわよね。すべての時間と労力を服飾デザインにささげているんだから。それもすべて恵まれない子供たちのため……」彼女は箱のふたを閉じ、つぎの箱を開けた。「今夜のデザインもすばらしかったわ。あのブルーのチュールのドレス、よかったと思わない？　総スパンコールの、人魚みたいに見えるドレスも――すてきだったわ」ドリスはグリーンのサテンのドレスを着ており、去年のマキューアン・コレクションのものだと誇らしげに教えてくれた。小さすぎるサイズのものを買ったか、この一年で太ったかしたらしく、深い襟ぐりからピンク色の贅肉があふれ出し、縫い目は限界まで引き伸ばされていた。

わたしはジュニアリーグのモノグラムがはいったつぎの皿の束を箱に入れた。「マキューアンのデザインの服はまだ買ったことがないんです」わたしは言った。「でも、今夜見たなかでいくつか気に入ったものはありました」

ドリスは目を細めてわたしを見た。「あのブルーのチュールはあなたにとても似合うと思うわ。ぜひ試着してみるべきよ！　以前なら特注にしてもらわなくちゃならないところだけど、今はお店にもサイズがそろってるから」

わたしはつぎの箱にとりかかった。「ビッツィはどれくらいまえから服のデザインをしているんですか？」

「ずっと昔からやってるような気がするけど、お店がオープンしたのはほんの二、三年まえよ。最初はそれほどうまくいってなかったの――さっきも言ったように商品をあまり置いてなかったから――でも、一年ぐらいまえからはすごく順調みたいよ」ドリスがつぎの箱を取ろうとかがんだので、縫い目がはじけるのではないかと、わたしはひやひやした。ドリスは体を起こして何度か息をついだあと、作業を再開した。「今では店に商品がたくさんあるし、コレクションのいくつかはニューヨークにも進出するらしいわ。〝良心のあるクチュール〟

のショーも来年はパリで開くんですって。パリよ、信じられる?」

　わたしはつぎの箱に皿を詰めはじめたが、洗い終えた皿が積みあがっていくスピードのほうが、箱詰めするスピードより速かった。「どうしてホテルのお皿を使わないんですか?」わたしはきいた。

「ほら、ビッツィって完璧主義者でしょ。あらゆる用途に使えるようにと、数年まえにこれを注文したのよ。このちっちゃな王冠、いいと思わない? すごく特別な感じがして」

「でも」わたしは言った。「利益の全てをチャリティーにまわすなら、ごく普通のお皿のほうが安くすむんじゃないですか?」

　ドリスは驚いた目でわたしを見た。「去年、店はチャリティーのために五十万ドル以上集めたのよ。ミセス・マキューアンは自分のやっていることをちゃんとわかってるわ」

　わたしは信じられずに首を振った。でも、ドレス一着を二千ドルで売るのだから、たしかにそうなのだろう。

「彼女はそのお金を自分のものにすることだってできた」ドリスはつづけた。ピンク色に染められた唇が固く結ばれる。「でも、すべてチャリティーにまわしたのよ。偉大な女性だわ」

　わたしたちはつぎの箱に皿を詰めはじめ、それから数分間無言になった。ベッキーが選んでくれたスリングバックがかかとに食いこんでいたし、膀胱は危険な状態にあることを知らせていた。「すぐに戻るわね、ドリス」

　さわがしく湿気の多い厨房から出て、ボールルームにはいった。スタッフがテーブルを部屋の隅に向かって押しており、プルーデンスが数人の女性たちに指示を出して、テーブルクロスをビニール袋に入れさせていた。「糊は薄めで」彼女は言った。「しわにならないように、すぐにたたんでちょうだいね」洗濯係をやらされなくてよかった。スヌーカムスが洗濯機と乾燥機の横に鎮座しているので、テーブルクロスは怒れるリスの一団がデザインしたレースのようになってしまうだろう。

化粧室に向かう途中で、ビッツィとマリア・エスピノーサに気づいた。話しこみながら歩いている。ふたりが廊下に消えたので、わたしは急いであとを追った。横歩きで廊下に向かうと、ビッツィの声が聞こえた。「ここにはいりましょう」角を曲がって見ると、ちょうど右側のドアが閉まるところだった。

そっと廊下を歩いていって、ドアに耳をつけたが、何も聞こえなかった。残念。ドアに掲げられたプレートを見た。〝マグノリア・ボールルーム：ルームE〟。廊下をさらに何歩か進んだ。つぎのドアには〝D〟の表示があった。大きなボールルームをホテルのパーティションで仕切って作った小部屋のひとつ、ということだ。

指をクロスさせて、ルームDにしのびこんだ。ついていた。部屋の片側には大量のパイプ椅子が積みあげてあった。反対側にはスライド式の仕切りがあり、五十センチほど開いていた。

その隙間に走り寄った。

「どうして生産が止まってるの？」ビッツィ・マキューアンだ。いつもは元気な声が、低く、切羽詰まっていた。

「士気が下がっていて」マリアが答える。「要求も増えつづけています。注文の量が去年の二倍になっていますし」

「それならうまく対処しなさい」

「今夜彼らと話すつもりです。明日は荷物がふたつ届く予定です。ひとつは新品です。役に立ってくれるでしょう」

「オペレーションを拡大するべきかもしれないわね」

「わたしもそう思っていました。ジーニアに連絡して、どこか見つけてもらいましょう。州都は手にしました。そろそろ手を広げるときです」

「でも慎重にしないと。エルネストに起こったことを覚えてるでしょう……」

「ええ、わかっています。でも、今は気をつけていますし、新しい手順ならもうあんなことは起こらないと思います」

マリアの声が近づいたような気がした。わたしは一歩うしろにさがり、テーブルにぶつかった。

「今のはなんでしょう?」

「だれかいるのかしら?」ビッツィがきいた。わたしは急いで部屋を横切り、重なった椅子のうしろに飛びこんだ。「そっちの部屋にだれかいるの?」息を止めてパイプ椅子の隙間からのぞいた。ありがたいことに、わたしが身につけているのはきらびやかな服やあざやかなピンク色の服ではなく、カーペットと保護色のベージュだった。頭を引っこめてできるかぎり体をまるめていると、ビッツィがわたしの隠れている場所に近づいてきた。これは絶対に見つかると思ったとき、彼女は言った。「大丈夫みたい」ふたりが隣の部屋に戻ると、体の力が抜けた。「とにかく、マリア、できるかぎり目を光らせていてちょうだい。来週末にはいい報告が聞けるものと期待しているわ」

やがて、ドアの閉まる音がした。数分待ってからゆっくりとドアに向かい、用心深く外をうかがった。廊下にはだれもいなかった。上着から綿ぼこりを払い落とし、ルームDを出てドアを閉めた。

メイン・ボールルームに戻ったとき、ビッツィとマリアの姿はどこにも見えなかった。厨房に戻るまえに、化粧室にはいってメイクのくずれをさっとチェックした。ベッキーの仕事はすばらしかった。口紅ははげていたものの、ほかはまったくくずれていなかった。口紅を塗り直し、本来の用事をすませて、皿を重ねる作業に戻った。

「どうしてこんなに長くかかったの？」厨房の自分の位置に戻ると、ドリスがきいてきた。

「昔の友だちにばったり会っちゃって」

四十五分後、最後の箱に皿を詰め終え、バーにベッキーをさがしにいった。

わたしが近づいていくと、大きなレザーチェアに座っていた彼女は、ジントニックの残りを飲み干した。「ようやく終わったのね？」

彼女の向かい側の椅子に沈みこんだ。「あなたの手伝いがなかったからね」

「ちょっと。だれのおかげで〈ISC〉にはいりこめたと思ってるのよ？　それに、こんなにすてきにイメチェンさせてあげたのは？」

「わかってるわよ」注文を取ろうとするウェイトレスに手を振って断った。「何を小耳にはさんだと思う？」

ビッツィ・マキューアンとそのアシスタントの会話について話すと、ベッキーは目をまるくした。「ジーニアって名前の人を知ってる？」わたしはきいた。

「ビッツィの取り巻きのひとりだと思う」ベッキーが言った。「不動産エージェントよ。〈カラム＆ヒギンズ〉で働いてる」

「オペレーションを拡大することについて話してたわ。新しい店舗をオープンするつもりかしら」

ベッキーは鼻にしわを寄せた。「そうかも」考えこむ。「でも、どうしてそれで生産の問題が解決するのかわからないわ」

わたしはため息をついて目を閉じた。「たしかに辻褄は合わないけど、疲れすぎて何も考えられない」

「じゃあうちに帰りましょう。あなたは明日も忙しくなるんだから」ベッキーは勘定を払い、わたしは彼女のあとからサバーバンに向かった。

駐車場の係員に料金を払おうとバッグのなかをさぐっていると、マクステッドのスケジュール帳が目にはいった。取り出して、住所の走り書きがあるページを開いた。「ちょっと時間ある？」

「あるけど」ベッキーが駐車場から車を出しながら言った。「なんで？」

「東七番ストリートのこの住所に寄りたいの」

「どうして？」

「今は子供たちがいないし、数ブロックしか離れてないから」

「オーケー。東七番ストリートにどうしてそんなに興味があるのか、教えてもらえるのかしら」

「マクステッドのスケジュール帳の、生涯最後の週のページにこの住所が書いてあって、マキューアンが持っていった例の〈ＩＳＣ〉のファイルにも書いてあったからよ」

「警察が調べるんじゃない？」

「警察は彼のスケジュール帳を持ってないもの。それに、〈ＩＳＣ〉のファイルはマキューアンが持ってる」

彼女はため息をついた。「やる価値はあるわね。それで、どこに向かえって？」

十分後、車は東七番ストリートを走っていた。ダウンタウンの高層ビルやしゃれたレストランは、あざやかなピンクのペンキが街灯に照らされているタコス専門店に姿を変え、広告板は〝メキシコに送金しよう《エンヴィオス・ディネロ・ア・メヒコ》！〟とがなりたてていた。サバーバンは〈ラ・ヴィクトリアーナ〉という名のベーカリーのまえを通った。「あそこにおいしいチュロスはあるかしら？」ベッキーがつぶやいた。彼女はもちもちしてシナモンシュガーをまぶしたペストリーに弱いのだ。

「ここを曲がって」わたしはどなった。

ベッキーが指示に従う。「二十四時間営業ですって」彼女は言った。

「帰りに買えるわよ。イタリアン・クリームケーキはちゃんと食べなかったの？」

「あれは二時間もまえよ」彼女はフロントガラス越しに薄暗い通りをうかがった。「何をさがせばいいの？」

「一五一六番地」わたしは線路の横の荒廃した倉庫を指し示した。建物と通りのあいだの雑草の生えた細い地面に点在する古い洗濯機と冷蔵庫は、海岸に流れ着いた漂流物のようだ。倉庫の窓はベニヤ板でふさがれ、街灯の薄暗い光で見ても、建物が何年も放置されてきたのは明らかだった。「ここだわ」

ベッキーはわたしを見た。「よし。古い倉庫ね。さあ、チュロスを買いにいきましょう」

わたしたちが角を曲がったとき、ヘッドライトが倉庫の正面を照らした。「待って。窓がふさがれたのはそれほどまえじゃないわ。見て、あのベニヤ板、新しい」

「だから？」

「なかに明かりが見える」

彼女は目を細めた。「どうしてわかるの？」

「あのドアよ」わたしは隅にある金属製のドアを指し示した。「下の隙間から光がもれてるでしょ。わかる？」

「じゃあ、打ち捨てられているわけじゃないのね。へえ。さ、ベーカリーに行かない？　ジョッシュの好きなあの小さいチキンウィングはあるかしら？」

「もっと近くで見てみる」

ベッキーはため息をついた。「わかったわよ。そのへんに車を停めるわ」

通りをわたり、家電の墓場を横切って、錆びたドアに向かうあいだ、わたしの足は不平を訴えた。ドアそのものはその周囲のコンクリートと同じくらい古かったが、ノブと安全錠は新品のように輝いていた。ノブを回してみようとしたとき、車が角を曲がってきてヘッドライトが当たった。本能的にいちばん近くの洗濯機のほうに走り、そのうしろにしゃがんだ。

車は建物のまえで砂をきしらせて停まり、すぐにハイヒールが舗道を打つコツコツという音が聞こえた。そして、じゃらじゃらという鍵の音。洗濯機の陰からのぞくと、ちょうどつややかなサテンのドレスが建物のなかに消えるのが見えた。

マリア・エスピノーサだった。

すぐにベッキーのサバーバンに駆け戻った。「今の見た？」

ベッキーはうなずいた。「ビッツィのアシスタントがここで何をしてるの？」

「わからない」わたしは言った。「でも、つきとめるわ。出てくるまで待ってみましょう」

それほど待たずにすんだ。十分後、マリアはドアからさっと出てくると、足早に車に戻った。彼女の車、シルバーのメルセデスが猛スピードで走り去り、チコン・ストリートに出るあいだ、わたしたちは車のなかで身を縮めていた。

「アシスタントにしてはいい車に乗ってるのね」ベッキーが言った。「どうしてこの建物だってわかったんだっけ？」

「マクステッドのスケジュール帳に住所が書いてあったから。ブレイクのオフィスにあった〈ＩＳＣ〉のファイルにも」

「マリア・エスピノーサと〈ＩＳＣ〉にどんな関係があるの？」

「わからない」わたしは言った。「でも、ここの住所はマクステッドのスケジュール帳の九月十五日の欄に書かれてる。その五日まえに彼は死んだ」

ベッキーの口元がこわばった。「マキューアン夫妻がこれに関係してると思ってるわけじゃないわよね？」一瞬黙りこんでからつづける。「あるいはブレイクが？」

「ずっとそのことを考えてる。ブレイクが関わっているとしたら、どうしてマキューアンは彼のオフィスにしのびこんで〈ＩＳＣ〉のファイルを取っていったのかしら？　どうしてブレイクに直接言わないの？」

「たしかにそうね。でもマキューアンは階下《した》でサインしてたんでしょ？　だれがオフィスにはいったか、ブレイクにはわかるんじゃない？」

「そうだけど、週末にオフィスに来る人は多いわ。彼らは弁護士なのよ、忘れたの？　それに、シニアパートナーが盗みをするなんてだれが思う？」

「言いたいことはわかるわ。あなたは何が起こっていると思うの？」

暗い建物をじっと見つめた。「答えを教えてくれるものはあのなかにあるのよ。問題はどうやってはいればいいのかわからないことね」

21

翌朝プルーが子供たちを迎えにきたとき、ブレイクはまだ起きていなかった。義母は、正午までにはピーナッツバターまみれになるに決まっている、まばゆいピーチ色のツインニット姿で、優雅に玄関からはいってきた。

「ブレイクの車に何があったの？」プルーはきいた。

「爆発したの」エルシーがわたしに代わって答えた。

「爆発した？」

「配線がショートしただけですよ」火炎瓶についてあれから何かわかったか、あとでブレイクにきかなければ。「保険でカバーできると思います。ブレイクはしばらくレンタカーを使うことになりますけど」

プルーは窓の外の焼け焦げた金属を見た。その横にはつぶれたままのわたしのミニバンがあった。「このところ車に運がないようね」

「ママは今たんてーなの」エルシーが誇らしげに言った。

毛抜きで整えられたプルーの眉が上がった。「なんですって？」

「たんてー。いろんな人をびこーするの」

「びこーって……マージー、いったいこの子は何を言っているの？」わたしはもごもご言った。

顔が真紅に染まった。「ただのパートタイムの仕事です」わたしはもごもご言った。

パウダーをはたいた義母の顔から判断すると、事情がわかってきたらしい。「あなた、私立探偵なの？」

わたしはうなずいた。

義母は手入れの行き届いた手を額に当てた。「ああ、なんてことかしら」わたしは一瞬、彼女が玄関ホールで気を失うのではないかと思った。まるで、わたしが子供たちをブラックマーケットで売っているとか、人身御供をしたり満月に吠えているのを認めたかのように。やがて彼女は目を開けた。「ブレイクはどう思っているの？」

「大賛成というわけではないと思いますけど……」

「あたりまえでしょ」声に怒りが表れている。「やっぱり問題を抱えているのね」

わたしは目をしばたたいた。「問題？」

「マージー、ずっとうちにいるのは……つらいときもあるのはわかるわよ。でも、私立探偵の仕事は……ええと、危険だし……あなたにふさわしくないわ」彼女はため息をつき、わたしの腕に手を置いた。「こうしましょう。ビッツィに電話させて。わたしと彼女が保証人になれば、あなたをジュニアリーグに入れてあげられる。そうしたら忙しくなるわよ、ここでもやることはかなりありそうだけど……」散らかったリビングルームを意味ありげに見た。

「考えてみます」

「私立探偵ねえ」義母はセットした髪を揺らしてつぶやいた。

「子供たちを預かっていただけてすごく感謝してます」わたしは話題を変えようとして言った。「今日は何をする予定なんですか？」

「お買い物に行くわ」彼女はまだ青い顔で言った。かがみこんでエルシーの癖っ毛をなでる。

「きっと楽しいわよ、スウィーティ」

「新しいワンピース買ってくれる？」エルシーが勢いこんできく。

「新しいワンピースを二着買いましょう。新しい靴も買うかもしれないわ」

「ああ、プルー、そんなことをしていただくわけには……」

「五時までには送り届けますから」彼女はきびきびと言った。「このことについてはあとで話しましょう」

子供たちにキスをして、彼らが祖母のあとからぴかぴかの新車のカムリに向かうのを見守った。プルーデンスはこれから子供たちを質問攻めにして、母親のネグレクトの証拠をさがすのだろう。義母のカムリが角を曲がって消えると、わたしは夫宛てに急いでメモを書き、〈ノードストロム〉の買い物袋をつかんで、ベッキーの家に向かった。

「黒になるはずだと思ったんだけど」ベッキーとわたしは鏡のまえに立ち、かつては赤茶色だったわたしの髪を見つめた。

「ラベルには烏の濡れ羽色って書いてあったし」ベッキーは濡れた髪をひと房取って、しげしげと見た。そして、ドライヤーとブラシを手にした。「乾かしたら色が変わるかも」

二十分後、わたしたちはまた鏡をのぞきこむことになった。

「ドライヤーをかけてもちょっと明るくなっただけよ」

「うーん。でも、これはこれでおしゃれだと思うわ。茄子紺《オーバジーン》はパリで大流行だって何かで読んだもの」

「オーバジーン？」

「フランス語でナスのことよ」

「ナスですって！　ベッキー」わたしは彼女のほうを向いた。「わたしの髪は紫色なのよ。紫よ！　あと――」腕時計を見た。「四十分後には葬儀に出なくちゃならないのに、頭がLSDでバッドトリップしたあとみたいになってるのよ。わたしはだれにも気づかれないようにしなきゃいけないの、覚えてる？　これじゃ逆効果じゃない！」

「もう一回カラーリングさせて」

「時間がないわ！」

「靴墨を試すという手もあるわよ」

「やめて！」わたしは明るい紫色の髪を見た。

ベッキーは口をとがらせた。「帽子を貸してあげてもいいわよ。黒くて大きくてつばがたれてるやつ――髪をおだんごにまとめて帽子につっこめば隠せるわ」

鏡のなかのやけに目立つ髪にふたりで見入った。「色はどのくらいで落ちるの？」

ベッキーが目を細めてボトルを見た。「シャンプー十回ぐらいだって」

わたしはため息をついた。「まずいわ。プルーが子供たちを連れて帰ってくるまでに落とす時間があるといいけど」

「ああ、そうだったわね。今朝はどんな感じだったの？」

「エルシーがわたしの仕事のことをばらしたわ」

ベッキーは顔をしかめた。「あらら」

「ほんと、まいるわ。リビングルームでプルーに卒中を起こされるかと思ったわよ」

「あなたの人生って、ますます上向きになるみたいじゃない？」

わたしはため息をついた。「まじで言ってるの？　これ以上悪くなりようがないでしょうが」


つばがたれた帽子を押さえてうつむきながら、葬儀がはじまる予定の二分まえに、レイクサイド・バプティスト教会に足を踏み入れた。オレンジ色と緑色のステンドグラスは明らかに一九七〇年代のもので、三十年間蓄積したカビとユリの花のにおいが鼻を襲った。式次第をつかんで黒っぽい木でできた信徒席へと急いだ。

前方に並んでいる後頭部を見わたした。まえから三列目に、禿頭で猫背の男性をともなった黒いターバンの女性がいた。ウィリーとそのご主人だ。ブンゼンがいないことを願いながら残りの人たちの後頭部をじっと見たが、男性たちの後頭部は見分けがつかなかった。おしゃべりをしている女性たちが何人かいた。最前列にいるブロンドの女性もそのひとりだ。彼女や、ほんのひとにぎりしかいないほかの女性たちは、服装倒錯者なのだろうか。いや、ここはバプティスト教会なのだから、それはないだろう。

年配のオルガン奏者が息苦しそうな音で葬送曲を演奏しはじめたので、手元の式次第を見た。表紙に載っているエヴァン・マクステッドの写真——微笑んでいて、若くて、生命力と希望に満ちた顔を見て、胸が痛んだ。

〈レインボー・ルーム〉の婦人用化粧室の死体とは似ても似つかない。

式次第を開いて目をしばたたいた。司祭者はロナルド・マクステッド師だった。エヴァンの父親は西部で伝道師をしているとピーチズが言っていたし、その名前は聞いたことがあった。

ロナルド・マクステッドはキリスト教原理主義者のテレビ伝道師だった。

一瞬、どうしてカリフォリニアの広大な教会施設ではなく、オースティンの小さな教会で葬儀をおこなうのだろう、と思った。だがすぐに、エヴァン・マクステッドが死んだ状況を思い出した。マクステッド師はマスコミに知られたくなかったのだろう。なんといっても、死亡時の彼の息子はイブニングドレス姿で、ゲイバーの女性用化粧室で発見されたのだから。おそらく全国の信者にはあまり受けがよくないにちがいない。

葬送曲が終わり、ロナルド・マクステッド師が通路を歩いてきた。エヴァンの母親らしき女性が彼の腕にしっかりつかまっており、結婚式の行進の悲しいパロディのようだ。彼女は仕立ての悪い黒のワンピース姿で、涙の筋のあるその顔の陰気さに、わたしは殴られたような衝撃を受けた。彼女がよろめきながら信徒席の最前列にたどり着き、わたしが先ほど気づいたブロンド女性に助けられて席に着くと、わたしの目に涙があふれた。悲しむ母親に両腕をまわす様子から、ブロンドの女性は、十月に結婚する予定のエヴァンの姉妹にちがいないと思った。

ミセス・マクステッドは明らかに取り乱しているのに、マクステッド師はいかめしく唇を引き結んでいた。彼が祭壇にのぼり、わずかな会衆のほうを向いたとき、彼の支持者が多い理由がわかった。高い頬骨と豊かな黒髪は少年のような印象を与え、何百万人もの寂しい主婦たちが、このハンサムな男性と彼が約束する魂の救済に夢中になるのが目に見えるようだ。夫は見栄えのよさとカリスマ性を備えているが、妻は小柄で疲れ切っていた。奇妙なカップルだ。

「わが息子、エヴァン・マクステッドの葬儀にお集まりいただき、ありがとうございます」教会の前方から張りのある声が響き、エヴァンの母親が信徒席で体を折り曲げた。「主は与え」この状況にもかかわらず温かいチョコレートのような声で、マクステッド師は言った。「主は取られたもう」

葬儀が進むにつれ、低くおだやかで、権力をにおわせながらなぜか心地よい彼の声に、いつしか魅了されていた。もし姓が同じでなく、祭壇の上に引き伸ばされたエヴァンの写真

——若いマクステッドの高い頬骨と黒っぽい目は、いま話している男性の不気味な鏡像のようだ——がなかったら、マクステッド師が実の息子の葬儀をとりおこなっているとはわからなかっただろう。

だが、死者を褒め称える頌徳《しようとく》の辞がはじまると、生々しい感情の波が声に表れるようになった。「エヴァンは心のやさしい、いい子でした。あの子の母親とわたしは、つねに光のなかを、主の道を歩くようにと教えました」そこでことばを切り、一瞬下を向いた。「われらはみな罪人です」彼はゆっくりと言った。「みなそれぞれ生き方はちがっても。われらの罪が、そしてわが息子のそれが」声が割れた。「つぎの人生で洗い清められんことを、そして、われらすべてが地獄の業火を免れんことを願いましょう」

教会に長いこと沈黙が流れた。エヴァンの母親の息の詰まりそうな嗚咽《おえつ》をのぞけば。ご両親を思うとわたしの胸は張り裂けそうになり、安全なところにいる大切なわが子たちのことを思った。子供が死んでしまったマクステッド夫妻は、これからの人生をどうやって生きていくのだろう？　人生はほんとうに不公平だ。

長くつらい時間だった。マクステッド師はオルガン奏者のほうを向き、オルガン奏者はあらたな葬送曲を弾きはじめた。彼は会衆のまえに立ち、最後の旋律が消えてしまうまで目を閉じていた。そしてゆっくり顔を上げた。「わたしの息子のためにお集まりくださいまして、ありがとうございました。主がみなさんとともにありますように、そして正しい道を示してくださいますように、アーメン」

彼は祭壇をおりて妻のもとに行き、葬儀は終わった。

信徒席の人びとは立ちあがって通路へと移動し、わたしはバッグのなかに何かをさがしているふりをした。〈ＩＳＣ〉の好色な男、カルヴィン・ピッツがわたしの席のそばを歩いていった。エヴァンのオフィスでわたしを見つけた女性を連れていた。うつむいて、またちらりと見ると、ウィリーが肝斑《かんぱん》のある猫背の男性の腕につかまって通路を歩いてくるところだった。彼がザンビアだかどこだかの王女とはめをはずしたことは想像しないようにして、通路を歩いてくるほかの人たちに目を向けた。そのなかに黒のタートルネックと黒の角縁眼鏡のトレヴァーがいたので驚いた。彼の目がわたしのほうを見たので、また下を向いてバッグの中身に集中した。少しして顔を上げたとき、心臓が止まった。

トレヴァーの数歩うしろにいるのは夫だった。

震える両手をバッグにつっこんで、落ちつこうとした。夫はエヴァン・マクステッドの葬儀に出席するために、クライアントとのミーティングがあるとうそをついたのだ。胆汁がこみあげた。いったいわたしは夫の何を知っているのだろう？

ひそひそ話す声が消えてから、やっとの思いで立ちあがってよろよろと身廊にはいった。重い両開きの扉を開けて外に出たとき、夫のレンタカーのスバルがループ三六〇（オースティンを走る環状道路）に停まっているのが見えた。

なんとか駐車場を横断してミニバンに向かった。震える指でドアを閉め、ベッキーに電話した。

「どうだった？」彼女がきいた。

「ブレイクがいた」わたしは言った。

ベッキーは息をのんだ。「ああ、マージー……」

たまりにたまった苦痛と怒り――そして裏切られたという思い――が押し寄せた。電話を耳に押し当てながら、体を震わせて泣きじゃくった。額に当たるハンドルが熱く、涙が頬を伝った。

「マージー……今どこ？」

「教会」とささやきながら、頭のなかでうその数々をたどっていく。マクステッド、知らされなかった昇給、葬儀に出席する夫の顔。「ブレイクは何に関わっているのかしら。車を爆破したやつらのねらいはわたしだと思ってた。でも今はわからない……もう何もわからない」

「彼にきいてみなさいよ」

「だめよ」わたしは言った。「今はまだ」震える息をついて体を起こした。「もうひとつやることがあるの」

「マージー……」

「あとで電話する」そう言って電話を切った。

興奮気味に鳴る電話を無視して、しばらくハンドルをにぎっていた。やがて涙を拭き、バックで勢いよく駐車スペースから車を出すと、市街に向かった。

東七番ストリートの倉庫は、午後の日差しのもとでは前夜よりもさらに荒れ果てて見えた。建物の周囲を車で走って、前夜に見落とした荷物の積み下ろし場を見つけた。そのあとすぐそばの通りにはいってUターンし、庭に廃車が放置されている、たわんだ小さな平屋のまえに車を停めた。そこから倉庫をじっと見た。

あちこちはげた茶色のペンキは落書きで覆われ、雑草のなかに置かれた錆びついた家電製品のせいで、建物は寂れて危険な雰囲気に見えた。積み下ろし場の扉は施錠されているだろうが、調べてみても損はないだろう。

ミニバンから降りて、古い油にハイヒールをすべらせながら、足早にでこぼこの通りをわたった。すばやく積み下ろし場の扉に近づき、取っ手を引っ張った。動かなかった。そろそろと建物の角を曲がり、昨夜マリア・エスピノーサが使ったドアに向かった。やはり施錠されていた。

がっかりしてミニバンに戻る途中、昨夜マリア・エスピノーサが言っていたことを思い出した。荷物があとふたつ届く。ここに届くということだろうか？　建物からほんの三メートルほどのところを、貨物列車が音をたてて通りすぎた。この一週間の出来事に頭を混乱させながら、車に乗りこんでドアを閉めた。マクステッド、〈インターナショナル・シッピング・カンパニー〉、マキューアン夫妻、マリア・エスピノーサ——すべての共通項がここだ。風雨で汚れたコンクリートに目を据えた。マクステッド殺害の謎、そして夫のうその理由が、あの錆びた金属扉の向こうにあるのはほぼまちがいない。

一時間たち、二時間たっても、何も起こらなかった。エアコンがつけっぱなしなので、燃料計は危険なほど低くなっていた。あと二十分ぐらいしかもたないだろう。マリアが言っていた荷物の届け先は、打ち捨てられた倉庫ではなく、店のほうだったのかもしれない。あと十分待ったら、うちに帰って夫と対決しようと決めたとき、汚れた白いトラックが通りにはいってきて、バックで積み下ろし場のまえにつけた。

座席の上で身をちぢめ、窓からのぞくと、運転手が降りてきて、積み下ろし場の扉をたたいた。ほどなくして、扉が下から持ちあげられた。なかを見ようと首を伸ばしたが、コンクリートの壁がちらりと見えただけだった。

運転手がトラックの後方で何やら作業をし、少しして両開きの白い扉が開いた。擦り切れたジーンズ姿のヒスパニック系らしき男たちが数人、倉庫の開かれた扉から現れて、荷下ろし用のスロープを引き出すのを手伝った。そして、トラックの後部から長い大きな紙のロールのようなものを運び出しはじめた。

紙？　どうして紙を？

扉が開いているあいだになんとかなかにはいる方法はないかと考えながら、男たちが何ダースものロールを建物に運びこむのを見ていた。運びこみが終わると、倉庫の男たちのなかの年かさのひとりが建物のほうを示した。助っ人ふたりがなかに消えたあと、年かさの男は扉を引きおろして、トラックの前部にまわった。やがて男と運転手はタバコに火をつけて、運転席側のドアにもたれた。

わたしは積み下ろし場の扉にすばやく目をやった。男は扉を引き下ろしたが、完全には下ろしていない。地面とのあいだに三十センチほどの隙間があった。

スカートの小さなポケットに鍵をつっこみ、携帯電話とベッキーがくれたペッパースプレーをスカートのウエストにはさんだ。静かに車から降りてそっとドアを閉め、靴を脱いで、倉庫に向かって通りを走った。

廃家電の山を通りすぎたとき、足に鋭い痛みが走った。痛みを無視し、足を引きずってトラックの陰にはいった。運転席側からタバコのにおいとともにスペイン語が流れてきた。開いた扉にこっそり近づいてしゃがみこみ、なかをのぞいた。紙のロールは見えたが、男たちは消えていた。腹ばいになってなかにはいりこんだ。粗いコンクリートの縁にこすれて新しいスーツのボタンがひとつとれた。

急いで立ちあがり、天井から電球がひとつぶらさがっているだけの、薄暗いホールのような部屋を見わたした。紙のロールは部屋の隅に置かれ、その横に大きな両開きのドア《ダブルドア》があった。ドアの向こうからブーンという音が聞こえてくる。そこからなかにはいるのはいい考えではないという気がした。別の隅にある暗い戸口に目が引き寄せられた。足音をしのばせてそこに向かった。戸口から暗い通路をうかがっていると、すぐ外でスペイン語のやりとりが聞こえた。振り返ると、積み下ろし場のドアの隙間から二組の足が見えた。

急いで通路にはいり、左側の最初の戸口に飛びこんだとき、積み下ろし場のドアが音をたてて開いた。

22

飛びこんだ部屋は真っ暗で、耐えがたいほど暑かった。空気はカビと自動車用オイルとほかにも何か——何か腐ったもののにおいがした。壁に張りついて横に移動していると、おもての扉がきしりながらまた閉まった。かちりという音と、つづいて扉に施錠する不吉な音がした。話し声が角を曲がってきて照明をつけるのだろうと予想して、息を止めた。だが予想ははずれ、ブーンという音が大きくなった。やがてそれも話し声とともに小さくなり、ドアが閉まる音が聞こえたような気がした。おそらくあの大きなダブルドアだ。

もっと何か聞こえないかと数分待ったが、聞こえるのはかすかなブーンという音だけだった。懐中電灯を持ってこなかった自分をのろった。いま立っているところから五十メートルしか離れていないミニバンの、グラブコンパートメントにしまいこまれたままだ。

照明のスイッチを手探りしながらじりじりと戸口へと後退した。危険だが、建物のなかで何がおこなわれているかを知る方法は、それしか思いつかなかった。それに、だれかが来ればわかるはずだ。指でスイッチをさがしあて、そのましばらく待った。聞こえるのはブーンという音と、どこか近くで水がぽたぽたたれるかすかな音だけだ。深呼吸をしてスイッチを押しあげた。

青みがかった蛍光灯の光が部屋にあふれ、気づいた男がドアから走りこんできてつかまるのだろうと半ば覚悟して身がまえた。だが、だれも来ない。せまい部屋に視線をさまよわせた。奥の壁にある窓はベニヤ板でふさがれ、コンクリートの床にはいくつものふぞろいなテーブルが置かれていた。ほとんどが茶色やグレーのラミネート加工品で、欠けた表面から下の汚れた合板が見えていた。テーブルのまわりにはパイプ椅子が置かれ、汚れたコンクリート床のあちこちにトウモロコシの粒が落ちている。目が動くものをとらえた。大きな茶色いゴキブリだった。鼻にしわを寄せた。ここはなんなの？　ランチルームか何か？

照明を消し、ふたたび真っ暗な闇のなかに身を投じた。積み下ろし場からもれていた光は消えていた。薄明かりがあったときに見えていたものを思い出しながら最初にはいったホールのほうに移動した。

通路を一、二メートル進むとまた別のドアがあり、照明のスイッチを入れると一個だけの裸電球がついて、小さな汚い厨房のような場所が照らし出された。腐敗臭が強くなる。隅には野菜や豆の巨大な缶がいくつも置かれ、その横のビニール袋には大量の空き缶がはいっていた。最初の部屋同様、ひとつしかない窓はベニヤ板でふさがれている。老朽化しているらしいコンロにはへこんだ大きな鍋がふたつ置かれ、シンクは錆でオレンジ色に汚れていた。

通路の左側の最後のドアからは尿のにおいがしていて、照明をつけるまえから部屋の用途がわかった。一瞥《いちべつ》したところ、ふたのない便器がひとつと、蛇口から水がもれている洗面台があり、いらいらする水滴の音はここから聞こえているようだった。すぐに部屋を出て明かりを消し、わが家のバスルームの状態について二度と文句は言うまいと誓った。通路を横切り、手探りしながらさっきこちら側に見た唯一のドアに向かった。

ドアを開けると洗っていない体の悪臭が襲いかかってきた。シャツを引っ張りあげて鼻を覆い、胆汁を飲みこみながらあとずさった。においは強烈だったが、部屋が無人なのはわかった。話し声は聞こえず、物音もしない。また足を踏み出し、つかんだシャツを顔に当てたまま、照明のスイッチを手探りした。ここではブーンという音が大きくなっていた。この部屋は倉庫の主要部分と思われる場所、あのダブルドアの向こうにある部屋に隣接しているにちがいない。

スイッチを入れると蛍光灯がつき、今度は緑がかった色の光が、フォームラバーの破片や、あまりに汚れ、カビでまだらになっているため、もとの生地の柄も判別できない古いマットレスで散らかった床を照らした。古い毛布も何枚か散らばっていた。壁はむきだしのコンクリートで、毛布の下をゴキブリが逃げていった。わたしは身震いして明かりを消すと、吐き気をこらえながら急いで部屋から出た。

しばし薄暗い通路に立って、つぎにどうするべきか考えた。ダブルドアの向こうでブーンと音をたてているのはなんなのか見たくてたまらなかったが、のぞける程度にドアの片方を開けたりしたら、わたしが来たと口笛を吹いて知らせるようなものだ。

もうひとつの選択肢は、暗い通路の奥にちらりと見えた階段だった。もしかしたら事務所か、この建物の目的がわかるような場所につながっているかもしれない。こちらの場合、おもな心配は、のぼった先にだれかがいるかどうかだった。でも、ダブルドアの向こうに人がいるのは確実なので、階段に賭けるほうがましだろう。

手探りで通路の奥に進むと、むこうずねがいちばん下の段にぶつかって、階段に到着したのがわかった。ストッキングの足が何かを踏んで音をたてるたびにひやりとしながら、ゆっくり階段をのぼった。最初の踊り場でドアをさがしたが、コンクリートに手が触れただけだった。つぎの踊り場までくると、そこは行き止まりで、鼻がドアにぶつかった。ドアに耳をつけて、話し声や足音に耳を澄ました。長い数分間のあとで、思い切ってドアをほんの少し開けてみた。

階段室に光があふれた。ドアを閉めてあとずさり、足音が響くのを待った。心臓が胸郭をたたくなか、今のはさっき階下で見た胸の悪くなるような緑色の光ではなく、もっとやわらかな、射しこむ日光のような光だったと気づいた。もう一度わずかにドアを開けて、部屋のなかをのぞいた。まんなかに古い木のデスクが置かれ、傷だらけの天板にはきちんと書類が積んであって、そのうしろの壁にはファイルキャビネットが並んでいた。どうやら司令室を探り当てたようだ。わたしにとって幸いなことに、今日はだれも指揮をとっていないらしい。

さらに広くドアを開けて、そっとなかにはいった。芳香剤のマツの香りがほのかにして、階下のにおいをやわらげてくれているのがありがたかった。金属製の天井のそこここに穿《うが》たれた、くもり空が見える天窓と、内側の壁にある巨大な一枚ガラスの窓から、光が射していた。体じゅうに興奮が走った。司令室である事務所からはあの大きなダブルドアで隠されている場所が見おろせるようになっていた。下から見えないように急いでしゃがみ、カニ歩きで大きな窓まで移動する。その下にうずくまって窓枠からのぞいた。ブーンという音の正体がようやくわかった——巨大なロールを何に使うかも。

それは紙ではなかった。

布地だった。

倉庫のコンクリートの床には、巨大なミシンと、あざやかな色の反物を山積みにしたテーブルがところせましと置かれていた。見ているあいだにも、百組もの茶色い手が測り、縫い、新しい反物を大きな裁断用テーブルに運んでいた。

天窓から降り注ぐ日光で、テーブルに運ばれようとしている反物の布地が光った。〝良心のあるクチュール〟のショーで見た、人魚風ドレスと同じ生地だった。

ビッツィはメキシコの工場からドレスを運ばせているわけではなかった。ここで作らせているのだ。

秘密裏におこなわれているのは、労働者たちが不法移民で、最低賃金以下で働かされているからだろう。このことが明らかになればジュニアリーグはいい顔をしないだろうが、実際はメンバーのほとんどが、家の掃除や庭の芝刈りをさせるために不法移民を雇っていた。工場を運営するのとは規模がちがうが、基本概念は同じだ。ビッツィのやっていることが発覚した場合、どんな罰則が適用されるのだろう？　追徴課税？　その程度のことでマクステッドを殺害するとは考えられない。しかもあんな残酷なやり方で。それに、〈ＩＳＣ〉はどう関係してくるの？　わたしの夫は？

黙々と働く階下の労働者たちを魅せられたように見つめているうちに、ある人物がわたしの目を引いた。赤い野球帽をかぶった、生地を運んでいる男性のなかのひとりに見覚えがある気がする。広い部屋じゅう彼を目で追いながら、もっと近くに来てくれないか、でなければせめて、顔がよく見えるように野球帽を脱いでくれないかと念じた。ようやく男性は大きなテーブルのひとつで立ち止まり、反物をテーブルに置いた。そして、帽子を押しあげ、顔の左側の引きつった皮膚を見せながら、額をぬぐった。

グラシエラの夫のエデュアルドだった。

心臓が早鐘を打つなか、うずくまりながら、すべてを考え合わせた。エデュアルドは一、二カ月まえに姿を消した。国境を越えて行き来するためにコヨーテを使った。夫がメキシコに着いたことはわかっているが、まだ戻ってきていない、とグラシエラは言った。

だが、戻ってきていたのだ。

真実に打たれた衝撃で、わたしは硬い壁にもたれて座った。ビッツィ・マキューアンは不法移民を雇っているだけではなかった。

彼らに強制労働をさせているのだ。

移民に無事入国させると約束しながら、人質として身柄を拘束し、無給で働かせる会社オーナーのことを新聞で読んだことがある。移民の多くは最終的に解放されている。だが、つらい目にあった彼らはどうすればいいのだろう？　警察に届け出る？　いや、当局に近づけば、強制送還されてしまうかもしれないのだ。

　これで階下のせまい厨房も、がたのきたトイレも、おぞましいマットレスも納得がいく。階下の労働者たちは囚《とら》われの身なのだ。ビッツィが昨日言っていた〝新しい荷物〟は布地ではない。人間だ。

　スカートのウエストを探って携帯電話を手にした。警察に電話しなければ。九一一と押したあと、〝通話〟ボタンを押そうとして、エデュアルドがどうなるかに思いが及んだ。

　彼はメキシコに強制送還され、グラシエラは子供たちとともに残されることになる。

　発信画面を消して電話をスカートのウエストに戻した。エデュアルドをここから連れ出さなければ。でもどうやって？

　もう一度窓枠から階下を見た。すぐ下のダブルドアのそばで男性ふたりがぶらぶらしていたが、小さいほうのドア――昨夜マリアが出入りしていたドアには見張りがいなかった。目を細めて錠前をよく見た。希望はついえた。内側からも鍵が必要なものだったのだ。

　またうずくまって考えようとした。おそらくひとりでは無理だ。だれに助けを求めればいいのだろう。

　ピーチズだ。携帯電話を取り出して番号を入力し、〝通話〟を押した。電話を耳まで上げたとき、話し声が聞こえた。階段室につづくドアに目を走らせた。開けっ放しにしておいたのだ。〝通話終了〟を押したとき、階段に最初の足音が響いた。

隠れる場所をさがして部屋のなかを見まわした。反対側の奥にある小さなドア口に目が吸い寄せられる。足音が最初の踊り場に近づくなか、急いでそこに向かった。ドアノブは回ったが、ドアはびくともしなかった。足音はどんどん近づいてくる。肩でドアに体当たりすると、ガタッと音をたててドアが開いた。そこはクローゼットだった。

「今のは何？」女性の声がした。階段室につづくドアがさらに広く開いた。

わたしは急いでクローゼットにはいり、ドアを閉めた。きちんと戸枠にはまらなかったので、だれにも気づかれないことを願いながら少し開いたままにしておき、両手をうしろに突き出して探りながら、小さく何歩かあとずさった。せまいクローゼットのなかには、いくつかの紙束と古い椅子があった。いちばんしたくないのは、それらを倒してしまうことだった。

「たぶんネズミだ」男性の声が答えた。

「ネズミ？　生地をかじられたらどうするの？」マリア・エスピノーサの声だとわかった。

「罠をしかけておく」男はひどく訛りのある英語で言った。わたしは少しだけ身を乗り出して、ドアの隙間からのぞいた。マリア・エスピノーサが背の高い黒髪の男性と話していた。

「例の製品番号はわかる？」マリアがきいた。「彼女が知りたがってるの」引き戸を開ける音のあと、少しして閉まる音がした。

「ああ。今回はあまり状態がよくない。パトローナは食べ物をあまり与えない、そのほうがよく働くからと」

「食事を切り詰めるのはまちがいだと思うわ。働くには活力が必要なのに……」

彼は肩をすくめた。「彼女が言ったことだ。ボスは彼女だ」

マリアはため息をついた。「なんにせよ、言われたとおりにしなきゃならないのね。セルジオに伝えるわ」

携帯電話が鳴った。「彼女だわ」マリアが言った。「もしもし？」先方の話を聞いたあと、彼女は言った。「候補はいくつかあるとジーニアは言っていましたが、このところ地価が上がっていて、安くはならないそうです。でも、メキシコシティには安い工場があります。そのなかのひとつなら……」

またもや沈黙。

「おそらくそのとおりでしょうね」長い沈黙のあとマリアは言った。「でも、働くコンディションは大切です。食事を減らすのはまちがいだと思います」

彼女はしばらく黙りこんだ。電話の相手は意見が合わなくて、話題を変えたようだ。つぎに口を開いたとき、マリアは興奮していた。「それでしたら今日の午後届きます。すばらしいものになるはずです。デザインを手伝わせていただいて感謝しています……」

ビッツィだ。やっぱり。信じられずに首を振った。耳にしたことが正しければ、ジュニアリーグの会長は、〝良心のあるクチュール〟を生み出すために、不法移民に強制労働をさせているのだ。

マリアはまだ電話をつづけており、その声は興奮していた。「新しい工場を稼働させてしまえば、わたしたちは安泰です。いまミシンを注文すれば、来月までには届くでしょう。いつでも送りこめる新しいグループがいますし、あなたが土地を手に入れしだい、軌道に乗せます」

また黙りこんだあと、彼女は言った。「これで七十パーセント生産量を増やすことができます。いま必要としているよりも多いですけど、将来のプランが立てられます。先ほどまで店のほうにいたんですが、注文がどんどんはいりはじめています。ショーは大成功でしたね」少しして、彼女は言った。「考え直す必要はありません。すぐにセルジオと話します。また何かあればお電話ください」

電話を切ったらしく、彼女は大きなため息をついて言った。「まあ、努力はしたわ」

「あんたにできるのはそんなもんだろう」男は言った。階段に向かって足音が遠ざかっていき、わたしは肺から空気を吐き出した。見つからずにすんだのだ。

そのとき、わたしのすぐうしろでやかましい呼び出し音が響いた。

わたしの携帯電話から。

23

スカートのウエストを手探りしてボタンを押し、着信音を止めた。だが遅かった。

「今のはネズミじゃないわ」マリアはびくびくしているようだ。

男が威嚇するような声で言った。「そこにいるのはだれだ？」

わたしは動きを止め、ドアが開いて見つかるのを待った。どうして電源を切っておかなかったのだろう？　ドアが開いたらすぐさま飛び出すつもりでうずくまった。

やがてドアがぱっと開き、わたしは銃口を見つめることになった。

「ここで何をしているの？」銃を持った男の数歩うしろに立っているマリアが、驚いて声をあげた。黒っぽい目はわたしを見据えている。白目がやけに目立った。「ここにはだれも来てはいけないのに！」

「ええと、たまたま近くに来たから」

「どうしてここがわかったのよ？」マリアの声はおびえていた。

わたしは何も言わなかった。

銃を持った男はマリアを無視してわたしを見た。「出ろ」

マリアは両手で口を覆って脇にどき、わたしはクローゼットから出た。

マリアの声は震えていた。「どうやってはいったの？」

「荷物が届いたとき……扉の下からしのびこんだのよ」

男は目を細めてわたしを見た。「パトローナに電話しろ」

マリアはバッグから携帯電話を出してボタンを押した。まだおびえたシカのように見える。

「お忙しいところすみません」相手が出ると、彼女は言った。「ファッションショーで見かけた女性がここに来ています」彼女はしばらく黙っていたが、電話から怒った声が聞こえてくるのがわかった。「わかりません」彼女はわたしを見た。「あなた、名前は？」

「マージー」うそをつくことも考えずにわたしは言った。「マージー・ピーターソン」

彼女はビッツィに伝えた――相手はビッツィに決まっている――そして、どうやら先方はよろこんでいないらしい。「どうしてここがわかったの？」

「〈ISC〉のファイルでここの住所を見たのよ」

彼女はメッセージを伝え、さらに言った。「どのファイル？」

「夫のオフィスにあったやつ」

それに対するビッツィの返事は聞こえなかったが、わたしにとって好ましくないことを言ったのだろう。電話を切ったマリアの表情はやけに暗かった。

「それで」胃がひっくり返りそうになりながら、精一杯の笑みを浮かべてわたしは言った。

「これからどうする？　このことはいっさい警察に通報しないと約束したら、帰ってもいい？」

マリアは男を見た。「あなたならどうすればいいか知っているはずだと彼女が言ってたわ、カルロス」そのことばを聞いて、背筋にさむけが走った。

「ホルヘを連れてこい」カルロスは言った。

「わかった」

マリアが背を向けて足早に廊下に消えると、カルロスはわたしを見た。「携帯電話を出せ」わたしはウエストバンドからそれを取り出して彼にわたした。「車のキーもだ」それも差し出した。そのあとはただ立っていた。ホルヘが現れるのを待っているのだろう。だが、ホルヘはすぐにやってきた。

「両腕をまえに出せ」カルロスが命じた。わたしが両腕を突き出すと、右頬に不気味な涙のタトゥーを入れたホルヘが、荒っぽく上から下まで体をたたいた。いつもならまるめたティッシュペーパー各種や壊れたおもちゃがポケットにはいっているのだが、このスーツは新品で、ポケットには鍵しかはいらなかった。幸い、彼はペッパースプレーを見落とした。スカートのうしろにはさまっていたからだ。

「それから？」わたしはきいた。

「うしろを向け」カルロスが低い声で言った。恐怖が体をめぐり、ジャケットの下に手を入れてペッパースプレーをさぐりながら、クローゼットのほうを向いた。だが、それをつかむまえに、重いものが頭に打ちおろされ、わたしは床にくずおれた。

においのせいで目が覚めた。汚れた毛布に顔を押し当てていたので、暗闇のなかで目を開けたとき、反射的に吐き気がこみあげた。首をめぐらせようとして、両手と両足が縛られているのに気づいた。

暗かったが、ミシンのうなる音と、バスルームの水もれ蛇口から水がたれる音が聞こえた。一階の雑魚寝部屋にいるのだ。

転がってくさい毛布から離れると、頭がずきずきした。においのせいと、胸を締めつけはじめていたパニックのせいで、吐き気がのど元までこみあげた。わたしは死んでいない。でも、彼らがウィンクと握手をして帰らせてくれるとも思えなかった。必死に体を起こして座ると、殴られた場所から頭蓋骨の奥にかけて痛みが走った。さまざまな方法による死や手足の切断、エルシーとニックに二度と会えないかもしれないという心をかき乱す可能性を含む、いくつもの好ましくない方向へと考えが飛んだ。駆け巡る思いをなんとか抑えて、いま何をするべきかに意識を集中した。

拘束された両手を上げて、腰にペッパースプレーの缶の存在を感じるかたしかめた。まだそこにあった。これから役に立つかどうかはわからないが、まったく武装していないわけではないと思うとなぐさめにはなった。

つぎに手首の拘束具の感覚を調べた。ロープのような粗い素材ではなく、肌への粘着具合からすると、カルロスはテープを使ったようだ。だれにせよ、わたしを縛った人物は慎重派だった。テープは手首と足首にくいこみ、血流が滞って手と足がしびれていた。まずは両手を自由にしなければ。さっきこの部屋で何か鋭利なものを目にしただろうか？　腰を上げて立ちあがろうとした。頭をずきずきさせながら、中腰の状態になり、のどもとにこみあげるパニックの叫びを抑えようとした。

休むために一瞬止まり、頭痛が収まるのを待った。つぎにしゃがんだ姿勢になり、つま先に体重をかけたところ、くさい毛布の山のなかに倒れこむことになった。うげ。

エルシーとニックのことを思いながらもう一度挑戦したが、また別の毛布の山に倒れこんでしまった。三度目の挑戦でようやく立ちあがることができた。

背後から聞こえるブーンという音が近いということは、ドアは反対側だ。ぴょんぴょん跳びながら部屋を横切り、一度は巻いてある毛布につまずいて、肩から派手に転んだ。なんとかまた立ちあがろうとがんばり、今度は一度で成功すると、よたよたと壁にたどり着いた。すり足とジャンプを組み合わせ、コンクリートの壁に背中をつけて進みながら、明かりのスイッチを手探りした。三メートルほど進んだあと、それを見つけた。足音と話し声に耳を澄ましたが、隣の部屋の規則的なミシンの音が聞こえるだけだった。わたしは肩でスイッチを押しあげ、部屋にあふれた青っぽい強い光に目を細めた。

部屋のなかを見わたしていると、通路に話し声が響いた。もう一度肩をスイッチにこすりつて明かりを消した。光を見られただろうか？　もう一度床に身を投げ出して、気を失ったふりをしようとしたとき、話し声が消え、遠くでドアがバタンと閉まった。

もう一度明かりをつけようとは思わなかった。明かりがついていたわずかのあいだに、この部屋にあるのは洗っていない毛布の山だけだと確認できていた。そこで、そのまま跳びながら通路に出て明かりをつけた。

殴られた後頭部と、外の草地でけがをした足がずきずきする。トイレから饐《す》えた尿のにおいがただよってきた。もうすぐだ。つぎのドア口を跳び越してなかにはいり、肩で明かりのスイッチをさがし、小さな部屋を胸の悪くなるような黄色い光で照らした。

覚えていたとおり、コンロには鍋が置かれ、その横のフックからレードルやスパチュラがぶらさがっていたが、さがしているものは見当たらなかった。ペンキのはげた小さなキャビネットのほうを見つめ、ふたつの引き出しに目を留めた。跳びながらそこに行って向きを変え、上の引き出しの取っ手をつかんで体重をかけた。金属ががちゃがちゃいう音とともに引き出しが開いた。

いいニュースは銀器でいっぱいだったこと。

悪いニュースは、使用可能ないちばん鋭利なものが、古いバターナイフだったことだ。できるだけ小さく身をかがめて、その下の引き出しを開けた。缶切り、レードル、スパチュラ。くそっ。

下の引き出しを閉めたとき、通路の奥からガラッという音がした。すばやく明かりのスイッチに目をやった。消すのはもう間に合わない。ぎゅっと目を閉じて待った。

何も起こらなかった。

震える息を吐きながら、もう一度最初の引き出しを開け、中身を探ってナイフの持ち手をつかんだ。薄汚い部屋を最後にもう一度見たあとドア口に戻り、肩でスイッチを押しさげて明かりを消すと、最初にいたくさい部屋までの道のりを跳びながら戻った。もといた場所に戻ったら、戒めを解く作業をはじめよう。そうしていれば、突然だれかが来ても、まだ意識が戻っていないふりができるだろう。

もとの位置と思われる場所に戻ると、床に倒れこんだ。においはひどいが、立っていなくていいのでほっとした。得体の知れないものが走りまわる暗闇のなか、ナイフをにぎりしめて、なまくらな刃を危なっかしく両手首の隙間にねじこんだ。そして、水がぽたぽたたれ、小さな足がぱたぱた走る音を聞きながら、ナイフの刃を前後にひたすら動かした。張り詰めたテープが音をあげることを祈って。

テープを切るためにナイフをのこぎりのように動かし、その動きで手首に痛みを覚えながら、自分の置かれた状況について考えた。ジュニアリーグの会長が〝良心のあるクチュール〟ラインの製造のため、不法移民を強制労働させていること、そして、〈インターナショナル・シッピング・カンパニー〉は移民の輸送に手を貸しているらしいことを、わたしは発見した。おそらく〈ジョーンズ・マキューアン〉が〈ＩＳＣ〉と結託して隠蔽《いんぺい》しているのだろう。

今わたしはおぞましい倉庫のなかで七面鳥のように縛りあげられており、だれがエヴァン・マクステッドを殺したかはまだわかっていない。消えた一万六千ドルと夫の車を破壊した爆弾についても謎のままだ。行き先はだれにも告げなかったので、外から助けが来ることはまずありえない。

　それでも、カルロスはまだわたしを殺していない。それはいい兆候だった。だが、わたしは彼らのやっていることを知りすぎているので、おそらく解放するつもりはないのだろう。

　エルシーの笑い声と、わたしを信じて疑わない青い目を思った。眠っているニックのぽっちゃりした顔のやわらかさを、産毛で覆われた手足の重さを思った。目に涙があふれた。エルシーはまだ一年生にもなっていないのに！　あの子たちの子供時代をともにすごし、宿題を手伝い、ミドルスクールやハイスクール時代のむずかしい年頃に悩み、大学を選び、結婚するときそばにいてやれないなんて。そんなの耐えられない。

　あらたな力がわいてきて、なまくらなナイフの先を手首の肉に食いこませながら、両手に巻かれたテープに挑んだ。そのおかげで数分後、裂けるような音がかすかに聞こえた。

　そのとき、ホールで足音が聞こえた。わたしは固まった。ホールに明かりがつくと、手首のあいだにナイフを押しこんで、目を閉じ、呼吸を落ち着かせようとした。だれかが明かりをつけ、マリアの声が聞こえた。彼女がスペイン語で何か言うと、低い声が答えた。何かを討議しているらしい。メキシコ《メヒコ》と、あとはカミオン——トラック？——ということばだけ聞き取ることができた。やがて、だれかがわたしを蹴った。少しすると足音は遠ざかり、わたしは必死で手首のあいだのナイフを動かした。

すでにテープは五ミリほど切れていたらしく、さらに切り進めようとしたとき、足音が戻ってきた。わたしは二組の荒れた手につかまれた。部屋から運び出されながら、ぎゅっと目を閉じて、ぐったりと脱力することに――そして、ナイフを落とさないことに――集中した。悪臭が弱まり、遠くで一匹のセミの鳴く声が聞こえ、熱いアスファルトのにおいがしたかと思うと、固くざらざらしたものの上におろされた。

ドアがバタンと閉まり、エンジンがうなりをあげ、わたしの下の床が急に傾いた。

24

さっき彼らがトラックのことを話していると思ったのは正しかった。どうやらわたしをトラックに放りこむことについての話し合いだったようだ。後部ドアにいくつかある小さな穴から、遅い午後の明るい日差しがもれてくるのを除けば、トラックのなかは真っ暗で、息苦しいほどの暑さがどっと押し寄せた。新しいスーツをぬれタオルのように体に張りつかせながら、ゆっくりとテープからナイフをはがし、切る作業を再開した。わたしをどこに連れていくつもりなのだろう？　暑さにもかかわらず、悪寒が走った。行く先が郊外の人けのない原っぱでなければいいのだが。

テープの上でナイフの刃を前後に動かしていると、血が両手を伝い、汗と混じってナイフをにぎる手がゆるんだ。そのとき、突然トラックが右折した。一方の壁に体をたたきつけられ、手からナイフがすっぽ抜けて、床の上をすべっていった。

パニックがのど元までこみあげて、トラックの床で身もだえながらも、トラックがまた曲がると、金属がすべる音に耳を澄ました。扉のそばでこするような音が聞こえたので、汗で湿ったレーヨンのスーツ越しに、金属の平たい部分を感じようとしながら、イモムシのようにじりじりとトラックの後部に近づいた。ようやくナイフが見つかった。だが、拾おうとして手を伸ばすたびに、トラックがいきなり前進して、ナイフは手の届かないところにすべっていってしまう。

五度目にナイフをつかみそこねたとき、トラックが右に急カーブを切って、ナイフが偶然手に飛びこんできた。持ち手をつかんだ直後、トラックは別の方向に曲がり、わたしは金属の壁に激突した。

十分後、皮膚からテープがはがれる痛みに息をのみながら、両手首を解放した。トラックがまた傾いたが、今度は準備ができていた。感覚を失った手で体を支え、脚を自由にする作業にとりかかった。テープの端をつかんで引っ張るだけでよかったので、数分しかかからなかった。両の手首と足首を動かして血流を促したが、血がめぐるようになるとちくちくした痛みが襲い、顔をしかめた。つぎに、手探りで後部扉の掛け金を見つけようとした。扉を開けることができれば、後続車に合図を送ることができるし、トラックが止まれば飛び降りることもできる。

だが、扉には鍵がかかっていた。残りの壁に弱い箇所はないかと調べたが、どこにもなく、座って待つしかなかった。トラックにガタガタ揺られながら、壁に寄りかかって、隙間からもれる日光が弱まり、暗闇と白く光るヘッドライトへと移り変わるのを眺めた。

トラックが急停車するまで、どれくらい時間がかかったのかはわからなかったが、夕方はとっくにすぎて夜になっていた。エンジン音がだんだん小さくなって止まり、わたしはペッパースプレーを持って後部扉のそばにしゃがんだ。心臓が口から飛び出しそうな思いで、前部のドアが開いて閉まる音を聞いた。車の走りすぎる音は今や遠く、コオロギの鳴き声と地面を踏む足音と、スペイン語で話すふたりの男の声がした。

やがて、掛け金がガチャガチャと音をたてた。そして扉が開いた。わたしはペッパースプレーのボタンを押しながら、まえに伸ばした腕で弧を描いた。ふたりの男がよろめいて顔を押さえるのがちらりと見えたあと、風が化学薬品の雲をこちらに送り返してきた。

わたしはトラックから飛び降りたが、目は炎のように熱く、歩道を一、二メートル進んだところでつまずいて、芝生らしきもののなかに倒れこんだ。背後でスペイン語をまくしたてる声がして、肩をつかまれて男のほうを向かされた。ペッパースプレーを突き出してまたボタンを押した。逃れようと身をよじると、悪態をつく声が聞こえたが、わたしをつかむ手はなくなった。涙をだらだらと流しながら、何も見えない状態でよろよろとまえに進んだ。スプレーを浴びたといっても、背後の男たちほどひどく浴びたわけではなかった。満月が出ていて、前方の木立を見分けることができた。振り返ると、男たちとの距離は広がりつつあった。

走ると鋭い草で脚が切れ、いがやイラクサが足のやわらかい皮膚に食いこんだ。木立まで来たところでしばし立ち止まると、背後でスペイン語の荒っぽいやりとりが聞こえた。おぼつかない足取りでまた前進し、ワイヤーフェンスをよじ登って木立の向こう側に出たあと、また原っぱを横断した。銀色の樹皮が月光を浴びて幽霊のように見えるプラタナスの木立まで来て、ようやく立ち止まり、追っ手の音に耳を澄ました。コオロギが鳴いてそよ風が木々の葉を揺らし、頭上のどこかうんと高いところでフクロウが鳴いていたが、男たちがたてる音は夜のなかに消えていた。

わたしは木に寄りかかった。肺に吸いこむ空気は炎のようで、ペッパースプレーのせいで目がまだ痛んだ。よどんだ浅い水たまりが月光に光り、のどの渇きに襲われた。何時間も飲まず食わずで汗をかきつづけている。のどが渇いて、お腹がすいて、疲れていた。男たちの音は聞こえないが、まだわたしをさがしているのはわかっていた。あたりの土地を見わたして、農家をさがした。見当たらなかった。遠くから車の轟《とどろ》きが聞こえてきて、二本のヘッドライトが闇を切り裂いた。恐怖が体を駆けめぐった。あのトラックだろうか？

車の音が遠ざかり、わたしはよろよろとプラタナスの木から離れて、道路のほうに向かった。道路は町につづいているし、町に行けば電話がある。いま必要なのは、何よりもまず電話だ。

ひび割れた舗装道路への道は見た目より遠かった。一時間にも感じられたが、実際には二十分たらずと思われるあいだ歩きつづけ、ようやく原っぱから砂利敷きの路肩に出た。傷めた足に小石がこすれてたじろぎ、隠れるところがなくて不安を覚えた。トラックが戻ってきたらどうしよう？　道路の両側には原っぱが広がっている。隠れる時間はあるだろうか？　それに、つぎの町まではどれくらいあるのだろう？　テキサスの田舎では、町と町の距離は三十キロ以上ある。わたしは月の方角へと歩きだした。選んだ道が正しいことを願いながら、そして、捕獲者たちに追いつかれるまえに電話にたどり着けることを願いながら。

トラックの音に注意しつつ十五分ほど歩いたとき、前方で車の低いエンジン音がした。路肩には草むらより高いものはない。どこに隠れればいいの？　わたしは道路からおりることもできずにいた。有刺鉄線が月光を浴びて鈍く光った。路肩の溝に飛びこみ、茂った草の陰に寝そべった。数分後、ピックアップトラックがガタガタと通りすぎ、町に乗せていってくれたかもしれない人から身を隠していたことに気づいた。

浅い溝から這い出て、またよろよろと道路を進んだ。一歩ごとに足をずきずきさせ、追っ手の気配に耳をそばだてながら。ペッパースプレーのせいで目の脇からはまだ涙がにじみ、電話にたどり着くのは不可能ではないかと思いはじめたとき、地平線で黄色い光がひらめいた。足の痛みを無視して歩調を速めた。

三十分近くたったころ、家畜逃亡防止溝を越えて土のドライブウェイに出た。でこぼこ道に、色あせた金属が月光に鈍く光る古い車が並んでいた。道路から四百メートルほどはいったところに農家が建っており、たわんだフロントポーチに電球がひとつ灯っていた。五十年まえのシボレーの横を通りすぎたとき、低いうなり声がして血が凍った。
四、五メートル先に、サイズも体型も大きなオオカミそっくりな犬が立って、黄色い歯をむき出していた。わたしは犬から目を逸らし――目を逸らすことは服従を意味するとどこかで読んだことがあった――自分が小さく、危険がないことをアピールするためにしゃがんだ。
だが犬は、歯をむいてうなりながら近づいてきた。わたしは錆びたバンパーを見つめていたが、犬は視界にはいる距離にいた——三メートル、いやもう一・五メートルしかない。ペッパースプレーのボタンに手をかけたとき、スクリーンドアが音をたてて開いた。顔を向けると、フロントポーチにショットガンをかまえた男性が現れた。

「ルーシー！　つけ！」

犬は飼い主のもとに走って行きはしなかったが、少なくともためらいは見せた。ポーチの男性は闇に目を凝らし、わたしにショットガンを向けた。「おれの敷地で何をしている？」荒々しい声には気さくさのかけらもなかった。

わたしは銃を見つめ、それから犬を見つめた。「ごめんなさい。不法侵入したことは謝ります」ごくりとつばをのむ。犬がさらに一センチほども歯を見せてうなった。「信じてもらえないかもしれないけど、トラックに乗せられて誘拐されたんです。なんとか逃げ出して、何キロも歩いて……」事情を説明しながら、自分でも信じられない話だと思った。

「誘拐だって？」

わたしはうなずいた。

「おれにあんたが見えるように、もう少しこっちに来てくれ」

わたしは犬を見た。犬はそれをいい考えだとは思っていないようだ。

「ルーシー！」男性がどなった。「つけと言っただろ！　早くしろ！」ルーシーは黄色い目でわたしを見据えたまま、しぶしぶポーチに引き返した。犬が座って落ちつくと、わたしはすり足で何歩か前進した。男性は目を見開き、声から威嚇するような調子が消えた。「ひどい格好じゃないか！」

おろしたてのスーツの残骸と、ずたずたになった灰褐色のパンティストッキングを見おろして、たしかにそうだと思った。犬が飼い主の脇についてある程度の安全が確保されると、わたしは少し気が楽になった。「水を一杯もらえませんか？」わたしは言った。「それと、電話を使わせてもらいたいんですけど」

「いいとも。犯人はまだそのへんにいるのか？」

体から緊張が抜け、ふらふらした。「そうだと思います」わたしは甲高い声で言った。

彼は地平線を見わたした。「そいつらがここに立ち寄る気になったら、ルーシーが知らせてくれるだろう。そうだな、お嬢ちゃん？」と言って、ルーシーのぼさぼさの毛をなでた。

「それまであんたはなかにいるといい」

そろそろとフロントポーチに近づいた。男性は荒れた手を差し出して、二段の階段をのぼるのを助けてくれた。彼のやさしい茶色の目からルーシーの冷たく黄色い目へと視線を移し、オオカミ犬をポーチに残してドアがバタンと閉じるとほっとした。

「座って」彼は言った。「楽にするといい」

「ありがとう」そばにある椅子に沈みこむように座り、キッチンを見わたした。古めかしい冷蔵庫の横には、トラクターが主役の農機具会社のカレンダーが画鋲《がびょう》で留められていた。そのうしろの色あせた花柄の壁紙ははがれかけ、リノリウムの床はあちこち擦り切れていたが、欠けたフォーマイカのカウンターに汚れた皿は散らかっていなかった。かつてここには女性が暮らしていたが、今はいないのだろう。

「ジェス・ハワードだ」彼は言った。引き出しのなかをかき回して、安全ピンをいくつか取り出し、テーブルの上に放った。

「マージーです」わたしは言った。「マージー・ピーターソン」安全ピンをひとつつまむ。

「これはなんのために？」

彼はわたしのシャツにあごをしゃくった。わたしは自分を見おろした。ボタンがふたつちぎれ、たるんだ肉とブラのフロントホックがのぞいていた。赤くなりながら生地の縁をつかんで引き寄せた。彼はわたしに背を向けて、戸棚からグラスを取り出した。

水と氷を入れたグラスがテーブルに出されるころには、なんとか見られる姿に戻っていた。

「ありがとう」わたしはもごもごと言った。

「いいってことよ」彼はそう言って、わたしのまえの椅子を引いた。「それで、誘拐されたって？」

わたしはうなずき、ごくりと水を飲んだ。「メキシコでは誘拐が大きなビジネスになっているらしいが、こっちでもあるとは知らなかったよ。どこで誘拐されたんだい？」

「オースティンよ」わたしは言った。「でも、身代金目的の誘拐じゃないの。わたし、知るべきでないことを知ってしまって」

彼は濃い眉を上げた。「ドラッグか？」

「いいえ。強制労働者が監禁されている工場を見つけたの。労働者は不法移民よ。それを確認したあと、脱出しようとしたところでつかまってしまったの。警察に通報する暇もなく」

「それであんたがじゃまになったのか。逃げ出すまえ、やつらはどこに向かっていた？」

「わからない」わたしはいくつかの可能性を思って身震いした。

彼はわたしのずたずたになったスーツを見た。「まあ、なんにしろ、いいことじゃないのはたしかだな。どうやって逃げてきた？」

ことの顚末《てんまつ》をくわしく話すと、彼は茶色の目を見開いた。最初はショットガンしか目にはいらなかったが、こうして見るとなかなか男前だ。おなかのあたりに少し肉がつきつつあるようだし、茶色の髪は風雪を経た顔から多少後退しつつあったが、まだ荒っぽい感じの魅力があった。おそらく五十代だろう。わたしの話を聞いて、彼は言った。「警察に電話するかい？　たぶんそいつらはまだこのあたりにいると思うが」

「いいえ。そのまえにもうひとつすることがあるの」わたしはまたごくごくと水を飲んだ。「電話を使わせてもらえる？　長距離電話になっちゃうかもしれないけど……」そこで彼を見た。「ところで、ここはどこ？」

「ユートピア（テキサス州南部のウバルデ郡にある都市）だ」

そのとき、急にルーシーがうなりはじめた。色あせた壁紙にヘッドライトがひらめき、砂利を踏む足音がコオロギの声を消す。背中にさむけが走った。「だれか来ることになってるの？」

「いいや」ジェスはショットガンをつかんだ。「ここにいなさい。いや、それより廊下の奥に行くんだ」

うなずいて細い廊下に走りこんだとき、スクリーンドアがギーッと開いた。わたしは右側の最初のドアに飛びこんだ。そこはバスルームで、壁に背中をつけて耳を澄ました。額に汗が噴き出し、廊下の向こうからジェスのきついぶっきらぼうな声が聞こえてきた。彼のことばは聞き取れなかったし、だれと話しているのかもわからなかった。やがて、また砂利を踏む音がして、その音が遠ざかっていき、スクリーンドアがバタンと閉まった。

「無事かい、お嬢さん？」

わたしは思い切ってバスルームから出た。「ええ。だれだった？」

彼は顔をしかめた。「あんたに逃げられたやつらだと思う」

肋骨のなかで心臓があばれた。「なんて言ってた？」

「女性をさがしてると言ってたよ。迷子になったんだと。見つけてくれたら大金を出すとさ」彼は肩をすくめた。「おれはだれも見ていないと言った。あとで戻ってくるかもしれないと言うから、かまわんよと言っておいた」

わたしは壁に力なくもたれた。「かばってくれてありがとう。ドライブウェイを歩いてここまであなたの話をききに来る度胸がやつらにあったなんて、信じられない」

「まあ」彼は言った。「半径十キロの地域にある家はうちだけだから、あんたが見つかるとしたらここだと思ったんだろう」唇をゆがめていたずらっぽい笑みを浮かべた。「だが、これを手に入れたよ」

「何？」

ジェスは紙切れを掲げた。「車のナンバーだ」

「すごい！」彼に走り寄って抱きつきたいのをこらえた。「もしまだ結婚してなかったら、あなたにプロポーズしてたかも」

彼は笑った。「それほどのことじゃないよ」

「わからないわよ」わたしは言った。「さてと、やつらが戻ってくるまえに、電話を借りていい？」

彼は微笑んだ。「もちろん。電話がすんだら、何か少し食べないか？」わたしのお腹が鳴り、彼はくすっと笑った。「返事はイエスのようだな」


一時間半後、わたしが三杯目のチリを食べおえてほどなく、ドライブウェイでまた砂利の音がした。ジェスが銃を手に取るあいだに、わたしはそっと廊下に向かった。

一分後、聞き覚えのあるハスキーボイスを耳にして、キッチンに駆けこんだ。「ピーチズ！」ライムグリーンのスパンデックスのミニドレスに豊満な体を詰めこんだボスが、片手を腰に当ててキッチンに立っていた。

彼女は片目でわたしを見た。「ひどい格好」

「どうも」わたしはにやりとした。「ジェス、こちらわたしのボスのピーチズ」

ジェスはにっこり微笑んで、被ってもいない帽子を上げる動作をした。「会えてうれしいよ」

ピーチズの目がジェスの長身を上から下までたどり、ダークブラウンの目でとどまった。

「同感よ」と甘い声で言う。

「悪いけどもう行かないと」わたしは言った。「ほかに助けなきゃならない人がいるの。ジェス、あなたがしてくれたことにはいくらお礼を言っても言い足りないわ……」

「これを忘れるなよ」ジェスはそう言って、車のナンバーが書かれた紙切れを差し出した。

「おれの電話番号も書いておいた」そしてピーチズに向かって言った。「ここにいるマージーの話によれば、ちょっとした救出作戦を決行するそうだね。おれに手伝えることはないかな？」

「ジェス」わたしは抗議した。「もう充分助けてもらったわ。あなたを巻きこむわけには……」

ピーチズがわたしの腕に手を置いた。「あなたは黙ってて」そしてジェスに向かって言った。「そのショットガンがあればすごく便利かも」

「ピーチズ！」

ジェスがピーチズに微笑みかけた。「オースティンまであんたたちについていくってのはどうだい？　助っ人としてさ……いざというときの……」

「でも……」わたしは口ごもった。

ピーチズはわたしを見た。「ハニー、人手が多いに越したことはないわ」

25

「彼、キュートね」ビュイック・リーガルで家畜逃亡防止溝を乗り越えながらピーチズが言った。

「もうつきあってる人がいたと思ったけど」わたしは言った。

「いたけど、昨夜別れたの」

「なんで？」

「〈ブロークン・スポーク〉で二十歳の子といるのを見ちゃったのよ」

わたしは顔をしかめた。「最低。大丈夫？」

彼女はバックミラーを見た。ジェスの車のヘッドライトが反射して、慎重に紅をはたいた頰が照らされた。「母さんが言ってたわ。男はバスみたいなものだって。二十分おきに来るけど、別のバスに乗るには今のから降りなくちゃならない」

わたしは彼女のドレスを見た。「だから、今夜も家でふさぎこまずに出かけるつもりだったのね」

「そうよ。そうしてよかったわ。あなただって、Tシャツとぼろぼろの短パン姿でジェスみたいな男に会いたくないでしょ」

「わたしを迎えにきてくれてありがとう」わたしは言った。

「気にしないで。あのトラックから逃げ出したのはたいしたものよ。あとはやつらがすべてを運び出すまえに倉庫に着ければいいけど」

「それは考えなかったわ。やつら、今夜そうすると思う？」

彼女はわたしを見て首を振った。「残念ながらね。あなたは電話にたどり着きしだい警察に通報すると思われてる。あなたが逃げたとあの間抜けたちから報告がはいれば、すぐに倉庫は空っぽになるわ。怖くて報告できずにいるんじゃないかと、ちょっと期待してるんだけど」

「やつら、ジェスのところに来たのよ」

「知ってる。あなたが隠れててくれてよかったわ。あそこにいるとわかれば、ジェスを殺してあなたを連れていったでしょうから」彼女はにやりとした。「あなたみたいなアメリカ女《グリンガ》に逃げられたとボスに報告するのが死ぬほど怖いのよ。きっと今年のクリスマスのボーナスはもらえないわね」

「それで、エデュアルドを助け出すために何をすればいいの？」

「そこにバッグがあるでしょ」彼女はわたしたちのあいだの床に置いてあるキャンバスバッグのほうにあごをしゃくった。「なかを見て」

開いてなかをのぞいたが、暗すぎて見えなかった。手をつっこむと、冷たくて硬くてつるりとしたものに触れた。「銃?」声をひそめて言った。

「そう」

「これでどうしろっていうの?」

ピーチズはあきれたように目をまわした。「もう。用途はわかるでしょ。人を撃つのよ。その下にスタンガンも二挺はいってる」

「わたしはスタンガンでもいい?」

彼女は首を振った。「あいつらにはだめ」

「それで、計画は?」

「心配しなさんな、かわいこちゃん。わたしが全部うまくやるから。ねえ、ちょっとだけでも目を閉じてたら? オースティンに着いたら起こしてあげる」

ラジオで女性シンガーがテネシーの女性のことをささやくように歌うなか、わたしはベンチシートに体を預けて脱力し、ヘッドライトの光のなかを流れていく柵柱を見つめながらうとうとした。


「マージー! マージー!」だれかに揺さぶられている。「起きて!」

蛇が手首に巻きついて、先の割れた舌を出して肌をなぶる夢から泳ぎ出た。「何?」

「問題の場所はどこ?」

まごついてあたりを見まわした。柵柱はなくなり、代わりに明かりを落とした店先と、街角にたたずむ野球帽を被った人たちが何人か見えた。「ここは？」

「東オースティン。どこにいると思ったのよ、ニューヨーク？」

目をこすって体を起こし、なぜここにいるのかを突然思い出した。「倉庫の場所ね。七番ストリート沿いよ。チコン・ストリートと交差するあたり。でも、そこに着いたらどうするつもり？」

「警備の男は数人しかいなかったのよね？」

倉庫のメインルームにいた警備の男たちを思い起こした。「ええ。三人か四人だった」

「で、そのうちの少なくともひとりは今あなたを探しに出かけてるはずだから、ふたりか三人のはず。もしかしたらひとりだけかも」

「わかった。それで？」

「ええと。まず、ドアをノックして……」

「ドアをノックする？　冗談よね？」

「ほかにどうやってなかにはいるのよ？　窓には板が張ってあるんでしょ？」わたしはうなずいた。「オーケー」彼女はつづけた。「ドアをノックして、〝移民帰化局です！〟と叫ぶの。だれかが出てきたら、スタンガンで無力化してなかにはいり、安全を確保する」

「それだけ？　〝無力化〟して〝安全を確保〟する？」

ピーチズはわたしに向かってにっこり笑った。「そう。簡単でしょ」

「飲みこみが悪くて申し訳ないんだけど、いったいどうやって安全を確保することになってるわけ？」

「残りの男たちを排除して」

「〝残りの男たちを排除〟するってどういう意味？」

「銃があるでしょ？」

「ええ。でも、スタンガンを使うんじゃなかったの？」

「そうだけど、あれは至近距離でしか使えないの。距離がある場合は銃を使わなきゃ」

「じゃあ、わたしは銃を使わなきゃいけないのね——今まで銃をかまえたこともなければ、もちろん撃ったこともないのに——二、三人の、もしかしたら数人のメキシカン・マフィアを排除するために」銃をかまえ、あまつさえ引き金を引くのかと思うと、胃がひっくり返った。彼らがエデュアルドにしたことには怒りを覚えるが、そのためにだれかを撃てるかは定かではない。撃つべきかどうかも。

ピーチズが眉を上げた。「やつらはメキシカン・マフィアと関係があるの？」

わたしは両手を上げた。「知らないわよ！　いい考えだとは思わないだけ」

「じゃあ警察に電話したいの？　そんなことをしたら、エデュアルドは片道切符だけ持たされてメキシコに送還されちゃうわよ」

わたしはため息をついた。「ほかに道はないの？」

彼女は首を振った。「あなたがもっといい方法を思いつかないかぎりはね。それに、わたしたちの安全に気を配ってくれるたくましいジェスがいるじゃない。彼、きっとショットガンの名手よ」

「とにかく、やるしかないのよね」わたしはうめいた。

「あなた、心配しすぎよ」わたしの脚を軽くたたいてピーチズが言った。「きっとうまくいくわ」


五分後、通りをはさんで倉庫の向かいに車を停めた。ピーチズが車を停めると、ジェスもそのうしろに車を停めた。彼女はバッグのなかに手を入れて、銃とスタンガンをわたしに投げてよこした。「これ、どうやって使うの？」わたしは言った。

「見える？　それが安全装置。それをうしろに倒せば、あとは引き金を引くだけでいいの」ためしにそれをうしろに倒し、自分のまえで銃をかまえてみた。「こんな感じ？」

ピーチズはわたしの手をつかんだ。「気をつけてよ！　先週フロントガラスを替えたばかりなんだから」

わたしは安全装置を戻した。「ごめん。それと、スタンガンは？」

「この先を――金属製のとがったものがついているところね――相手にくっつけてボタンを押せば、倒れてジャガイモの袋みたいになるわ」彼女はバックミラーで化粧をチェックした。

「わたし、おかしくない？」

「これから武装した男たちでいっぱいの倉庫を襲いにいくのに、口紅のことを気にしてるわけ？」

「実はね、これが片づいたら、あのイケメンを〈ブロークン・スポーク〉に連れていこうかと思ってるの。元夫のバックに見せつけるためにね。彼、絶対ダンスがうまいと思う」

「それを知る機会が来ることを願いましょう」

車から降りて、ジェスのところに行った。彼はトラックの前部にもたれて、ピーチズの脚をうっとりと眺めていた。「それで計画は、ご婦人方？」

ピーチズが話すと、彼はうなずいた。

「いいと思うの？」彼が草の上を転げまわって笑わなかったのでほっとしながら、わたしはきいた。

「あんたたちが考えたんだからうまくいくさ。おれもいっしょに行くよ」

「だめよ」わたしは言った。「そんなことをさせるわけにはいかないわ」

「三人のうちふたりがご婦人なんだから、助けが必要になるだろう」

「なんて男らしいの」ピーチズはうっとりしながら言った。街灯の薄暗い光のなかでも、ジェスが赤くなるのがわかった。

ピーチズがわたしを見た。「出入口は二カ所だったわよね？」

「わたしの知るかぎりはね。正面の隅にメインのドアがあって、裏の積み下ろし場にも扉がある」

「裏の扉はおれが見張るよ」ジェスが言った。「そうすれば、裏からこっそり出ようとしてもつかまえられる」

ピーチズがうなずいた。「いい考えね。あなたが積み下ろし場を見張ってくれるなら、わたしたちは正面のドアを担当するわ」

「それがよさそうだな」ジェスはそう言って、小走りで建物をまわっていった。彼が見えなくなると、ピーチズは谷間を調節した。「ほんとにこのドレス、太って見えない？」

「あなたはすてきよ。さあ、いっしょにこれをやり遂げてくれる？」

彼女は銃とスタンガンのグリップをにぎりしめた。「用意はいい？」

「今しかないと思う」わたしたちは通りをわたった。一歩ごとに裸足のままの傷を負った足が叫び声をあげた。

家電の墓場を横切ると、体に悪寒が走った。わたしは何をしようとしているの？　前回ここに来たときは、テープで拘束され、行き先は神のみぞ知るトラックに乗せられた。今回わたしには銃があるし、ピーチズもジェスもいるとはいえ、それがどれだけ役に立つのかわからなかった。見張りを三、四人しか見なかったのは覚えているが、確信があるわけではない。ほかの人たちはランチ休憩で出ていただけかもしれないし。

建物の隅のドア――積み下ろし場にある大きいものではなく、小さいドア――に近づくと、ピーチズがドアの一、二メートル左を指さした。「そこに立って」とひそひそ声で言う。「わたしのすぐ横に」

はがれかけたコンクリートの壁に移動して、スタンガンをにぎりしめた。

「いい？」ピーチズがささやく。

わたしはうなずいた。

彼女は銃を持ったまま振りかぶり、銃床でドアをたたいて叫んだ。「移民帰化局です！開けなさい！」

音沙汰なし。

もう一度たたいた。「移民帰化局です！　この建物は包囲されています！　今すぐここを開けなさい！」

少しして、ドアの向こうで足を引きずる音がした。ピーチズはわたしの横の壁に張りついた。安全錠がかちりと音を立てて戻る。ドアが開くと、ピーチズは隙間に銃をつっこんで叫んだ。「両手をあげて出てきなさい！」

だらしないTシャツとジーンズ姿の色黒の男がドア口に現れた。目のまえにいたのが青いポリエステルを身につけた男性ではなく、ライムグリーンのスパンデックスをまとったふくよかな女性だったので驚いたようだ。ピーチズはわたしにすばやくうなずいた。わたしはまえに出てスタンガンのボタンを押した。たちまち男性は地面にくずおれた。

ピーチズが開いたドアの向こうをのぞいた。「簡単だったわね」そしてわたしに手を振った。「クリア。行くわよ」

暗い倉庫にしのびこんだ。巨大なミシンを照らしているのは、天窓から射しこむほのかな月の光だけだ。「みんなはどこ？」わたしはひそひそ声で言った。

「知らないわよ。でもすぐわかるわ。必要なときは援護してよ」戸口から走りこみ、裁断用テーブルの陰にしゃがんだ。「ここ以外の部屋は？」

　わたしは積み下ろし場につづく通路を指さした。「そこを通れば行ける」とささやいた。「でも、上に大きなガラス窓があるの」二階の黒いガラスにあごをしゃくる。「あそこに人がいればこっちのしていることはまる見えよ」

「それなら気をつけるしかないわね」

　半分ほど進んだところで、頭上でガラスが割れ、すぐ横でミシンの一部が宙を飛んだ。一瞬後、金属と金属のぶつかる音が響きわたった。

「頭を低くして！」ピーチズがささやき声で命じた。わたしはすでにテーブルの下でうつぶせになっていたが、その指示はありがたかった。彼女はミシンの陰に頭を引っこめ、窓の方角に向かって数回撃った。ガラスが割れた。やがて静かになり、聞こえるのはときどきガラスのかけらがカシャンと落ちる音だけになった。「ついてきて！」ピーチズがまえに突き進んだ。わたしはあわててテーブルの下から出て、遅れまいとついていった。ドアまであと十メートルというところで、三発の銃弾がビューンと飛んできた。また頭を引っこめると、髪の焼けるにおいがした。

「ピーチズ！　大丈夫？」

「髪をごっそり焼かれたわ」

「それだけですんでよかったじゃない！」わたしはひそひそ声で返した。

　彼女はミシンの縁からのぞくと、銃声のしたほうに向かって何発か撃った。そして、わたしの腕をつかんだ。「行くわよ!」

ドアに向かって走ると、また銃弾が飛んできて、わたしたちは壁に背中をつけた。ピーチズはしばらく耳を澄ました。そして、そろそろと移動してドアを開けたあと、また壁に戻った。何も起こらなかったので、また慎重にドアまで行ってのぞいた。そっとなかにはいり、ついてこいとわたしに手を振った。

開いたドアから細長く射しこむ淡い月光をのぞけば、あたりは真っ暗だった。「少なくとも歓迎隊はここにいないみたい。きっとスタッフ不足なのね。労働者たちはどこに閉じこめられてるの?」ピーチズがきいた。

「あっちよ」わたしは通路があったと記憶しているあたりを指さした。「ジェスにはいってきてもらうべきかしら?」

「そうね」ピーチズは言った。「撃たれずにそれができればだけど。積み下ろし場の扉ってどこ?」

両手をまえに出して進むうちに、指が金属に触れた。「ここよ」と言ったとたん、ピーチズがぶつかってきた。「これからどうする?」わたしはきいた。

「無線か何かがあればよかったんだけどね。ノックして、彼に聞こえることを祈るしかないわ」

「やつらに見つかったら?」

「通路まで行ける?」

「やってみる」通路に出られるドアの方角に向かって歩くと、銃声が静寂を破った。「無理みたい」

暗闇のなか、手探りで壁をたどって、通路につづくドアまで行った。その横にぴったり体をつけ、スタンガンをにぎりしめた。ひとりで通路を進むのは無理だろうが、少なくともここを通る敵を驚かせることはできる。わたしが通路の入口を守っているあいだに、ピーチズが積み下ろし場の扉をノックした。

「彼に聞こえるかどうかわからないけど」彼女は言った。

「聞こえたとしても、あなたに扉が開けられる？」わたしは言った。「絶対に施錠されてるわよ」

少しして彼女が言った。「ほんとだ。でも鍵ならあるわ」

「鍵を見つけたの？」

かちりという音につづいて、発砲する音が小さな部屋に響いた。「ええ」彼女は言った。

「ピーチズ！　わたしを殺すところだったわよ！」

「忘れてるといけないから言っておくけど、この通路の奥にはまさにあなたを殺そうとしてる男たちがいるの。さっきの部屋をまた横切って戻るつもりがないなら、別の出口が必要でしょ。とにかく今は、脚を持って運び出されるまえに、ジェスが気づいてくれることを祈りましょ。この靴は買ったばかりだから、手放すのは惜しいのよ」彼女の声のするほうからガラガラという音が聞こえ——おそらく扉を押しあげる音だろう——ナトリウム灯の光が部屋のなかに射しこんで、ピーチズの曲線的なシルエットが浮かびあがった。

「ここまではうまくいったわ」彼女は言った。

ほどなくして、積み下ろし用の開いた出入口からジェスが足早にはいってきた。「ふたりとも大丈夫か？　銃声が聞こえたが」

「今のところは無事よ」ピーチズが言った。「でも、通路の先に問題ありみたい」

彼は暗闇のなかに目をすがめた。「おれたちが向かう方向か？」

「そのようね」とピーチズ。

ジェスはわたしを見た。「労働者たちの監禁場所はわかってるんだな？」

わたしはうなずいた。「右側の最初のドアよ」

「こうしたらどうだろう。通路の奥に向かっておれが何発か撃って、そこにいるやつらを片づける」彼は積み下ろし場の扉を見た。「だが、あそこは閉じるべきだろうな。背後から照らされていたら、すぐに見つかってしまう」

わたしは歩いていって、扉を引きおろした。部屋は暗くなったが、ダブルドアはまだ開いている。「あれは大丈夫？」工場の床からもれてくる月光を示して尋ねた。残念ながら、ダブルドアに近づくには通路につづくドア口のまえを横切るしかなく、その奥にまちがいなく潜んでいる狙撃手たちに容易に見つかってしまう。

「閉じたほうがいいだろう」彼は言った。「おれが何発か撃つあいだに、あんたたちのどちらかが走っていって閉じるってのはどうだい？」

「わたしが行くわ」ピーチズが言った。すぐに通路につづくドアからショットガンが炸裂した。ピーチズが急いで部屋を横切ってダブルドアを閉め、あたりを真っ暗にした。ジェスは通路の奥に向かってさらに二回発砲したあと、わたしに呼びかけた。「準備はいいか、マージー？」

ごくりとつばをのみこんだ。わたしはここで何をしているの？　エデュアルドを救うのよ、と自分に言い聞かせる。でも、それで子供たちは母を失うかもしれないと気づき、エルシーとニックを思った。あの子たちにまた会えるだろうか？

こみあげたものを無理やり飲みくだした。グラシエラの子供たちだって両親が必要だ――ほかのすべての労働者の子供たちにも。とにかく慎重にやらなければ。ヘルメットと防弾チョッキがあればいいのにと思いながら言った。「いい、と思う」

「おれが先に行く。うしろから離れるな」

わたしはつんのめってジェスのやわらかいシャツをつかんだ。タバコとせっけんのにおいがした。

「通路の右側を行くぞ」彼は言った。背中を壁につけて横歩きしながらふたりで通路を進んでいると、前方で銃声がした。「あとどのくらいだ？」彼がささやいた。

「ほんの一、二メートルだと思う」すぐにドアノブがガタガタと音をたて、また銃声がして、頭のすぐ横を何かが飛んでいった。さらに二発の銃声がして、ジェスのショットガンだとわかった。

「鍵がかかっている」彼が言った。

「わたしにやらせて」ひそひそ声で言った。「ノブの上に安全錠があるの」

彼と場所を代わり、安全錠をはずした。ドアを開けると、洗っていない体と恐怖のにおいが放たれ、わたしたちは転がるように部屋にはいった。

部屋は暗かったが、周囲からすすり泣く声やせわしないささやき声がした。「これからどうすればいい？」わたしはジェスにきいた。

「やつらが来るのを待とう」

「どういう意味？」

「狙撃手はひとりしかいないと思う」

「どうしてわかるの？」

「銃声の間隔からだ。このドアは外から施錠するようになっている。待っていれば、やつはおれたちをとじこめようとするだろう」

「それならなぜここで待つの？」

「そのときにそいつを撃つ」

「殺すの？」そう考えるとまた胃に来た。この五年間、銃はいけないものだと子供たちに教えてきたんじゃないの？　わたしはここで何をしているのだろう？

「ほかにいい考えがあるのか？」ジェスがきいた。

「スタンガンを使ったら？」

「危険すぎる」

「ジェス、わたし、人を殺したくないのよ」

「やつらはこの人たちをここに監禁していたんだぞ。あんたに何をするつもりだったのかわかったもんじゃない」

「ドアを閉めにきたらわかるんじゃない？」

「そうだな」

「そのときが来たら、あなたがきついキックをお見舞いするというのは？　倒れたらわたしがスタンガンで無力化する」

「危険すぎるよ」

そのとき、ドアのほうからきしむような音が聞こえてきた。

考えている時間はない。スタンガンをにぎりしめ、音のするほうを向いた。かちりという音とともに、ドアに肩をつけた。ドアが勢いよく開き、バタンと壁に当たった。同時に銃声がした。スタンガンを突き出して下に動かすと、やわらかいものに触れた。ボタンを押すと、がした。スタンガンを突き出して下に動かすと、
何かが床を打った。

「くそっ！」背後でジェスの声がした。「マージー？　マージー？　大丈夫か？」

「ええ」がくがくする脚であとずさりながら、かすれた声で言った。「倒れたのは敵よ」

「そいつに殺されていたかもしれないんだぞ！」

「ええ、でも殺されなかった」

ジェスが伸ばした手でわたしを支えようとしたとき、またもや銃声が鳴り響き、彼は痛みに声をあげた。

26

「ジェス！」暗闇のなかで手を伸ばしながら叫んだ。彼を引きずって部屋に這い戻ると、また銃声がした。

銃の安全装置を手探りした。これを使わなければならないだけでも充分ひどいことなのに、真っ暗な建物のなかで、罪のない人たちの命がわたしの手腕にかかっているなんて。

通路と思われるほうにねらいをつけ、神さまお許しくださいと短い祈りを唱えて、引き金を引こうとしたとき、積み下ろし場のほうから一連の銃声がした。

ピーチズのことを忘れていた。

「ふたりとも、がんばって！　いま行くから」彼女が叫んでいる。

敵が何発か撃ち返した。ピーチズはまたひとしきり発砲し、だれかが痛みに声をあげた。

「銃を置きなさい！」ピーチズがどなった。「早く！」

やがて、どぎつい光が通路に満ちた。わたしはたじろぎ、通路のほうにじりじりと移動して目をすがめた。ドアの横に男がひとり倒れていた。その数歩先に、別の男が壁にもたれて脇腹を押さえていた。指のあいだから血がにじみ出ている。

ピーチズが廊下を歩いてきて、けがをした男に銃を向けた。「ほかに人はいるの？」彼女はきいた。

男はスペイン語で答えた。彼女は何やらぺらぺらと言い返したあと、わたしのほうを向いた。「ここにいたのは三人だけだったそうよ。ほかのやつらはあなたを探しに出かけてるみたい」

「あなたが銃の使い方を知っててよかった」

ピーチズは血を流している男に近づいた。そばに落ちている銃を蹴って、手の届かないところまで飛ばした。「マージー、こいつを見ててくれる？　ジェスが無事かたしかめなきゃ」

「おれは大丈夫だ」震える腕で銃をかまえてまえに出ると、ジェスの弱々しい声が聞こえた。振り返ってジェスを見た。左腕から血がたれていた。

「わたしたちが病院に連れていけばね」ピーチズが言った。「でも、まずはこの人たちを外に出さなきゃ」そして、薄暗い部屋のわたしたちの背後でかたまっている男女のほうを示した。

「この人たちは身内に連絡する必要があるのよ。どうすればそれができるの？」

やせた長身の男性が、廊下から射しこむ光のなかに進み出た。顔の片側の皮膚の引きつれに見覚えがあった。エデュアルドだ。一瞬、廊下で倒れているふたりの悪党のことを忘れた。

「エデュアルド！　無事でよかった！　あなたに会えたらグラシエラと娘さんたちがすごくよろこぶわ！」

「助けにきてくださって、ほんとにありがとうございます、ミス・マージー」

彼のうしろにいる人たちを見た。おびえて疲れた顔をしているが、目には希望があった。この人たちを家族のもとに帰してあげたい……でもそうしたら、ビッツィがやっていたことをどうやって証明すればいいのだろう？

エデュアルドを見た。「これからどうすればいいかしら？」わたしはきいた。「この人たちを移民帰化局に引きわたしたくはないわ。また別のコヨーテのもとに行くだけだもの。そして、つぎに何が起こるかはだれにもわからない」

「わたし、みんなをうちに連れていきます」エデュアルドは言った。「この建物がある場所、わかってます。ここに連れてこられたときわかりました。ベーカリーの〈ラ・ヴィクトリアーナ〉の近く。グラシエラとわたし、十一番ストリートに住んでます。ここから遠くない。みんなうちから家族に電話できます」

もしそうなれば、ビッツィは訴追を免れることになりそうだが、少なくともこの人たちは自由を得ることができる。気は進まないが、ほかに道はなさそうだった。そもそもここに来た目的はそれなのだ。一時間まえに警察に電話していれば、銃撃戦を避けられたのに、そうはしなかったのだから。「ほんとにそれでうまくいく？」

「大丈夫でしょう。みんなこっちに縁者がいて、連絡を待ってますから」

「歩かせるのは気がひけるわ。わたしには自分の車のキーさえないし……」

「問題ないです。うちはここから十ブロックか十五ブロックのところ。歩けばすぐです。わたしが先導します。あなたは警察《ポリシア》に電話できます」

ピーチズがうなずいた。「いい考えだわ、エデュアルド。警察がここに来たら、監禁されていた労働者たちは、騒ぎにまぎれて逃げたと言えばいいし」

わたしはエデュアルドを抱きしめた。「グラシエラによろしく伝えてね」

「はい。力になってくださってありがとうございます」彼はピーチズとジェスのほうを見た。「みなさんも」

「いいってことよ」ジェスは静かに言った。ピーチズがうなずいた。エデュアルドが向きを変えてスペイン語で何か言うと、みんなは感謝を示すためにわたしたちにそっと触れたり、スペイン語で何かつぶやきながら、足早に不潔な部屋から出ていき、競い合うようにして通路を進んでいった。積み下ろし場の扉がきしりながら開き、何カ月も――もしかしたら何年も――囚われていた男女は、二分とたたずに夜のなかに消えた。

「彼らに十分間あげましょう」ピーチズが言った。「だれか携帯電話持ってる？」

わたしは顔をしかめた。「見つかったとき、マリアに取りあげられたわ」

ピーチズはため息をついた。「わたしのは車のなかよ」

「おれのがある」ジェスが言った。「ベルトのホルスターだ。見つけてもらえるなら」

多少手まどったが、ふたりともそれを楽しんでいるようだった。ようやくピーチズは電話を手にした。「いい？」

「あと五分待って」わたしは言った。「そうしたら電話しましょう」

「あそこで倒れてるやつのことが心配だな」ジェスが言った。

わたしは通路の男のほうを見た。茶色の顔は灰色がかってきて、体の下の血だまりは驚くほど広がっている。

「ジェスの言うとおりかも」わたしは言った。「助けを呼ぶ必要があるわ」

ピーチズが言った。「彼のことは放っておきましょう。それよりあなたのほうが心配よ」

「こいつのためにあの気の毒な人たちを危険にさらしたくない」ピーチズは通路の男を指さした。

「でも、早く電話したほうがいい」ジェスが言った。「スタンガンの効き目がどれくらいつづくのかわからないし」

ピーチズはため息をついた。「そうね。エデュアルドたちが遠くに行っていることを願いましょう」電話をして数分後、遠くでサイレンが聞こえた。

「エデュアルドと残りの人たちのことは心配しなくて大丈夫だと思うよ」ジェスが言った。「あのサイレンで歩くスピードが速くなるだろうから。それと、警察に詳しいことを話すときはできるだけ長引かせよう。彼らに逃げる機会を与えるんだ」

「うまくいくといいけど」わたしは言った。「ピーチズ、あなたはここにいて。わたしが外に出て警察と話すから」

「スタンガンがあるのを忘れないでね」彼女は言った。「万が一、ドアのそばの男が目覚めたときのために」

消防士と救急救命士が到着したとき、正面ドアの男はまだ気を失っていた。救急救命士たちが救急車にストレッチャーを運びこんだところで警察が到着し、つぎの一時間は、ドアを開けたとたん夜のなかに散り散りになった人たちの話を繰り返してすごした。ピーチズとわたしがその話を五回繰り返すと、ようやくあきらめてくれて帰宅の許可が出た。

「警察は、強制労働のことでジュニアリーグの会長の話をきくことになるのね」ビュイックで倉庫から遠ざかりながらピーチズが言った。ミニバンのキーは出てこなかったので、わたしは彼女に送ってもらうことになったのだ。「つぎの社交欄を見たらみんな驚くこと請け合いよ」

「ビッツィのアシスタントもね。マリアが罪をかぶることにならないといいけど、きっとそうなるでしょうね」わたしはまだ警官たちが群がっている倉庫を振り返った。ジェスの銃槍はたいしたことはなかったが、いずれにせよピーチズが撃った男といっしょに病院に連れていくと救急救命士は主張した。「残念だわ、ほんとうに。あの団体はいいことだってたくさんやっていたでしょうに」わたしは身震いした。「ビッツィはわたしの始末をカルロスに命じたのよ」それがどういう意味だったのかは考えたくなかった。メキシコに連れていけということ？　それとももっと決定的なこと？「きっとどうかしてたのね」

ピーチズはあきれて目をまわした。「またそんなこと言って。チャリティーはいいことよ。でも、新聞でいい顔をするために、おぞましい倉庫に人を閉じこめるのは正気じゃない。それに、かなりのお金が彼女のちっちゃなダナキャランのバッグに直接はいっていたのは賭けてもいいわ」

「取り調べのあとで警察がそれに気づいてくれるといいけど」ビッツィが関係していると思う、と警察には話したが、彼女は無実を訴えるだろうし、すべてをマリアのせいにするだろう。わたしはビュイックのシートに身をゆだねた。「あなたが撃った男性も一命を取りとめてよかった」

「ええ、最悪じゃない?」

「ピーチズったら!」

彼女は手を伸ばしてわたしの膝をたたいた。「ほんと、あなたを雇って正解だったわ。働きはじめてまだ、ええと、二週間ぐらい? なのに、何年もつづいていたセレブによる搾労働の連鎖を断ち切ったんだから。これってめちゃくちゃすごいことよ、言わせてもらえば」

わたしはシートに沈みこんだ。「ありがとう。残念ながら、自分の夫が何をやってるかはまだわかってないけどね。それを言ったら、マクステッドを殺した犯人も」わたしはため息をついた。「ガーデニングでもしてればよかったのかも」

ピーチズが口をとがらせた。「まだひっくり返してない石がいくつかあるんじゃないの」

「どういう意味よ? マクステッドのアパートにも行ったし、会社にも、〈レインボー・ルーム〉にも、〈ミス・ヴェロニカの閨房〉にも……」指を折って訴えた。「マクステッドのボーイフレンドにも話を聞こうとしたけど、行くまえに彼がドラッグ容疑でつかまっちゃって」

「マクステッドのアパートに行ったたって言うけど、聞いたところでは、ちゃんと見てまわる機会はなかったみたいじゃない」

「そうなのよね。でも、どうすればまたあそこにはいれるの？　ウィリーが猫の話を信じてくれてたとしても、もう一度入れてはくれないわよ」

ピーチズは肩をすくめた。「そうね。何か考えてよ」

「前回は考えたわ。そうしたら殺人猫を飼うはめになって、新しいソファは破壊されるし、洗濯室にはいれないから、一週間ぶんの洗濯物がキッチンで山になってるんだから」わたしはため息をついた。「ええそうよね、たいした損害ではないわよね」

「明日ふたりで行きましょう」車は左折してローレル・レーンに出た。「おたくの番地は？」

「左側の角から二軒目」少しして、ビュイックはわたしの家のまえで停まった。「迎えにくるのは十時でいい？　病院に寄ってジェスの様子を見たいのよ。そのあとここに来るわ」

「それでいいわ。わたしにはまだ車がないから」わたしは唇をかんだ。「でも、あなたは忙しいんでしょ……ほんとにいいの？」

彼女はぐるりと目をまわした。「ハニー、わたしはあなたに手を貸して、不法移民たちを監禁している武装した男たちでいっぱいの倉庫を襲撃したのよ。ただのアパートまで送るぐらいなんでもないわよ」

反射的に彼女を抱きしめ、香水の麝香のにおいを吸いこんだ。「ありがとう、ピーチズ。あなたって最高」

足を引きずってラベンダーの横を通りすぎ、正面の階段をのぼっていると、ピーチズが車の窓をおろした。「危険なことは何もないんでしょうね？　今度の金曜日の夜は〈ブロークン・スポーク〉でデートなのよ」

わたしは笑った。「ジェスが脚を撃たれなくてよかったわね。とにかく、やるだけやってみましょう」

玄関をはいってドアを閉めると、夫が白い顔を心配そうにゆがめて、ソファから跳ねるように立ちあがった。「マージー！　どこに行ってたんだよ？　いったい何があった？」彼の目がわたしの髪をとらえた。「それに、どうして髪が紫色なんだ？」

わたしはため息をついた。「ビッツィ・マキューアンが町の東側で工場を経営していることをつきとめたの」

ブレイクの額にしわが寄った。「なんのことだ？」

「ビッツィは強制労働をさせていたのよ——不法移民を廃倉庫に監禁してね。わたしはそれをつきとめたけど、当局に通報するまえに彼女のアシスタントにつかまったの」

彼は目をぱちくりさせた。「ビッツィ・マキューアンが？　ジュニアリーグの会長が？」

青い目を細めてわたしを見る。「きみのお母さんが調合した妙な薬でも飲んでるんじゃないのか？」

わたしは切れた。「わたしがこんな作り話をするなんて、ほんとに思ってるの？　ビッツィはね、メキシコの労働者に時給十セント払うより、奴隷を使うほうが安いと思ったのよ。彼女は犯罪者なの」

ブレイクは青くなった。「冗談だよな？」

「いいえ、ほんとうのことよ」

夫は一歩あとずさった。「でも、彼女はジュニアリーグの……それに、ハーブは〈ジョーンズ・マキューアン〉のシニアパートナーで……」

「聞いて。彼女が何者だろうとどうでもいいの。殺すつもりだったのかはわからないけど、とにかく彼女はわたしを縛って、メキシコだかどこだかに向かうトラックに閉じこめたのよ。そして、ピーチズといっしょに倉庫に戻って、エデュアルド――グラシエラの旦那さんも人質にされてたのよ――とほかの人たちを救出してから、警察に通報したの」

「信じられない」彼はしばらく途方に暮れたように立ち尽くした。そして、傷ついたような声で言った。「ぼくじゃなくてピーチズに電話したのか？」

「彼女ならわたしの話を信じてくれるとわかってたからよ」わたしは突然ひどい疲れを感じた。「とにかく、警察がすぐにビッツィを逮捕してくれることを願うわ。おそらくハーブも逮捕されることになると思う」

「信じられない。ビッツィ・マキューアンが」ブレイクは首を振った。そして急にわたしを引き寄せて、胸が痛くなるほど強く抱きしめた。「何もかもどう考えればいいのかわからないけど、きみが無事でうれしいよ」とささやいた。

「わたしもよ」目の奥で涙をこらえながらもごもごと言った。わたしも今回のことをどう考えればいいのかわからなかったが、まだ彼を愛していた。長いことそのままでいたあと、彼はうしろにさがってわたしをじっと見た。「髪が紫色になった理由はまだ説明してもらってないけど」

わたしは弱々しく笑った。「気分を変えたかったのよ」変装してエヴァン・マクステッドの葬儀に出席したことは、まだ話すべきではないだろう。〝クライアントとのミーティング〟に出かけたはずの夫をそこで見かけたことも。玄関の時計が四時を打った。「ねえ、わたし、もうくたくた。このことについては明日話さない？」

ブレイクは驚くほどの思いやりをみせた。「風呂にはいるといい。母さんのところに電話して、きみは無事だと知らせておくよ。ところで、きみのお母さんから電話があったよ。送ったお茶を試したかどうか知りたがってた。あと、ぼくたちのオーラとかカルマのことを何か言ってたな……つぎの週末にこっちに来るとか……」彼はぐるりと目をまわした。「彼女が何をするつもりなのかは神のみぞ知るだよ。本人もよくわかってないんじゃないかな。とにかく、お母さんには何も言わなかった。心配させたくなかったから」

「ありがとう」と言って、わたしはのろのろとバスルームに向かい、服を脱いでゴミ箱に放りこんだ。そして、かぎ爪足つきのバスタブにお湯をため、ラベンダーの香りのバブルバスのカプセルを入れて、かぐわしい泡の山のなかに身を沈めた。三十分後、足に絆創膏を貼り、髪から水をしたたらせたまま、ベッドのブレイクの隣にもぐりこんで、眠りに落ちた。

翌朝、目覚めると九時十五分で、小声で悪態をつきながら階下に急いだ。ブンゼン刑事との約束は延期してもらえるよう警察にたのんでおいたが、それでも寝坊にはちがいなく、子供たちは幼稚園に遅刻してしまう。ポップターツ（薄いタルト生地にフレーバーがはさまれた朝食用スナック）をトースターに放りこんでいるとき、キッチンテーブルのメモに気づいた。ブレイクが子供たちを幼稚園に送ってくれて、プルーが迎えにいってくれるという。わたしは驚いて眉を上げた。夜のあいだに夫は宇宙人と入れ替わってしまったのだろうか？　もしそうなら、わたしはそれに慣れなければならないのかもしれない。

ポットにコーヒーを淹れ直したあと、階上に行ってジーンズとTシャツを身につけた。髪はまだナス色だが、今日はそれほど気にならなかった。十時十分にピーチズがクラクションを鳴らした。コーヒーの最後のひと口を飲んで、玄関の外に出た。

「まだ髪が紫色ね」わたしを見ると、ピーチズが言った。ライムグリーンのワンピースは、黒のミニスカートとぴったりした白のトップスに替わっていた。

「教えてくれてありがとう」わたしは言った。「説明書きによると、あと九回洗わなきゃいけないみたい。でも、ほんとは紫色じゃなくて黒になるはずだったんだから、それもあやしいわね。案外これがトレンドになったりして」ビュイックに乗りこんでドアを閉めると、ピーチズはメキシカンセージを指さした。たれさがったベルベットのような紫色の花は、その下のヤナギトウワタの、宝石のようなオレンジ色の花を見事に引き立てていた。「きれいにしてるのね。園芸の才能があるわ」

「ありがとう」そう言って、茂ったシダと淡い色のインパチェンスのあいだに収まっている、煙突にスイカズラをからませた石造りのコテージを振り返った。芝生は伸びすぎだが、おとぎ話に出てくる家のようで牧歌的に見える。だが、事態は驚くほど変わった。二週間まえ、わたしは幸せで、安全で、どちらかといえば満ち足りた、自分の小さな領地の女王だった。今はすべてがひっくり返ってしまった。わたしは視界から消えるまで家を見つめていた。そして、ピーチズのほうを向いた。「もう、なんて一週間だったのかしら。警察はビッツィを逮捕したと思う？」

彼女は暗い顔でうなずいた。「そうであってほしいわ。長いことぶちこんでやればいいのよ」

「同感」わたしは自分のやっていることを隠していたビッツィのたくみさを思った。彼女の弁護料がどれだけ高額になるかも。だが、それは今心配するようなことではない。やらなければならないことはほかにあった。「ジェスの具合はどう？」

「今朝家に帰ったわ。あとで電話してくれることになってる」

「つぎのバスを見つけたみたいね」

車はコングレス・アベニューに出た。

「今日マクステッドのアパートにはいる方法だけど、何か思いついた？」

「何かひねり出せると思ったんだけど」

ピーチズはにやりとした。「昨日あなたのやったことが〝ひねり出した〟結果なら、パラシュートを持っていくことを勧めるわ」

「七十代のおばあさんは、完全武装した悪党たちほど敵意むき出しじゃないと思うんだけど」

「ジュニアリーグのご婦人のこともそう思ってたんでしょ」

「痛いところをつかれたわ。でも、まさかウィリーはベッドルームのクローゼットで奴隷労働の工場を経営してないわよ」

「わたしもついていこうか？」

「人数は多いほうが楽しいわ」マクステッドのアパートメントの向かいの駐車スペースに車が停まると、わたしは言った。

「ずいぶん気取ったところね」大理石の床をぴたぴたと踏んでエレベーターに向かいながら、ピーチズが言った。マホガニーのデスクにドアマンはまだいない。

「マクステッドはかなり羽振りがよかったみたい」

「それで、階上《うえ》に着いたらどうするの？　そのウィリーとかいうおばあさんに、キャットフードを忘れたとでも言うの？」

わたしはため息をついて、九階のボタンを押した。「実は、ほんとうのことを話そうかと思ってる」

「ほんとうのこと？　正気なの？」

わたしは肩をすくめた。「あなたはウィリーに会ってないでしょ。彼女ならわかってくれそうな気がするの」

ピーチズはうめいた。「まちがってたわ。パラシュートじゃたりないみたい。そんなの自殺行為よ。猫に何か薬が必要になったと言って、アパートのなかにはいってさがさせてもらうのは？」

「どうかしら。そもそも猫の話を信じてくれたのかどうかわからないし」エレベーターがチーンと鳴って扉が開き、わたしたちはふかふかのカーペットが敷かれた廊下に降り立った。ウィリーの部屋に向かおうとマクステッドの部屋を通りすぎたとき、現場保存用テープがなくなっていることに気づいた。

「まず猫の話を試してみたら？　それでうまくいかなかったら、すべてを打ち明けるの」

「もう心を決めたわ」ウィリーのドアのまえで立ち止まると、わたしは言った。

「猫用トイレを忘れたっていうのはどう？」

三回ノックすると、ドアがさっと開いた。

27

「プルーデンス！　お元気？」今日のウィリーは紫とオレンジのターバンを巻き、細い体にだぶっとしたライラック色のしなやかなハウスドレスを着ていた。

「元気です」わたしは言った。「あなたのほうはいかがですか？」

「ちょうどまた化学療法を終えたところなの。でもまだ入院せずにすんでるわ！」彼女は目をきらきらさせてわたしに微笑みかけた。「こちらはあなたのお友だち？」

「ウィリー、こちら、ピーチズ・バーロウです」

ピーチズは手を差し出した。「こんにちは、ウィリー。あなたについてはすばらしいことをいろいろお聞きしてます」

「あら、ありがとう。お会いできてうれしいわ。なんてすてきなスカートなのかしら！　あなた、とてもきれいな脚をしてるのね。でも、玄関で立ち話というのもなんだわね……はいってちょうだい。話し相手がいるのはうれしいわ」わたしたちを招き入れながら、彼女は言った。「ロサリオは元気？」

「はい、元気です」わたしは言った。

「よかった、よかった。さあ、座って、座って」彼女はアニマルプリントのソファを示して言った。「紅茶でも淹れましょうか?」

「いえ、けっこうです」わたしは言った。「コーヒーを飲んだばかりなので」

「わたしはドクターペッパー派なので」ピーチズが言った。

「あらそう」わたしたちが巨大なソファに落ちつくと、彼女は言った。「それで、お嬢さんたち、わたしにどんなご用なの?」

わたしは深呼吸をした。「お忙しいところ申し訳ないんですけど、ウィリー、あなたにお願いがあって来たんです」

「エヴァンのこと? あなたがいなくなったと知って、おまわりさんはすごく怒ってたわよ。あなたのラストネームを教えてあげられればよかったんだけど、覚えてなくて」

わたしはため息をついた。「ウィリー、お話ししなければならないことがあります」

ピーチズがわたしを蹴った。

「何かしら?」

「言いにくいことなんですけど……わたしの名前はプルーデンスじゃないんです。マージーです。マージー・ピーターソン」お気に入りのクッキージャーを壊してしまったと、祖母に打ち明けているような気分だった。それよりもっとひどいだけで。視線を上げてウィリーの反応をうかがった。

「マージーね」彼女はうなずいた。「そのほうがずっといい名前だわ」目を細めてわたしを見た。「でも、このまえ髪は赤茶色じゃなかった?」

「ええ、そうです」わたしは唇をかんだ。「それと、このまえここに来たのは、エヴァンに猫を預けていたからじゃないんです」

彼女は微笑んだ。「そんなことだろうと思ったわ。ロサリオを連れていかれても、心配ではなかったけどね。あなたはいい人みたいだったから」

「スヌーカムスが——あ、ロサリオのことですけど——わたしの猫じゃないと知ってたんですか?」

彼女は目をきらめかせた。「年寄りかもしれないけど、ばかじゃありませんからね。名前がふたつある猫ですって?」あきれたように目をまわす。「でも、何かよっぽどの理由があって来たんだと思ったの。わたしは人を見る目があるのよ」そこでいったん口を閉じた。

「それで、どうして来たの?」

わたしはまた深呼吸をした。「エヴァンを発見したのはわたしだったんです。亡くなったとき、彼は女性の服装をしていて、彼の携帯電話にはわたしのうちの電話番号がはいっていました」わたしは目を閉じ、張りぐるみのソファにもたれた。「離婚はしてません。幸せな結婚をしています——少なくとも一、二週間まえまではそう思ってました」涙が目の奥を刺激した。「夫はエヴァンとなんらかの関係があったのだと思います。わたしはそれをくわしく知りたかったんです」

目を開けると、ウィリーがティッシュペーパーを差し出していた。「同情するわ、ディア。

正直に話してくれてありがとう。結婚というのはむずかしいものよ。ご主人がほかの人と関係を持っていると思うなら……」声が小さくなっていく。「知りたいと思うのは理解できるわ。子供が関わってくるなら、なおさらよね？」

わたしはうなずいた。

彼女はため息をついた。「そうじゃないかと思ったわ」

「こんなことをたのむのは気がひけるんですけど」わたしは言った。「エヴァンのアパートに入れてもらえる方法はないでしょうか？　どうしても調べたいことがあるんです」

ウィリーは口をきゅっと結んで、わたしのお願いについてしばし考えてから、口を開いた。「普通ならだめと言うところだけど、こういう状況なら例外を作ってもいいと思うわ。ここで待ってて、鍵を持ってくるから」

彼女が廊下に消えると、ピーチズが目をまるくしてわたしを見た。「信じられないけど、うまくいったわね！」

わたしはもう一枚ティッシュを取って洟をかんだ。「彼女ならわかってくれるって言ったでしょ。あとは何かが見つかることを祈りましょ」

「エヴァンはきっといいウィッグを持ってるわよ」

「わたしが期待してるのはそれじゃないけど」

ほどなくして、ウィリーが節くれだった指に鍵をぶらさげて戻ってきた。「用意はいい、お嬢さんたち？」

ピーチズとわたしは立ちあがった。「ありがとうございます、ウィリー」わたしは言った。

「いいのよ」彼女は言った。「ときどき遊びにきてくれさえすればね。世の中がどんな調子か教えてほしいの」

「よろこんでうかがいます」

彼女のあとから廊下を歩き、気づけばマクステッドの部屋のまえに立っていた。

ピーチズはアールデコ調のエンターテインメントセンターと、つややかな黒のレザーソファと、一九二〇年代風の版画と、窓の外に広がるオースティンのダウンタウンの眺めを目にした。「すごい部屋」

「エヴァンがもうこれを楽しめないなんて残念ね」運転免許証の写真の若々しい顔と、彼の恐ろしい死に方を思い出して、わたしは言った。

ウィリーは首を振った。「彼がもういないなんてまだ信じられない。ほんとに感じのいい若者だったわ」

「知ってます。というか、そう聞いてます。生前の彼と話をする機会はなかったんですけど」わたしはため息をついた。「とにかく、終わらせてしまいましょう。どこからはじめます？」

「あなたはベッドルームを調べて、わたしはリビングルームからはじめるのはどう？」ピーチズが言った。

「わたしはキッチンを見てあげるわ」ウィリーが申し出た。「でも、何をさがせばいいの？」

キッチンからそれほど役に立つものは見つからないだろうが、わたしは言った。「手紙、写真……役に立ちそうなものならなんでも」

「やってみるわ」

ピーチズがエンターテインメントセンターの扉を開け、ウィリーが調理器具の引き出しのなかをがちゃがちゃかきまわすなか、わたしはマクステッドのベッドルームに引っこんだ。

スヌーカムスを誘い出したときのように、丸いベッドには赤いサテンのカバー類がきちんとかかっていた。クローゼットにはまだエヴァンの仕事用の服とドレスが並んでいて、なんともちぐはぐに見えるし、ウィッグはまだスタンドにあった――殺された夜につけていたウィッグ以外はすべて。

奥まで進んで、黒いラッカー塗りのドレッサーの引き出しを開けた。片側にはボクサーショーツと黒っぽいソックスと白いTシャツ、それにたたんだポロシャツの束がはいっていた。反対側は《プレイボーイ》のプレイメイトが持っていそうなレースの下着でいっぱいだった。

身震いしてクローゼットに戻り、空っぽのウィッグスタンドから目をそらすと、棚の上に靴箱がならんでいるのに気づいた。つま先立ちになって、一番手前の箱を引きおろし、スティレットヒールでないことを願いながら、ふたを開けてのぞいてみた。なかは手紙と写真でいっぱいだった。ビンゴ！　心臓をばくばくさせながら、箱を持ってベッドに座った。

最初の箱にはいっていたのは高校と大学時代のメモやスナップ写真で、だれかが――おそらく警察が――くまなく探したかのように、全部がごちゃごちゃになっていた。

服装倒錯者の多くはヘテロセクシャルだとヴェロニカは言っていたが、エヴァンは明らかにちがった。高校時代のメモの束によれば、彼には女の子とデートしようと努力するなどといった、ゲイの男性の多くが通るつらい時期はなかったようだ。トビーやジェイコブという名の人たちからのなぐり書きの手紙を読むと、かなり早い時期からゲイであることに気づいていた。写真にはさらに若いエヴァンの姿があった——魅力的で、微笑んでいて、黒っぽい目をきらめかせ、つねに少年たちといっしょだった。

大学生になると、母親が息子に手紙を書くようになり、〝世間に広く目を向けること〟〝そのことについて家族とはまだ話し合わないこと〟を懇願していた。大学ではまたあらたなボーイフレンドが次々とできたらしい。ハンサムな若い男性の写真をめくっていくと、ときどき家族写真と思われるものもあり、そのなかには葬儀で見たブロンド女性にエヴァンが腕をまわしている写真もあった。

二つ目の箱の中身は、もっと最近のものだった。だれだかわからない男性たちといっしょにいるエヴァンの写真、バレンタインデーのカード、そして、ハンサムなマーカスががっちりとエヴァンに腕をまわしている自然なスナップショット。ブロンドのウィッグをつけ、赤いスパンコールのカクテルドレスを着たエヴァンは、背の高い新進のハリウッド女優のようだ。ここにも母親からの手紙があり、息子が変わる様子がないのを知って、ますます絶望し、フロリダでおこなわれるゲイの男性の〝リハビリ〟のためのクリスチャン・プログラムに参加するようにと必死に訴えたりしていた。

もうすぐ見終わろうかというころ、箱の隅に小さな写真がはさまっているのを見つけた。写っているものに驚いて手に取り、長いこと見たあと、ドレッサーの上に置いた。そして、無理やり残りに目を通し、箱を棚に戻した。

最後になる三つ目の箱の中身を見ているとき、ピーチズが戸口に現れた。

「オードリー・ヘップバーンが大好きだったのはわかったけど、それ以外は何もなし」

ウィリーはキッチンで腰を曲げ、鍋がはいった引き出しを見ていた。わたしを見ると、左手でターバンを押さえながらゆっくりと体を起こした。「残念ながら、ここには何もないわ」

わたしも同じことを言えたらよかったのに。

エヴァンのアパートをあとにしながら、ピーチズが言った。「やったわね。あなたのおかげで入れてもらえた」

「ええ、でも彼を殺した犯人につながるようなものは何も出なかった」マクステッドのアパートにはいることには成功したが、わたしはまだむっつりしていた。こっそりバッグに入れてきた写真のせいばかりではない。「最初にウィリーにうそをついたこと、まだ気がとがめてるわ」

「やるべきことをやるまでよ」ピーチズは言った。「ところで、あのターバンはなんなの？」

「彼女、卵巣癌なのよ」

ピーチズはたじろいだ。「あらら」

ビニールのシートに背中を預けて、だれがエヴァン・マクステッドを殺したのかも、夫がわたしにうそをつき、家族の口座からお金をかすめ取っているのはどういうわけなのかも、まだわかっていないことを思った。どうして何もかもこんなごちゃごちゃになってしまったのだろう?

「マクステッドの死はあの倉庫と関係があると思う」ビュイックは一番ストリートを進み、わたしはレディバード湖沿いの小道を走る人たちを見ながら言った。「でもどんなつながりがあるのかはまだわからない。もっと悪いのは、倉庫の件はすべてマリアがやっていたことだと言い張って、ビッツィは罪を免れるだろうってこと」

「そのことだけど」ピーチズが言った。「マクステッドが倉庫のことを知っていたのはわかってる。あそこで何がおこなわれていたかまで知ってたかどうかわからないけど、知ってた可能性はある。動機になるわ」

「死んだ日の翌日、《オースティン・アメリカン・ステイツマン》の記者に会う予定がはいっていた」わたしは言った。「暴露するつもりだったんだと思う?」

「考えられるわね」彼女は言った。

「でも、〈インターナショナル・シッピング・カンパニー〉のファイルの件はまだ説明がつかない」わたしは言った。「どうしてハーブ・マキューアンはあれを持っていったのかしら?」

「関係ないのかもよ」ピーチズが言った。「あるいは、用心のためにそうしただけかも。〈I

SC〉の経理を担当した人が疑わしいことをして、書類から痕跡を消したかったとか」

胃が飛び出しそうになった。ブレイクがこれに関わっているかもしれないの?

「それと、自分の会社が関わっているなら、どうしてマクステッドは倉庫のことを記者に話すの? それって危険じゃない?」

「たしかに」彼女は言った。「でも、もしかしたら彼はそれに関わっていないのかもしれない。関わっていたら、マキューアンたちが書類を改ざんしていると知っても、記者に話そうとはしないわよね」

「マクステッドが記者にばらすつもりでいるとビッツィが知ってたら、彼女にはまちがいなく動機があるわね」わたしは言った。「問題は犯罪とのつながりがないってこと。ビッツィは自分を守るのがすごくうまいの。マクステッドを殺すなら、汚れ仕事は別の人にやらせるはずよ」

「あなたの話からすると、彼女は〈レインボー・ルーム〉に行くようなタイプじゃないわね」ピーチズがわたしの考えを代弁して言った。「アシスタントのマリアは?」

「カルロスかも」

プリンセスルームの死体をもう一度思い起こし、あの夜の出来事を頭のなかで再現して、カルロスかマリアに似た人を見たかどうか思い出そうとした。犯罪現場を思い描いたとき、遺体のそばの床に片方だけ落ちていたイヤリングのことを突然思い出した。イヤリング。あれはどこかで見たことがあった。でもどこで? 車の窓から湖面に反射する光を見ていると、手の届かないところに浮遊していた記憶がようやく水面から浮上した。「うわっ、ばかばか！」わたしはそう言って上体を起こした。

「何よ？」

「あれを忘れてたなんて信じられない」

「教えてくれる気はあるの、それとも〈二十の質問〉をやるの？」

「ごめん。遺体の近くでイヤリングを見つけたんだけど」わたしは言った。「わたし、それがだれのものか知ってるの」

「証明できる？」

「たぶん」しばし考えた。そして、携帯電話を出して名前を打ちこんだ。可能だろうか？　検索して出てきた画像を次々に見ながら思った。あのおぞましい夜のことを思い起こした——そして、妙に見覚えがあった人物のことを。場ちがいだが、やっぱり見覚えがあった。

三ページ目に探していた写真を見つけ、ほーっと息を吐いた。「必要なものは手にはいったわ」体内をアドレナリンがめぐるのを感じながら、わたしはピーチズに言った。「カサンドラの話をききに行くわよ」

「やっぱりこの女性《ひと》を雇って正解だったわ」ピーチズはそう言って、わたしに微笑みかけた。「あなたが正しいことを願いましょ」

四番ストリートの駐車スペースに車を停めて、ピーチズは入口にネオン管の虹がかかった古いレンガ造りの建物に目をすがめた。「この店ほんとにもうすぐ開くの？」

「正午開店なの。今は十一時四十五分よ」

ピーチズは車のドアを開けた。「ノックしてきいてみましょう。飲み物や何かがほしいわけじゃないんだから」

「本気？」

「行くわよ」彼女はそう言うと、車から降りてドアをバタンと閉めた。わたしも急いでビュイックから降り、彼女を追って〈レインボー・ルーム〉の入口ドアに向かった。彼女はすでにガラスドアをたたいていた。

ドミンゴが戸口に現れて、ダイヤモンドのスタッズを日光にきらめかせると、ピーチズが言った。「カサンドラ・スターにちょっとききたいことがあるんだけど」

ドミンゴは驚いて眉を上げた。「彼女、まずいことになってんの？」

「いいえ」わたしは言った。「一週間まえにこの店の化粧室で殺された男性のことなの」

彼は肩をすくめ、ドアを開けた。

「ほらね？」ピーチズが声をひそめて言い、わたしたちはエアコンのきいた暗闇のなかに足を踏み入れた。饐《す》えたタバコと炒めたニンニクのにおいがした。厨房ではランチの準備が進んでいるのだろう。「ちょっとばかりえらそうにすればいいのよ」

わたしはドミンゴのほうを見た。「カサンドラはどこ？」

だ。

「上のバーにいる」

「ありがとう」

バーにいる女性はひとりだけで、ぴったりした白いワンピースを身につけ、髪はふくらませたプラチナブロンドだった。デール・エヴァンスからマリリン・モンローに変身したようだ。

「カサンドラ？」わたしは隣のスツールに座って声をかけた。

「マージー、よね？」彼女は電子タバコを吸いつけて、白いシリンダーにトレードマークの紫色の口紅の輪を残した。

「すてきな服ね」ピーチズが言った。

「この人は？」カサンドラは存在感のあるまつ毛に縁取られた目を細めて、ピーチズの黒いミニスカートとぴったりしたトップスを見た。

「ピーチズよ」わたしは言った。「友だちなの。忙しいところ悪いんだけど、あなたにもうひとつききたいことがあって」

カサンドラはぐるりと目をまわした。「何かしら？」

わたしは携帯電話の画像を見せた。「この人、エヴァンが――セレーナのことだけど――死んだ夜ここにいた？」

彼女が画像を見るあいだ、わたしは息を止めた。「ショーダウンがあった夜のこと？」

「そう」

カサンドラはわたしの携帯を手にして画像をじっくり見た。「いいドレスね」

「見覚えがないの？」

彼女は電子タバコを吸いこんで、蒸気の煙を吐き出した。「ここに来る社交界のレディはそう多くないからね。でも、このブルーはこの人によく似合ってる。目の色に合う」

がっかりした。彼女はもう一度画像を見おろした。そして、突然少し体を起こした。「ちょっと待って」

息を詰めて身をのり出した。「彼女を見たことがあるの？」

「この目、なんか見覚えがあるのよね……」彼女は携帯を見つめて考えこんだ。「この写真ではそれほど化粧が濃くないし、髪型もちがうけど、うん、ここにいたと思う」

「ビンゴ」ピーチズがつぶやいた。

「何を覚えてる？」わたしはきいた。

カサンドラはもう一度タバコを吸ってから答えた。「ここでは初めて見る顔だったし、新顔にはいつだって興味があるから、近づいていってちょっと話をしようとしたの。彼、年はいってたけど、すごく本物っぽかったのよ……谷間が！」彼女は目を細めてわたしを見た。

「あの谷間、本物だったんでしょ？」

「そう、彼じゃなくて彼女なの」わたしは打ち明けた。「あなたが彼女に近づいていったのはいつ？」

「もちろん、ショーダウンがはじまるまえよ。女の子たちがステージを歩きはじめたら、忙しすぎて考えることもできないんだから！　そしたら、そのあとセレーナが……」

「彼女は何も言い返さなかったの？」

カサンドラはふくらませたブロンドの頭を振って、ため息をついた。「あのアイスブルーの目でわたしを見ただけで、席を立って行っちゃった。信じられない無礼さでしょ。だから覚えてたのよ――あのアイスブルーの目を。わたしはとっておきのシャネルを着てたのに」彼女はむくれ、上唇の上にペンシルで描かれたほくろがにじんだ。「センスのない人っているのよね。ほんとむかつくわ」

わたしは携帯電話を返してもらってバッグにしまった。「ありがとう、カサンドラ。すごく助かったわ」

「当然よ」彼女はそう言うと、タバコを吸いつけ、バーのなかでグラスをみがいているドミンゴに向かってまつ毛をぱたぱたさせた。

「そろそろ警察に電話したほうがいいと思う」車で〈レインボー・ルーム〉から遠ざかりながら、わたしは言った。

「えっ？」

「警察に電話するのよ」と繰り返す。

「だめよ。わたしたちはプロよ、忘れたの？　警察に電話するのは証拠が全部そろってから。自白を録音するなんてどう？」

わたしはピーチズのほうを向いた。「これから殺人者と対面するのよ。わたしとしては、銃を持ってポリエステルの制服を着た人たちの一団といっしょのほうが安心できるんだけど」

ピーチズはバッグからウルトラスリムのパックを引っ張り出した。「あのね。そんな大騒ぎするほどのことじゃないから。わたしはバッグに銃を入れていくし、あなたはスタンガンを持っていけばいいでしょ。のりこんでいって、自白を録音して、それから警察に電話よ」

「そんなに簡単にいくかしら？　たしか倉庫のときも楽勝だとか言ってたけど」

彼女はパックをたたいてタバコを一本出し、火をつけて深く吸いこんだ。「わたしたちはやるべきことをやったまでよ、ちがう？　それでエデュアルドは自由になった」

「ええ、そしてわたしたちは殺されかけた。今回は警察に電話できない理由はないわ。それに、これからどこに行けばいいかもわからないのよ。彼女はどこにいてもおかしくないんだから」

「つぎのジュニアリーグの会合はいつ？」ピーチズがきいた。

携帯電話を使ってグーグルで調べた。「今日の午後」わたしは言った。「二時。場所は〈オースティン・カントリークラブ〉」

「あら、便利だこと」彼女は言った。「これでどこに行けばいいかわかったわ」

28

二時十五分まえに〈オースティン・カントリークラブ〉に到着し、レクサスのSUVとBMWのクーペのあいだにビュイックを停めた。フューシャピンクのスパンデックスに、ブーツとラインストーンのベルトで決めたピーチズはまばゆいばかりで、ブーツのスティレットヒールで音を立てて石灰岩の敷石を踏みながら、わたしといっしょに階段をのぼって正面入口に向かった。

「いいところね」彼女は言った。

「倉庫とはえらいちがいだわ」あたりを見わたして、立派なオークの木と、日光にきらめく広々としたオースティン湖を視界に入れながら、わたしは言った。「レコーダーの準備はできてる?」

「もちろん」彼女は言った。

ふたりで建物にはいっていった。ロビーにいる人たちが驚いて眉を上げるのを見て思わずにやりとした。当然ながら受付デスクの女性のひとりに止められた。

「ご用件はなんでしょう?」彼女はおどおどしながらも明るい声で問いかけてきて、ピーチズのフューシャピンクに囲まれたデコルテを見たあと、わたしのナス色の髪を見た。

「ジュニアリーグの会合の場所を探しているんだけど」わたしは言った。

受付係は驚いて目をぱちくりさせた。「ほんとうに？」

「いいえ、実は、モルグをさがしてるの」ピーチズがものうげに言った。

「ジュニアリーグの会合よ」わたしはピーチズに肘鉄をしながら繰り返した。

「あの、たしか、廊下の先のマグノリアルームのはずです。ゲストの方ですか？」

「そうよ」わたしは笑顔で言った。「プルーデンス・ピーターソンのね。わたしは義理の娘なの」

「はあ。それで、こちらは……」若い女性はピーチズのほうに目をやって言った。

「友だちよ」わたしは言った。「ねえ、もういいでしょう、遅れたくないのよ」

返事を待たずに、カーペット敷きの廊下を女性の示したほうに向かってどんどん歩いていった。ドアは開いていた。なかには十台のテーブルがあって、すべてに白いテーブルクロスがかかり、ホウレンソウのサラダの皿が置かれていた。「つぎの食事つきミーティングではサラダはやめるべきね」と言う女性の声が聞こえた。「タマネギはだれも食べないし、部屋のなかがくさくなるから」女性は仲間の顔を見て何かおかしいと気づいたらしい。少しして向きを変え、目をまるくしてピーチズとわたしを見た。

「こんにちは」わたしは言った。

「なんのご用かしら？」ピーチズのこれ見よがしなデコルテと、わたしの紫色の髪を見て、女性はおどけながら尋ねた。

「マージー!」プルーデンスが怒り心頭の様子でせかせかとやってきた。「その髪はいったいどうしたの? それと、そちらは……どなた?」マニキュアをした指でわたしのボスを指す。「ちょっと廊下に出て話しましょう」と言って、わたしをドアのほうに誘導しようとした。

「あとにしてください」わたしは言った。「ビッツィを見ましたか?」

「ビッツィ・マキューアン? もちろん。ヘッドテーブルにいるわ」

「よかった」そう言うと、わたしは微笑みながら義母の横を通りすぎ、立ちあがって細めた目でこちらを見ているビッツィのところに向かった。

「ちょっと、マージー……」

ピーチズとわたしはプルーデンスを置き去りにして、警察と話したあとにしてはそれほど疲れているようには見えないビッツィに意識を集中した。そもそも警察は彼女と接触したのだろうか。

「ジュニアリーグの行事にまた出る気になってくれてうれしいわ」つい昨日の夜、子分たちにわたしの排除を命じたことなどなかったかのように、彼女は言った。「でも、悪いんだけど、もうすぐ会合がはじまるし、あなたが来るとは知らなかったのよ。つぎの機会にしてもらえるかしら?」

「あなたと話さなければならないことがいくつかあるんです」わたしは言った。

「会合のあとにして」

「できれば今」わたしは言った。彼女は抗議するかのように口を開けたが、やがて鋭くうなずいた。そして、隣にいた女性、ラベンダー色のスーツを着て、少し驚いた顔の小柄な女性のほうを向いた。「ジャニス、少しはずしていいかしら？」

「もちろんです、ビッツィ。でもそろそろ……」

「もしみなさんが落ちつかないようだったら、サラダを食べはじめてもらって」とジャニスに言うと、彼女はわたしたちに礼儀正しい笑みを向けた。「こちらにどうぞ、ご婦人方」

「このまま様子をみる？」ビッツィについてカーペット敷きの廊下に出ながら、わたしはピーチズにもごもごときいた。

「もうあとには引けないわ」彼女がささやきで返す。

「ここにはいりましょう」と言って、ビッツィは隣の部屋にはいった。ジュニアリーグのランチ会合の部屋とは、移動式のアコーディオンタイプの壁で仕切られているが、ここではテーブルは重ねられた椅子とともに壁際に寄せられていた。ピーチズとわたしもつづいてはいると、ビッツィがドアを閉めた。こちらを向いた彼女の顔に、ジュニアリーグ会長の優雅な笑みはなかった。

「なんでここにいるのよ？」彼女はどなった。

「さっきも言ったけど、いくつか質問があるのよ」わたしは腕を組んだ。「まずはビッツィ、七番ストリートの倉庫で不法移民に強制労働させて作ったお金で何をしているの？　全部チャリティーにまわしてるわけじゃないわよね？　いくらかはあなたのポケットにはいってるのよね。実際には大金が」

「それをきくためにわざわざここに来たの？　わたしは倉庫とは関係ないわ。あそこの生産はマリアが管理してるの。質問がそれだけなら……」

「イヤリングのことは？」わたしは尋ねた。

ビッツィは青ざめたが、その顔はぴくりともしなかった。

「ほら……去年の秋のガラでつけてた、試作品の。覚えてる？　あなたの写真が新聞の社交欄に載ったでしょう」

「なんのことを言ってるのかわからないわ」彼女は言った。

「わたし、あなたを見たときあのイヤリングに気づかなかったのよね――ウィッグで隠れていたんでしょうね――でも、〈レインボー・ルーム〉の化粧室の床にあった片割れには見覚えがあった。知ってるでしょ。エヴァン・マクステッドの死体のそばにあったやつよ」わたしは深呼吸をした。ビッツィがアナイスアナイスをつけているのがわかった。〈レインボー・ルーム〉の化粧室の外でかいだのと同じ香水だ。

彼女はわたしをまじまじと見た。

「あれは警察が持ってるわ。わたしは社交欄に載った写真を見せるだけでいいの。あのイヤリング、一点ものだったんでしょ？」わたしは微笑んだ。「カサンドラもあなたを覚えてたわよ。ほら、まつ毛がふさふさした人。あなたはあんまり話好きじゃないみたいだったけど、谷間はすごく本物っぽかったって言ってた」

「何も証明できやしないわ」ビッツィは語気荒く言った。

「エヴァンがあの店に行くってどうして知ってたの？」わたしはきいた。「それがわからないのよね。彼、あなたの偽貨物輸送作戦のことを知っちゃったんでしょ？　ゲイバーで彼を殺せば、だれも彼の死とあなたを結びつけないと考えた、ちがう？」

「警察に連絡するなら、電話が必要なんじゃない？」ビッツィはそう言って、クラッチバッグを開けた。つぎに気づいたときは、銃把が真珠の銃をかまえていた。

「ちくしょう」ピーチズが言った。

「あなたはプルーが思ってるより頭がいいわね」ビッツィは言った。そして、いらいらとため息をついた。「いいわ、教えてあげる。彼があの店にいることは知っていた。尾行させたのよ。彼は毎週行ってた」

「どうして部下のだれかにやらせなかったの？」わたしはきいた。

「時間がなかったのよ。エヴァンは翌朝記者と会う約束をしていたから」

やっぱり。「彼は倉庫で何がおこなわれているかつきとめたのね？」

「会計が操作されていることは気づいていたみたいだけど、どこまで知ってるかはわからなかった。それでも、危険を冒すわけにはいかなかった。会計操作といえば」彼女はペンシルで描いた眉を上げて言った。「おたくのご主人も無実ってわけじゃないのよ」

胃が落ちこんだ。「どういう意味？」

「帳簿の改ざんを手伝ったのはだれだと思う？　おたくのご主人って、会社人間よね」

　ブレイクがビッツィのマネーロンダリングと奴隷労働作戦の隠蔽を手伝っていたのかと思うと、胸がむかついた。「夫は倉庫のことを知っていたの？」

「いいえ。でも、あれこれきいてくることもなかった。彼が知っていたのは、わたしたちが違法なものを運んでいたことだけ。それは気にならなかったみたいね」

〈ジョーンズ・マキューアン〉で見た――ハーブが持っていったファイルのことを思い出した。「E・M・エルナンデスというのはだれ？」

「労働者を輸送してる人よ。輸送を隠すために彼が偽の船荷証券を発行していたの。唯一の問題は、彼が国税庁《IRS》に目をつけられたこと。しかも一、二カ月まえに国境で検問に引っかかったの。はったりで切り抜けたけどね」

「IRS？　ICE――移民関税執行局じゃなくて？」

「いいえ、国税庁よ。彼の経理はいいかげんだったの。それでおたくのご主人の登場となったわけ」ビッツィはくすくす笑った。「どうしてあんなに昇給したと思うの？」

　わたしが知らない昇給ね、と思いつつ、はらわたが煮えくり返る。そうか、だからブレイクは少しまえにビッツィに電話していたのか。でも、家族の口座からお金を抜いていた説明にはならない。「わからないことがもうひとつあるの。お金はどこにいったの？」

「お金って？」

「ブレイクが給料から抜いていたお金よ」

ビッツィは首を振った。「それは知らないわ。あなた、どうやら家庭に問題を抱えてるみたいね。プルーが言ってたとおりだわ。彼女、あなたたちの結婚生活は難局に直面していると思ってるわよ」

一瞬、ブレイクがビッツィの奴隷労働の工場に直接関わっているわけではないと知ってほっとしたが、その気分は長くつづかなかった。夫はたしかにマネーロンダリングに手を貸していた。マクステッドを知らないとうそをついた。そのうえ家族の口座からお金をかすめ取っていた。そのお金が工場とは無関係なら、いったいどこに流れたのだろう？

だが、今は夫のことで悩んでいる時間はない。ビッツィはわたしに銃を向けているのだ――しかも撃つことに躊躇《ちゅうちょ》はないらしい。

思わず身震いしながら、エヴァンの血まみれの死体を思い出した。「〈レインボー・ルーム〉ではずいぶん容赦なかったわね。何を使ったの？」

「サイレンサーつきの銃よ」彼女は言った。手にしていることを思い出させるように、真珠の銃把の銃を振りながら。

口を閉じてどうすればいいのか考えるべきなのはわかっていたが、アドレナリンがめぐっているせいで、しゃべるのをやめられなかった。「この秘密の輸送事業はいつからやってるの、ビッツィ？　ちょっと偽善的だと思ったことはないの？　だって、奴隷労働をさせて得た利益をチャリティーに贈ってたのよ」

ビッツィはマットピンクの唇をすぼめた。「あれはビジネスよ。彼らはずっとあそこにいるわけじゃないわ——旅の負債を返し終えるまでよ。それに、労働条件は故郷よりもいい。だれにとってもうまくまわってるのよ、実際」

「いいえ、彼らの生活は以前よりもひどくなっていた。わたしはあなたが監禁した労働者のひとりを知ってるの。エデュアルドよ。奥さんの名前はグラシエラで、彼女と十代の娘ふたりはすごく心配していた。何週間もまえに帰ってくるはずだったから、彼は死んだと思われていたのよ。ラ・セルピエンテの正体はエルナンデスだったんでしょ？　それともあれはあなたの呼び名なの？」

「あっちに進んで」彼女は部屋の奥のドアを示して言った。

「それはリボルバーじゃないわ。二二口径ね」ピーチズが銃を指して言った。

「リボルバーはクラッチバッグにはいらないのよ」ビッツィは言った。「ほら、進んで」

「わかったわよ」ピーチズは両手を上げて言った。「でも、二二口径じゃたいした威力はないと思うわよ」

彼女はわたしを見たあと、アコーディオン壁のほうをちらちら見た。「ちょっと待って」彼女は言った。「靴に何かはいったみたい」

「いいから進んで！」ビッツィがどなった。

ピーチズはかがみこんだかと思うと、ビッツィの向こうずねに飛びついた。わたしは一瞬固まった。

「行って、マージー！」ピーチズが叫んだ。

わたしはよろけながらアコーディオン壁まで行き、ハンドルを引いた。壁が開いて、タマネギのにおいがただよってきた。ほとんどがフォークを宙に浮かせたままの、ショックを受けた数人の婦人たちが目にはいったあと、ポンと音がして、背後で照明のひとつが割れた。

ビッツィがピーチズを撃ったのかと思って、くるりと振り返った。心配する必要はなかった。ピーチズはジュニアリーグの会長に馬乗りになって座っていた。タイトスカートがずり上がってライムグリーンの下着が見えている。手には二二口径の銃を持っていた。ビッツィは貴族的な顔を紫色にし、アイスブルーの目を見開いて、カーペットの上でもがいていた。

「大丈夫？」わたしはピーチズにきいた。

「彼女、手元がくるったみたいよ」ピーチズはにっこりして言った。そして、レコーダーを掲げた。「でもテープはまだまわってる」

「ビッツィ！」

振り返るとプルーデンスがいた。骨ばった腕を伸ばしながら、ジュニアリーグの会長をぞっとしたように見つめている。わたしに視線を移し、泣きそうな声をあげた。

「なんて恥ずかしいことを」プルーデンスはつぶやいた。そして気を失った。

29

グリーン・メドウズ幼稚園の駐車場に車を停めたときには、ピーチズは最初のタバコを吸い終えて、二本目を吸いはじめていた。プルーデンスは送ると言ってくれなかった――正直、気を失ったあとの彼女に送ってもらいたくはなかったけれど。幸い、ピーチズが窮地から救ってくれた。

「ところで」ふたりで駐車場を横切りながら、わたしは言った。「だれがオフィスに放火したのかわかったの？」

ピーチズは立ち止まってタバコに火をつけた。「あら、言ってなかった？　アーウィン・ペンスだったのよ。奥さんがたまたま電話のそばにわたしの名刺を置き忘れたらしいわ。あなたが撮った写真のことを奥さんに知らされたミスター・ペンスは、ある晩頭にきて、オフィスに行ってガソリンをまき、マッチで火をつけたの」

「どうして彼のしわざだとわかったの？」

「四、五メートル離れたところにガソリン缶を残していったのよ。それが彼の指紋だらけだった」

「ふうん。ブレイクの車を爆破したのもペンスなのかしら」

ピーチズは肩をすくめた。「かもね。そうだ、もう少しで忘れるところだった」彼女はバッグのなかをかきまわして、赤いプラスティックの物体を取り出した。「これ、あなたのでしょ」

「エルシーのフライフォン！」

「ミセス・ペンスが昨日うちに届けてくれたの。自分にできることはこれぐらいしかないからって」ピーチズはタバコを吸いこんだ。「これで問題は解決したから、子供たちを迎えにいったら」


数分後、教員助手の抗議を聞き流して、チャイルドシートのないビュイックの後部座席に子供たちを乗せた。エルシーは「かっこいい」と言ったあと、ニックに向かって言った。

「この意味わかる？」

「なんのこと？」

「あたしたちは大人ってことなんだよ」

ピーチズがお迎えレーンから車を出すと、わたしは娘にフライフォンを放った。数分後にうちのまえでおろしてもらったときも、エルシーはまだ興奮してキャーキャー言っていた。

「今夜は大事なデートなの」ピーチズは言った。「美容のために数時間仮眠が取れるかどうかやってみる」

わたしは彼女をぎゅっと抱き締めた。「ありがとう、ピーチズ。何もかも」

離れたあとも、彼女はわたしを長いことじっと見ていた。「家にかかってきた電話は携帯に転送されるから。今夜何かあったら電話して、いい？」

わたしはごくりとつばをのんでうなずいた。

「何時でもいいから。わかった？」

もう一度うなずいた。「了解」

ピーチズはもう一度ぎゅっと、麝香のにおいのするハグをした。そして、石畳にヒールの音を響かせながらビュイックに戻っていった。

ピーチズがエンジンをふかしていると、エルシーがうしろからこっそり近づいてきて、わたしの腰に両腕をまわした。「どうしてあの女の人はママに電話してって言ったの？」

「ママの友だちだからよ、エルシー。すごくいい友だちなの」

通りを走っていくビュイックが見えなくなるまで手を振った。そして、子供たちとともに家に戻って待った。


玄関をはいってドアを閉めると、ほとんどすぐに電話が鳴った。ベッキーからだった。

「マージー！　どこに行ってたの？　一日じゅう電話してたのよ……」

「いろいろあって」わたしは言った。

「あなたに話したくてたまらなかったのよ。朝いちばんで銀行に行って調べたの。だれがグリーン・メドウズからお金を盗んでいたか、きっと信じてもらえないと思う」

「だれだったの？」

「リディア・ベルモント」

「うそ。まさか。〝嘆願書に署名して〟のリディア？　シルバーのメルセデスの？」

「そう。アッティラに電話して報告しといた――ちなみに、もう退院して家にいたわ。心臓発作と思われてたけど、心配はいらないみたい――すぐにアッティラはリディアに電話した。リディアは何もかも白状したそうよ。お金のいくらかはレーザー治療と美容整形に使って、残りはビッツィ・マキューアンに投資したんですって」

「すてき」わたしは言った。

「夫には知られたくなかったから、必要な現金を幼稚園から横領したらしいの。それで去年、やたらと〝休暇〟をとってたのね。コスタリカで整形手術をしたあと、回復するまでそこに滞在してたのよ」

「どうして夫に知られたくなかったの？」

「年をとってきたと思われたくなかったんですって。若いモデルにのり換えるために離婚されるんじゃないかと恐れてたの」

「うそでしょ」

「ほんとだって。まだあるのよ。どうやらビッツィは、自分のファッション事業に投資すれば莫大な利益を得られると約束したらしくて、リディアはだまされたの。車は高級だけど、夫は彼女に家計をかなり切り詰めさせてた。投資の利益を、離婚のための弁護士費用にするつもりだったみたい」

「冗談でしょ」奴隷工場の資金集めに協力したジュニアリーグ会員はほかにどれくらいいるのだろう？　本人は認めないだろうが、おそらく義母も出資しているにちがいない。警察の捜査が進めば、すべてが明るみに出てしまう。

「いい面をみれば、例の嘆願書のことは心配しなくてよさそうよ」

「そうであってほしいわ」

「ビッツィ・マキューアンが移民を悪用する集団を組織してたとかで、逮捕されたっていううわさも流れてる。それってビッツィの店の商品と関係があること？」

「そうよ」わたしは言った。「このあいだの夜に行った倉庫を覚えてる？」

「マリアを見たところね？」

「〝良心のあるクチュール〟の製品はすべてあそこで作られていたの。ビッツィはメキシコからの不法移民をあそこに運びこんで監禁し、服を縫わせていたのよ」

「うそでしょ。どうしてそんなことまで知ってるの？」

「ビッツィは殺人容疑でも逮捕されたわ」わたしは言った。

「なんですって？」

「エヴァン・マクステッドを殺したのは彼女だったの」

「なんてこと。ビッツィ・マキューアンが？」

「長い話なの」わたしは言った。だが、今は話す準備ができていない。まだほかにやるべきことがあった。「すぐに全部話すわ……でも今は、ひとつお願いをきいてくれる？」

「もちろんよ、マージー。うわー」彼女はしばし無言になった。まだ情報を消化中なのだ。

「ごめん。それで、お願いって？」

「今日の午後、少しのあいだ子供たちを見ていてくれる？」

「もちろんいいわよ！　どうして？　何かあるの？」

わたしが話そうとすると、ベッキーはささやき声で言った。「たいへん、そういうことね。わかった、十分で行くから」

「ありがとう」わたしは言った。そして電話を切り、別の番号にかけた。


ブロイヒルのソファに座っていると、玄関ドアが開いた。

「お帰りなさい」わたしは言った。

ブレイクはなかにはいってドアを閉めた。「何があった？　子供たちは？」

わたしは向かいの肘掛け椅子を示した。「座って」

彼はブリーフケースを置いて、用心深く椅子に近づいた。「緊急事態って？」

「いつからエヴァン・マクステッドとつきあってたの？」わたしの声はかすれていた。

「なんだって？」彼は青ざめた。「彼はクライアントだ。なんの話をしてるのかわからないよ」

エヴァンのアパートで見つけた写真を、わたしたちのあいだにあるテーブルにぴしゃりと置いた。

彼は手を伸ばしてそれを引ったくった。「ああ、なんてことだ。きみには知られたくなかったのに」

一瞬めまいに襲われた。「いつからこのことを隠してたの？」

彼はうつむいて両手で頭を抱え、足元の床を見つめながら座ったまま前後に体を揺らした。「ずっとまえからこういう状態なんだ」彼はささやくような声で言った。

すでにわかっていたとはいえ、その告白は衝撃波のようにわたしを襲った。思わず嗚咽がもれた。目を閉じても、写真の画像がまぶたの裏に焼きついていた。レザーソファにだらしなく座り、青いスパンコールドレスのセレーナ・サスを膝にのせているブレイクの姿が。目尻から涙が絞り出される。「結婚したときもそうだったの？」

「高校のときからだ。普通になろうと努力したんだ、家族の誇りになろうと……自分のそういう部分を嫌悪していた、破壊しようとした……」

「わたしを愛したことはあるの？」ささやくようにきいた。

ブレイクは隣に来てわたしの肩を抱いた。わたしがひるむと、彼は離れた。「もちろんきみを愛していたよ。今も愛している」

「エヴァンの葬儀であなたを見たわ」

「どうして葬儀のことを知ってるんだ？」

「わたしもあそこにいたからよ。黒い帽子で変装して」

彼は目をしばたたいた。

「どうしてわたしにそんなことができたの？」わたしは憤った。「お金まで盗んで！」

「お金を盗む？」

「月に二千ドル」わたしは怒りもあらわに言った。「昇給のこと、教えてくれなかったでしょ。そのために帳簿を改ざんしたことも」

「そうしなければならなかったんだ。きみを守るために」

「あのお金はどこに行ったの？　エヴァンのところ？」

「ちがうよ。エヴァンとは何カ月もまえに別れてる」

「あらそう？　それならどうして彼は死んだ日の夜、携帯からあなたに電話したの？」

ブレイクは目を閉じ、ソファに背中を預けた。「セレーナは――エヴァンは、〈インターナショナル・シッピング・カンパニー〉で何かよくないことがおこなわれているのを知って、それにビッツィ・マキューアンが関わっているのではないかと思ったんだ。彼は助けを求めてぼくに電話してきた。でも、何もしてやれることはなかった」彼は気まずそうに笑った。

「実際、何も言ってやれなかった。その隠蔽工作をしたのはぼくだったから」

「不法移民を運びこんでいたのを知っていたの？」わたしはきいた。

「知らないよ」彼はぎょっとして目を見開いた。「知るわけないだろう。何かを輸送しているのは知っていたけど、まさかそれが……人間だとは知らなかった。ハーブとビッツィからはブティックの仕事で使う布地だと言われていた。経費削減のために輸入していると」

ビッツィに電話したことの説明にはなるが、消えたお金の説明にはならない。「お金がどこに行ったのかはまだ説明してもらってないけど」

彼はため息をついた。「恐喝されていたんだ」

「恐喝？　だれに？」

「トレヴァーという男だ」

〈ミス・ヴェロニカの閨房〉の商品ケースの向こうにいたトレヴァーの姿が脳裏にひらめいた。「〈ミス・ヴェロニカの閨房〉で働いてる人？」

「どうしてそれがわかった？」

「エヴァン・マクステッドのことをきくためにそこに行ったことがあるのよ。じゃああなたは、自分の情事を内密にしてもらうために、家族のもとに行くはずのお金をトレヴァーに払ってたのね」

「とても気がとがめたよ。もう金は払いたくないとも言った。そうしたら車を爆破された」

「トレヴァーがあなたの車を爆破したの？」

「ぼくを脅すためにね。そうだよ」

わたしは両手で頭を抱えた。「ったくもう。信じられない」

「セレーナ……つまり、エヴァンとぼくは二年まえに出会った。〈ＩＳＣ〉が初めてクライアントになったときだ。すぐお互いに……惹かれ合って、そういう関係になった」彼は青い目でじっとわたしの目を見て言った。「初めてだった」

わたしは目をそらせた。

ブレイクの声がかすれた。「一年ほどまえ、ふたりでパーティに出席した。だれかが何枚か写真を撮って、どういうわけかトレヴァーがそのなかの一枚を手に入れた。そのことで八カ月ほどまえに連絡してきたんだ」彼はため息をついた。「家庭を壊したくなかった。だから金を払った」

しばらくふたりとも無言で座っていた。正面の窓の外でバラが風にそよぎ、軒にぶらさがっているウィンドチャイムが鳴った。わたしはソファの裂け目に触れた。人生がめちゃくちゃになりつつあるのに、どうしてまわりのすべてがこんなにも普通に見えるの？

貴族的な鼻と後悔でいっぱいの目をした夫を見た。「それでこのところあんなに感じが悪かったの？　恐喝されてたから？」

「ほんとにごめんよ、マージー。そう、そうなんだ。すべてが明るみに出る《ブロウ・アップ》んじゃないかと不安だった」

「爆発《ブロウ・アップ》はしたわ。ドライブウェイでだけど」わたしは意地悪く言った。「それもわたしのせいにしたのよね、わたしの記憶がたしかなら」

「わかってる、すまなかった。〈ＩＳＣ〉のことが心配でたまらなかったんだ。何もかもうまくいかなくて、ぼくの手には負えなかった」

「あなたはわたしのせいだと思わせた。自分はずっとうそをついていたのに」

わたしたちはしばらく座っていた。あたりには怒りと口に出さないことばが充満していた。

やがて、ブレイクが弱々しい声で言った。「ぼくたちはどうなるんだろう、マージー？」

わたしは両手で頭を抱えた。「わからないわ。もう何もわからない」

「きみを愛しているよ。子供たちのことも愛している」

顔を上げて彼を見た。「男としか寝たくない人と、どうしてこのまま結婚していられるの？」

「たぶんぼくは変われるよ……」

「いいえ。変われないと思う。時間をちょうだい、考える時間を」

「ぼくはしばらく家を出るべきかもしれない」

「それはいい考えだと思う」わたしは腕を組んで言った。

彼はため息をついた。「こんなふうになりたくなかったよ」

「わたしもよ」わたしはささやき声で言った。「わたしも」

彼はしばらくソファのわたしの隣に座っていた。「じゃあ、荷物をまとめに行くよ」わたしは涙をぬぐってうなずいた。彼はさらに一分間、わたしの横にとどまった。そして、立ちあがると、階段をのぼって夫婦の寝室に向かった。重い足取りに木の階段がきしんだ。

二十分後、彼は出ていった。

先にやってきたのはベッキーで、チョコチップクッキーの袋とシャルドネのボトルを持参していた。

「子供たちは？」わたしは尋ねた。

「リックが早く帰ってきたの。彼が見ててくれるわ」彼女はテーブルに食べ物を置くと、わたしに抱きついた。「ああ、マージー。ほんとにかわいそうに」

わたしはしゃくりあげ、頬を涙が伝った。ベッキーはしばらくわたしを抱いていた。それからわたしをソファに座らせ、ティッシュペーパーの箱をさがしはじめた。

「洗濯室にあるわ」わたしは鼻声で言った。

「待ってて。持ってきてあげる」

やがて、洗濯室のほうから悲痛な鳴き声が聞こえてきて、茶色いものが目にも留まらぬ速さでリビングルームを横切った。スヌーカムスだった。だが、彼はルーファスとの対決を再開することなく、ソファに跳びのると、わたしのそばでまるくなった。少ししてベッキーが戸口に現れ、その足元ではルーファスが毛を逆立てていた。

「ごめんね。猫のことを忘れてた」

わたしは擦り寄ってきたスヌーカムスをなでた。「いいのよ」手の下で茶色い猫は震えていた。

「それってあの凶暴な猫じゃないの？　あなたに咬みついたっていう」

「この子も最近つらいことがあったのよ」わたしは言った。

ベッキーがキッチンにコルク抜きとグラスを取りにいっているあいだ、スヌーカムスは温かい体をわたしに押しつけていた。

「やさしくされたかったのね」わたしは茶色い耳をなでながら、スヌーカムスにやさしく話しかけた。戸口でルーファスが威嚇の声をあげている。「いいかげんにして、ルーファス。ベッキー、その子を外に出してやってくれる?」

ベッキーがワインをいっぱいに注いだグラスをふたつ持ってきた。ひとつをわたしに差し出してから玄関ドアを開ける。ルーファスはおどすようにわたしを見て、ぷりぷりしながら出ていった。

「ミニスカートをはいた派手な赤毛の女性が私道を歩いてくるわよ」ベッキーがひそひそ声で言った。

「きっとピーチズだわ」わたしは言った。やがて、スティレットヒールが硬木の床を打つ音がして、玄関ホールのテーブルにテキーラの五分の一ガロン瓶が置かれた。ピーチズがソファにやってきて、わたしの肩をぎゅっと抱いた。

「調子はどう、かわいこちゃん?」

わたしは力なく微笑んでグラスを上げた。「まだ倒れてないわ。このとおり」

「まだ飲みが足りないってことね」ピーチズは言った。そして、ベッキーを見た。「ピーチズよ」と言って、手を差し出す。「あなたがベッキーね」

友人たちが自己紹介しているあいだに、わたしはわが家のリビングルームを、やわらかいふかふかのソファと、硬木の床に敷かれたプチポワン刺繍のラグを見わたした。慎重に設計した家庭と生活は——改装するはずだった家も、将来のための計画も——わたしのまわりで崩壊しつつあった。スヌーカムスをなでていると、ピーチズが突然隣にやってきて、わたしの肩に腕をまわした。

「うちの母さんが言ったことを思い出して」

「男はバスってやつ？」

「そう。しばらくは落ちこむだろうけど、ちゃんとやっていけるわよ。わたしだって女手ひとつで子供をふたり育てたんだもの」

「あなたもこれを乗り越えたの？」今はまだバスを降りる覚悟ができていないけれど、ほかにも同じ思いをし、しかも生き延びた女性がいると思うと気が楽になった。

ピーチズはうなずいた。「うちの旦那はおたくのとちがって、男が好きだったわけじゃないけど、ハーレムなみに女がいたの。なかには十六歳の子もいたわ。ほんとにひどい男だった」

わたしは洟をすすった。「子供たちに……影響はなかった？」

「ふたりとも幸せな結婚をして、子供もいるわ」

ソファに背中を預けて目を閉じた。これからがたいへんだ。だが、避けて通るわけにはいかない。ブレイクと別れたら、この家はどちらのものになるのだろう？ 子供たちの親権はどちらが持つの？ どちらについても考えたくはないが、話し合わなければならない問題だ。それに、別れないとしても、どうして同じ家でいっしょに暮らせるだろう？ 夫がゲイでも夫婦でいられることはわかっている。だからといって、友だちではあるけれど、わたしに魅力を感じないとわかっている男性と、何十年も暮らせるだろうか？　でも、エルシーとニックのことを考えたら、そうするべきなの？

ピーチズがわたしの肩をぎゅっとつかんだ。「どちらにしてもたいへんよ。穴のなかにもぐりこんで、しばらく息をひそめていたくなるでしょう。でも、それはいつまでもつづかないわ。そして、乗り越えたあとはどうなると思う？　バラのような香りをまとって、穴から出てくるのよ」

「うちの両親も離婚してる」ベッキーが言った。「でもわたしはまともに成長したわ」

わたしは母のことを思った。父が出ていったあと、わたしたちを育てた母の苦労を。母はたいていの母親より少し抜けていたかもしれないが、わたしもまともに成長した。でも、自分の子供たちが分裂した家庭で育つのはいやだった。わたしが持つことのできなかった完全な家庭を与えてやりたかった。

でも、願いがかなわないこともあるのはわかっていた。

「それに、まだわからないじゃない？」ベッキーはつづけた。「あなたとブレイクのよりが戻るかもしれないし」

「もしかしたらね。それにはまず、わたしが性転換手術をしなくちゃならないかも」心は傷んだが、微笑みながらわたしは言った。「そうしたところで、あんなにカクテルドレスは似合わないだろうけど」

まずピーチズがしのび笑いをした。ついでベッキーが鼻を鳴らした。一瞬ののち、部屋は笑いに包まれた。

ピーチズは涙をぬぐいながら言った。「ところで、今朝あらたな依頼の電話がはいったわよ。また不倫調査なんだけど」彼女はウィンクした。「この数日のことを考えたら、あなたはもうプロよね」

「あらたな依頼？」少なくとも職探しで悩む必要はなさそうだ。少しでもないよりはましだろう。「今度はゲイじゃないって言って」

ピーチズは肩をすくめた。「少なくとも今後は、対象者が〈レインボー・ルーム〉に向かったらそうとわかるでしょ」

ピーチズがみんなにテキーラを注ぎ、ベッキーがクッキーの袋を開け、わたしはシャルドネをすすった。人生のつぎの章で何が起こるかはわからない。わたしの結婚生活の行方を決めてくれる陪審員はいないのだ。母がしたように、家を売ってアパートに移らなければならないかもしれない。

ピーチズが言ったとおりだ。しばらくはたいへんだろう。だが、あれこれやっていくうちに、きっとうまくいくだろう。

謝辞

まずはいつものように、どんな冒険をするときもわたしを支えてくれるやさしい夫のエリックと、すばらしい子供たち、アビーとイアンに感謝します。ついでながら、うちの子供たちはどちらもエルシーやニックに似たところはありません。スコート事件は唯一の例外かもしれませんが。

最初にこの本を書くように勧めてくれたジェシカ・ファウストと、それをもう一度書き直すべく励ましてくれたジェシカ・パークと、執筆の初期にとても励みになってくれたわたしの助言者、故バーバラ・バーネット・スミスの存在にも感謝しています。ジム・トムセンは（もとは欠陥ありだった）結末を変える手伝いをしてくれたし、すてきな両親であるデイヴとキャロル・スワーツ、友人のベサンとボー・エクルズは、初期の草稿をていねいに読んでくれました（さらにボーはわたしのために〈マクドナルド〉のフライフォンを取っておいてくれました。それも七年も。友情を感じます！）。すばらしい義理の両親、ドロシーとエド・マキナニーに変わらぬ愛を送ります。彼らがいなかったら、この本をふくめ多くのことが不可能だったでしょう。そして、心のもこったコメントをくれたオースティン・ミステリ・ライターズのみなさんに感謝します。メアリ・ジョー・パウエル、シルヴィア・ディッキー・スミス、デイヴ・シャンブローン、キンバリー・サンドマン、リエ・シェリダン、レイニー・ヘネリーは、みんなＨＢの鉛筆で点数をつけてくれました。マージーが多くの読者にお目見えする機会を与えてくれたアン・シュレップ、そして今回も作品に磨きをかけるのに手を貸してくれたシャーロット・ハーシャー、ありがとう。

最後になりましたが、すばらしい読者と、この本に出てくる登場人物の約五十パーセントに名前をつけてくれた、フェイスブックの友人のみなさんに感謝します。みなさんのおかげで、デスクのまえにいる時間があっという間にすぎていきます。ワードプロセッサーのまえから誘い出されることもあるけどね！

訳者あとがき

危ない橋をわたりつつ、失敗してはぼやきながらも、真実を求めてつっ走る、等身大のヒロイン誕生！　その名はママ探偵マージー・ピーターソン。幼稚園児ふたりを抱え、夫の健康を気づかい、姑や実母をうまくかわしつつ、探偵のパートをはじめた三十代の主婦マージーが奮闘する、《ママ探偵の事件簿》シリーズ第一弾『ママ、探偵はじめます』をお届けします。

カレン・マキナニーのコージーミステリといえば、すでに邦訳があります。メイン州クランベリー島のB&B、グレイ・ホエール・インを舞台にした《朝食のおいしいB&B》シリーズです。日本での紹介は一作目の『注文の多い宿泊客』から四作目の『海賊の秘宝と波に消えた恋人』までですが、本国アメリカではその後もつづいており、この五月には八作目の*Claws for Alarm*が刊行予定です。現在邦訳は手にはいりにくくなっているので、Kindleからリリースされたこの主婦ママ探偵マージー・ピーターソン・シリーズを紹介できることになって、ほんとうにうれしく思っています。本書は現在三作目まで出ているシリーズの一作目です。

舞台はマキナニーも現在住んでいる、テキサス州の州都オースティン。手をかければステキな奥さまに見えないこともないのに、どこへ行くにもTシャツと短パン、洗濯物はできるだけためこみ、せっかく掃除をしてもすぐにまた散らかって、幼稚園の送り迎えにも遅刻しがちなマージー。ステキな一軒家に住んでいるから好きなガーデニングもしたいけど、時間がなくて庭の草はボーボー、ストレスからかついチョコレートをつまんでしまい、ああまた太っちゃう。おしゃれなライフスタイル雑誌には怒られそうだけど、気取らない普通の主婦マージーの日常は、主婦あるあるの宝庫です。

そんなマージーが、ふたりの子供の保育料を捻出するため、パートをしようと思い立ちます。選んだ仕事はなんと私立探偵。しかし、浮気調査のために潜入したバーで女装した男性の死体を発見してしまい、その男性の携帯電話を調べたところ、マージーの自宅に電話していたことがわかります。もしかして夫の知り合い？　そういえば夫のブレイクは最近様子がおかしいのよね……

はちゃめちゃでユーモラスな展開に加えて、派手めボディコンがトレードマークの探偵社のボスのピーチズや、マージーのビューティーアドバイザーともいえる親友のベッキー、厳格で口うるさいバン園長、『わんわん物語』のレディになりきる娘のエルシーといった強烈なキャラクターたちは、どこかジャネット・イヴァノヴィッチの《ステファニー・プラム》シリーズを髣髴《ほうふつ》させます。マージーが車を壊す回数もステファニーといい勝負だし（今回はそれほどでもありませんが、二作目以降はけっこうすごいです）。

そんなマージーの最大のモチベーションであり、また弱点でもあるのは、目に入れても痛くないほどかわいいわが子たち、エルシーとニック。子供たちのためならどんなつらいことにも堪えられるし、抱きつかれるとイヤなことも吹っ飛びます。死体を発見してもまず思うのは「この人にも親はいるのだ」ということ。被害者が母親と写っている写真を見ては、母親の「哺乳瓶で授乳する姿、サッカーの練習への送り迎え、卒業に際して感じたであろう誇らしさ」を思って涙ぐみ、自身が絶体絶命のピンチに陥っても、子供たちを残しては死ねないと思えばパワーがみなぎる。どんなときもママなのです。二作目、三作目でもその姿勢は変わりません。いや、むしろさらにパワーアップしていくような気さえします。

その子供たち、五歳のエルシーと三歳のニックは幼稚園に通っています。アメリカの学校制度は州によってちがい、学区によっては進級学年の区切りやカリキュラムの内容などもちがうようです。ざっくりとした解釈では、日本の幼稚園年少にあたるものはプリスクール、幼稚園年中はプリK（pre-kindergarten）、幼稚園年長はキンダーガーテンと呼ばれ、多くの州ではキンダーガーテンは小学校付属になっていて、義務教育です。エルシーとニックが通っているのは「プリスクール」ですが、本書ではわかりやすく「幼稚園」としました。グリーン・メドウズ幼稚園のように、保護者がボランティアでさまざまな仕事をすることも多いようです。マージーがぼやいているように、公立でないところは保育費もかなり高額だそうで、ふたり通わせるとなるとたしかにたいへんそうですね。

二作目の *Mother Knows Best* では、エルシーが入学した私立小学校の校長が殺害され、ひじょうにマズイ状況でその事件に関わることになったマージーが、別件とかけもちしながら事件解決に挑みます。思いのほか早く探偵の仕事になじみ、ピーチズからもお墨付きをもらったマージーですが、二作目もますます好調。そしてやっぱり母は強し。ブレイクとの関係にもちょっとした進展があり、電話してくるだけで強烈な存在感を残していたマージーの母が、満を持して乗りこんできて、ピーターソン家はますますカオスな状態に。

今回マージーとエルシーをやきもきさせた〈マクドナルド〉のフライフォンですが、次回もとんでもない場所でマージーが紛失してしまい、三作目の *Mother's Little Helper* にいたっては人質（?）にとられるという受難つづき。どうやらこのフライフォン、実在するらしいのですが、イーベイはもちろん、画像検索してもその姿を目にすることはできませんでした。エルシーが命のつぎに大事にしているハッピーミールの激レアなおまけ、フライフォンの運命やいかに。二作目の邦訳は今年十一月刊行予定です。

今後もママ探偵の奮闘をどうぞお楽しみに！

二〇一八年四月

コージーブックス

ママ探偵《たんてい》の事件簿《じけんぼ》①

ママ、探偵《たんてい》はじめます

著者　カレン・マキナニー
訳者　上條《かみじょう》ひろみ

2018年5月20日　初版第1刷発行

発行人　成瀬雅人
発行所　株式会社　原書房
〒160-0022 東京都新宿区新宿 1-25-13
電話・代表　03-3354-0685
振替・00150-6-151594
http://www.harashobo.co.jp
ブックデザイン　atmosphere ltd.
印刷所　中央精版印刷株式会社

落丁・乱丁本はお取り替えいたします。
定価は、カバーに表示してあります。
 ISBN978-4-562-06080-1 Printed in Japan